Rowohlt Verlag GmbH, Kirchenallee 19, 20099 Hamburg

Kontaktadresse nach EU-Produktsicherheitsverordnung:
produktsicherheit@rowohlt.de

Petra Schier, Jahrgang 1978, lebt mit ihrem Mann und einem Schäferhund in einer kleinen Gemeinde in der Eifel. Sie studierte Geschichte und Literatur und arbeitet mittlerweile als Lektorin und Schriftstellerin.

Im Rowohlt Taschenbuch Verlag erschienen Petra Schiers historische Reihe um die Kölner Apothekertochter Adelina: «Tod im Beginenhaus» (rororo 23947), «Mord im Dirnenhaus» (rororo 24329), «Verrat im Zunfthaus» (rororo 24649) und «Frevel im Beinhaus» (rororo 25437), ihre historische Reihe um die Reliquienhändlerin Marysa: «Die Stadt der Heiligen» (rororo 24862), «Der gläserne Schrein» (rororo 24861) und «Das silberne Zeichen» (rororo 25486) sowie die beiden historischen Romane «Die Eifelgräfin» (rororo 24956) und «Die Gewürzhändlerin» (rororo 25628).

Mit ihrem neuen Roman «Das Haus in der Löwengasse» begibt Petra Schier sich auf neues Terrain: ein großes Frauenschicksal im 19. Jahrhundert.

Mehr Informationen zur Autorin unter:
www.petra-schier.de

Petra Schier

Das Haus in der Löwengasse

◈

ROMAN

Rowohlt Taschenbuch Verlag

4. Auflage Dezember 2020

Originalausgabe
Veröffentlicht im Rowohlt Taschenbuch Verlag,
Reinbek bei Hamburg, September 2012
Copyright © 2012 by Rowohlt Verlag GmbH,
Reinbek bei Hamburg
Umschlaggestaltung any.way, Cathrin Günther
(Foto: Michael Trevillion / Trevillion Images)
Satz aus der Kepler PostScript (InDesign)
bei Pinkuin Satz und Datentechnik, Berlin
Druck und Bindung
BoD - Books on Demand GmbH,
Norderstedt, Germany
ISBN 978 3 499 25901 2

Come again! sweet love doth now invite
Thy graces that refrain
To do me due delight,
To see, to hear, to touch, to kiss, to die,
With thee again in sweetest sympathy.

(Melodie von John Dowland, Text: anonym)

Komm wieder: Die süße Liebe lädt jetzt dazu ein,
mir mit deinen Reizen nicht länger zu widerstehen,
sondern mir die mir zustehenden Freuden zu gewähren:
zu schauen, zu hören, zu berühren, zu küssen,
um nochmals mit dir in süßester Verbundenheit zu sterben.

Kapitel 1

Kalt. Das war die erste Empfindung, die Pauline wahrnahm. Etwas kratzte an ihrer Wange. Mit einiger Anstrengung kämpfte sie sich durch den Nebel des Schlafes und öffnete die Augen. Zunächst sah sie nichts als Finsternis. Erst allmählich gewöhnten sich ihre Augen an die Dunkelheit, den Geruch nach Heu und Pferd. Ein Schnauben gleich neben ihrem Ohr ließ sie hochschrecken. Ihr Herz schlug heftig. Wo befand sie sich? In einem Stall?

Kaum hatte sie sich diese Frage gestellt, als die Erinnerung auch schon über sie hereinbrach. Der Polizist, der sie abgeführt hatte. Das Gefängnis. Frau Buschner, die gekommen war, um sie zu entlasten; die ihr das Geld für die Postkutsche gegeben hatte und eine Tasche mit ihren Habseligkeiten darin. Nicht alles, was Pauline einmal besessen hatte. Natürlich nicht, wozu auch? Es war Pauline schon wie ein Wunder erschienen, dass ihre ehemalige Arbeitgeberin sich überhaupt herabgelassen hatte, ihr zu helfen. Noch jetzt klangen ihr Hermine Buschners Worte in den Ohren: «Fräulein Schmitz, diese Angelegenheit ist mir äußerst unangenehm, wie Sie sich vorstellen können. Sie haben sich in meinem Haushalt unmöglich gemacht und damit nicht nur unserem Ruf geschadet, sondern den Ihren auf immer zerstört. Ich weiß, dass dies nicht Ihre Schuld ist, sondern die meines Gatten, doch das ändert nichts an den Tatsachen. Ich wünsche, dass Sie die Stadt verlassen, und zwar so schnell und so weit wie möglich. Gegenüber der Polizei habe ich angegeben, dass es sich bei den Vorwürfen, die mein Gatte gegen Sie erhoben hat, um ein Missverständnis handelt. Dafür verlange ich von Ihnen, dass Sie sich nie wieder in Bonn blicken lassen. Sie dürfen das Gefängnis heute noch verlassen. Von Ihren Besitztümern habe ich mitgebracht, was in diese Reisetasche passte. Außerdem den Ihnen noch zustehenden Lohn für die vergangenen beiden Monate sowie eine Fahrkarte für die Postkutsche, die morgen früh um acht Uhr in Richtung Köln fährt. Mehr kann ich nicht für Sie tun, Fräulein Schmitz – und ehrlich gesagt, will ich auch gar nicht. Halten Sie sich von Bonn und unserer Familie fern. Aber ich gebe Ihnen den einen guten Rat: Vermeiden Sie es, noch einmal in eine derart prekäre Lage zu geraten. Sie sind eine kluge junge Frau. Es wäre schade, wenn Sie in der Gosse landen würden, obgleich ich fürchte, dass Sie davon nicht mehr allzu weit entfernt sind.»

Pauline schauderte, wenn sie daran dachte, welch Härte gerade in den letzten Worten gelegen hatte. Dennoch hatte Frau Buschner ihr geholfen. Hatte sie ein schlechtes Gewissen gehabt? Am liebsten hätte Pauline alles, was mit der Familie des Feldwebels Friedhelm Buschner zusammenhing, auf immer und ewig vergessen. Doch das war nicht möglich, denn was ihre ehemalige Arbeitgeberin gesagt hatte, entsprach leider der Wahrheit: Pauline hatte ihren Ruf ein für alle Mal zerstört. Sie war ein gefallenes Mädchen. Unwürdig, von anständigen Menschen auch nur angesehen zu werden. Schmutzig. Verachtenswert. Und überdies fast vollkommen mittellos. Das bisschen Lohn in ihrer Geldbörse würde schnell aufgebraucht sein. Und was dann? Was sollte sie tun? Wohin sich wenden? An ein Armenhaus? Was würde Onkel Theobald sagen, wenn er sie so sehen könnte? Wie tief enttäuscht wäre er.

Doch Onkel Theobald war tot. Es war niemand mehr da, den

es auch nur einen Deut kümmerte, was aus ihr wurde. Sie konnte ebenso gut tot sein. Wer würde es schon bemerken, wer sich grämen?

Pauline setzte sich kerzengerade auf. Was waren das für entsetzlich gottlose Gedanken? Sie war nicht tot. Sie lebte, und sie musste einen Weg finden, aus ihrer misslichen Lage wieder herauszufinden.

Ein erneutes Schnauben neben ihrem Kopf veranlasste sie, von ihrem Heulager aufzustehen. Umständlich klopfte sie Staub und Halme von ihrem braunen Mantel und dem cremefarbenen, mit hellgelben Blüten bestickten Kleid. Inzwischen war es in dem Stall etwas heller geworden, und die braune Stute, in deren Verschlag Pauline die Nacht verbracht hatte, musterte sie neugierig.

Pauline hob zaghaft die Hand und streichelte dem Tier über die Nüstern. «Danke, dass du mir heute Nacht Obdach gewährt hast», murmelte sie. «Aber jetzt muss ich gehen, ehe noch jemand kommt und mich bemerkt.»

Sie nahm ihre Tasche und schlich zum Stalleingang. Die Morgenluft war herbstlich kühl, irgendwo bellte ein Hund. Nicht weit entfernt quietsche etwas, das sich wie eine Brunnenkette anhörte. Sie musste hier weg, bevor jemand sie entdeckte. Als sie an der Latrine vorbeikam, die sich gleich neben dem Stall befand, wurde sie sich des Drucks ihrer Blase bewusst. Rasch blickte sie sich um; niemand war zu sehen. Also ging sie das Wagnis ein und erleichterte sich. Wenig später stand sie auf der Straße. Unschlüssig sah sie sich nach allen Seiten um. Wohin sollte sie nur gehen? Sie kannte niemanden in Köln, hatte sogar ein wenig Angst vor der großen Stadt. Was gab es hier schon für eine mittellose, unverheiratete Frau ohne Familie? Die Gosse? Würde sie tatsächlich dort enden?

Tränen stiegen in ihre Augen, doch sie drängte sie zurück. Weinen würde ihr nicht helfen. Sie schloss die Finger fester um den Griff ihrer unförmigen Reisetasche. Sie würde in die Stadt gehen. Hier in den Vororten gab es keinen Platz für sie. Aber vielleicht fand sie in einem der Bürgerhäuser innerhalb der Stadtmauern eine Anstellung.

Zuerst musste sie sich eine Zeitung besorgen. Darin standen immer Stellenangebote, auch für Frauen. Vielleicht fand sie eine Agentur, die Arbeitsplätze vermittelte. Sie hatte eine solche von ihrem Heimatort Bad Bertrich aus beauftragt, ihr eine Stellung als Gouvernante zu vermitteln, nachdem ihr Onkel gestorben war. So war sie nach Bonn gekommen. Das Angebot der Buschners hatte so verlockend geklungen, dass sie unmöglich hatte ablehnen können. Eine große Familie mit sieben Kindern, aber nur die beiden jüngsten Töchter sollte sie unterrichten und erziehen. Sie erhielt einen anständigen, ja sogar überdurchschnittlichen Lohn und eine eigene kleine Kammer in der Mansarde. Ungeheizt zwar, aber hübsch eingerichtet. Alles war ganz wunderbar gewesen, die beiden Mädchen ein Ausbund an Tugendsamkeit und Gehorsam. Es war eine Freude, sich um sie zu kümmern. Drei Monate lang war Pauline richtig glücklich.

Sie schloss kurz die Augen. Nein, sie wollte nicht mehr daran denken. Wenn sie es verdrängte, es aus ihren Gedanken ausklammerte, würde vielleicht niemand merken, was mit ihr geschehen war. Man sah es ihr doch nicht an. Kein Mensch konnte in ihren Kopf sehen, ihre Gedanken lesen oder ihre Gefühle wahrnehmen. Hier in Köln wusste niemand, wie der Hausherr sie immer angesehen hatte; wie er ihr mit süßen Worten Komplimente gemacht und ihr geschmeichelt hatte. Wie er sie dazu gebracht hatte, in ihm mehr als nur ihren Arbeitgeber zu sehen.

Oh, wie hatte sie sich gegenüber seiner Gattin geschämt! Aber die anderen Dienstboten, vor allem die Mägde, hatten gesagt, sie solle sich nicht so anstellen. Sie habe doch eine wunderbare Stellung, da müsse sie der Herrschaft schon ein bisschen Dankbarkeit zeigen. So hatte es auch Friedhelm Buschner ausgedrückt: Sie schuldete ihm etwas, sollte dankbar sein für die gute Stellung, die er ihr bot. Sie war ja auch dankbar und fühlte sich auch irgendwie geschmeichelt von seinen Worten, von den Blumen, die er ihr manchmal zusteckte, oder von dem Konfekt, das sie hin und wieder auf ihrem Kopfkissen fand. Und es war ja auch alles ganz unschuldig gewesen. Er hatte lediglich ein wenig mit ihr poussiert, manchmal sogar ganz unverschämt in Anwesenheit seiner Gattin. Pauline war dann immer fast gestorben vor Verlegenheit.

Sie schüttelte energisch den Kopf. Nicht mehr daran denken!, mahnte sie sich. Es war aus und vorbei. Bonn war weit weg und damit auch Friedhelm Buschner. Vielleicht nicht weit genug, aber fürs Erste musste es reichen. Und solange sie keine neue Anstellung hatte, würde sie hier in Köln bleiben.

* * *

Gegen Mittag hatte sie den Stadtkern erreicht. Geschäftiges Treiben herrschte hier. Große zweiachsige Landauer, kleine einspännige Wagen und schwere Fuhrwerke fuhren an ihr vorüber. Handwerker, Mägde und Hausfrauen bevölkerten die Marktplätze. Dazwischen flanierten die Herren und Damen der höheren Kreise, die entweder in Geschäften unterwegs oder samt einem Tross aus Dienstboten mit Einkaufen beschäftigt waren.

Pauline blickte sich mit großen Augen um. Niemals zuvor war sie in einer so großen Stadt gewesen. Als sie den riesigen, unvollendeten Dom erreichte, stockte ihr regelrecht der Atem. Was für ein Bauwerk! Sie legte den Kopf in den Nacken und blickte staunend an der Fassade empor, bis jemand sie unsanft anrempelte.

«Dumme Trin!», schimpfte eine korpulente Frau, die zwei schwere Eimer trug und sie unfreundlich taxierte. «Häls' wohl Maulaffen feil! Du stehs' im Wääch, Mädche! Mach, dat de vun dr Strooß küss'!»

Erschrocken trat Pauline beiseite, denn vor lauter Schauen hatte sie nicht bemerkt, dass hinter ihr weitere Pferdegespanne aufgetaucht waren. So viel Verkehr war sie nicht gewöhnt. Rasch drückte sie sich an den Straßenrand. Sie wollte der Frau danken, doch diese war bereits weitergegangen, ohne sie zu beachten.

Die Tasche in ihrer Hand schien immer schwerer zu werden. Einige Passanten musterten sie neugierig, machten jedoch einen kleinen Bogen um Pauline.

Waren ihre Kleider schmutzig? Ihr Haar unordentlich? Vorsichtig tastete sie nach ihrem Kopf, der von einer einfachen, schmucklosen und nicht zu großen Schute bedeckt war, unter der sie ihr welliges honigblondes Haar fest hochgesteckt hatte. Natürlich gab es keine modischen Korkenzieherlöckchen an ihren Schläfen. Für aufwendiges Frisieren war keine Zeit mehr gewesen. Wahrscheinlich sah man ihr die Aufregung und Anstrengungen der vergangenen beiden Tage an. Sie hatte versucht, sich nicht schmutzig zu machen. Ihr Kleid war dennoch inzwischen verknittert und am Saum eingestaubt. Würde sie in diesem Aufzug überhaupt eine Anstellung finden?

Pauline seufzte innerlich. Als Gouvernante würde sie so gewiss niemand haben wollen. Sie musste sich irgendwo waschen und zurechtmachen. Aber wo? Sie hatte ja nicht einmal ein Dach über dem Kopf. Zwar gab es in Köln bestimmt Mietshäuser, in denen einzelne Zimmer vermietet wurden, aber nicht an alleinstehende Frauen. Oder wenigstens nur dann, wenn sie eine feste Stelle hatten – in einer Manufaktur oder Fabrik vielleicht.

Sie machte kehrt und ging die Hohe Straße entlang. Dabei kam sie am Redaktionsgebäude der *Kölnischen Zeitung* vorbei, vor dem ein Junge von höchstens zehn oder elf Jahren die neueste Ausgabe ausrief. Rasch kramte sie ein Geldstück aus ihrer Börse und kaufte sich ein Exemplar.

Mitten auf der belebten Straße konnte sie die Zeitung nicht nach Stellenanzeigen absuchen. Also machte sie sich auf die Suche nach einem ruhigen Ort. Bald befand sie sich auf einem kleinen Platz. Dem Namen an der Fassade eines Kaufmanns zufolge war es der Laurenzplatz. Neugierig trat sie näher an das große Schaufenster des Geschäfts heran. Es handelte sich um einen Kolonialwarenladen. Neben Tabak, Zucker und Kakao gab es dort auch andere Genussmittel, getrocknete Früchte, Gewürze und importierte Alltagsgegenstände wie elfenbeinerne Kämme, seltene Stoffe, wundersame geschnitzte Figuren und allerlei mehr zu kaufen.

Wehmütig betrachtete Pauline die Auslagen. Sie war bei ihrem verwitweten Onkel aufgewachsen und nie sonderlich wohlhabend gewesen. Dennoch hatten sie sich Kaffee, Kakao und hin und wieder Feigen oder andere Südfrüchte gegönnt. Nun schien es ihr, als wäre diese Zeit ein für alle Mal vorbei. Ihr Magen knurrte. Heute wäre sie schon mit einem Butterbrot und einem Becher Wasser zufrieden gewesen. Vielleicht einem schmackhaften Apfel. Doch sie scheute sich, Geld auszugeben, denn sie wusste nicht, wie lange sie mit dem wenigen, das sie noch hatte, würde auskommen müssen.

«He da! Weg von meinem Fenster», rief eine aufgebrachte

Männerstimme hinter ihr. Erschrocken drehte sie sich um und sah sich einem kräftigen, grauhaarigen Mann mit Kinnbart und erboster Miene gegenüber. «Was hat du hier zu suchen, Mädchen? Geh von dem Fenster weg, du versperrst meinen guten Kunden die Sicht.»

«Entschuldigung.» Pauline machte einen Schritt rückwärts. «Ich wollte nicht ... Ich habe nur ...»

«Nun hau schon ab.» Der Mann wedelte ungeduldig mit der rechten Hand, dann fiel sein Blick auf die Zeitung, die unter Paulines Arm klemmte, und ihre Reisetasche. «Oder bist du die Neue?»

Pauline schluckte. «Die Neue?»

Der Mann musterte sie eingehend. «Ja, die neue Magd. Bist wohl nicht allzu helle, wie? Haben dich deine Eltern ganz allein hergeschickt? Ohne Begleitung? Na, egal. Siehst ja ganz ordentlich aus. Dann komm mal mit rein. Meine Frau wird sich freuen, dass sich so schnell jemand für die Stelle gefunden hat.»

Pauline zögerte nur kurz. Vielleicht hatte ihr Glück sie doch nicht ganz verlassen. Wenn sie hier eine Stellung fand, wären ihre schlimmsten Sorgen erst einmal beseitigt. Also folgte sie dem Mann in das Geschäft. Es roch nach orientalischen Gewürzen, gemahlenem Kaffee und Seife.

«Hier entlang», sagte der Kaufmann und deutete auf eine Tür im hinteren Teil des Ladens. «Ariane!», brüllte er in harschem Befehlston. «Komm runter, die neue Magd ist da.»

Von irgendwo im Haus wurden eilige Schritte laut, Augenblicke später erschien eine sehr gepflegte Dame im weißen Musselinkleid in der Hintertür. Ihr hellblondes Haar war in adrette Locken gelegt und unter einem ausladenden Hut hochgesteckt. «Die neue Magd?» Sichtlich überrascht musterte sie Pauline von Kopf bis Fuß. «Die Anzeige ist doch erst seit gestern in der Zeitung. Das ging aber schnell. Wie heißt du, und woher kommst du?»

Pauline schluckte und räusperte sich. «A... also mein Name ist Pauline Schmitz. Ich komme aus Bad Bertrich, aber ich habe bis ... bis vor kurzem noch in Bonn gearbeitet.»

«Aha. Das erklärt, wie du so schnell hier sein konntest. Hast du Referenzen vorzuweisen?»

Pauline wurde rot. «N-nein, leider haben mir meine letzten Arbeitgeber kein Zeugnis geschrieben.»

«Warum nicht?» Argwöhnisch hob die Hausherrin die Brauen an.

Pauline überlegte fieberhaft und entschied sich für eine Notlüge. «Sie sagten, dass ich zu kurz in ihrem Dienst gestanden hätte. Ich war wirklich nicht lange dort. Als mein Onkel gestorben ist, wollte ich weg und ...»

«Dein Onkel?», unterbrach sie die Frau des Kaufmanns ungeduldig. «Und was ist mit deinen Eltern?»

«Sie sind tot. Ich habe keine Verwandten mehr.»

«Das ist traurig.» Die Stimme der Hausherrin klang vollkommen gleichgültig. «Nun gut. Du machst einen ganz ordentlichen Eindruck. Das Kleid, das du da anhast, ist ein abgelegtes von deiner früheren Herrschaft, nehme ich an? Mägde können sich solchen Stoff normalerweise nicht leisten. Aber es sieht ja noch ganz gut aus, und dann muss ich dich wenigstens nicht einkleiden. Zeig mal deine Hände.»

Pauline stellte ihre Tasche ab, die sie bisher noch immer fest umklammert hatte, und hielt der Frau ihre Hände hin.

«Hm, schlecht. Keine Schwielen. Hast wohl nur leichte Arbeit verrichtet, was? Oder bist du vielleicht wegen Faulheit entlassen worden?»

«Nein, ganz gewiss nicht!», rief Pauline erschrocken. «Ich habe auf die Kinder aufgepasst und ...»

«Ein Kindermädchen warst du?» Erneut traf Pauline ein Blick unter hochgezogenen Augenbrauen. «Na, vielleicht kannst du dann unserer Elfie ein wenig zur Hand gehen, wenn es nottut. Ansonsten wirst du dich um den Haushalt kümmern. Ich gebe dir eine genaue Aufstellung der Arbeiten, die du jeden Tag zu erledigen hast. Erst einmal für zwei Wochen auf Probe, dann sehen wir weiter. Wenn ich zufrieden mit dir bin, erhältst du neben freier Kost und Logis drei Mark im Monat. Mittwochs und sonntags je eine freie Stunde für den Kirchgang, jeden zweiten Sonntag ein freier Nachmittag. Ansonsten hast du dich jederzeit zur Verfügung zu halten. Müßiggang dulde ich nicht. Verstanden?» Ehe Pauline etwas darauf antworten konnte, wandte sich ihre neue Arbeitgeberin ab. «Komm mit, ich zeige dir deinen Schlafplatz. Danach setze ich den Dienstvertrag auf und gebe dir deine Anweisungen.»

Kapitel 2

Bibbernd lag Pauline unter ihrer Wolldecke, die Knie bis zum Kinn angezogen. Mit den Händen rieb sie über ihre eiskalten Schienbeine und Füße. Nun war sie also ein Dienstmädchen. Ihre Arbeitgeber waren Ariane und Marius Stein. Er war ein sehr erfolgreicher und wohlhabender Kaufmann, sie stammte aus einer Bankiersfamilie. Sechs Kinder zwischen sieben und achtzehn Jahren hatten sie und noch einige weitere Dienstboten: einen Hausdiener, eine Köchin, einen Knecht, ein Kindermädchen und noch eine weitere Magd, die sich aber in Kürze verheiraten wollte. Ihren Platz sollte Pauline einnehmen.

Natürlich war sie glücklich und erleichtert, dass ihr der Zufall zu Hilfe gekommen war. Aber schon nach den wenigen Stunden, die sie im Haushalt Stein verbracht hatte, war ihr klar geworden, was für ein Leben ihr hier bevorstehen würde. Tine, die andere Magd, hatte sie bereits eingearbeitet. Pauline war sich aber nicht sicher, ob sie all die anfallenden Aufgaben jemals würde bewältigen können. Es galt, das Haus zu putzen, das Silber zu polieren, Töpfe und Geschirr zusammen mit der Köchin zu spülen, Teppiche zu klopfen, Silber, Türdrücker, Ofentüren und Fenster zu reinigen, ebenso die Wasch- und Nachtgeschirre sowie alle Lampen. Die Betten mussten geklopft und bezogen und die einzelnen Zimmer gründlich gesäubert werden. Auch für Botengänge und Einkäufe musste sich Pauline bereithalten und, falls nötig, dem Kindermädchen Elfie bei der Beaufsichtigung der jüngeren Kinder helfen. Und all das nach streng festgelegten Tages- und Wochenplänen.

Pauline seufzte leise. Sie hatte sich nie Gedanken über die Arbeit der Dienstmädchen im Haushalt der Buschners gemacht. Schon nach wenigen Stunden hier wusste sie, dass es Knochenarbeit war.

Seit ihrer Kindheit hatte sie allein mit ihrem Onkel, Theobald Schmitz, einem bekannten Badearzt aus Bad Bertrich, zusammengelebt. Natürlich hatten sie eine Wirtschafterin gehabt, Agathe, die für den Haushalt zuständig war und kochte. Außerdem kümmerte sich ein Hausdiener um den Onkel und erledigte die schweren Arbeiten wie Holz hacken und schwere Kisten schleppen.

Pauline hatte erst die Volksschule besucht und danach eine

kleine private Mädchenschule, die von einem Frauenverein ins Leben gerufen worden war. Ihr Onkel hatte alles dafür getan, ihr eine gute, umfassende Ausbildung zu ermöglichen, ganz so, wie es der Wunsch ihrer Eltern gewesen war. Diese waren vor vielen Jahren bei einem Unfall mit einer Kutsche ums Leben gekommen. Leider war Pauline von dem Erbe ihrer Eltern nicht viel geblieben. Lediglich eine kleine Mitgift, die der Rede kaum wert war, und die Kosten für ihre Ausbildung waren abgedeckt. Das bescheidene Vermögen ihrer Eltern hatte ein Cousin geerbt.

Dennoch hatte Pauline sich nie als arm empfunden. Sie hatte ein behagliches Zuhause; ihr Onkel war ein ruhiger, freundlicher Mann gewesen, der sie gernhatte und sich bemühte, ihr eine gute Erziehung zukommen zu lassen.

Pauline hatte es ihm in diesem Punkt leicht gemacht. Sie liebte Bücher, hatte Stunden in seiner kleinen Bibliothek zugebracht oder in der Schulbücherei. Sie hatte sich bemüht, immer zu den besten Schülerinnen zu gehören, und konnte neben Lesen, Schreiben und Rechnen auch Englisch, Französisch und Italienisch sprechen und schreiben. Sie verfügte über Kenntnisse in Geographie und Geschichte, hatte Pianoforte- und Tanzunterricht erhalten und bei Gesellschaften immer wieder mit ihrer schönen Singstimme für Beifall gesorgt. Sie konnte nähen, sticken und knüpfen, hatte Zeichenunterricht erhalten und so manche Stunde mit dem Bemalen von kleinen Kommoden, Stühlen oder Truhen zugebracht. Auch die Grundzüge der Haushaltsführung waren ihr vertraut.

Selbstverständlich hatte all diesen Bemühungen um eine umfassende Ausbildung der Wunsch des Onkels zugrunde gelegen, sie eines Tages gut zu verheiraten. Und Interesse hatte sie tatsächlich bei so manchem Mann geweckt. Der Onkel hatte sich aber nicht recht entschließen können. Je länger sie zusammenlebten, desto weniger wollte er sie fortgehen lassen. Manch wohlmeinender Nachbar oder Freund hatte ihn gemahnt, Pauline nicht zur alten Jungfer verkümmern zu lassen, doch Onkel Theobald hatte immer lachend abgewinkt. Alte Jungfer? Nein, das war seine geliebte Pauline gewiss nicht. Sie hatte noch so viel Zeit, so viele Möglichkeiten. Als der Onkel plötzlich an einem Gehirnschlag starb, war Pauline von einem Tag auf den anderen allein. Ihr Cousin hatte auch dieses Erbe eingestrichen, noch bevor alle Trauerfeierlichkeiten vorbei und alle Tränen getrocknet gewesen waren. Zwei Wochen später fuhr er bereits auf einem Schiff in Richtung New York.

Und nun war sie also eine Magd. Gewaltsam bemühte sie sich, die Zeit in Bonn aus ihren Gedanken auszuklammern. Es brachte nichts, sich über Vergangenes zu grämen. Vielmehr musste sie sich auf die Gegenwart konzentrieren. Niemand hier wusste von ihrer Ausbildung und von ihrem Wunsch, als Gouvernante ihren Lebensunterhalt zu verdienen. Vermutlich hätte ihr auch kaum jemand geglaubt, geschweige denn ihr die Chance gegeben, ihre Fähigkeiten unter Beweis zu stellen. Nicht nachdem sie in einem schmutzigen Kleid und mit nichts als einer kleinen Reisetasche und ohne jede Referenz durch Köln geirrt war. Sie musste Fortuna wirklich dankbar für die Anstellung sein, obwohl sie erbärmlich fror und ein nagendes Hungergefühl in ihrer Magengrube saß. Frau Stein hatte ihr lediglich einen Teller Wassersuppe und einen Kanten Brot zum Abendessen zugestanden; das war das Einzige, was Pauline heute gegessen hatte. Sie hatte auch keine eigene Schlafkammer. Ihr Lager befand sich auf einem winzigen Hängeboden über dem Hausflur, der nur über eine wackelige Hühnerleiter zu erreichen war, die tagsüber abgeschlagen wurde.

Aufrecht stehen konnte sie hier oben nicht, und das schmale Bett mit der muffigen, durchgelegenen Matratze und eine Kleidertruhe füllten den Raum komplett aus. Tine hatte zwar gesagt, dass dieses Lager für eine Magd recht komfortabel sei, aber so ganz glauben konnte Pauline das nicht. Tine und Elfie teilten sich einen weiteren Hängeboden über der Küche. Zumindest so lange, bis Tine wegen ihrer Heirat das Haus verlassen würde. Vermutlich war es dort über dem Küchenofen wenigstens warm.

Allmählich strömte Wärme durch ihre Beine, und Pauline schloss die Augen und versuchte einzuschlafen.

* * *

Sie stand in Friedhelm Buschners Bibliothek und stellte die Bücher zurück ins Regal, aus denen sie den Mädchen heute Lektionen in Geographie und französischer Literatur gegeben hatte. Als sie hörte, wie die Tür geöffnet wurde, drehte sie sich lächelnd um. Friedhelm Buschner trat auf sie zu, in der Hand eine Schachtel mit süßem Konfekt. «Ein kleines Geschenk für Sie, meine Liebe», raunte er und zwinkerte ihr zu. «Sie leisten hervorragende Arbeit, Fräulein Schmitz.»

Erfreut nahm Pauline das Präsent an. «Vielen Dank, gnädiger Herr. Das ist sehr nett von Ihnen.»

«Für Sie doch immer, mein liebes Fräulein Schmitz. Sie sind eine wahre Perle. Wir wüssten nicht, was wir ohne Sie tun sollten. Die Mädchen entwickeln sich prächtig unter Ihrer Anleitung. Und ...» Er hielt einen Moment inne und trat noch einen halben Schritt auf sie zu. «Nun ja, was mich angeht, so muss ich sagen, dass ich Ihre Gesellschaft außerordentlich genieße.» Er hob die Hand und strich ihr sanft eine ihrer blonden Locken hinters Ohr.

«Nein!» Pauline fuhr auf und starrte entsetzt in die Dunkelheit. Die Decke rutschte an ihr herunter; erst der kalte Luftzug, der sie erfasste, machte ihr klar, dass sie sich in ihrem Bett auf dem Hängeboden befand und nicht mehr in Buschners Haus. Ihr Herz pochte hart gegen ihre Rippen, ihr Atem ging viel zu schnell.

Pauline bemühte sich, ruhig ein- und auszuatmen und ihre Gedanken auf die Arbeiten des kommenden Tages zu richten. Friedhelm Buschner war weit weg, zwischen seinem Haus in Bonn und dem Stein'schen Anwesen lagen viele Meilen. Obwohl sie sich redlich Mühe gab, an etwas anderes zu denken, dauerte es lange, bis sie sich so weit beruhigt hatte, dass sie wieder einschlafen konnte.

* * *

Bibbernd stand Pauline am Brunnen hinter dem Haus und wusch sich Gesicht, Hals und Hände. Es hatte in der Nacht leichten Frost gegeben, und im Schein der Hoflampe glitzerte das Pflaster ringsum vom Reif. In den wenigen Tagen, die sie ihren Dienst tat, hatte sie sich angewöhnt, als Erste morgens zum Waschen hinauszugehen. Wenn der Knecht, die Köchin und der Hausdiener wach waren, hatte sie keine ruhige Minute mehr. Auch jetzt beeilte sie sich sehr. Nicht nur, weil die Luft eiskalt war, sondern vor allem, weil sie es nicht gewohnt war, sich mitten im Hof, möglicherweise vor aller Augen, zu waschen.

Sie hatte bisher sehr viel Wert auf Körperpflege gelegt und regelmäßig ein Bad genommen. Selbst in ihrer Stellung als Gouvernante hatte man ihr dies zugestanden, da sie ständig an der Seite ihrer Schützlinge gewesen und daher zur sauberen, adretten Erscheinung verpflichtet war. Ein Dienstmädchen hingegen wurde anders behandelt. Sauber sollte sie sein, das war alles. Für Haarpflege oder gar gründliche Körperreinigung blieb nicht viel Zeit. Trotzdem brachte Pauline jeden Morgen ihre Bürste mit heraus und bearbeitete damit ihr honigblondes Haar, bis es knisterte und sich in seidigen Wellen um ihr Gesicht legte. Dann steckte sie es zu einem eher praktischen denn modischen Knoten auf.

Sie wünschte sich, sie hätte die Möglichkeit, ihr Haar wieder einmal zu waschen, doch laut Tines Aussage bekamen die Dienstboten dazu nur selten Gelegenheit, und wenn, dann nur vor den Feiertagen oder in der warmen Jahreszeit.

«He, Prinzessin, willst du noch länger Maulaffen feilhalten, oder dürfen wir allmählich auch mal ans Wasser?»

Pauline erschrak, als sie die mokante Stimme des achtzehnjährigen Hausknechts Heiner direkt hinter sich vernahm. Feixend trat er neben sie und begann seelenruhig, den Eimer in den Brunnen hinabzulassen. Rasch trat Pauline beiseite und knöpfte mit fliegenden Fingern die oberen Knöpfe ihres Kleides zu. «Ich bin schon fertig», sagte sie und trat den Rückzug an, als auch die dicke Köchin Mathilde zum Brunnen kam.

«Brauchst ja nicht gleich wegzulaufen, Kleine», kicherte sie. «Wir schaun dir schon nix weg. Dem Heiner biste sowieso zu dürr, nicht wahr, Heiner?»

Der Knecht grinste breit und fuhr sich mehrmals mit nassen Händen durch sein kurzes blondes Haar. «Stimmt, ich mag sie lieber ein bisschen molliger. So ein lecker Mädche, bei dem man gleich sehen kann, wo vorne und hinten ist.»

Peinlich berührt senkte Pauline den Kopf und eilte zurück ins Haus. Hinter sich hörte sie die anderen Dienstboten lachen. Sie kletterte die Leiter zu ihrem Hängeboden hinauf, um die Bürste zu verstauen und ihr Handtuch ordentlich zum Trocknen aufzuhängen. Danach schlug sie die Leiter ab, wie Heiner es ihr gezeigt hatte, und verstaute sie in einer Nische unter dem Treppenaufgang. Bevor sie in die Küche ging, um sich ihr Stück Morgenbrot abzuholen, machte sie einen kleinen Umweg über den vorderen kleinen Salon. Dort pflegte die gnädige Frau am Abend Listen mit Aufträgen auszulegen, die die Dienerschaft zusätzlich zu den alltäglichen Pflichten zu erledigen hatte. Auf dem Zettel, der Paulines Namen trug, waren zwei Aufgaben verzeichnet: der Gang zum Schuster, bei dem zwei Paar Kinderschuhe abgeholt werden mussten, und das Polieren des guten Silbers, da am Nachmittag eine Teegesellschaft anstand.

Sie nahm den Zettel und schob ihn in den Ärmel ihres Kleides, dann ging sie rasch in die Küche, um sich ihr Frühstück zu sichern. Morgens gab es dünnbestrichene Butterbrote für die Dienerschaft und etwas Milch. Die Köchin war schon dabei, den Ofen anzuheizen und Wasser aufzusetzen, mit dem sie der Herrschaft später Kaffee und Kakao aufbrühen würde. Tine saß ebenfalls bereits in der Küche und kaute an ihrem Brot. Die junge Magd wartete immer, bis alle anderen vom Brunnen fort waren, bevor sie sich einer Katzenwäsche unterzog. Als sie Pauline eintreten sah, winkte sie ihr und deutete auf zwei Eimer voller Holzscheite. «Da, die hab ich schon mal reingeholt. Du bist heute an der Reihe, die Öfen im Obergeschoss anzuheizen. Ich übernehme den Salon und den Laden. Ach ja, und wenn du oben mit Staubwischen und Putzen fertig bist, kannst du mir vielleicht noch hinten im Lager helfen. Heute soll eine neue Lieferung Kaffee und so für den gnädigen Herrn kommen, und wir müssen die Regale auswischen, bevor die Sachen eingeräumt werden.»

«Aber ich muss noch zum Schuster und das ganze Silber polieren», protestierte Pauline schwach.

Tine winkte ab. «Zum Schuster kannst du heute Nachmittag gehen. Die Regale sind viel wichtiger, weil die Warenlieferung um zwölf Uhr erwartet wird. Also beeil dich ein bisschen mit dem Silber.»

«Es soll aber gründlich poliert werden», warf Pauline ein. «Ich will nicht riskieren, dass die gnädige Frau schimpft, weil ich nachlässig arbeite.»

«Ach Jottchen!» Tine verdrehte die Augen. «Dann arbeite eben gründlich *und* schnell. Wie willste denn erst die ganze Arbeit schaffen, wenn ich nicht mehr hier bin?» Sie stand auf und wedelte mit der Hand. «Husch, husch. Wir haben alle viel zu tun.»

Pauline würgte schnell den letzten Bissen ihres Brotes hinunter und spülte mit dem Rest Milch aus ihrem Becher nach. Dann schnappte sie sich die beiden schweren Holzeimer und trug sie ins obere Geschoss.

Drei Stunden später saß sie an einem der Tische im großen Salon, vor sich einen großen Kasten mit Silberbesteck, von dem sie erst die Hälfte zum Glänzen gebracht hatte. Zweimal war Frau Stein bereits hereingekommen und hatte Paulines Arbeit bekrittelt. Dem scharfen Auge der Hausherrin entging nicht der winzigste Fleck auf dem guten Besteck. Paulines Schultern und Nacken schmerzten von der gebeugten Haltung, in der sie schon so lange dasaß. Eine Pause konnte sie sich jedoch nicht leisten. Nach dem Silber war das Reinigen der oberen Schlafräume an der Reihe. Und wenn sie Tine noch helfen wollte, würde sie sich sehr beeilen müssen.

* * *

«Entschuldigen Sie bitte die Störung, gnädiger Herr.» In der Tür zu Julius Reuthers Arbeitszimmer war dessen Hausdiener Jakob aufgetaucht, wie immer in seinem schwarzen Anzug, der schon bessere Jahre gesehen hatte, und einem vorbildlich gestärkten Hemd. Das hellblonde, fast weiße Haar ließ ihn älter als seine 45 Jahre wirken. Verstärkt wurde dieser Eindruck durch das hagere Gesicht mit der Adlernase und den klug dreinblickenden wasserblauen Augen.

Julius hob nur kurz den Kopf. «Ja, was gibt es denn, Köbes?»

Der Hausdiener trat einen Schritt näher. «Ich soll Sie daran erinnern, dass heute Abend die Gesellschaft bei der Familie Oppenheim stattfindet. Und heute Nachmittag ist eine Teegesellschaft bei den Steins, aber ich vermute, dort möchten Sie nicht hingehen?»

Julius schüttelte den Kopf. «Nicht, wenn es sich vermeiden lässt.»

«Sie wurden schon zweimal eingeladen und haben sich beide Male entschuldigen lassen, Herr Reuther.»

«Du meinst also, sie würden es als Affront betrachten, wenn ich nicht hinginge?»

Jakob lächelte schmal. «Die nächste Einladung sollten Sie annehmen, gnädiger Herr. Heute haben Sie eine gute Ausrede. Die Eltern Ihrer zukünftigen Gattin gehen schließlich vor.»

Julius' Kopf ruckte hoch. «Zukünftige Gattin? Woher hast du das denn schon wieder? Es handelt sich lediglich um einen Freundschaftsbesuch bei den Oppenheims.»

«Natürlich, Herr Reuther.» Jakob nickte mit ernster Miene.

«Von einer Hochzeit kann nicht die Rede sein.»

«Natürlich nicht, Herr Reuther.»

«Ich wünsche nicht, dass derartige Gerüchte in die Welt gesetzt werden, Köbes.» Julius runzelte die Stirn, als er das amüsierte Funkeln in den Augen seines Dieners wahrnahm. «Sonst noch etwas?»

Jakob zögerte. «Ihr Fräulein Tochter hat einen schriftlichen Verweis von der Schule mitgebracht.»

«Schon wieder?» Die Furchen auf Julius' Stirn vertieften sich; er fuhr sich mit gespreizten Fingern durch die kurzgeschnittenen braunen Locken. «Was ist es diesmal?»

«Sie weigerte sich offenbar, einen Schmetterling zu sticken.»

«Einen Schmetterling?» Irritiert legte Julius den Kopf schräg.

«Im Handarbeitsunterricht», erklärte der Hausdiener. «Sie fragte die Lehrerin, weshalb sie Schmetterlinge sticken müsse, während die Jungen in der Schule gegenüber zur gleichen Zeit etwas über Napoleon und Amerika lernen dürfen. Das hat ihr einen schweren Rüffel und den Verweis eingebracht.»

«Napoleon und Amerika, wie?» Um Julius' Mundwinkel zuckte es. Er stand auf und trat an die Schrankwand hinter seinem großen Schreibtisch, zog einen schweren Atlas daraus hervor und reichte ihn seinem Diener. «Also gut, da dürfte eine Züchtigung notwendig sein. Übergib meinem Fräulein Tochter diesen Atlas und richte ihr aus, dass sie zur Strafe bis morgen früh alle Namen der nordamerikanischen Staaten und Territorien sowie deren Lage auf der Karte auswendig lernen muss. Zu jedem Staat und Territorium wünsche ich zudem mindestens eine Stadt und einen Fluss von ihr zu erfahren.»

Köbes klemmte sich den Atlas unter den Arm. «Wie Sie wünschen, gnädiger Herr. Eine angemessen strenge Strafe, möchte ich hinzufügen, die zudem den Geist Ihres Fräulein Tochter fordern wird.»

Julius nickte ihm zu. «Leider wird es sie nicht davon abhalten, sich weiterhin mit den Lehrern anzulegen.»

«Ihr fehlt die leitende Hand einer Frau, gnädiger Herr.»

Julius' Miene verfinsterte sich. «Das weiß ich, Köbes.» Er setzte sich wieder an seinen Platz und blätterte in der Korrespondenz, die sich auf der Tischplatte stapelte. «Aber ich wünsche keines dieser hochnäsigen Frauenzimmer in meinem Haus. Mit Weibsbildern, die sich Gouvernanten schimpfen und selbst nicht mehr als Stroh im Kopf haben, will ich nichts zu tun haben.»

Jakob zog ein wenig den Kopf ein, als er den gereizten Tonfall seines Herrn vernahm. Dennoch wagte er einzuwenden: «Es gibt auch sehr gebildete junge Damen, die Fräulein Ricarda sicherlich zu einer ausgezeichneten Erziehung verhelfen könnten. Und jung Peter ebenfalls, möchte ich anfügen.»

«Ich will nichts davon hören», knurrte Julius verärgert. «Meine Meinung steht. Entweder sind diese Gouvernanten dumme Gänse, die nicht mehr können, als sich herauszuputzen und über die neuesten Tanzschritte zu gackern, oder sie sind tatsächlich einigermaßen gebildet und halten sich deshalb für etwas Besseres, beziehungsweise wollen sich durch eine Heirat eine angesehene Position erwerben. Das mag zwar aus Sicht dieser Damen klug und richtig sein, aber ich kann darauf verzichten, Köbes. Von beiden Sorten sollte jeder Mann, der seine fünf Sinne beisammen hat, die Finger lassen. Ganz gleich, wie sie sich gebärden, Frauenzimmer im Haus sind eine Gefahr für Ruhe und Seelenfrieden, und es ist besser, sich weitgehend von ihnen fernzuhalten.»

«Wie Sie meinen, gnädiger Herr.» Jakob verbeugte sich kurz und wandte sich zum Gehen. Seufzend schloss er die Tür des Arbeitszimmers hinter sich und brachte der Tochter des Hauses den Atlas samt Lernauftrag ihres Vaters.

* * *

Mit einem leeren Tablett auf dem Arm stand Pauline hinter der Salontür und lauschte andächtig der hellen Frauenstimme, die zur Musik auf dem Pianoforte eine liebliche Weise sang. Ohne es zu merken, wippte ihr Fuß dabei auf und ab, und sie summte leise die Melodie mit.

«He, Prinzessin, träumst du schon wieder?» Mit einem frechen Grinsen stieß Heiner Pauline den Ellenbogen in die Seite.

Pauline zuckte erschrocken zusammen, fing sich jedoch rasch wieder. «Das Lied, das Fräulein Christine da singt, ist eines meiner Lieblingslieder. Ich habe es meinem Onkel so oft vorgesungen, und auf Gesellschaften ...» Sie stockte. Es war nicht angebracht, Heiner von ihrem früheren Leben zu erzählen. Insbesondere weil diese Zeit für sie auf immer verloren war.

«Du kannst singen?» Heiners Interesse schien geweckt.

Abwesend nickte Pauline. «Ja, sogar recht gut.»

«Tanzen auch? Ich mein, so wie die feinen Herrschaften mit Menuetten und Polonaisen und all so was?»

Wieder nickte Pauline. «Ich hatte Unterricht in allen modernen Tänzen.»

«Du? Unterricht?» Heiner lachte. «Warum bist du dann nicht beim Zirkus?»

«Wie bitte?»

«Mensch, Prinzessin, erzähl doch nicht solche Geschichten! Am Ende glaubt dir noch jemand. Tanz- und Singunterricht kriegen doch nur reiche Leute.» Unvermittelt veränderte sich Heiners Gesichtsausdruck. Neugierig musterte er sie von oben bis unten. «Oder bist du am Ende eine von denen gewesen? Das würde erklären, warum du so zimperlich und verwöhnt bist.»

«Ich bin nicht zimperlich und verwöhnt!», protestierte Pauline.

«Doch, bist du», erwiderte Heiner. «Glaubst du, wir nennen dich umsonst Prinzessin?» Er machte eine wegwerfende Geste mit der Hand. «Ich dachte erst, dass du einfach faul bist und dich vor der Arbeit drücken willst. Aber so ... Warum bist du nicht mehr reich?»

Pauline senkte den Kopf. «Ich war niemals reich.»

«Aber reich genug für feinen Gesang und Tanz.»

«Mein Onkel hat dafür gesorgt, dass ich eine gute Erziehung erhielt. Aber nun ist er tot, und ...»

«Und von einer guten Erziehung allein kann man nicht leben», vervollständigte Heiner ihren Satz. «Er hätte dir mal besser was Praktisches beigebracht. Zum Beispiel, wie man richtig Feuer macht und Zimmer putzt. Tine beschwert sich schon dauernd über dich. Wenn du so weitermachst, wird die Gnädige dich nicht fest einstellen.» Er zögerte. «Bist du deswegen auch schon bei deiner letzten Stellung rausgeflogen?»

«Nein, ich ...» Pauline biss sich auf die Lippen. «Darüber möchte ich nicht sprechen.»

«Warum nicht?» Neugierig hob Heiner den Kopf.

Ein unangenehm zerrendes Gefühl machte sich in Paulines Magengrube breit. «Weil es dich nichts angeht!», antwortete sie harscher als nötig und wandte sich ab. Sie umfasste das leere Tablett fester und straffte die Schultern, dann trat sie in den Salon.

«Pauline!» Kaum hatte sie den Raum betreten, als auch schon Frau Stein nach ihr rief. «Da bist du ja endlich! Hier, bring die Kaffeekanne in die Küche und lass sie umgehend auffüllen. Und bring auch noch von dem Gewürzkuchen mit.» Sie wandte sich an einen ihrer weiblichen Gäste: «Nicht wahr, Elise, der Kuchen ist von ausgesuchter Qualität. Unsere gute Mathilde benutzt nur die besten Gewürze.»

«Ganz hervorragend», stimmte die Angesprochene zu und tupfte sich geziert mit einer Serviette über die Lippen. Dabei musterte sie Pauline unverhohlen aus kühlen, grauen Augen, die den gleichen Farbton aufwiesen wie ihr aufwendig frisiertes und aufgestecktes Haar unter der seidenen Haube.

Pauline knickste höflich und zog sich eilig zurück. Während sie in Richtung Küche eilte, hörte sie die beiden Frauen über sie sprechen.

«Ist das Ihr neues Mädchen? Sie scheint ein bisschen langsam zu sein.»

«Ja, leider, meine Liebe. Aber vielleicht macht sie sich ja noch. Man sagt doch, dass die Mädchen aus der Eifel so tüchtig sind.»

«Wenn sie sich bis zum Ende der Probezeit nicht gebessert hat, dann werfen Sie sie schnellstens wieder hinaus», empfahl Elise Schnitzler. «Es gibt nichts Schlimmeres als faules oder einfältiges Dienstpersonal. Das ist hinausgeworfenes Geld, meine Liebe. Und wo Stroh drin ist, kann kein Gold herauskommen, sag ich immer.»

Pauline rannte beinahe in die Küche, stellte die Kanne ab und füllte sie mit dem frischgebrühten Kaffee wieder auf. Mathilde hatte bereits geschnittenen Kuchen auf dem großen Tisch vorbereitet, sodass Pauline die Platte gleich mitnehmen konnte.

Faul und einfältig. Mit aller Macht drängte sie die aufsteigenden Tränen zurück, während sie zurück in den Salon eilte, um Kaffee und Kuchen zu servieren. Frau Stein bat sie, sich in einer Ecke des Salons aufzuhalten, für den Fall, dass einer der Gäste etwas benötigte oder Geschirr abgetragen werden musste. Also stellte sich Pauline neben die zweiflüglige Tür, wo sie hoffentlich niemanden störte.

Sie war nicht faul und erst recht nicht einfältig, sondern einfach nicht an die schwere Arbeit gewöhnt! Aber auf gar keinen Fall durfte sie diese Anstellung verlieren. Dann stände sie wieder ohne Geld und Bleibe auf der Straße. Das durfte nicht geschehen. Sie musste alles tun, damit ihre Arbeitgeberin zufrieden mit ihr war.

Christine, die älteste Tochter der Steins, ein hübsches, wenn auch etwas blasses blondes Mädchen von achtzehn Jahren, hatte ihre Gesangsdarbietung inzwischen beendet. Die anwesenden Damen und Herren klatschten Beifall, und sogleich ließ Pauline ihren Blick über die Teegesellschaft wandern. Wollte jemand noch Kaffee oder Kuchen? Am unteren Ende der Tafel winkte eine ältere Dame und verlangte nach einer neuen Serviette, da die ihre zu Boden gefallen war. Pauline brachte sie ihr und bemühte sich fortan, den Gästen ihre Wünsche von den Augen abzulesen. Das war nicht ganz einfach, aber Heiners Sticheleien und Frau Schnitzlers harte Worte hatten ihr Angst eingejagt. Es reichte offenbar nicht, die Arbeit zu tun, die man ihr auftrug. Sie musste gut getan werden. Sehr gut. So gut, dass Frau Stein sie fest einstellen und dies nicht bereuen würde.

Kapitel 3

«Herr Jakob, wann kommt mein Vater nach Hause?» Ricarda Reuther stand auf der untersten Treppenstufe. Mit der rechten Hand wickelte sich die Neunjährige eine lange Haarsträhne um den Zeigefinger.

Jakob, der mit einem Eimer Holzscheite auf dem Weg in das Arbeitszimmer seines Herrn war, blieb stehen und stellte seine Last neben sich ab. «Er wird bald hier sein, Fräulein Ricarda. Heute ist Zahltag in der Fabrik, da bleibt er immer länger dort, das weißt du doch. Und hernach hat er noch einen Termin bei dem Bankier Schnitzler.»

«Immerzu ist er fort.»

Jakobs Miene wurde weich. «Er besitzt eine große Fabrik und trägt damit eine ebenso große Verantwortung, Fräulein Ricarda.»

«Ich weiß.» Die Stimme des Mädchens klang gepresst.

«Er wird sich sicher freuen, zum Abendessen deine Gesellschaft genießen zu dürfen. Und die deines Bruders.»

«Er ist heute Abend irgendwo eingeladen. Das hat er mir heute Morgen gesagt.»

Überrascht hob Jakob die Brauen. «Da weißt du mehr als ich. Von einer Einladung hat er mir gegenüber nichts erwähnt.»

«Nie ist er hier. Immer nur zum Frühstück.»

«Fräulein Ricarda ...» Hilflos hob Jakob die Schultern.

«Ich habe ein Bild für ihn gemalt.»

«Oh. Das wird ihn bestimmt freuen.»

«Ja, wenn er mal Zeit hat, es sich anzuschauen.»

«Die Zeit wird er sich ganz sicher nehmen.»

«Wie denn? Wenn er von seiner Einladung nach Hause kommt, bin ich schon im Bett und schlafe. Und morgens ist nie genug Zeit. Da fragt er immer nur, wie es in der Schule geht. Und dann lässt er Peter erzählen. Ist es, weil ich ein Mädchen bin?»

Jakob stutzte. «Wie kommst du denn darauf?»

«Na, weil er immer über Frauen schimpft.»

«Schimpft?»

«Na ja, nicht richtig schimpft. Aber er mag keine Frauen, oder? Er sagt gemeine Dinge über sie. Hat er meine Mutter überhaupt lieb gehabt?»

«Aber natürlich hat er das.» Jakob wusste selbst, dass seine

Antwort eine Spur zu schnell erfolgt war. Und er sah Ricarda an, dass sie dies sehr wohl bemerkt hatte.

«Er hat überhaupt niemanden lieb. Nicht so richtig. Höchstens Peter, weil der ein Junge ist. Aber mich nicht und sonst auch niemanden.»

Betroffen ging Jakob einen Schritt auf das Mädchen zu. «Das ist nicht wahr, Fräulein Ricarda. Dein Vater liebt dich und deinen Bruder sehr. Er ist ... ein vielbeschäftigter Mann. Und er muss dafür sorgen, dass die Fabrik gut läuft und Gewinne abwirft, damit ihr beiden ein schönes Zuhause habt. Jung Peter kann dann einmal ein gutgehendes Geschäft erben, und du erhältst eine üppige Mitgift.»

«Deshalb ist er nie da, ich weiß.» Ricarda senkte den Kopf und zupfte etwas heftiger an der Haarsträhne. «Trotzdem mag er keine Frauen und Mädchen. Das merkt man ihm an. Aber wenigstens heiratet er dann nicht irgend so eine dämliche Pute.»

«Fräulein Ricarda!» Tadelnd hob Jakob den Zeigefinger. «Halte deine Zunge ein bisschen im Zaum. Was sind denn das für Ausdrücke?»

Ricarda zuckte mit den Schultern, drehte sich um und stieg langsam die Treppe ins obere Geschoss hinauf, in dem sich ihr Zimmer befand. «Vielleicht schenke ich ihm das Bild auch zu Weihnachten», murmelte sie. «Oder zu seinem Geburtstag. Der ist erst im März. Oder gar nicht.»

Jakob sah ihr mitleidig nach, nahm den Holzeimer und trug ihn ins Arbeitszimmer. Wie oft hatte er schon ähnliche Gespräche mit dem Mädchen geführt? Er hatte aufgehört zu zählen. Doch in letzter Zeit schien sich Ricardas Enttäuschung zu steigern. Sie vergriff sich oft im Ton, und aus dem, was sie sagte, war deutlich herauszuhören, dass der Unmut in ihr schwelte. Jakob hoffte, dass sie sich irgendwann wieder beruhigen würde.

Dass den Kindern väterliche Zuwendung und Strenge fehlte, war offensichtlich. Ricarda wurde immer aufmüpfiger, der siebenjährige Peter hingegen immer stiller. Allerdings nur, solange er allein zu Hause war. Unter seinesgleichen heckte er ständig Streiche aus. Wenn es so weiterging, würden die beiden Kinder bald ins Gerede kommen.

Julius Reuther war alles andere als ein Mustervater. Schon während seiner Ehe mit Valentina von Ebersbach war es nicht einfach gewesen. Herr Reuther war zwar ein weltoffener Mann, der sich selbst zu einiger Bildung verholfen und es zu einem erfolgreichen Geschäftsmann gebracht hatte. Doch im privaten Umgang mit Menschen war er eher zurückhaltend. Es fiel ihm nicht leicht, sich zu öffnen, auch nicht seinen Kindern gegenüber, und er gab sich gern ungehobelter und abweisender, als er in Wirklichkeit war. Als seine Frau dann vor zwei Jahren gestorben war, hatte Julius sich gänzlich in sein Schneckenhaus zurückgezogen. Der Skandal um den Tod seiner Frau war groß gewesen, obwohl Julius Reuther aus Rücksicht auf seine Kinder und Schwiegereltern alles dafür getan hatte, dass die wahren Umstände von Valentinas Ableben der Öffentlichkeit verschwiegen wurden. Dennoch war einiges durchgesickert und hatte der Familie das Leben schwergemacht. Leider schien es nun, als steuere die Familie auf eine weitere öffentliche Diffamierung zu, wenn Ricarda und Peter nicht baldmöglichst zur Räson gebracht wurden.

Herr Reuther hatte sie bisher in allem gewähren lassen. Nicht weil er sie nicht liebte. Nein, Jakob wusste nur zu gut, dass das Gegenteil der Fall war. Doch sein Herr war nach den schlimmen Ereignissen vor zwei Jahren offenbar zu dem Schluss gekommen, dass es besser sei, sich abzuschotten. Vor allem Frauen gegenüber legte er große Missbilligung, wenn nicht gar Verachtung, an den

Tag. Kein Wunder, dass Ricarda glaubte, ihr Vater würde sie ablehnen, weil sie ein Mädchen war.

Inzwischen hatte Jakob das Feuer in dem offenen Kamin des Arbeitszimmers entzündet und das Holz ordentlich aufgestapelt. Er warf einen prüfenden Blick auf den Schreibtisch und die Regale und stellte fest, dass es an der Zeit war, hier einmal wieder Staub zu wischen. Leider würde diese Arbeit an ihm hängen bleiben, denn sein Herr hatte verboten, dass Kathrin, das Dienstmädchen, oder die Hauswirtschafterin Berthe den Raum auch nur betraten, geschweige denn putzten. Selbst Jakob durfte dies nur mit ausdrücklicher Erlaubnis und unter der Bedingung, dass er nichts anrührte oder gar veränderte. Selbst das Reinigen des Zimmers war nur mit großen Einschränkungen möglich. Da der Raum nicht verwahrlost aussah, vermutete Jakob, dass Julius Reuther hin und wieder selbst zu Besen und Wischtuch griff.

Kopfschüttelnd nahm er den leeren Eimer und verließ den Raum. Wenn sein Herr heute Abend tatsächlich auswärts essen wollte, würde er sich dazu ganz sicher umkleiden wollen. Also würde Jakob ihm einen guten Anzug, ein frisches Hemd und passende Schuhe herauslegen.

* * *

Mit einem unterdrücken Gähnen schleppte sich Pauline zu der Nische, in der die Leiter zu ihrem Hängeboden verstaut war. Ihre Augen brannten; sie war seit dem frühen Morgen auf den Beinen, inzwischen war es nach neun Uhr abends. Sie wollte nichts anderes mehr als in ihr Bett fallen und schlafen. Jeder einzelne Muskel tat ihr weh. Sie hatte heute der Wäscherin helfen müssen. Das bedeutete, dass sie unzählige Wäschekörbe schleppen, Leib- und

Tischwäsche einweichen mussten – die guten Kleider der gnädigen Frau und ihrer Töchter wurden selbstverständlich gesondert gereinigt. Sobald die Sachen getrocknet waren, mussten sie gebügelt werden. Tine und Elfie würden ihr morgen zeigen, wie das ging, denn Pauline hatte noch nie in ihrem Leben ein Bügeleisen benutzt. Eines hatte sie aber schon in Erfahrung gebracht: Bügeln war eine ebensolche Plackerei wie das Waschen. Und zeitraubend obendrein. Doch darüber wollte sie heute Abend nicht mehr nachdenken.

Sie stellte die Leiter auf und hatte gerade drei Sprossen erklommen, als sie hinter sich Schritte vernahm. «Pauline, gut, dass du noch auf bist.»

Pauline verdrehte die Augen und kletterte wieder hinab. «Ja bitte, gnädiger Herr? Kann ich etwas für Sie tun?»

«Meine Gemahlin ist unpässlich. Sie wünscht, ihre Kopfschmerzmedizin einzunehmen und außerdem einen Tee. Bring ihr beides hinauf, so schnell es geht.»

«Natürlich, gnädiger Herr. Sofort.»

Pauline wollte sich bereits abwenden, doch ein Räuspern des Hausherrn hielt sie auf. «Willst du die Leiter etwa hier stehenlassen? Es könnte sich jemand auf dem Weg zur Hintertür daran stoßen.»

«Oh, natürlich. Entschuldigen Sie, gnädiger Herr.»

Pauline machte wieder kehrt und beeilte sich, das Hindernis aus dem Weg zu räumen.

Er nickte zufrieden und ging zurück in die Bibliothek, in der er die meisten Abende verbrachte, wenn er sich nicht mit Freunden auswärts traf.

Seufzend ging sie in die Küche. Die Köchin war natürlich längst zu Bett gegangen. Sie hatte ihr Lager in einem Verschlag neben der Speisekammer. Von dort und vom Hängeboden über der Küche, wo Elfie und Tine schliefen, war leises Schnarchen zu hören.

Rasch stellte Pauline den Wasserkessel auf den Herd. Zum Glück war noch ein wenig Glut darin, sodass es nicht allzu lange dauern würde, bis sie das Feuer entfacht hatte.

Während sie darauf wartete, dass das Wasser zu kochen begann, ging sie hinüber in die Speisekammer, um den Tee sowie die Kräutermischung für die Medizin der gnädigen Frau zu holen. Einen Moment lang blickte sie sich in der geräumigen Speisekammer um. Neben der Tür im Regal stand ein großer Topf mit dünner Gemüsesuppe für die Bediensteten. Daneben lag ein altbackenes, schimmliges Brot. Auch dies würden sie morgen zu essen bekommen. Frau Stein hielt nichts davon, Lebensmittel wegzuwerfen, auch nicht, wenn sie bereits verdorben waren. In den drei Wochen, in denen Pauline nun fest angestellt war, hatte sie so manche saure Milch, vergorene Suppe oder angeschimmeltes Brot vorgesetzt bekommen.

«Der Hunger treibt's rein», pflegte Tine zu sagen. Zweimal hatte Pauline sich nach dem Essen bereits übergeben müssen. Die anderen Dienstboten hatten sie ausgelacht und gemeint, sie würde sich schon noch daran gewöhnen.

Pauline hatte sich bereits an so einiges gewöhnt. An die harte Arbeit, die niemals ein Ende zu nehmen schien, an die schlechte Laune ihrer Arbeitgeberin, die sie bevorzugt an den Dienstmädchen ausließ. Inzwischen hatte diese zumindest nichts mehr am Aussehen von Paulines Händen auszusetzen. Die anfängliche Weichheit war kaum noch erkennbar, Schwielen gab es nun genug. Anfangs hatte sie sich mehrmals die Haut aufgerissen. Doch mittlerweile hatte sich vom Tragen der schweren Holzeimer oder

der Säcke mit Mehl oder Kartoffeln für die Köchin Hornhaut gebildet.

Als das Wasser zu kochen begann, nahm Pauline den Kessel vom Feuer und goss den Tee auf. In Ermangelung einer Uhr musste sie die Sekunden zählen, damit das Gebräu nur ja nicht zu lange zog. Frau Stein hatte diesbezüglich strenge Anweisungen gegeben. Dann goss sie weiteres Wasser in einen zweiten Becher, mischte die Medizin hinein und stellte ihn auf ein Tablett.

Während sie zählte, rieb sie sich die Augen. Wenn sie sich jetzt hinsetzte, würde sie gewiss einnicken, also begann sie in der Küche auf und ab zu gehen. Dabei wanderten ihre Gedanken ab zu der Zeit, die sie mit ihrem Onkel in Bad Bertrich verbracht hatte. Wie sehr sie ihn vermisste! Wenn er sie jetzt sehen könnte, würde es ihm gewiss das Herz brechen. Er hatte doch immer nur das Beste für sie gewollt. Wenn er nicht so unvermittelt und viel zu früh gestorben wäre …

Pauline stieß mit der Hüfte gegen den Küchentisch und erschrak. Sie hatte zu zählen aufgehört! Was, wenn der Tee nun nicht richtig war? Vorsichtig tauchte sie die Spitze des Zeigefingers in die Tasse und probierte die Flüssigkeit. Sicherheitshalber blickte sie sich um, ob auch niemand sie bei dieser verbotenen Tat beobachtet hatte. Der Tee schien in Ordnung zu sein, also hob sie das kleine Sieb heraus und entsorgte die Teeblätter. Dann rührte sie noch einmal die Kräutermedizin um und trug beides in das Obergeschoss, wo sich das Schlafzimmer ihrer Herrschaft befand. Auf ihr leises Klopfen hin erlaubte Frau Stein ihr einzutreten. Die Hausherrin saß im rüschenverzierten Nachthemd im Bett. Ihre Leidensmiene verriet, dass sie wieder einmal unter einer der schlimmen Kopfschmerzattacken litt, die sie mindestens zweimal pro Woche ereilten. Pauline reichte ihr erst die Medizin und dann die Teetasse. Ariane Stein nickte ihr nur knapp zu. «Der Tee ist gut, Pauline. Anscheinend bist du die Einzige im Haus, die verstanden hat, wie er sein soll. Hach, wenn nur diese Kopfschmerzen nicht wären! Grässlich, grässlich. Pauline, geh nach unten und mach mir einen Kräuterumschlag. Ich fürchte, ich werde sonst nicht schlafen können. Und wenn es morgen früh nicht besser ist, musst du zum Apotheker gehen und mir mehr von der Medizin holen.»

«Natürlich, gnädige Frau. Kann ich sonst noch etwas für Sie tun?» Abwartend stand Pauline neben dem Bett, doch die Hausherrin winkte nur ungeduldig ab. «Den Umschlag, Pauline. Und lass dir nicht zu viel Zeit damit.»

Pauline nahm den leeren Becher an sich und verließ das Zimmer, um den gewünschten Kräuterumschlag zu bereiten. Das bedeutete, dass das Wasser noch einmal aufgekocht werden musste. Pauline gähnte mehrmals, während sie die Arbeiten mechanisch verrichtete. Zwischendurch ging sie hinaus in den Hinterhof und schöpfte frisches Wasser aus dem Brunnen, mit dem sie sich Gesicht und Hände wusch. Das kalte Wasser belebte sie für kurze Zeit ein wenig. Seit sie beschlossen hatte, dass sie das beste Dienstmädchen werden wollte, damit sie die Stellung behalten konnte, hatte sie kaum eine Nacht mehr als fünf Stunden geschlafen. Und wie es aussah, würde ihre Nacht heute noch kürzer werden.

Frau Stein hatte Paulines fleißige Bemühungen wahrgenommen und sie fest eingestellt. Doch inzwischen hatte sie auch eine Vorliebe für Pauline entwickelt und beanspruchte sie weitaus mehr als die übrigen Dienstboten. Die Liste mit Aufträgen, die jeden Morgen im kleinen Salon auslag, schien für Pauline täglich länger zu werden. Doch weder Tine noch Elfie dachten auch nur im Traum daran, ihr ein wenig zu helfen. Im Gegenteil – die beiden waren offensichtlich von Herzen froh, dass Pauline den Löwenanteil der Arbeit zu verrichten hatte.

Zu allem Überfluss tuschelten die beiden häufig hinter Paulines Rücken. Pauline vermutete, dass sie sich über ihre Bemühungen, sich vor allem bei der täglichen Körperpflege ein wenig Privatsphäre zu bewahren, lustig machten. Auch ihre Anstrengung, ihr Haar hübsch aufzustecken und nicht nur eine leidlich saubere, sondern rundum adrette Erscheinung abzugeben, wurde von den anderen belächelt. Selbst Paulines Ausdrucksweise gab hin und wieder Anlass zu Spott. Die Dienstboten im Hause Stein sprachen alle ausgeprägten Kölner Dialekt. Pauline hingegen hatte von klein auf gelernt, sich in gewähltem Deutsch auszudrücken. Es war ihr in Fleisch und Blut übergegangen. Heiner hatte sie schon oft damit aufgezogen, ebenso wie er nichts Besseres zu tun gehabt hatte, als den anderen brühwarm von ihren Gesangs- und Tanzstunden zu berichten. Seither galt sie als etwas sonderbare Außenseiterin. Keiner der anderen Dienstboten hatte eine Erziehung genossen, die sich mit der ihren vergleichen ließ. Sie konnten gerade einmal lesen und schreiben und unter Zuhilfenahme ihrer Finger rechnen. Wozu brauchte eine Magd oder ein Hausdiener auch mehr Wissen?

Inzwischen war Pauline klar geworden, dass all die Dinge, die sie gelernt hatte, ihr im harten, wirklichen Leben überhaupt nichts nutzten. Sie hatte sich nie die Hände schmutzig machen müssen. Und jetzt hatte sie fast vergessen, wie sich richtig saubere Kleider, frischgewaschene Haare oder gar ein Bad anfühlten. Dabei war sie noch gar nicht lange Magd. Sie wusste, über kurz oder lang würde sie abstumpfen, so wie die anderen. Vermutlich wäre das sogar von Vorteil, denn dann müsste sie nicht mehr jeden Abend mit Tränen in den Augen einschlafen. Sie würde sich nicht mehr einbilden, dass sie für etwas anderes als diese Knochenarbeit geboren worden war. Wenn sie ehrlich war, wusste sie, weshalb die anderen sich über sie mokierten und ihr nicht die Freundschaft anboten. Sie war anders. Nicht besser, nein, über diesen Gedanken war sie inzwischen hinaus. Auch wenn sie nach wie vor davon träumte, dieser Art Leben zu entfliehen, wusste sie doch, dass die Wahrscheinlichkeit gering war. Und selbst wenn es ihr gelänge, würde sie doch niemals wieder die Gleiche sein, so gedankenlos gegenüber denjenigen, die all die schwere Arbeit taten, damit es ihren Herrschaften wohl erging. Sie hatte niemals einen Gedanken daran verschwendet, wie es in diesen Menschen aussah. Nun wusste sie es.

Damit Frau Stein nicht ungeduldig wurde, beeilte sich Pauline mit dem Kräuterumschlag. Einen Dank erhielt sie von ihrer Herrin nicht, dafür bat diese sie jedoch, ihr noch ein wenig aus dem Roman vorzulesen, den sie sich von einer ihrer Freundinnen geliehen hatte. Also tat Pauline ihr auch diesen Gefallen. Sie las, bis Frau Stein eingenickt war. Dann breitete sie vorsichtig die Bettdecke über ihr aus, legte den Umschlag beiseite und nahm das Tablett mit der leeren Teetasse an sich. Sie löschte das Licht und schlich auf Zehenspitzen hinunter in die Küche, spülte die Tasse aus, damit es keine Ränder gab, und holte zum zweiten Male an diesem Abend die Leiter unter dem Treppenaufgang hervor. Als sie sich unter ihre dünne Decke schob und die Augen schloss, war es kurz nach Mitternacht.

Kapitel 4

«Wo bleibst du denn, Pauline!», schimpfte Elfie, die ein Bündel Briefe in der Hand hielt. «Frau Stein fragt schon seit einer halben Stunde nach dir. Hier, die kannst du gleich mit raufnehmen. Hast du die Medizin gekriegt? Ich will hoffen, dass sie wirkt. Die schlechte Laune der Gnädigen ist ja kaum auszuhalten. Ein Glück, dass du dir ihre Tiraden jetzt anhören darfst. Ich werde mit den Kindern einen Spaziergang zum Hafen machen, solange das Wetter noch gut ist.»

«Ja, ich war beim Apotheker am Alter Markt.» Wie zur Bestätigung ihrer Worte hob Pauline eine festverschlossene Dose aus ihrem Korb. «Er hat mir die Medizin für die gnädige Frau mitgegeben und noch einen speziellen Tee.»

«War der alte Herr Burka da oder sein Sohn?», wollte Elfie wissen. «Der junge Apotheker ist mir viel lieber. Ein richtig hübscher junger Mann. Könnte mir auch gefallen, aber unsereins fragt ja niemand.»

«Der alte Herr Burka hat mir die Medizin verkauft. Ich fand ihn sehr freundlich.»

Elfie rümpfte die Nase. «Mädchen, wenn du hier raus willst, solltest du lieber die Augen aufhalten. Mit dem Alten ist doch nichts anzufangen. Der ist doch schon seit dreißig Jahren verheiratet. Aber sein Sohn ist noch ledig, wie man hört. Ich hätte an deiner Stelle gewartet, bis er da ist, und ihm ein bisschen geschmeichelt.»

«Elfie!» Entsetzt starrte Pauline das Kindermädchen an. «Das ist doch wohl nicht dein Ernst.»

«Warum denn nicht?»

«So etwas schickt sich nicht.»

«Papperlapapp. Hast doch eine ganz ansehnliche Larve. Wenn ich ein bisschen jünger wäre, würde ich nicht zögern. Schon gar nicht, wenn ich so eine Zimperliese wie du wäre und mich für was Besseres hielte.»

«Das tue ich doch gar nicht!»

«O bitte! Gnädige Frau hier, gnädiger Herr da, kann ich Ihnen noch den Nachttopf hinterhertragen?»

«Was ist falsch daran, wenn ich meine Arbeit gut mache?»

«Du machst dich lieb Kind bei der Herrschaft!»

«Ich will nur meine Stelle nicht verlieren.» Pauline senkte den Kopf.

«Ja, ja, deshalb putzt du dich auch immer so heraus, wie? Hoffst wohl, dass der gnädige Herr noch anderweitig Gefallen an dir findet. In diesem Falle bräuchtest du dem Apotheker auch keine schönen Augen zu machen, nicht wahr?»

«Elfie!» Pauline starrte das Kindermädchen entsetzt an. Das Blut stieg ihr unangenehm warm ins Gesicht. «Nimm das sofort zurück!»

«Warum sollte ich?»

«Weil es nicht wahr ist!», rief Pauline aufgebracht.

«Ach nein? Und warum wirst du dann rot?», fragte Elfie mit einem hämischen Lächeln. «Aber weißt du was – mach, was du willst. Ich habe Besseres zu tun.» Damit wandte sie sich ab und rief nach den Kindern.

Pauline sah ihr für einen Moment betroffen hinterher. Wenn Elfie doch nur wüsste, wie falsch ihr Verdacht war! Nichts lag Pauline ferner, als ihrem Arbeitgeber – oder irgendeinem anderen Mann – schönzutun. Auch nicht dem Apotheker oder dessen Sohn.

Natürlich hatte Elfie insofern recht, dass eine Ehe mit einem achtbaren Mann ihr die Möglichkeit verschaffen würde, aus ihrer derzeitigen Stellung zu entfliehen. So wie Tine, die in weniger als drei Wochen mit einem kleinen städtischen Beamten vor den Traualtar treten und dann einen eigenen Hausstand gründen würde. Bescheiden zwar, aber allemal besser als die Schufterei als Dienstmädchen.

Für Pauline kam dies nicht in Frage. Außerdem würde sowieso kein achtbarer Mann sie haben wollen. Nicht nur, weil sie bloß eine winzige Mitgift besaß, sondern auch, weil …

«Pauline, bist du da unten?», schallte Frau Steins Stimme die Treppe herab.

«Ja, gnädige Frau, ich bin hier! Ich habe Ihre Medizin mitgebracht und soll Ihnen Grüße vom Apotheker Burka ausrichten. Er dankt Ihnen für die Einladung zu der Soiree am kommenden Samstag.»

«Mach mir noch einmal einen Umschlag, Pauline. Und bring eine Tasse Tee mit, wenn du schon dabei bist. Danach braucht Christine deine Hilfe beim Frisieren. Heute Nachmittag kommt Elmar Schnitzler zu Besuch, da soll sie besonders hübsch aussehen. Mit etwas Glück wird er ihr schon bald einen Antrag machen», kam die Antwort von oben, dann hörte Pauline die Tür zum Schlafzimmer ihrer Arbeitgeberin klappen. Rasch ging sie in die Küche, um den Umschlag und den Tee vorzubereiten.

Zwei Stunden später saß sie im Salon, vor sich eine ganze Reihe von Kristallgläsern, die alle auf Hochglanz poliert werden mussten, damit die Gäste, allen voran der Bankierssohn Elmar Schnitzler, nicht auf den Gedanken kamen, der Haushalt würde nachlässig geführt. Nicht das kleinste Stäubchen durfte sich im Salon finden, denn schließlich wollte man eine Tochter an den Mann bringen. Und dazu musste gezeigt werden, dass diese aus einem ordentlichen Haus stammte, denn daraus ließ sich ableiten, dass auch Christine einmal imstande sein würde, einen ebenso perfekten Haushalt zu führen.

Pauline kannte diese Denkweise, hatte sie sie doch früher nur allzu oft in den Familien ihrer Bekannten erlebt. Nur hatte sie damals nie darüber nachgedacht, was für eine Heidenarbeit damit verbunden war, die Familien potenzieller Bräutigame zu beeindrucken.

Sie hatte eine ganze Stunde damit zugebracht, Fräulein Christines Haar zu frisieren und ihr beim Ankleiden zu helfen. Nun saß das Mädchen mit seiner endlich von den Kopfschmerzen genesenen Mutter im Musikzimmer und erhielt letzte Anweisungen, wie sie sich ihrem hoffentlich Zukünftigen gegenüber zu benehmen hatte. Frau Stein hatte auch höchstpersönlich die Musikstücke ausgesucht, die Christine nach dem Abendessen am Pianoforte vorzutragen hatte.

Pauline hob eines der Gläser an und hielt es prüfend gegen das Licht. Eheschließungen glichen in den höheren Kreisen einem Kuhhandel. Oder, so überlegte sie, vielleicht sogar eher einem Sklavenhandel. Die Sklavenhändler waren die Mütter, die Käufer die Freier – oder vielmehr meistens deren Eltern. Es sei denn, es handelte sich um einen Witwer in gesetztem Alter, der sich noch einmal eine junge Braut zu nehmen gedachte.

Seufzend stellte sie das Glas wieder auf den Tisch und nahm das nächste zur Hand. Die meisten Mädchen träumten von einem glühenden Galan, einem Prinzen, der sie auf einem weißen Ross entführte. Die wenigsten bekamen, was sie sich wünschten. Sie selbst eingeschlossen. Dabei war die Ehe grundsätzlich ein erstrebenswerter Stand für eine Frau. Der einzig erstrebenswerte, wenn sie nicht vorhatte, den Schleier zu nehmen. Davon war Pauline allerdings ebenso weit entfernt wie von dem Wunsch, sich einen Bräutigam zu angeln.

«Pauline, du sollst runter in den Laden kommen», rief Heiner durch die offen stehende Salontür. «Der gnädige Herr will, dass du unten aufwischst. Eine Kundin hat eine Flasche Öl oder so was runtergeworfen, und jetzt ist vor der Kasse eine große Sauerei.»

«Ja, Heiner, ich komme sofort. Sag bitte Tine Bescheid, dass sie hier mit den Gläsern weitermachen soll.»

«Tine ist nicht da. Die Gnädige hat sie irgendwo hingeschickt. Ich glaube zur Putzmacherin, um ein Band zu kaufen oder so.»

Pauline verdrehte die Augen. Wie sollte sie gleichzeitig die Gläser polieren und unten aufwischen? Und Elfie war noch immer mit den Kindern unterwegs.

«Beeil dich, sonst wird Herr Stein ungeduldig», drängelte Heiner. «Wenn das Öl zu lange auf den Holzdielen klebt, gibt es hässliche Flecken.»

Pauline stand auf. «Ich komme ja schon.» Rasch holte sie einen Eimer und füllte ihn mit heißem Wasser, das die Köchin zum Glück stets vorrätig hatte. Dann bereitete sie eine Seifenlauge, schnappte sich einen Putzlappen und eilte hinunter in den Laden.

Schon von weitem hörte sie die aufgeregte Stimme einer Frau, die sich immer und immer wieder für ihr Missgeschick entschuldigte, und dazwischen Herrn Stein, der versuchte, die Frau zu beruhigen. Während Pauline umgehend mit der Reinigung des Fußbodens vor der Kasse begann, schaffte es der Kaufmann schließlich, die ältliche Dame hinauszukomplimentieren. Als sich die Tür hinter ihm schloss, stieß er ein entnervtes Grummeln aus. Pauline meinte das Wort «Schnepfe» aus seinem Gemurmel herauszuhören, war sich allerdings nicht ganz sicher. In diesem Moment ging die Ladentür erneut auf, und ein eleganter Herr in dunklem Anzug und blendend weißem Hemd mit hohem Vatermörderkragen trat ein.

«Ah, guten Tag, Herr Reuther, immer hereinspaziert!», begrüßte Herr Stein ihn erfreut. «Womit kann ich Ihnen dienen?»

Julius Reuther nahm seinen modischen schwarzen Zylinderhut vom Kopf und deutete eine knappe Verbeugung an. «Guten Tag, Herr Stein. Ich bin auf der Suche nach einem Geschenk. Einem Mitbringsel für eine Dame.»

«Da kommen Sie zu mir?», wunderte der Kaufmann sich. «Wäre da nicht ein Gang zum Juwelier angebrachter?»

Julius Reuther lachte. «So kostspielig soll es nicht sein. Eher etwas Kleines, Exotisches. Getrocknete Feigen und Datteln vielleicht.»

«Nun, dann wollen wir doch mal sehen, was sich da finden lässt. Pauline, mach mal Platz!» Stein tippte Pauline unsanft mit der Fußspitze an.

«Ja, Herr Stein, sofort. Aber ich bin noch nicht ganz fertig.» Pauline erhob sich hastig, hätte dabei fast den Putzeimer umgestoßen. Rasch trat sie einen Schritt zur Seite und stieß dabei mit dem Kunden zusammen, der reflexartig ihre Oberarme umfasste, um zu verhindern, dass sie stürzte. «Hoppla», sagte er nicht gerade freundlich. «Nicht so hastig.»

Erschrocken drehte Pauline sich um und starrte in ein Paar kühl glitzernder blauer Augen.

Im nächsten Moment ließ er sie auch schon wieder los. Mit steinerner Miene ging er an ihr vorüber und folgte dem Kaufmann in den hinteren Teil des Ladens.

«Entschuldigen Sie, Herr Reuther. Das Mädchen ist manchmal etwas tollpatschig. Leider hat es vorhin ein kleines Missgeschick gegeben, das sie beseitigen muss.» Er drehte sich zu Pauline um. «Beeil dich ein bisschen, Pauline. Du bist nicht hier, um Maulaffen feilzuhalten. Sieh zu, dass der Boden sauber wird, und dann verschwinde wieder.»

«Ja, gnädiger Herr.» Pauline kniete sich erneut hin und bemühte sich, mit Handschrubber und Putzlappen den öligen Fleck zu beseitigen. Dabei bildete sie sich ein, den Blick des fremden Herrn auf sich zu spüren, doch sooft sie auch in seine Richtung schaute – immer war er in das Gespräch mit Herrn Stein verwickelt und beachtete sie nicht.

Pauline war froh, als sie den Laden endlich wieder verlassen konnte. Der Zusammenstoß mit diesem unfreundlich wirkenden Mann war ihr furchtbar peinlich. Hoffentlich hatte er sich an ihrem mit Wasser- und Ölflecken verunzierten Kleid nicht Hände und Anzug verschmutzt. Denn dafür würde man sie ganz gewiss schelten.

Pauline schüttete das Schmutzwasser aus, brachte den Eimer in die Küche zurück und hängte den Putzlappen zum Trocknen auf. Dann ging sie zurück in den Salon, wo die restlichen Gläser noch immer auf ihre Politur warteten. Auf ihrem Weg zum Tisch kam sie an einem der Wandspiegel vorbei und erschrak, als sie ihr Antlitz darin sah. Kein Wunder, dass dieser Herr Reuther sie so entsetzt angestarrt hatte. Ihr Kleid war tatsächlich von hässlichen Wasserflecken verunziert. Beim Schrubben hatten sich mehr Haarsträhnen als üblich aus ihrem Knoten gelöst und umflatterten wirr ihr Gesicht. Am schlimmsten war jedoch der öligbraune Fleck, der sich quer über ihr Kinn bis zu ihrem linken Ohr hinzog. Stöhnend tastete sie mit den Fingerspitzen danach und rannte noch einmal hinaus in den Hof, um sich das Gesicht mit kaltem Wasser und Seife zu waschen.

※ ※ ※

«Julius, was für eine nette Überraschung!» Annette Reuther stand aus ihrem bequemen Sessel auf und trat ihrem Sohn entgegen. «Was machst du denn schon heute hier? Es ist doch erst Mittwoch. Sonst kommst du doch immer donnerstags.»

«Guten Tag, Mutter.» Julius gab der hochgewachsenen, schlanken Frau einen Kuss auf die Wange und reichte ihr die Schachtel mit den getrockneten Früchten. «Morgen kann ich leider nicht kommen, weil ich eine Verabredung mit Berthold Schnitzler zum Abendessen habe.»

«Schnitzler, der Bankier?» Annette hob den Deckel der Schachtel und lächelte erfreut, als sie erkannte, um was es sich bei deren Inhalt handelte. Doch dann schien ihr die Bedeutung von Julius' Worten aufzugehen. Nervös tastete sie nach ihrer weißen Haube, unter der sie ihre braunen Locken verbarg. «Steckst du etwa in finanziellen Schwierigkeiten?»

«Nein, Mutter, keine Sorge. Es geht um ein paar Geldanlagen. Schnitzler will mir ein neues Spekulationsgeschäft vorstellen.»

«Spekulationen?» Annettes Stimme nahm einen besorgten Ton an. «Dein Vater hat von so etwas immer die Finger gelassen. Das ist viel zu unsicher. Was, wenn du all dein Geld dabei verlierst?»

Julius legte ihr beruhigend eine Hand auf den Arm. «Keine Sorge, Mutter. Ich sage ja nicht, dass ich einsteigen werde. Ich höre es mir erst einmal an, dann sehen wir weiter. Außerdem muss ich in zwei oder drei neue Webstühle investieren und ein paar der alten reparieren lassen. Dazu muss ich mir eine gewisse Summe leihen.»

Annette schien sich mit seiner Erklärung zufriedenzugeben. Unvermittelt trat sie näher an ihn heran und berührte den linken Aufschlag seiner Anzugjacke. «Wo hast du dich denn schmutzig gemacht? Ein unschöner Fleck. Gib die Jacke meiner Anneliese, vielleicht kann sie ihn herausreiben.»

Verwundert blickte Julius an sich herab und entdeckte die dunkle Stelle. Er fuhr mit dem Finger darüber und runzelte die Stirn, als ihm einfiel, woher der Fleck stammen musste. «Schon gut, Mutter, mach dir keine Umstände. Darum kann sich Berthe kümmern, wenn ich nach Hause komme.»

«Das sieht aus wie ein Ölfleck, Julius. Der geht nur schwer wieder heraus, wenn du zu lange wartest.»

«Und wennschon.» Ungeduldig winkte er ab. «Nur ein kleines Missgeschick. Achte einfach nicht darauf, Mutter.»

«Also gut.» Annette, die den ruppigen Ton an ihrem Sohn nur allzu gut kannte, wechselte das Thema. «Laufen die Geschäfte gut?» Sie stellte die Schachtel mit den Trockenfrüchten auf den großen Eichentisch in der Mitte des Wohnzimmers und setzte sich. Julius ließ sich ihr gegenüber nieder.

«Die Zeiten sind nicht ganz einfach», antwortete er vorsichtig. «Alles verändert sich. Die alten Textilmanufakturen werden nicht mehr allzu lange konkurrenzfähig sein. Aus England hört man immer wieder Nachrichten von bahnbrechenden Erfindungen im Bereich der maschinellen Fertigung.»

«So wie die neuen Webstühle?»

Julius nickte. «Sie erleichtern die Arbeit enorm und machen eine Produktion in großer Menge möglich. Ich überlege sogar, ob es sinnvoll wäre, eine weitere Fertigungshalle anzubauen.»

«Dazu müsstest du dir ja noch viel mehr Geld leihen!»

Julius streckte die rechte Hand aus und ergriff Annettes Linke, drückte sie kurz. «Keine Sorge, Mutter. Ich habe das schon durchgerechnet und werde mit Schnitzler in Ruhe darüber sprechen.»

«Aber wozu noch eine Fertigungshalle?», wollte Annette wissen. «Du hast eben gesagt, dass die Zeiten für den Textilhandel schwierig sind.»

«Deshalb sollte ich darüber nachdenken, meine Warenpalette zu erweitern», erklärte Julius. «Unsere Wollstoffe sind mit den englischen durchaus konkurrenzfähig. Aber der Absatz stagniert. Leinen kommt derzeit überwiegend aus der Eifel, da könnte ich möglicherweise noch eine Marktlücke schließen. Und über kurz oder lang werde ich mich auch mit der Fertigung von Baumwollstoffen auseinandersetzen müssen.»

«Baumwolle? Die kommt doch fast ausschließlich aus Amerika», widersprach seine Mutter energisch. «Und überhaupt, wer will denn schon Kleider aus Baumwolle tragen? Wolle und Leinen werden überall bevorzugt.»

Julius nickte. «Ich bin überzeugt, dass der Markt für Baumwollstoffe eines Tages enorm wachsen wird. Die Möglichkeiten wären für Pioniere auf diesem Gebiet grenzenlos. Aber», fügte er hinzu, als er sah, dass sich die Wangen seiner Mutter vor Erregung zu röten begannen, «das ist alles noch Zukunftsmusik. Nun erzähle mir doch bitte ein wenig von deiner Woche. Was hast du erlebt, wem bist du auf den Teegesellschaften begegnet?»

«O bitte, Julius! Lenk nicht ab!», schalt Annette ihren Sohn. «Du bist ein guter Junge und ein ausgezeichneter Geschäftsmann. Versprich mir nur, dass du dein Geld nicht leichtfertig anlegen wirst.»

Julius legte den Kopf schräg. «Wann habe ich das je getan, Mutter?»

Annette senkte für einen Moment den Blick, als sie ihn wieder hob, hatte sie ein Lächeln auf den Lippen. «Nun gut. Du hast es nicht anders gewollt. Also höre, was mir auf der Teegesellschaft von Ottilie Radehorst am Dienstag zu Ohren gekommen ist. Übrigens erhielt ich gestern eine Einladung zur Soiree am Samstag bei den Steins. Die Oppenheims kommen auch.»

«Ich weiß. Auch ich habe eine Einladung erhalten», sagte Julius.

Annette hob die Brauen. «Natürlich wirst du dort sein.»

«Werde ich das?»

«Was ist das denn für eine Frage, Julius!»

Er seufzte und rang sich ein Lächeln ab. «Natürlich werde ich dort sein. Nun erzähle, was es bei Radehorsts an Neuigkeiten gegeben hat.»

* * *

Auf dem Weg vom Haus seiner Mutter beim Neumarkt zu seinem eigenen Anwesen in der Löwengasse sann Julius darüber nach, was es für ein Glück war, dass Annette Reuther sich niemals hatte überreden lassen, nach dem Tod ihres Mannes ihr Zuhause aufzugeben. Sie lebte in angenehmer Entfernung von seinem Haus, die Besuche bei ihr waren stets amüsant und wirkten – obgleich sie keine geduldige Person war – in gewisser Weise beruhigend auf ihn. Vielleicht, weil sie als Einzige keinen Druck auf ihn ausübte und ihn – das musste er ihr lassen – von allen Menschen, die er bisher kannte, am besten verstand. Seine Mutter war zwar nicht so gebildet wie die meisten anderen Frauen der höheren Gesellschaft, doch sie war klug und mit ihren beinahe sechzig Jahren immer noch wissbegierig. Mit ihrem unumstößlichen Drang, Neues zu lernen, hatte sie die fehlende Erziehung über die Jahre hinweg mehr als wettgemacht. Auch ihren Manieren sah man die mangelnde Kinderstube nicht an; allenfalls an ihrem noch heute hin und wieder durchscheinenden Dialekt erkannte man ihre Herkunft.

Annette Reuther war die Tochter eines Kölner Webers, die vor vierzig Jahren dem Sohn eines anderen Webers anverheiratet worden war. Herrmann Reuther war ein ehrgeiziger junger Mann gewesen, der es mit Fleiß und unter vielen Entbehrungen geschafft hatte, aus der elterlichen Webstube eine kleine Manufaktur zu machen. Anfangs mit drei angestellten Weberinnen, später dann mit sechs. Als Julius zur Welt gekommen war, hatten sie noch in einer kleinen Wohnung mit nur zwei beengten Zimmern gewohnt. Als er in die Volksschule gekommen war, hatte sein Vater die Belegschaft seiner Textilmanufaktur verdoppelt, drei Jahre später auf zwanzig Weberinnen aufgestockt und seiner Frau das Haus gekauft, in dem sie heute noch mit Stolz lebte.

Nachdem Julius alt genug gewesen war, um einen Teil der Geschäfte zu übernehmen, hatten sie noch einmal vergrößert und den Betrieb – mittlerweile eine moderne Fabrik mit großen Webstühlen aus England und über sechzig Arbeiterinnen und Arbeitern – vor die Tore der Stadt nach Nippes verlegt. Dort gab es außer wenigen Manufakturen und einer Ziegelei nur Bauernhöfe und kleine Dörfer. Doch Herrmann Reuther hatte den Standort als ideal empfunden. Die Grundstückspreise waren erschwinglich gewesen, und so hatte er ein großes Areal erworben, auf dem Julius nun einen Anbau an die vorhandenen Fabrikhallen plante. Diese würden es ihm ermöglichen, seinen Betrieb noch einmal um mehr als die Hälfte zu vergrößern. Waghalsig war er nicht. Er wollte immer einen Schritt nach dem anderen tun und gleichzeitig seine Konkurrenten im Auge behalten. Gerüchten zufolge liebäugelten inzwischen weitere Fabrikanten mit der Ansiedelung ihrer Werke in Nippes. Doch bis es so weit war, würde vermutlich noch einige Zeit ins Land gehen. Solange wollte Julius Reuther seine Fabrik zum führenden textilverarbeitenden Betrieb Kölns ausbauen und damit das vollenden, was sein Vater vor vielen Jahren begonnen hatte.

Als Julius zu Hause ankam, schallten ihm schon am Eingang die aufgebrachten Stimmen seiner Kinder entgegen.

«Das hast du mit Absicht gemacht!», schrie Ricarda.

«Hab ich nicht. Du hast das blöde Bild auf den Boden gelegt», versuchte Peter sich zu verteidigen. Seine Stimme schwankte jedoch bedenklich. «Da muss man doch drauftreten.»

«Du hast die Gläser mit den Farben umgestoßen und alles ruiniert!», zeterte Ricarda. «Das zahle ich dir heim.»

«Lass mich in Ruhe, du blöde Gans.»

«Ich bin keine blöde Gans. Aber du bist ein gemeiner ...»

«Schluss mit dem Gezanke!», mischte sich die grimmige Stimme der Hauswirtschafterin Berthe ein. Julius hörte sie leise schnaufen. Sie war nicht mehr die Jüngste und ein wenig korpulent. Offenbar war sie hastig die Stufen ins obere Geschoss hinaufgeeilt, um die beiden Streithähne zu trennen.

«Ich zanke nicht», gab Ricarda unbeeindruckt zurück. «Ich schimpfe. Und Peter hat es verdient. Schau nur, was er mit meinem schönen Bild gemacht hat.»

«Was für ein Bild?», wollte Berthe atemlos wissen. «Das Geschmiere da? Wirf es weg. Da ist ja nix mehr zu erkennen.»

«Ja, weil Peter es kaputt gemacht hat. Er hat absichtlich die Farben darübergegossen.»

«Hab ich nicht!», protestierte Peter. «Ich bin dagegengestoßen, weil du zu blöd bist, deine Sachen richtig hinzustellen.»

«Das ist ...»

«Schluss, sage ich!» Berthes Stimme wurde lauter. «Was soll denn euer Vater denken, wenn ihr euch so unmöglich benehmt?»

«Er soll Peter den Hintern versohlen!», piepste Ricarda, am Rande eines Tränenausbruchs.

Julius atmete tief durch. In letzter Zeit schien sein Heim einem Narrenhaus zu gleichen. Entschlossen stieg er die Treppe hinauf. Als Ricarda und Peter ihn sahen, verstummten sie auf der Stelle. Sein finsterer Blick glitt über die beiden hinweg, dann in Ricardas Zimmer, dessen Tür weit offen stand. Am Boden sah er einen großen Bogen Papier, auf dem sich mehrere Farbflecke zu einem rotbraunen Geschmiere vermischt hatten. Das Landschaftsbild darunter war kaum noch zu erkennen. Daneben lagen Pinsel und umgestürzte Farbgläser.

«Was geht hier vor?», fragte Julius streng. Bevor seine Tochter Luft holen und zu einer weiteren Tirade ansetzen konnte, hob er die Hand. «Wer ist für diese Unordnung verantwortlich?»

«Peter» – «Ricarda», riefen die Kinder gleichzeitig.

«Also gut, dann sorgt ihr beide dafür, dass das aufgeräumt wird», bestimmte er. «Und danach geht ihr ohne Abendbrot zu Bett.»

«Aber ...» Ricarda starrte ihn entsetzt an.

«Kein Aber, junges Fräulein. Euer Geschrei hat man ja bis auf die Straße gehört. So etwas will ich nicht noch einmal erleben. Habt ihr verstanden?»

«Ja, Papa.» Wieder hatten beide einstimmig geantwortet und ließen die Köpfe hängen.

«Worauf wartet ihr noch?», knurrte er.

Wie von Wespen gestochen, eilten die beiden in das Zimmer und begannen, das Durcheinander zu beseitigen.

«Entschuldigen Sie, gnädiger Herr», sagte Berthe, die inzwischen wieder zu Atem gekommen war. «Ich weiß nicht, was in die beiden gefahren ist. Sie zanken schon den ganzen Tag, und ...»

«Ist das Abendessen fertig?», unterbrach er sie ruppig.

«Äh, ja, gnädiger Herr. Sofort.» Berthe knickste leicht und eilte die Treppe wieder hinab. Julius warf noch einen letzten Blick in das Zimmer seiner Tochter, bevor er ins Erdgeschoss ging. Im Esszimmer setzte er sich und schlug die Zeitung auf, die er am Morgen nicht hatte lesen können, während Berthe ihm sein Essen servierte. Ehe sie den Raum wieder verlassen konnte, senkte er die Zeitung ein wenig. «Schick mir den Köbes herein, Berthe.»

«Ja, gnädiger Herr.»

Nur Augenblicke später erschien sein Hausdiener in der Tür. «Sie wünschen, gnädiger Herr?»

Julius faltete die Zeitung zusammen und griff nach Messer und Gabel. «Weshalb malt meine Tochter auf dem Fußboden?»

Jakob rieb sich verlegen das Kinn. «Sie hat Gefallen am Zeichnen gefunden, sich aber nicht getraut, Sie nach einer Staffelei zu fragen.»

Julius runzelte die Stirn. «Warum nicht?»

«Nun ja, gnädiger Herr ...» Jakob trat verlegen von einem Fuß auf den anderen. «Sie sind sehr beschäftigt und häufig abwesend. Da dachte sie wohl ...»

«Was dachte sie?» Kopfschüttelnd schnitt Julius ein Stück Braten ab. «Dass es besser sei, den Fußboden in ihrem Zimmer zu ruinieren? Kümmere dich darum, dass sie morgen eine ordentliche Staffelei bekommt. Und was man sonst noch zum Malen so braucht.»

«Natürlich, gnädiger Herr.»

«Du kannst gehen.» Julius konzentrierte sich nun vollends auf seinen Teller und beachtete den Diener nicht weiter.

Jakob warf ihm einen kurzen Blick zu, in dem sowohl Mitleid als auch Verständnis lagen. Leise zog er sich zurück und ließ seinen Herrn allein.

Kapitel 5

«Fräulein Christine, Sie müssen ein wenig stillhalten», sagte Pauline, die sich bemühte, aus dem glatten blonden Haar des jungen Mädchens eine elegante Frisur zu stecken. Neben ihr lag ein Arsenal an Kämmen, Haarnadeln und ein Brenneisen, um die obligatorischen Löckchen zu formen, die heute Abend das Gesicht Christines umrahmen sollten.

«Entschuldige, Pauline, aber ich bin so aufgeregt.» Christine nahm den kleinen Handspiegel von ihrer Kommode und versuchte zu erkennen, was Pauline hinter ihr tat. «Es muss alles perfekt sein. Mama sagt, es kann sein, dass Elmar mir schon heute einen Antrag machen wird. Stell dir vor – ich die Ehefrau von Elmar Schnitzler, dem Erben des Bankhauses Schnitzler!»

«Sie können sich wirklich glücklich schätzen», sagte Pauline. «Er ist ein netter junger Mann. Sehr schneidig, würde ich sagen.»

«Ja, nicht wahr! Und so charmant. Immerzu macht er mir Komplimente.» Christine verdrehte schwärmerisch die Augen.

«Sie haben ihn sehr gern», stellte Pauline lächelnd fest.

Christine hielt für einen Moment erstaunt inne. «Ja, natürlich. Mama und Papa sagen, er ist der beste Mann für mich. Wie könnte ich ihn da nicht mögen? Obwohl Papa meinte, er könnte ruhig noch ein paar Jahre älter sein, damit er sich auch ganz gewiss die Hörner abgestoßen hat. Was auch immer das heißen mag. Aber Mama meinte, Elmar sei mit seinen sechsundzwanzig Jahren genau richtig für mich.» Sie legte den Spiegel zurück auf die Kommode. «Auf jeden Fall werde ich heute Abend nur die schönsten Musikstücke vorspielen. Und Mama hat mir eine Liste von Liedern genannt, die ich singen soll. Es sind ein paar schwierige Stücke dabei. Hoffentlich verpatze ich die nicht.»

«Ganz bestimmt nicht, Fräulein Christine. Sie singen ganz ausgezeichnet. Sie müssen nur daran denken, tief aus dem Bauch heraus zu atmen, gerade bei den hohen Tönen.»

Verblüfft drehte das Mädchen sich zu Pauline um. «Woher kennst du dich denn mit Gesang aus?»

Pauline bückte sich, um die Haarnadeln aufzuheben, die ihr bei Christines unvermittelter Bewegung aus der Hand gefallen waren. «Ich habe früher selbst ganz gerne gesungen, gnädiges Fräulein.»

«Ach ja?» Christine starrte sie ungläubig an. «Kannst du etwa auch ein Instrument spielen?»

Verlegen biss sich Pauline auf die Lippen. Hätte sie doch bloß nicht davon angefangen! Doch lügen wollte sie nicht. «Ich spiele ein wenig Pianoforte.»

«Aber wie kommt es, dass eine einfache Magd so etwas gelernt hat?» Christine schien das nicht aus dem Kopf zu gehen.

Pauline seufzte. «Ich war nicht immer eine einfache Magd, Fräulein Christine. Bevor ich hier anfing, war ich Gouvernante bei einer angesehenen Familie.»

«Und warum bist du das jetzt nicht mehr?» Es war nur allzu deutlich, dass Christine ihr nicht glaubte.

«Ich musste die Stelle wegen ... eines Missverständnisses aufgeben.» Pauline wurde immer unwohler zumute.

«Wieso hast du dann keine Anstellung bei einer anderen Familie gefunden?»

«So einfach ist das leider nicht. Ohne Referenzen nimmt mich niemand.» Pauline griff nach dem Brenneisen. «Halten Sie nun bitte ganz still, Fräulein Christine, damit ich Sie nicht versehentlich mit dem Eisen verbrenne.»

Christine gehorchte, doch es war ihr anzumerken, dass das Thema für sie noch nicht beendet war. Einige Augenblicke später begann sie denn auch wieder: «Ich glaube nicht, dass du Gouvernante gewesen bist, Pauline. Keine Familie, die etwas auf sich hält, würde eine gute Gouvernante ohne Referenzen oder eine Empfehlung an eine andere Familie auf die Straße setzen.»

Wenn du wüsstest, dachte Pauline und schwieg. Christines nächste Worte ließen sie erschrocken zusammenzucken.

«Ich finde es gar nicht gut, dass du mich anlügst, Pauline. Das werde ich Mama sagen.»

«Aber ich habe nicht gelogen, Fräulein Christine!»

«Natürlich hast du! Oder hast du eben nicht behauptet, du wärest eine Gouvernante gewesen und könntest singen und auf dem Pianoforte spielen?»

«Aber das ist die Wahrheit», protestierte Pauline schwach.

Christine verschränkte die Arme vor der Brust und schwieg, bis Pauline mit ihrer Frisur fertig war. Dann stand sie abrupt auf. «Beweise es.»

Pauline erstarrte. «Was soll ich beweisen?»

«Dass du nicht gelogen hast.» Christines Lippen verzogen sich zu einem triumphierenden Lächeln. «Komm mit hinunter ins Musikzimmer und spiele mir ein Stück auf dem Flügel vor.

Am besten eines mit Gesang. Dann werden wir ja sehen, ob du die Wahrheit gesagt hast.»

«Aber Fräulein Christine, das geht doch nicht!», rief Pauline verzweifelt. «Ich kann doch nicht einfach ... Ihre Frau Mutter wird verärgert sein, wenn ich ...»

«Ach was. Sie wird es gar nicht merken. Die ersten Gäste kommen zwar gleich, aber Mama und Papa werden sie zuerst in den Salon führen. Also komm!»

Pauline wagte nicht, dem Fräulein noch einmal zu widersprechen, und folgte ihr nach unten in das Musikzimmer, das gleich hinter dem großen Salon lag. Ein edler Flügel beherrschte den Raum. Davor standen im Halbkreis mehrere bequeme, mit gelbem Samt bezogene Sessel. An den Wänden standen zwei Kanapees in derselben Farbe. Kleine Beistelltische und einige mit Schnitzereien verzierte Regale voll Nippsachen vervollständigten die Einrichtung. Neben dem Flügel stand eine schmale Kommode, in der die Noten aufgehoben wurden.

Christine winkte die zögerlich in der Tür stehende Pauline energisch näher. «Nun komm schon!», rief sie. «Setz dich und spiel mir etwas vor.»

Da Pauline den Anweisungen des Mädchens Folge leisten musste, setzte sie sich an den Flügel. Bewundernd strich sie über das glatte dunkle Holz. Auf einem so wertvollen Instrument hatte sie noch nie gespielt.

«Spiel mir ...», Christine überlegte kurz. «Spiel *Der Mond ist aufgegangen*, das ist recht einfach. Das kennst du doch wohl?»

Pauline schluckte. «Natürlich kenne ich das Lied.» Ihre Finger zitterten leicht. Sie fürchtete sich entsetzlich, dass die gnädige Frau sie entdecken würde. Doch Christines Entschlossenheit hatte sie nichts entgegenzusetzen. Also begann sie zu spielen.

Zunächst hob Christine nur überrascht die Brauen, als ihr klar wurde, dass Pauline das Instrument tatsächlich zu beherrschen schien. Doch als sie zu singen begann, verschlug es dem Mädchen die Sprache.

Pauline besaß eine von Natur aus liebliche und durch viel Übung geschulte Singstimme, mit der sie in Bad Bertrich so manche Abendgesellschaft entzückt hatte. Erst als sie mit dem Singen begonnen hatte, merkte sie, wie sehr sie es vermisst hatte. Ohne es zu merken, legte sie von Vers zu Vers mehr Kraft und Gefühl in die Melodie. Als das Lied zu Ende war, biss sie sich unsicher auf die Lippen.

Christine starrte sie an. «Das ist ja unglaublich!», rief sie. «Du kannst wirklich spielen und singen! Das ist ... du bist ja viel besser als ich! Wesentlich besser sogar als irgendjemand, den ich kenne! Los, sing noch etwas! Etwas Schwierigeres. Kennst du französische Lieder? Oder englische?»

Pauline wehrte erschrocken ab. «Ich habe Ihnen doch jetzt bewiesen, dass ich es kann, Fräulein Christine. Es schickt sich wirklich nicht, dass ich noch länger hier am Flügel sitze. Ich muss noch ...»

«Kennst du *Come Again, Sweet Love Doth Now Invite*?» Christine blickte sie erwartungsvoll an, ging zur Kommode und suchte mit fliegenden Fingern die Noten dieses Musikstücks heraus. «Hier!», sagte sie und stellte die Notenblätter in die Halterung des Notenpultes. «Wenn du das spielen und singen kannst, sage ich Mama, dass sie dich Hedwig und Änne unterrichten lassen soll.»

«Aber ...» Pauline wurde es ganz heiß. Sie schluckte einmal, zweimal. Auch wenn sie nicht glaubte, dass Christine es wirklich ernst meinte oder dass ihre Mutter darauf eingehen würde, drängte etwas in ihr, ihre Hände erneut auf die Tasten zu legen. Sie spielte und begann zu singen:

> *Come again,*
> *sweet love doth now invite,*
> *thy graces that refrain*
> *to do me due delight*
> *To see, to hear,*
> *to touch, to kiss,*
> *to die with thee again*
> *in sweetest sympathy ...*

* * *

Julius Reuther blickte auf seine Taschenuhr und seufzte innerlich. Ihm graute es ein wenig vor dem Abend. Doch Marius Stein, der Gastgeber der heutigen Soiree, war eng mit dem Bankier Berthold Schnitzler befreundet. Man munkelte sogar, dass die beiden Familien in Kürze verwandtschaftliche Bande miteinander zu knüpfen gedachten. Um sich einen besseren Eindruck von Schnitzler zu verschaffen, hielt Julius es für angebracht, sich etwas näher mit Stein zu befassen. Bisher erschien ihm der Inhaber des Bankhauses Schnitzler ein seriöser und kluger Geschäftsmann zu sein, doch Julius gab sich nicht gern mit dem ersten Eindruck zufrieden.

Als er das Haus der Steins am Laurenzplatz erreichte, runzelte er überrascht die Stirn. Vor dem Haus stand eine ganze Schar von Dienstboten. Wie gebannt lauschten sie dem Gesang, der aus einem der Fenster drang. In einigen Schritten Entfernung blieb Julius stehen. Die Stimme, die gerade ein bekanntes englisches Lied vortrug, hatte er noch nie gehört. Zumindest war es nicht die von Fräulein Christine, deren Gesang er zu anderer Gelegenheit bereits hatte lauschen dürfen. Vielleicht ihre jüngere Schwester Hedwig? Falls dies der Fall war, durfte Ariane Stein sich zu einer Virtuosin in Spiel und Gesang gratulieren. Doch konnte ein gerade vierzehn- oder fünfzehnjähriges Mädchen bereits eine derart kräftige, wohlausgebildete Stimme besitzen?

Julius ertappte sich dabei, wie er den Vortrag genoss. Kaum war das Lied zu Ende, schallten verärgerte Stimmen nach draußen. Eine davon gehörte eindeutig der Hausherrin. Sie schalt die Sängerin lautstark eine impertinente Person. Eine zweite, leisere Stimme versuchte zu vermitteln.

Die Dienstboten unter dem Fenster tuschelten aufgeregt miteinander, zerstreuten sich dann aber rasch. Heiner, der auf Julius aufmerksam geworden war, kam auf ihn zu. «Guten Tag, gnädiger Herr. Sie möchten bestimmt zur Abendgesellschaft, wie? Kommen Sie doch herein. Die gnädigen Herrschaften erwarten Sie bereits.»

Julius folgte dem jungen Mann ins Haus. «Wer hat denn da eben gesungen?», wollte er wissen.

Heiner grinste schief. «Das war unsere Prinzessin, ich meine unsere Magd Pauline. Ich hab's ja erst nicht glauben wollen, als sie mir erzählte, sie hätte mal gelernt, auf dem Pianoforte zu spielen und zu tanzen und das alles. Keine Ahnung, warum sie eben gespielt hat, aber die gnädige Frau ist wohl nicht erfreut darüber. Kann man ja auch verstehen. Was hat Pauline schon am Flügel verloren?» Zuvorkommend streckte er die Hand aus. «Geben Sie mir bitte Ihren Mantel, gnädiger Herr, und Ihren Stock und Hut. Ich kümmere mich darum. Und dann bitte hier entlang ...»

Heiner führte Julius in den kleinen Salon. Marius Stein stand an einem der Fenster und blickte hinaus; als Julius eintrat, drehte der Hausherr sich zu ihm um. «Ah, Herr Reuther, guten Abend!

Wie schön, dass Sie es einrichten konnten. Und noch dazu sind Sie der Erste heute! Das trifft sich gut, so können wir in Ruhe noch ein paar Worte wechseln. Das heißt, Ruhe haben wir wohl nicht, solange meine Frau noch damit beschäftigt ist, das Mädchen auszuschimpfen.» Er gab Heiner ein unauffälliges Handzeichen, woraufhin dieser leise die Salontür hinter sich schloss. Sogleich wurde die aufgebrachte Stimme Arianes um einiges gedämpft. «Keine Ahnung, was da los ist. Ich dachte noch, was für ein hübscher Gesang. Aber offenbar war es gar nicht Christine, die gesungen hat, sondern unser Dienstmädchen Pauline. Man stelle sich das mal vor! So viel Frechheit hätte ich ihr gar nicht zugetraut. Auch wenn ich zugeben muss, dass sie ausgezeichnet singt und spielt. Besser als Christine, und die ist schon sehr talentiert. Aber ein einfaches Dienstmädchen hat in einem Musikzimmer, an unserem teuren Flügel, nichts verloren. Es sei denn, sie hält sich dort auf, um zu putzen oder Staub zu wischen. Stimmen Sie mir da nicht zu, Herr Reuther?»

Julius nickte mit ernster Miene. «Wenn Sie es sagen, Herr Stein.»

«Tja, meine Frau wird ihr schon die Leviten lesen.» Stein winkte Julius näher. «Kommen Sie, setzen Sie sich zu mir! Wie ich hörte, planen Sie, Ihre Fabrik auszubauen und in neue Webstühle zu investieren?»

* * *

Weinend saß Pauline im Hof am Brunnen. Nachdem Frau Stein sie bei ihrem Gesang überrascht hatte, war ein regelrechtes Donnerwetter über sie niedergegangen. Christine hatte zwar versucht, Pauline zu verteidigen, doch die Hausherrin hatte ihr den Mund verboten und Pauline mit Rauswurf gedroht, falls sie noch einmal wagen sollte, auch nur in die Nähe des Flügels zu kommen.

«Nun hör schon auf zu flennen», ertönte neben Pauline Heiners Stimme. «Die Gnädige wird dir noch eine Abreibung verpassen, wenn du nicht bald wieder reingehst. Die Gäste kommen schon, und du sollst doch beim Bedienen im großen Salon helfen.»

«Ich komme gleich.» Paulines Stimme zitterte leicht. Sie schniefte und wischte sich mit dem Putzlappen, der auf dem Brunnenrand lag, über die Nase.

«Du bist aber auch 'ne dumme Trin», befand Heiner kopfschüttelnd. «Was hast du dir nur dabei gedacht, dich an den Flügel zu setzen und zu singen? Du hättest doch wissen müssen, dass das Ärger gibt.»

«Ich wollte ja gar nicht», schluchzte Pauline. «Fräulein Christine hat darauf bestanden, weil sie nicht glauben wollte, dass ich es kann.»

«Dass du was kannst?» Heiner trat einen Schritt näher. «Singen und auf dem Flügel spielen? So was Blödsinniges hab ich ja noch nie gehört. Also hat das gnädige Fräulein dir die Suppe eingebrockt, ja? Du musst dir eines merken: Die Herrschaften scheren sich einen Dreck um dich. Weder die Jungen noch die Alten. Du hättest dich weigern sollen. Der Christine ist es doch vollkommen egal, ob du wegen so einer Grille rausfliegst. Die hatte ihren Spaß und du jetzt den Ärger.»

«Ich weiß.» Traurig blickte Pauline auf ihre Hände.

«Du singst aber ziemlich gut.»

Überrascht von diesem unerwarteten Kompliment, schaute Pauline hoch. Elfie war in der Hintertür aufgetaucht und kam nun auch zum Brunnen. «Besser als die Töchter des Hauses. Ich glaube sogar, besser als alle, die ich bisher gehört habe. Aber das wird dir hier gar nix nützen, Mädchen. Also bilde dir bloß nix darauf ein. Komm jetzt, die Gnädige plärrt schon wieder nach dir. Du musst an deine Arbeit gehen. Fürs Singen ist da keine Zeit.»

Pauline nickte und stand auf, strich ihr Kleid und die weiße Schürze darüber glatt. Die anderen hatten recht. Einbilden durfte sie sich nichts auf ihre Sangeskunst. Auch wenn vorhin für einen kurzen Moment wieder alles so gewesen war wie früher. Zumindest hatte es sich so angefühlt. Aber man konnte die Zeit nicht zurückdrehen. Sie war jetzt ein einfaches Dienstmädchen und würde es wohl auch bleiben. Auch wenn die Schelte ihrer Herrin sie verängstigt hatte, würde sie sich davon nicht lähmen lassen. Sie brauchte die Stellung hier im Hause, also würde sie sich weiterhin Mühe geben, es allen recht zu machen. Nichts anderes hatte sie ja heute getan. Fräulein Christine hatte schließlich darauf bestanden, dass Pauline spielte und sang. Vielleicht konnte sie Frau Stein diesen Umstand irgendwann einmal in Ruhe erklären. Doch nicht jetzt, denn nun hieß es erst einmal, den ankommenden Gästen die Mäntel und Kopfbedeckungen abzunehmen, sie mit Getränken zu versorgen und dann im Speisezimmer die Tischdekoration zu überprüfen, bevor das Essen begann.

In den folgenden drei Stunden kam Pauline nicht einen Moment zum Verschnaufen. Ununterbrochen eilte sie zwischen dem Salon, dem Speisezimmer und der Küche hin und her. Sie trug unzählige Tabletts, füllte Gläser, half Elfie beim Auftragen der Speisen und später beim Abtragen des Geschirrs. Dabei bemühte sie sich, zu jedem Gast ausgesucht höflich und freundlich zu sein. Und tatsächlich schnappte sie zu fortgeschrittener Stunde hier und da ein gemurmeltes Lob auf, das selbstverständlich nicht an sie gerichtet wurde. Doch die Gäste nahmen ihre Aufmerksamkeit durchaus wahr, und das tat ihrer Seele gut.

Elfie schien jedoch alles andere als begeistert zu sein. Mehr als einmal warf sie Pauline giftige Blicke zu, die diese standhaft zu ignorieren versuchte. Was war schließlich falsch daran, sich um die Gäste zu bemühen? Das erwartete man doch von ihr.

Gegen zehn Uhr brachen die ersten Gäste auf. Nur noch einige wenige Damen blieben im Salon zurück, um eine Partie Karten zu spielen, während die Herren sich in die Bibliothek zurückzogen, um sich ernsteren Gesprächen zu widmen.

Für die Dienstboten wurde es ein wenig ruhiger, und Pauline konnte es sich erlauben, rasch zum Abort im Hinterhof zu laufen und sich zu erleichtern. Auf dem Rückweg holte sie einen Eimer Wasser aus dem Brunnen herauf und trug ihn in die Küche. Plötzlich tauchte an der Hintertür die hochgewachsene, dunkelhaarige Gestalt Elmar Schnitzlers auf. Hastig versuchte sie auszuweichen, doch sie stieß mit dem vollen Eimer gegen den Türstock, und das kalte Nass ergoss sich über ihr Kleid. Auch den jungen Mann trafen ein paar Spritzer.

Er fluchte unterdrückt. «Pass doch auf, dumme Gans!» Erbost rieb er an den Wasserflecken auf seiner Jacke herum. «Kannst du nicht gucken, wo du hinläufst?»

«Verzeihen Sie, gnädiger Herr!» Pauline stellte den Eimer ab und sah sich nach einem Handtuch um, fand jedoch auf die Schnelle keines. Deshalb band sie ihre Schürze los und tupfte mit einer trockenen Ecke an seiner Jacke herum. «Das wollte ich nicht. Ich war ganz in Gedanken und habe Sie nicht gesehen.»

«Schon gut, schon gut, hör auf damit!» Elmar Schnitzler umfasste ihr Handgelenk, um sie von weiteren Säuberungsbemühungen abzuhalten. «Ist ja zum Glück nur Wasser, nicht wahr?» Der Ärger verflog aus seiner Stimme, und er musterte sie amüsiert aus funkelnden blauen Augen. «Aber du bist ganz nass geworden.»

«Ja, Herr Schnitzler. Aber das ist nicht schlimm», beeilte Pauline sich zu antworten. «Wie Sie schon sagten, es ist ja bloß Wasser. Das trocknet wieder.»

«Komm lieber zurück ins Haus, bei dem Wetter könntest du dich verkühlen.»

«Ja, gnädiger Herr.» Verlegen folgte Pauline dem jungen Mann in die Küche, wo sie den Wassereimer neben dem Ausguss abstellte. Sie hatte erwartet, dass Schnitzler sich entfernen würde, doch er blieb in der Küchentür stehen und beobachtete sie interessiert.

«Du bist ein hübsches Mädchen, Pauline», stellte er mit einem kleinen Lächeln fest.

Pauline senkte den Kopf. «Danke, gnädiger Herr. Sie sind sehr freundlich. Aber jetzt muss ich ...»

«Christine hat mir erzählt, dass du ausgezeichnet singen und auf dem Pianoforte spielen kannst.» Er trat einen Schritt auf sie zu. «Es hat ihr sehr leidgetan, dass ihre Mutter dich geschimpft hat.»

«Ja?» Unsicher spielte Pauline mit dem Saum ihrer Schürze. «Das ist sehr ...»

«Sie sagt, dass du sogar besser singst als sie selbst. Das glaube ich nicht, habe ich erwidert, aber sie hat darauf bestanden. Sie findet sogar, du solltest ihren jüngeren Schwestern Unterricht geben. Allerdings dürfte Frau Stein damit nicht einverstanden sein. Also habe ich gesagt, wenn Christine erst meine Frau ist, könnten wir dich einstellen, damit du unsere Töchter unterrichten kannst, falls wir welche bekommen sollten.»

«Oh.» Pauline spürte, wie ihr die Röte ins Gesicht stieg. «Das ist ... Das ist sehr freundlich von Ihnen. Ich weiß gar nicht, was ich sagen soll.»

«Du brauchst gar nichts zu sagen, Pauline. Nur versprechen

musst du mir, dass du die Stelle annimmst, wenn es so weit ist. Eine gute Erzieherin ist Gold wert, finde ich. Und wenn sie so hübsch und talentiert ist wie du, sollte man nicht lange zögern und zugreifen.»

Pauline schluckte. Schnitzlers Worten waren ihr unangenehm, dabei war sein Lächeln freundlich. Nichts deutete auf einen bösen Hintergedanken hin. Doch ...

Er nickte ihr zu. «Dann wäre das also abgemacht. Sobald unsere erste Tochter das Licht der Welt erblickt, wirst du ihr Kindermädchen. Nein, ihre Erzieherin. Vielleicht holen wir dich schon vorher in unseren Haushalt. Ich habe heute nur Gutes über dich gehört. Und natürlich konnte ich mich auch selbst davon überzeugen, dass du sehr fleißig und wohlerzogen bist. Und gehorsam, nicht wahr?»

Pauline nickte rasch. «Natürlich, gnädiger Herr.»

«Sehr schön.»

Er hob die Hand und strich ihr über die Wange. Erschrocken zuckte Pauline zurück.

«Wirklich ausgesprochen hübsch», murmelte er. «Auf bald, Pauline.» Er zwinkerte ihr zu und wandte sich zum Gehen, prallte jedoch zurück, da hinter ihm in der Küchentür noch eine weitere Person aufgetaucht war. «Oh, Pardon!»

«Da sind Sie ja. Ihre verehrte Frau Mutter sucht nach Ihnen, Herr Schnitzler.» Julius Reuther musterte den jungen Mann mit einem Blick, der besagte, dass er genau mitbekommen hatte, was in der Küche vor sich gegangen war. Er war auf dem Weg zum Abort auf die Stimmen in der Küche aufmerksam geworden. Da die Köchin mit einem der Dienstmädchen im Speisezimmer mit Aufräumen beschäftigt war, hatte er sich neugierig der Küchentür genähert, vor allem, da ihm die männliche Stimme sehr bekannt vorkam. Was er mit anhören musste, hatte ihn zunächst amüsiert. Doch seine Empörung wuchs, als er erkannte, worauf der junge Schnitzler hinauswollte. Wäre Pauline seinen offensichtlichen Annäherungsversuchen entgegengekommen, hätte Julius sich nicht weiter darum gekümmert. Doch er hatte ganz deutlich das Entsetzen in ihren Augen gesehen, als Schnitzler sie berührte. Das hatte den Ausschlag für ihn gegeben, sich einzumischen. Sie war zwar nur eine kleine Angestellte, doch Männer, die ihre Position ausnutzten und sich ihrem Dienstpersonal aufdrängten, waren ihm ein Gräuel. Vor allem, wenn sie frisch verlobt waren.

Schnitzler räusperte sich. «Ach ja? Dann werde ich wohl am besten gleich mal zu ihr gehen. Gewiss möchte sie allmählich aufbrechen.»

«Sie sprach davon.» Mit finsterem Blick beobachtete Julius, wie sich Schnitzler aus dem Staub machte, dann drehte er sich zu Pauline um, die noch immer mitten in der Küche stand. Sie starrte ihn mit großen Augen an.

«Danke», murmelte sie verlegen.

Zwischen seinen Augen bildete sich eine steile Falte. «Wie dumm kann man eigentlich sein?», sagte er kühl und ging hinaus.

Pauline gab ihm im Stillen recht. Als er verschwunden war, lehnte sie sich erschöpft gegen den Tisch und atmete mehrmals tief ein und aus. Sie wusste, was Elmar Schnitzler von ihr wollte – Kindererziehung gehörte allerdings eher nachrangig dazu.

Kurz schloss sie die Augen und bedauerte das arme Fräulein Christine. Die Hörner abgestoßen hatte sich ihr Bräutigam ganz sicher noch nicht. Vielleicht war es gut, dass das Mädchen gar nicht wusste, was es mit dieser Redewendung auf sich hatte.

* * *

«Pauline», raunte eine samtige Stimme in ihr Ohr. Sie öffnete die Augen, doch es war dunkel um sie herum; es musste tiefe Nacht sein. «Pauline, ich habe dich vermisst.» Sie spürte den warmen Atem des Mannes an ihrem Ohr. Seine Hände fuhren unter ihre Decke, legten sich auf ihren Leib.

Allmählich gewöhnten sich ihre Augen an die Dunkelheit, und sie erkannte die Umrisse Friedhelm Buschners, der sich über sie beugte. Sie verkrampfte sich. Ihr war schon den ganzen Tag unwohl gewesen. Ein Anzeichen, dass sie morgen oder spätestens übermorgen ihre monatliche Blutung bekommen würde. «Bitte nicht», wisperte sie. «Ich fühle mich nicht gut, gnädiger Herr.»

Er lachte leise. «Ich werde schon dafür sorgen, dass dir wohler wird.» Mit wachsendem Entsetzen hörte sie, wie er sich entkleidete. Bisher hatte er nur auf Zärtlichkeiten bestanden, nun schien das einzutreten, vor dem sie sich die ganze Zeit gefürchtet hatte. Lange dauerte das Entkleiden nicht, offenbar trug er unter dem Hausmantel nur seine Unterwäsche. Vermutlich kam er geradewegs aus seinem Ehebett, in dem seine Frau Hermine friedlich schlummerte.

Ohne auf ihren leisen Protest zu achten, schob er sich zu ihr unter die Decke. Wieder glitten seine Hände über ihren Leib, umschlossen ihre Brüste. Dann schob er ihr langes Nachthemd hoch und küsste sie hart. Sein Atem roch nach Tabak und Rotwein. Pauline kniff die Augen zu. Alles in ihr verkrampfte sich.

«Na, na, warum so scheu?» Er zerrte am Stoff ihres Nachthemdes. «Zieh das aus!»

«Bitte, Herr Buschner, ich möchte wirklich nicht. Es geht mir nicht gut, und ich ...»

«Zieh das aus, habe ich gesagt.»

Erschrocken über seinen barschen Ton, gehorchte Pauline. Sogleich umfassten seine Hände erneut ihre Brüste. «Na bitte, geht doch. Dir wird gleich besser, Pauline. Du wirst schon sehen. Lass mich nur machen.» Sie spürte seine Lippen erneut auf ihrem Mund, dann ihren Hals hinabwandern. Gierig saugte er an ihrer rechten Brustwarze, bis es ihr weh tat. Scharf sog sie die Luft ein, und er lachte erneut. «Na, hab ich's nicht gesagt? Das gefällt dir.» Wieder saugte er an ihrer Brust, seine rechte Hand glitt nach unten zwischen ihre Beine. Seine Finger bohrten sich in sie.

Pauline stieß einen gequälten Laut aus, den ihr Peiniger offenbar erneut missverstand. Er stöhnte und rieb sich an ihr. «Schön», keuchte er. «Du bist so schön.»

Sie spürte seine harte Männlichkeit an ihrer Hüfte und schloss verzweifelt die Augen. Was sollte sie tun? Schreien kam nicht in Frage. Was war ihr schon geholfen, wenn Buschners Frau oder die anderen Dienstboten aufmerksam würden. Hoffentlich war es bald vorbei.

Als er sein Knie zwischen ihre Beine drängte, überrollte sie plötzlich eine Welle von Übelkeit. Sie konnte ihn einfach nicht ertragen.

«Bitte», flehte sie leise. «Ich kann nicht.»

Buschner hielt kurz in seinen groben Liebkosungen inne. «Was soll das, Pauline!», murmelte er. «Natürlich willst du. Du willst mich doch genauso wie ich dich. Ich kann ohne dich nicht sein.» Seine Stimme hatte diesen sanften, schmeichlerischen Ton zurückgefunden, mit dem er sie ursprünglich einmal dazu gebracht hatte, sich seinem Wunsch nach Zärtlichkeit zu fügen.

Seine Finger bohrten sich erneut in sie, und sie stöhnte – nicht vor Wonne, sondern vor Schmerzen. Wenn sie ehrlich mit sich war, hatte sie gewusst, dass es so weit kommen würde. Aber dass es so weh tun würde ...

Buschner schien ebenfalls zu bemerken, dass sie trocken war, denn er zog seine Hand zurück, um auf seine Finger zu spucken und die Nässe zwischen ihren Schenkeln zu verteilen. «Komm jetzt, gleich wird es uns beiden richtig wohl werden.» Ohne auf ihre Gegenwehr zu achten, schob er sich auf sie und drang mit einem harten Stoß in sie ein.

Mit einem erstickten Schrei fuhr Pauline auf. Ihr war speiübel. Gerade noch rechtzeitig konnte sie ihren Nachttopf unter dem Bett hervorziehen und erbrach sich heftig. Schwer atmend wischte sie sich mit einem Tuch über den Mund. Der saure Geschmack weckte erneut Übelkeit. Mit zitternden Knien kroch sie aus dem Bett, zog ihren Mantel aus der Kleidertruhe hervor und kletterte vorsichtig, den Nachttopf in einer Hand, die Leiter hinab. Sie hatte vergessen, sich Schuhe anzuziehen, doch das war ihr gleich. Auf den dicken Strümpfen, die ihre Füße bei Nacht wärmten, tappte sie zur Hintertür, löste den Riegel und atmete tief die kalte Nachtluft ein, bis ihre Lungen brannten. Vorsichtig tappte sie zum Abort und entleerte den Nachttopf. Dann ging sie zum Brunnen, wusch den Topf und danach sich selbst. Das kalte Wasser ließ sie bibbern, aber das war ihr lieber als der Angstschweiß, der ihren Körper bedeckte.

Obwohl sie ihren Mund ausgespült hatte, bildete sie sich ein, einen leichten Geschmack von Tabak und Rotwein auf der Zunge zu verspüren.

Als sie die Kälte kaum noch aushielt, schlich sie zurück ins Haus, verschloss die Hintertür und kletterte zurück auf ihren Hängeboden. Sie zog ihre Decke bis zur Nasenspitze und starrte an die Decke. Abrupt drehte sie sich auf die Seite, rollte sich zusammen, umfing ihre Knie mit den Armen und weinte.

Kapitel 6

«Pauline, ich will, dass du für meine kleine Änne eine schöne Feier vorbereitest. Ihr zehnter Geburtstag am dreiundzwanzigsten November soll etwas ganz Besonderes werden.» Ariane Stein saß an ihrem Toilettentisch und puderte sich die Wangen, während Pauline ihr das Haar frisierte. «Elfie wird nachher mit mir zum Einkaufen gehen und mir helfen, die Geschenke auszusuchen. Du wirst dich um die Dekorationen, das Essen und die Musik kümmern. Es sollen achtundzwanzig Personen eingeladen werden, davon sieben junge Mädchen in Ännes Alter sowie ein Junge von sieben Jahren, der Sohn des Textilfabrikanten Reuther. Ich bin nicht ganz glücklich, dass er auch kommen wird, aber seine Schwester geht mit Änne in dieselbe Klasse. Tja, und da Reuther obendrein ein guter Kunde meines Mannes ist und auch mit dem Bankhaus Schnitzler Geschäfte macht, kann ich ihn und seine Kinder auf keinen Fall übergehen.» Frau Stein seufzte. «Ich hoffe, die beiden wissen sich zu benehmen. Man munkelt, diese Kinder wären recht wild und unerzogen. Änne erzählt mir hin und wieder Sachen ... Obgleich das Mädchen, Ricarda, wohl noch ganz annehmbar sein soll. Aber der Junge! Nichts als Flausen im Kopf! Aber so sind kleine Jungs wohl. Vor allem, wenn sie nicht in strenger Zucht gehalten werden. Ich möchte nur nicht, dass er unserem Hans Flausen in den Kopf setzt.» Sie blickte sich um. «Bist du fertig, Pauline?»

«Ja, gnädige Frau. Warum glauben Sie, dass die Kinder von

Herrn Reuther unerzogen sind? Er scheint doch ein sehr eleganter Herr zu sein.»

Ariane Stein lachte abfällig. «Elegant! O ja, äußerlich ist er das gewiss. Aber er ist ein Emporkömmling! Sein Großvater war ein ganz einfacher Weber, und sein Vater hat die Fabrik, die Julius Reuther heute leitet, praktisch aus dem Nichts erschaffen.»

«Das ist doch bewundernswert», wagte Pauline einzuwenden.

Ariane winkte ab. «So kann auch nur jemand sprechen, der selbst nicht der höheren Gesellschaft angehört. Ungeschliffen, das ist Julius Reuther. In seinen Manieren, seiner Sprache, seinem ganzen Auftreten. O ja, gewiss, er kleidet sich nach der neuesten Mode und scheint ein guter Geschäftsmann zu sein, sonst hätte er es nicht so weit gebracht. Seine Herkunft kann dennoch niemand verbergen, Pauline. Hast du nicht neulich auf unserer Soiree gesehen, wie sich seine Mutter benommen hat? So aufdringlich und neugierig. Eine impertinente Person. Aber man darf sie nicht ignorieren. Reuther hat in der Stadt zu großen Einfluss. Einige seiner besten Freunde sitzen im Stadtrat. Dabei müsste ihn eigentlich die gute Gesellschaft schneiden, nach dem Skandal vor zwei Jahren. Oder ist es schon drei Jahre her? Ich weiß es nicht mehr genau.»

«Was für ein Skandal?» Im Grunde interessierte Pauline dieser Julius Reuther nicht sonderlich. Obgleich er ihr neulich aus einer sehr verfänglichen Situation geholfen hatte, fand sie ihn unsympathisch. Vielleicht lag es daran, dass er sie an jenem Abend mit dem gleichen kühlen und abschätzigen Blick angesehen hatte wie vor einiger Zeit unten im Laden. Aber verübeln konnte sie es ihm eigentlich nicht. Wenn sie es nüchtern betrachtete, musste er sie für einen begriffsstutzigen Trampel halten. Obwohl seine Angelegenheiten sie nichts angingen, hatte das Wörtchen Skandal ein Fünkchen Neugier in ihr geweckt.

Ariane Stein stand von ihrem Stuhl auf und ging zu einer Kommode, um einen Schal daraus hervorzuholen. «Es war fürchterlich», erzählte sie, und es war ihr anzumerken, dass sie diese Geschichte nicht zum ersten Male erzählte. «Seine Frau, die Mutter seiner armen Kinder, hat sich umgebracht! Schrecklich, nicht wahr? Das arme Menschenkind! Und dabei stammte sie aus so gutem Hause! Wohlerzogen, gebildet, hübsch! Was wollte er mehr? Aber er hat sie unmöglich behandelt, ruppig und unfreundlich war er zu ihr, und am Ende hat sie sich derart gegrämt, dass sie den Freitod wählte.»

«Aber das ist ja entsetzlich!», rief Pauline und schlug eine Hand vor den Mund. So eine grausige Geschichte hatte sie nicht erwartet.

«Ja, nicht wahr?» Frau Stein nickte bekräftigend. «Seither lebt Reuther sehr zurückgezogen. Man sieht ihn zwar hin und wieder bei gesellschaftlichen Ereignissen – eingeladen werden muss er auf jeden Fall. Aber niemand legt großen Wert darauf, vertrauten Umgang mit ihm zu pflegen. Nicht einmal die Angestellten hielten es mehr bei ihm aus. Bis auf eine Handvoll Dienstboten sind sie ihm alle davongelaufen. Deshalb hat er wohl auch weder Hauslehrer noch Kindermädchen für seine beiden Sprösslinge. Sie sind völlig sich selbst überlassen und wachsen auf wie kleine Wilde. Das kann nicht gutgehen, sage ich dir, Pauline. Das wird sich eines Tages bitter rächen. Aber nun geh und kümmere dich um die Vorbereitungen für die Feier. Wir haben nur zehn Tage Zeit. Ich werde die Einladungen heute Abend schreiben, dann kannst du sie morgen mit Heiner zusammen austragen.»

* * *

Am späten Nachmittag des folgenden Tages hatten Pauline und Heiner alle Einladungen fürÄnnes Geburtstagsfeier verteilt bis auf eine. Nun waren sie bei Reuthers Haus in der Löwengasse angekommen, das im schwindenden Tageslicht hinter der mannshohen Mauer mit dem schmiedeeisernen Tor sehr düster wirkte. Selbst die Lichter hinter einigen der Fenster wirkten nicht anheimelnd. Pauline versuchte zu ergründen, warum das schöne Haus einen so finsteren Eindruck machte. Schlagartig wurde ihr bewusst, dass es keinerlei Blumen auf dem Grundstück gab. Zwar war der Herbst bereits weit fortgeschritten, doch nicht einmal zurückgeschnittene Rosenbüsche oder dergleichen waren zu erkennen. Eine Rasenfläche bedeckte das gesamte Grundstück, die von akkurat geschnittenen Büschen umrandet wurde. Nicht einmal die unschuldigen Gänseblümchen würden es wagen, hier ihren Kopf aus dem Boden zu strecken. Das einzige Anzeichen von Gastfreundschaft war das offene Tor. Pauline ging zur Eingangstür, während Heiner an der Straße wartete.

Bevor sie anklopfen konnte, flog die Tür auf, und zwei Männer kamen heraus. Pauline ging erschrocken einen Schritt zurück. Einer der Herren war Reuther, der andere der Arzt Dr. Pfaffenholz.

«Gehen Sie, ich will davon nichts mehr hören», wetterte Reuther und wies mit der Hand zur Straße. «Sie wissen genau, was ich von diesem Teufelszeug halte. Es kommt mir nicht ins Haus, das ist mein letztes Wort. Und wenn der Junge noch solche Schmerzen hat.»

«Nun seien Sie doch vernünftig, Herr Reuther. Eine kleine Dosis wird dem Kind nicht schaden», versuchte der Arzt den aufgebrachten Mann zu beruhigen. «Solche Krankheiten sind äußerst unangenehm und zuweilen auch schmerzhaft. Sie wollen doch nicht, dass das Kind über Gebühr leidet.»

«Es gibt auch andere Mittel, oder nicht?»

«Gewiss, aber sie sind bei weitem nicht so effektiv wie ...»

«Verschreiben Sie ihm etwas anderes, oder gehen Sie.»

«Geben Sie ihm Weidenrindentee. Aber ich sage Ihnen, mit etwas ...»

«Ich will nichts mehr davon hören.» Reuther war kurz davor zu explodieren. Abrupt drehte er sich um und ging mit großen Schritten zurück ins Haus. Bevor er die Tür schloss, schien ihm aufzufallen, dass außer dem Arzt noch jemand vor seiner Tür stand. Erstaunt musterte er Pauline. «Was wollen Sie denn hier?»

Pauline zog bei seinem barschen Tonfall den Kopf ein, wunderte sich gleichzeitig, dass er sie mit dem förmlichen Sie ansprach. «Entschuldigen Sie, gnädiger Herr, wenn ich störe. Ich habe eine Einladung für Sie von ...»

«Kommen Sie herein», brummte er unfreundlich. «Sie nicht, Pfaffenholz.» Er warf dem Arzt einen wütenden Blick zu. «Von Ihrer Medizin habe ich ein für alle Mal genug.»

Pauline trat unsicher in die Eingangshalle, hinter ihr schloss Reuther leise, aber bestimmt die Tür.

«Entschuldigen Sie, Herr Reuther», wiederholte sie. «Ich will Sie wirklich nicht stören. Frau Stein bat mich, Ihnen diese Einladung zu übergeben. Fräulein Änne feiert am dreiundzwanzigsten November Geburtstag, und dazu sind Sie und Ihre beiden Kinder herzlich eingeladen.»

«Geburtstag, wie?» Reuther verdrehte kurz die Augen, nahm Pauline die Einladung aus der Hand und schob sie unbesehen in seine Anzugtasche. «Ist das alles?»

«Ja, gnädiger Herr.» Sie hielt inne. «Ist eines Ihrer Kinder krank, Herr Reuther?»

Zwischen Julius' Augen bildete sich eine steile Falte. «Peter», antwortete er. «Der Junge hatte gestern nichts Besseres zu tun, als drüben beim Mühlenbach herumzuklettern. Natürlich ist er hineingefallen. Dort, wo das Wasser gestaut worden ist. Er hat sich verkühlt und schwer erkältet. Einen starken Husten hat er auch.»

«Das tut mir leid», sagte Pauline.

Julius schien ihre Worte gar nicht gehört zu haben, denn er fuhr fort: «Dieser neunmalkluge Pfaffenholz hat nichts Besseres zu tun, als Gläser voller Harn ins Licht zu halten und mir mit Laudanum zu kommen. Laudanum, sagte ich, kommt mir nicht ins Haus. Aber hört der Alte mir überhaupt zu? Bei nächster Gelegenheit sollte ich ihm die Flasche mit dem Teufelszeug in den Rachen stopfen!»

Das zornige Gesicht Reuthers stand in krassem Gegensatz zu seiner modisch-eleganten Erscheinung. Auch heute trug er einen dunklen Anzug, unter dem ein weißes, vorne leicht gerüschtes Hemd mit Vatermörderkragen hervorblitzte. Einzig seine kurzen dunklen Locken schienen sich, ähnlich seinem Temperament, gegen eine akkurate Zügelung zu wehren.

Am liebsten hätte Pauline auf dem Absatz kehrtgemacht und wäre davongelaufen. Nur ihre gute Erziehung hielt sie davon ab, die Flucht zu ergreifen. Auch musste man den Wutausbruch dieses Mannes und seine Unbeherrschtheit sicherlich seiner Sorge um den kleinen Peter zuschreiben. Dieser Gedanke gab Pauline den Mut, das Wort zu ergreifen. «Sie könnten es wirklich mit Weidenrindentee versuchen. Wenn Peter starke Kopfschmerzen hat, wird der Tee lindernd wirken. Und er senkt das Fieber. Gegen den Husten hilft Ingwer. Den soll er langsam kauen. Das schmeckt nicht besonders gut, aber es wird helfen. Man kann auch einen Ingwertee machen. Und Senfpflaster auf der Brust helfen, den

Schleim zu lösen.» Sie stockte und zog ängstlich den Kopf zwischen die Schultern, als Reuthers scharfer Blick sie traf.

«Was wissen Sie denn über Arzneien?»

Pauline biss sich verlegen auf die Unterlippe. «Ich ... Ich weiß nicht viel. Mein Onkel, bei dem ich aufgewachsen bin, war Badearzt in Bad Bertrich. Er hat viele Patienten mit Lungenerkrankungen und chronischem Husten behandelt. Da habe ich einiges aufgeschnappt.»

«Aufgeschnappt, wie?»

«Ich könnte auf dem Rückweg über den Alter Markt gehen und beim Apotheker Burka Ingwerwurzeln und Weidenrinde für Sie bestellen. Bestimmt ist er so freundlich und lässt Ihnen die Arzneien herbringen. Senfpaste stellt er auch her. Frau Stein lässt sie sich hin und wieder zubereiten.»

«Das würden Sie tun?»

Pauline konnte nicht ausmachen, ob er mit ihrem Vorschlag einverstanden war oder nicht. «Wenn Peter den Tee nicht trinken oder seine Arzneien nicht einnehmen will, tun Sie etwas Honig hinein. Kinder zieren sich oft, bittere oder scharfe Sachen zu sich zu nehmen. Sogar manchen Erwachsenen kann man nur mit honigsüßen Zugaben dazu überreden.»

Julius Reuther runzelte für einen Moment die Stirn und sah sie skeptisch an. Fast schien es ihr, als würden seine Mundwinkel zucken, doch sie konnte sich auch getäuscht haben.

«Sprechen Sie da aus Erfahrung?»

Pauline errötete. «Ja. Ich meine nein. Ich meine, ich habe das bei meinem Onkel erlebt. Und bei den Kindern der Familie, für die ich früher gearbeitet habe.»

«Soso. Als was?»

«Was meinen Sie?», fragte Pauline irritiert.

Julius Reuther stieß einen ungeduldigen Laut aus. «Als was haben Sie gearbeitet?»

«Als Gouvernante.»

«Von der Gouvernante zur Magd.» Reuther öffnete die Tür wieder, was Pauline als Zeichen erkannte, dass sie entlassen war. «Sie gehen in die falsche Richtung», sagte er.

Pauline drehte sich auf der Türschwelle um. «Manchmal wird man in eine bestimmte Richtung gestoßen», antwortete sie. Ohne auf eine Erwiderung seinerseits zu warten, entfernte sie sich. Sie hörte, wie die Haustür hinter ihr ins Schloss fiel. Erst als sie bei Heiner ankam, spürte sie ihren beschleunigten Herzschlag.

Sie hatte sich nichts vorzuwerfen, sagte sie sich. Dieser Julius Reuther war ein unangenehmer Mensch, obwohl er sie mit mehr Respekt behandelte als alle anderen. Ihr fiel ein, dass sie nicht wusste, ob sie die Arzneien beim Apotheker bestellen sollte oder nicht. Nachdenklich blickte sie die Straße hinauf und hinab.

«He, was is' denn, Prinzessin? Willst du hier Wurzeln schlagen?» Heiner stieß sie unsanft in die Seite.

Pauline betrachtete noch einmal das Haus des Textilfabrikanten. Ob das Licht hinter einem der Fenster im Obergeschoss zu Peters Zimmer gehörte? Der kleine Junge tat ihr leid, obgleich sie ihn gar nicht kannte. «Heiner, wir müssen noch mal zum Alter Markt. Herr Reuther benötigt ein paar Arzneien vom Apotheker, und ich habe versprochen, sie für ihn zu bestellen.»

«Du?» Heiner starrte sie an. «Hat er nicht eigene Dienstboten, die er schicken kann? Und hätte nicht der Dr. Pfaffenholz zum Apotheker gehen können? Der wird für so was bezahlt. Wir nicht.»

«Heiner, der kleine Peter ist schwer krank, und ich habe versprochen zu helfen. Kommst du jetzt oder nicht?»

«Jroßer Jott, von mir aus.» Heiner verdrehte die Augen. «Aber wenn die Gnädige schimpft, sage ich, du bist schuld, dass wir zu spät sind.»

Kapitel 7

Verärgert ging Julius in seinem Arbeitszimmer auf und ab. «Hören Sie», sagte er zu seinem Gast, dem Bankier Berthold Schnitzler. «Ich sage es Ihnen nur einmal: Ich schätze es nicht, wenn man hinter meinem Rücken mit meinem Geld Schindluder treibt.»

Schnitzler, der in einem der Besuchersessel saß, faltete die Hände auf seinem bemerkenswert runden Bauch. «Ich habe kein Schindluder mit Ihrem Geld getrieben, Reuther, sondern es gemäß Ihrem Wunsch investiert.»

«Ja, ich habe von Investitionen gesprochen», gab Julius zu. «Aber es war nicht die Rede von dieser Art Spekulation!»

«Sie haben dabei nichts verloren. Eher gewonnen, würde ich meinen.»

«Das tut nichts zur Sache, Schnitzler. Wenn durch solche unsicheren Transaktionen meine Geschäftseinlagen gefährdet werden, lassen Sie die Finger davon. Hier steht mehr auf dem Spiel als Geld. Ohne Geschäftskapital kann ich meine Arbeiter nicht bezahlen. Und wie soll ich bitte Textilien produzieren ohne Arbeiter?»

Schnitzler ließ sich nicht aus der Ruhe bringen. «Sie regen sich unnötig auf, Reuther. Das Geschäft ist abgeschlossen, Sie haben einen kleinen Gewinn gemacht. Mehr ist dazu nicht zu sagen.»

«Das ist Ihr Standpunkt, Schnitzler. Aber wenn Sie weiterhin mit meinem Geld Geschäfte machen wollen, halten Sie sich gefälligst genau an meine Anweisungen», knurrte Julius.

Schnitzler, der den drohenden Unterton in Julius' Stimme sehr wohl wahrgenommen hatte, setzte ein beflissenes Lächeln auf. «Ich versichere Ihnen – nichts liegt mir ferner, als Sie verärgern zu wollen. Und natürlich kann ich Ihnen versichern, dass die Anlage der angesprochenen Wertpapiere der *Dillinger Hütte* so gut wie kein Risiko darstellt. Dieses Hüttenwerk hat eine über zweihundertjährige Geschichte, ist grundsolide und damit wie für Sie geschaffen, Reuther.»

Julius zögerte nur kurz. «Also gut, lassen Sie mich eine Nacht darüber schlafen, dann gebe ich Ihnen Bescheid.»

«Wie Sie wünschen, Herr Reuther.» Mit einem siegessicheren Ausdruck stand Schnitzler auf und reichte Julius die Hand. «Dann werde ich mich nun auf den Weg zurück in die Stadt machen.» Er hielt kurz inne. «Wie man hört, ist Ihr Sohn erkrankt. Ich hoffe, es geht ihm inzwischen schon besser?»

Julius nickte. «Ein wenig. Danke der Nachfrage. Auf Wiedersehen.»

Schnitzler verabschiedete sich und verließ das Arbeitszimmer.

Julius trat ans Fenster und blickte hinunter in den Innenhof. Dort waren einige seiner Arbeiter dabei, schwere Wollballen auf Transportwagen zu verladen, die heute noch zum Rheinhafen gebracht werden sollten. Schnitzler tauchte auf dem Hof auf, und Julius beobachtete ihn, bis er durch die Toreinfahrt verschwunden war.

Einerseits hatte der Bankier recht; die Spekulation hatte ihm einen kleinen, jedoch nicht unbedeutenden Gewinn eingebracht, mit dessen Hilfe Julius nun in der Lage war, einen der alten Webstühle wieder instand zu setzen. Die Kosten für die neue Halle und deren Einrichtung würden sein eingeplantes Budget allerdings um mehr als ein Drittel übersteigen. Vielleicht würden ihm die Dillinger Aktien etwas Geld in die Kasse spülen, doch er ärgerte sich noch immer, dass ihm offenbar jemand bei einem anderen Geschäft zuvorgekommen war, das sich kürzlich aufgetan hatte. Ebenfalls Wertpapiere, von einer alteingesessenen Kölner Seilermanufaktur, die im Begriff war, sich zu einer modernen Fabrik zu mausern. Doch kaum hatte er mit Schnitzler über die Möglichkeiten einer Investition gesprochen, waren ihm die verfügbaren Anteile bereits von einem unbekannten Investor vor der Nase weggeschnappt worden. Und als wäre das nicht ärgerlich genug, durchkreuzte der Besitzer des Nachbargrundstücks Julius' Pläne, die Fabrik zu vergrößern. Angeblich seien die Besitzverhältnisse wegen fehlender Grenzsteine nicht klar. Julius hatte bereits die Unterlagen seines Vaters zusammengesucht, bislang nur noch keine Zeit gefunden, sie in Ruhe durchzugehen. Damit würde er jedoch bald anfangen müssen, wenn er seine Pläne im kommenden Jahr in die Tat umsetzen wollte. Obendrein glich sein Haushalt derzeit noch mehr einem Narrenhaus als sonst, denn seine Mutter hatte beschlossen, sich als Krankenschwester für Peter zu betätigen. Leider war Annette Reuther alles andere als geeignet für diese Aufgabe. Sie war zu ungeduldig und nervös, als dass sie dem armen Jungen Erleichterung bringen konnte.

Julius sah jeden Morgen und jeden Abend nach Peter, der sich allmählich erholte, doch wusste er noch weniger als seine Mutter, wie man mit einem kranken Kind umging. Er selbst war in seinem gesamten Leben keinen Tag krank gewesen. Die gute Konstitution hatte er von seinem Vater geerbt, der von ähnlicher Vitalität gewesen war, bis er bei jenem tragischen Schiffsunfall vor acht

Jahren ums Leben gekommen war. Außerdem bewegte sich Julius viel an der frischen Luft und übte sich, wann immer es seine Zeit zuließ, in der Fechtkunst.

Er warf einen Blick auf die große Standuhr neben der Tür. Es war schon kurz nach zwei. Er würde seinen Arbeitern unten im Hof Beine machen müssen, damit der Wolltransport rechtzeitig ankam. Und dann wollte er mit seinem Vorarbeiter reden. Sie hatten begonnen, erste Leinenstoffe zu produzieren, aber die Qualität stimmte noch nicht. Vermutlich mussten die Weberinnen weiter geschult werden.

Mit diesen Gedanken im Hinterkopf machte er sich auf den Weg hinab in den Hof.

* * *

«Elfie, würdest du bitte ein Auge auf die Mädchen haben? Sie möchten gerne Blindekuh spielen.» Pauline eilte mit einem Tablett voller Kuchen in den Salon. Eine Teegesellschaft war schon anstrengend – eine Geburtstagsfeier für eine Zehnjährige die reinste Folter. Frau Stein flatterte wie eine Henne hin und her, befahl dies, verlangte jenes, nur damit der kleinen Änne auch ja all ihre Wünsche erfüllt wurden.

Elfies Seufzen sprach ihr aus der Seele. So wohlerzogen sie vielleicht auch sein mochten – eine Ansammlung von acht kleinen, verwöhnten Mädchen strapazierte die Nerven über alle Maßen. Pauline stellte das Tablett auf dem Tisch ab und teilte den Kuchen aus. Die Damen genossen das Kaffeekränzchen und kümmerten sich nicht weiter um ihre Sprösslinge.

Aus den Augenwinkeln nahm Pauline eine Bewegung bei den Vorhängen wahr. Der kleine Hans Stein krabbelte dort auf dem

Boden herum und schien auf der Suche nach einem seiner Spielzeuge zu sein. Vermutlich einer Murmel, die beim Spiel über das Ziel hinausgekullert war. Rasch ging sie zu ihm.

«Hans, steh bitte auf. Es gehört sich nicht, im Salon auf allen vieren herumzurutschen. Geh bitte hinaus, wenn du mit Murmeln spielen willst.» Sie hatte leise, aber bestimmt gesprochen, und Hans stand auch sofort auf.

«Ich hab sie schon», sagte er und hielt ihr eine schöne große Glasmurmel hin. «Peter hat sie zu weit geschossen.»

«Geschossen?» Verwundert blickte Pauline auf den blonden Siebenjährigen hinab. «Seit wann schießt man denn mit Murmeln?»

Hans lächelte engelhaft. «Wir haben sie als Kanonenfutter benutzt. Papa hat mir doch die Preußenkanone geschenkt. Mit den großen Zinnsoldaten. Andere haben nur so kleine Figürchen, aber meine sind richtig groß. Und die Kanone geht wirklich. Guck, wie weit sie geschossen hat.» Da die Stimme des Jungen vor Begeisterung immer lauter geworden war, warfen einige der Damen ihnen bereits Blicke unter hochgezogenen Augenbrauen zu. Pauline führte Hans rasch aus dem Salon. Als sie durch die Tür waren, sagte sie: «Ich schlage vor, ihr spielt jetzt etwas anderes. Murmeln sind kein Kanonenfutter. Stell dir vor, ihr hättet eine der Damen getroffen! Oder Änne und ihre Freundinnen. Wartet lieber bis zum Frühling, dann könnt ihr draußen im Garten deine Kanone abfeuern.»

«Ja, Pauline.» Hans nickte pflichtschuldig.

Pauline ließ ihn los, und Hans rannte die Treppe ins oberste Stockwerk hinauf. Dorthin hatte sich offenbar Peter verkrümelt, nachdem sein Geschoss quer durch den Salon geflogen war. Von oben hörte sie aufgeregtes Geflüster. Schmunzelnd ging sie in den

Salon zurück, um zu sehen, ob eine der Damen etwas wünschte oder ob Elfie beim Blindekuh-Spiel der Mädchen Hilfe benötigte. Für eine Weile vergaß sie die Jungen, doch nachdem die zwei inzwischen eine ungewöhnlich lange Zeit verschwunden waren, wurde sie misstrauisch. Bei nächster Gelegenheit begab sie sich auf die Suche nach den beiden. In Hans' Zimmer hielten sie sich nicht mehr auf. Nach draußen waren sie aber sicherlich auch nicht gegangen, denn sonst hätte Heiner, der mit dem Pflegen der Außenanlagen beschäftigt war, sie längst wieder hineingeschickt.

Mit einem ungutem Gefühl schaute sie in den Salon. Die Damen waren in ihre Gespräche vertieft. Im kleinen Salon nebenan saßen die wenigen Herren, die man eingeladen hatte, mit Herrn Stein zusammen. Dort hinein waren die Jungen gewiss nicht gegangen. Wo also mochten sie stecken? Hoffentlich waren sie nicht hinunter in den Laden geschlichen, der am heutigen Sonntag natürlich geschlossen war. Nicht auszudenken, welchen Unfug die beiden dort anstellen mochten! Entschlossen, das Schlimmste zu verhindern, stieg Pauline die Treppe hinab, um die beiden aufzuspüren.

* * *

«Nein, nein, machen Sie sich keine Umstände! Ich finde die beiden schon allein.» Julius hob die Hand, um Stein daran zu hindern, ihm nach draußen zu folgen. «Ich danke Ihnen für die Einladung. Sicher hat Ricarda die Gesellschaft Ihrer Tochter und der anderen Mädchen genossen. Und Peter wird mit Hans bestimmt einen vergnüglichen Nachmittag verlebt haben.»

«Davon bin ich überzeugt», antwortete Stein. «Ich hoffe, Sie beehren uns bald wieder! Im Dezember wird es eine ganze Reihe von gesellschaftlichen Veranstaltungen geben. Ich glaube, allein drei oder vier Bälle. Das wäre doch genau das Richtige für Sie, mein lieber Reuther. Sie möchten bestimmt nicht bis zum Sankt-Nimmerleins-Tag Junggeselle bleiben?»

«Witwer», antwortete Julius mit angestrengter Freundlichkeit.

«Was auch immer.» Stein winkte ab. «Sie sollten sich eine hübsche, vermögende junge Dame suchen. Gewiss gibt es genügend, die liebend gerne den Namen Reuther annehmen würden.»

«Vermutlich.» Julius musste sich gewaltig anstrengen, seine freundliche Miene aufrechtzuerhalten. «Wir werden sehen. Auf Wiedersehen, die Herren.» Er nickte in die Runde der fünf Männer, die es sich in den Sesseln des kleinen Salons gemütlich gemacht und bis jetzt über die letzten politischen Entwicklungen diskutiert hatten.

Die Herren erwiderten den Abschiedsgruß, und Julius beeilte sich, die Tür hinter sich zu schließen. Nun galt es, seine beiden Kinder einzusammeln und endlich nach Hause zu fahren. Er beschloss, es zunächst mit seinem Sohn zu versuchen. Wo mochte der sich herumtreiben? Spontan hielt Julius Ausschau nach Pauline, denn er vermutete, dass sie am besten wusste, was hier im Hause vorging. Doch sie war nirgends zu entdecken, und die entnervt wirkende Elfie, die gerade mit einem Arm voller Spielsachen an ihm vorübereilte, konnte ihm auch keine Auskunft geben. Sie verschwand kurz in einem Seitenzimmer und hastete dann zurück in den Salon, wo sich ihre Schützlinge offenbar aufhielten. Da er nicht einfach das Haus nach den Jungen absuchen konnte, folgte er seinem Gefühl, das ihm sagte, kleine Jungen würden sich nach einem langen Nachmittag vielleicht in der Küche stärken wollen. Dort werkelte allerdings nur die Köchin. Von irgendwoher vernahm er da ein leises Klappern und Klacken. Neugierig näherte er sich der Hintertür. Waren die Jungen trotz der Kälte draußen? Falls ja, würde er mit Peter ein ernstes Wörtchen reden müssen. Immerhin war dieser erst seit wenigen Tagen von seiner schweren Erkältung genesen.

Als sich die Hintertür öffnete, wich Julius zwei Schritte zurück und fand sich im Eingang zur Speisekammer wieder. Die zwei Jungen liefen an ihm vorüber, ohne ihn zu bemerken. Sie waren aufgeregt und schienen etwas ausgeheckt zu haben. Amüsiert und ein wenig neugierig schlich Julius hinter ihnen her und verbarg sich in einer Nische unter dem Treppenaufgang. Die Jungen hatten sich unweit der Salontür auf den Boden gehockt und hantierten mit etwas herum, das aussah wie eine Spielzeug-Kanone.

Julius runzelte die Stirn und versuchte zu erkennen, was sie da taten. Etwas zischte leise, dann sah er eine kleine Flamme aufleuchten. Entsetzt schnappte er nach Luft, als er sah, was der eine von beiden in der Hand hielt: einen Feuerwerkskörper!

Im gleichen Moment hörte er Schritte von unten heraufkommen und Paulines Stimme. «Da seid ihr ja! Ich dachte schon, ihr wäret ...» Sie stockte. «Um Himmels willen!», rief sie leise. «Was macht ihr denn da?» Mit wenigen Schritten war sie bei den Jungen, griff sich den Knaller, riss die brennende Zündschnur beherzt mit einem Ruck heraus und trat die Flamme mit der Schuhsohle aus.

Die Jungen starrten sie erschrocken und sprachlos an.

Pauline schob sich den Feuerwerkskörper in die Tasche ihrer Schürze, dann stemmte sie die Hände in die Seiten und fixierte die Missetäter. «Was sollte das denn? Wolltet ihr das Haus in Brand setzen?»

«Nein, Pauline.» Hans schob beide Hände in seine Hosentaschen.

«Was dann?» Paulines Stimme blieb weiterhin ungewöhnlich hart. Julius war erstaunt, dass sie überhaupt in solchem Tonfall reden konnte. «Wisst ihr, wie gefährlich solche Feuerwerkskörper sind? Wo habt ihr den überhaupt her?»

«Aus Papas Laden», gab Hans zu.

«Und wessen Idee war es, ihn anzuzünden?»

«Meine.» Sagten die Jungen gleichzeitig, sahen einander an und grinsten. Jedoch nur kurz, denn unvermittelt packte Pauline jeden der beiden Jungen fest an einem Oberarm.

«Ihr findet das also auch noch lustig, ja? Dann wartet, bis ich euren Vätern erzählt habe, was ihr hier getrieben habt. Sie werden euch dann schon die rechte Abreibung verpassen.»

Entgeistert starrten beide Jungen sie an.

«N-nein, bitte nicht», stotterte Hans. «Papa wird mir den Hintern versohlen.» Julius war sich auf die Entfernung nicht sicher, aber es sah aus, als stiegen dem Kleinen Tränen in die Augen.

«Ich hab keine Angst», sagte Peter zu Julius' Überraschung mit deutlichem Trotz in der Stimme. «Sie haben mir nämlich gar nichts zu sagen. Und Papa wird Ihnen auch bestimmt nicht glauben. Und selbst wenn, interessiert es ihn gar nicht.»

Julius verschlug es die Sprache. Nicht nur wegen der unglaublichen Frechheit, die sein Sohn an den Tag legte, sondern auch vor Verblüffung über Peters Einschätzung der Lage. Schon wollte er vortreten, um sich einzumischen, hielt sich jedoch erneut zurück, als Pauline Hans losließ und sich nun Peter allein vorknöpfte.

«Nun hör mir mal gut zu, mein Junge», sagte sie mit strenger Stimme. «Ich mag nicht für deinen Vater arbeiten, aber solange du dich im Hause meiner Herrschaft aufhältst, bin ich für dich mitverantwortlich. Und das bedeutet im Umkehrschluss, dass du mir zu gehorchen hast. Selbst wenn es stimmt, was du über deinen Vater sagst, heißt das noch lange nicht, dass du dich hier aufführen kannst wie ein kleiner Wilder. Abgesehen davon bin ich überzeugt, dass dein Vater höchst überrascht wäre, wenn er dich so reden hörte.»

«Mir doch egal.» Peter schob die Unterlippe vor, aber sein Ton war schon etwas unsicherer geworden. Pauline hatte es ebenfalls bemerkt und schlug weiter in dieselbe Kerbe. «Nun gut, dann ist es dir eben egal. Mir aber nicht. Denn wenn du vorhast, dich weiter so ungezogen zu benehmen, dann schadest du damit auch deiner Schwester.»

Peter blickte erstaunt zu ihr auf.

Unbeeindruckt sprach sie weiter: «Du machst auf Änne und die anderen Mädchen einen ganz schlimmen Eindruck. Das erzählen sie ihren Eltern, und dann werden die schlimme Gerüchte über dich und deine Schwester in Umlauf bringen. Wenn deine Schwester nicht mehr eingeladen wird, wird sie sehr traurig sein.»

Nun begann Peters Kinn leicht zu zittern.

Pauline fixierte ihn weiter. «Weißt du, wohin das führen kann? Man wird nicht nur über euch reden, sondern die Schuld für dein schlimmes Verhalten deinem Vater zuschreiben. Man wird ihn verlachen, vielleicht sogar schneiden. Und das schadet seinem Geschäft.» Sie machte eine bedeutungsvolle Pause. «Und deshalb darf es dir keineswegs egal sein, was du in Gesellschaft für einen Eindruck hinterlässt. Der färbt nämlich immer auf die ab, die dir nahestehen. Und du willst bestimmt weder deinem Vater noch deiner Schwester Schande machen?»

Peter presste die Lippen fest zusammen, dann sprach er plötzlich: «Wir wollten nur ausprobieren, wie eine richtige Kanonenkugel knallt. Und in Feuerwerkskörpern ist doch Schwarzpulver, genau wie bei echten Geschossen.»

Pauline ließ ihn los und richtete sich wieder auf. «Und ihr dachtet, das wäre weniger schlimm, als mit Murmeln zu schießen?» Sie wandte sich an Hans. «Gib mir die Kanone. Du erhältst sie erst zurück, wenn du dich mindestens eine Woche lang anständig benommen und keinen Streich ausgeheckt hast.»

«Ja, Pauline.» Geknickt bückte sich Hans und gab ihr das Spielzeug. Zu gerne hätte Julius es gesehen, wenn sie auch Peter eine Strafe aufgebrummt hätte, doch das war leider nicht möglich. Und wenn er nicht verraten wollte, dass er die ganze Zeit gelauscht hatte, musste er selbst auch darauf verzichten. Allerdings schien es ihm, als habe Paulines Standpauke Eindruck auf seinen Sohn gemacht. Zumindest stand Peter mit hängendem Kopf vor ihr.

Nachdenklich blickte Pauline die zwei Jungen an, dann sagte sie: «Ich denke, es wäre besser, wenn ihr hinauf in dein Zimmer geht, Hans. Aber wehe, wenn ich einen Mucks von euch höre!»

Julius sah seine Gelegenheit gekommen und trat so unauffällig wie möglich aus dem Schatten der Nische hervor. «Ach, da bist du ja, Peter», sagte er, als habe er die vorherige Szene nicht miterlebt. «Wir werden gleich aufbrechen. Geh bitte und sag deiner Schwester, dass sie sich fertig machen soll. Ich werde mich derweil bei unserer Gastgeberin bedanken.»

Pauline war bei seinem plötzlichen Auftauchen nur ein wenig zusammengezuckt, sein Sohn hingegen starrte ihn mit schreckgeweiteten Augen an. Da Julius nicht zu erkennen gab, dass er den Vorfall mitbekommen hatte, nickte Peter schließlich rasch und stob davon.

«Ich geh in mein Zimmer», piepste Hans und ergriff ebenfalls die Flucht.

Julius blickte ihm kurz nach, dann wandte er sich an Pauline. «Ich hoffe, mein Sohn war heute brav.» Pauline zog die Augenbrauen ein wenig zusammen und antwortete: «Ja, gnädiger Herr.»

«Das freut mich.» Er ging in Richtung Salontür. «Wenn Sie so freundlich wären, unsere Mäntel zu holen ...»

«Natürlich, gnädiger Herr.»

Pauline eilte davon. Julius klopfte an und betrat den Salon, um sich zu verabschieden.

Pauline half den beiden Kindern in ihre Wintermäntel und Mützen. Julius wartete bereits an der Tür und tauschte noch ein paar Höflichkeiten mit der Hausherrin aus. Nachdem sich Frau Stein wieder nach oben in den Salon begeben hatte, hielt Pauline ihnen die Tür auf. Sofort rannten die Kinder auf die Straße. Julius blieb kurz stehen. Ohne eine Miene zu verziehen, sagte er: «Sie haben meinem Sohn gegenüber ganz schön dick aufgetragen.»

Pauline atmete scharf ein, hielt seinem Blick aber stand. «Sie haben uns belauscht.» Es war keine Frage, sondern eine Feststellung.

Julius legte überrascht den Kopf schräg. «Das wussten Sie die ganze Zeit?»

Sie verschränkte die Arme vor der Brust. «Ihr Schatten fiel auf den Dielenboden.» Ein wenig verkrampften sich ihre Finger um ihre Oberarme. «Werden Sie ihn bestrafen?»

Julius hob die Brauen. «Wofür?»

Überrascht ließ sie die Arme sinken. «Sie meinen ...»

«Ich weiß von nichts.» Er nickte ihr knapp zu und ging davon, ohne sich noch einmal umzudrehen.

Kapitel 8

Da Pauline gerade dabei war, Kerzen in den großen Ständer auf dem Kaminsims im Salon einzupassen, achtete sie nicht auf die Stimmen in der Diele, drehte sich jedoch um, als sie von der Salontür her ihren Namen hörte.

«Pauline, komm mal her», rief Elfie ihr leise zu. «Da ist jemand für dich.»

«Für mich?» Verblüfft legte Pauline die Kerzen beiseite. «Wer ist denn da? Ich kenne doch gar niemanden ...»

Elfie kicherte gehässig. «Das hat dich aber nicht daran gehindert, dich bei den hohen Herrschaften unbeliebt zu machen.»

«Was meinst du damit?» Pauline eilte erschrocken hinter ihr her.

«Na, was schon. Du kriegst Ärger. Wart's nur ab.»

«Aber weshalb denn um Himmels willen?»

«Weiß ich doch nicht. Geh selbst runter und frag!» Elfie grinste vielsagend und verschwand in Richtung Küche.

Pauline wusste sich keinen Reim darauf zu machen, erst recht nicht, als sie unten an der Haustür ein ihr unbekanntes Dienstmädchen erblickte. Pauline schätzte sie auf Ende dreißig; die Wangen waren rundlich, und das dunkelblonde Haar hatte sie zu einem Knoten hochgebunden. Ihre gesamte Erscheinung war eher unscheinbar. «Ja bitte?», fragte Pauline.

«Sie sin' Pauline Schmitz?» Die Fremde sprach mit breitem Kölner Dialekt.

Pauline nickte. «Die bin ich. Was kann ich für Sie tun?»

Die Fremde lachte. «Das förmliche Sie können Sie vergessen. Ich bin die Kathrin un' komm aus 'm Hause Reuther. Der gnädige Herr will, dass Sie ihn aufsuchen. Möglichst heut' noch, wenn es geht.»

Pauline wurde etwas mulmig zumute. «Herr Reuther schickt nach mir? Hat er gesagt, weshalb?»

«Näh, hat er nich'. Nur dass es wichtig wär, hat er gemeint.»

«Ach.» Pauline rieb sich über die Stirn. «Ja, also, ich weiß nicht ...»

«Was ist denn, was ist denn? Warum steht bei dieser Kälte so lange die Haustür offen?», beschwerte Ariane Stein sich, die in diesem Moment die Treppe herunterkam. Sie hatte sich in einen dicken Mantel gehüllt und offenbar vor auszugehen.

«Entschuldigen Sie, gnädige Frau», sagte Pauline. «Hier ist ein Dienstmädchen aus dem Hause Reuther. Sie sagt, dass Herr Reuther mich zu sprechen wünscht.»

«Dich?» Frau Stein war sichtlich überrascht. «Was will er denn von dir?» Sie verzog streng die Lippen. «Du hast dir doch wohl nichts zuschulden kommen lassen?»

«Nein, gnädige Frau, ganz bestimmt nicht.»

«Also was soll dieser Unsinn?»

«Kein Unsinn», mischte sich Kathrin ungefragt ein. «Herr Reuther hat gesagt, dass Fräulein Schmitz ihn aufsuchen soll, un' zwar möglichst bald.»

Die Hausherrin warf der vorlauten Magd einen ärgerlichen Blick zu. «Nun, wenn Herr Reuther darauf besteht, dann geh am besten gleich zu ihm, Pauline. Aber halte dich nicht lange dort auf. Ich wünsche, dass du die liegengebliebenen Arbeiten bei deiner Rückkehr zügig erledigst. Ach ja, denk daran, die Schuhe, die zum

Schuster müssen, heute Abend zusammenzustellen und zu reinigen.»

«Natürlich, Frau Stein.»

«Ich erwarte dich in spätestens zwei Stunden zurück», sagte Frau Stein und stolzierte aus dem Haus.

«Einen Augenblick, bitte, Kathrin.» Pauline raffte ihre Röcke und hastete die Treppe hinauf, um ihren Mantel zu holen.

Zehn Minuten später befand sie sich bereits auf dem Weg in die Löwengasse.

«Herr Reuther hat wirklich nicht gesagt, was er von mir will?», fragte Pauline noch mal.

Kathrin zuckte nur mit den Achseln. «Mir doch nicht.»

«Klang er denn verärgert?»

Kathrin sah sie verständnislos an. «Näh, warum dat denn?» Sie kicherte. «Na ja, jedenfalls nicht mehr als wie sonst.»

Pauline unterdrückte ein Schmunzeln über Kathrins Ausdrucksweise. Aber sie musste erkennen, dass es sinnlos war zu versuchen, von der Frau etwas über Reuthers Anliegen zu erfahren. Kathrin war offenbar nicht die Allerklügste. Also fasste Pauline sich in Geduld.

* * *

Auf Julius' Schreibtisch herrschte ein rechtes Durcheinander an Papieren. Mit gerunzelter Stirn las er die Urkunde über den Grundstücksbesitz in Nippes und den Kaufvertrag seines Vaters. Darin waren die Grenzen eindeutig festgelegt. Leider war die Suche seines Vorarbeiters nach den Grenzsteinen ergebnislos geblieben. Nun stellte sich die Frage, ob die Schriftstücke falsch waren oder ob jemand absichtlich die Grenzsteine entfernt hatte.

Gleich, wie er es drehte, die Angelegenheit war sehr ärgerlich, und in einem Rechtsstreit würde er schlechte Karten haben, solange die Frage nicht geklärt war.

Als es an die Tür seines Arbeitszimmers klopfte, hob er etwas unwirsch den Kopf. «Ja, bitte.»

«Guten Tag, Herr Reuther. Ihr Mädchen Kathrin hat mir ausgerichtet, dass Sie mich zu sprechen wünschen.»

Julius blickte Pauline forschend an. Sie stand aufrecht und mit hochgezogenen Schultern da. An ihrem leicht defensiven Tonfall erkannte er, dass sie nervös war und offenbar schlechte Nachrichten erwartete. «Da waren Sie aber schnell hier, Fräulein Schmitz.»

Pauline errötete. «Ich ... Frau Stein war so freundlich, mir zwei Stunden freizugeben. Sie fand, dass ich eine so wichtige Einladung nicht aufschieben dürfe.»

«So, fand sie das.» Belustigt faltete Julius die Hände auf dem Tisch. «Und Sie selbst waren wohl kein bisschen neugierig, weshalb ich Sie herbestellt habe.»

«Ah ... Also ...»

«Ja, das dachte ich mir.» Julius stand auf und ging um den Tisch herum, lehnte sich dagegen und verschränkte die Arme vor der Brust. «Dann will ich Sie nicht länger auf die Folter spannen. Ich möchte Sie einstellen.»

Pauline starrte ihn an. «Wie bitte?»

«Ich wünsche, dass Sie die Gouvernante meiner Kinder werden.»

Ungläubig rang Pauline nach Atem. «Sie möchten, dass ich ...? Warum?»

«Weil Sie dafür geeignet sind.»

Pauline schluckte. «Woher wollen Sie das wissen?»

Julius ließ die Arme sinken und machte einen Schritt auf sie zu. «Ich weiß es eben. Wann können Sie anfangen?»

«Wann ...» Pauline schüttelte den Kopf. «Ich habe doch noch gar nicht zugesagt.»

«Das werden Sie aber.»

«Ach ja?» Irgendetwas an seinen Worten brachte Pauline auf, sodass sie ungewohnt widerwillig reagierte. «Und falls doch nicht?»

Er ging noch einen Schritt auf sie zu. «Dann sind Sie ein dummes Huhn und bleiben für den Rest Ihres Lebens eine einfache Magd. Vermutlich werden Sie über kurz oder lang bei Elmar Schnitzler und seiner lieben Christine landen. Falls Ihnen das natürlich lieber ist ...»

Pauline schien empört etwas erwidern zu wollen, doch er ließ sie nicht zu Wort kommen. «Sie werden für Ricardas und Peters Erziehung verantwortlich sein. Sorgen Sie dafür, dass beide eine gute Figur bei ihren gesellschaftlichen Verpflichtungen machen. Außerdem sind Sie für ihre Bildung zuständig. Ich halte nicht viel von den Allgemeinplätzen, die die Schulen lehren. Sowohl Peter als auch Ricarda sollen umfangreich in Literatur, Fremdsprachen, den Wissenschaften und den Künsten unterrichtet werden.» Er ließ die Worte einen Moment wirken, dann fuhr er fort: «Sonntags haben Sie selbstverständlich frei, es sei denn, wir haben gesellschaftliche Verpflichtungen. Da die Kinder morgens in der Schule sind, wünsche ich, dass Sie, Fräulein Schmitz, auch meiner Haushälterin Berthe ein wenig unterstützend zur Hand gehen. Sie ist nicht mehr die Jüngste und ein bisschen schwierig.

Sie sehen also, Ihre Position wäre sozusagen die einer Dame des Hauses, nicht nur einer Gouvernante. Und bevor Sie anfangen, sich Sorgen zu machen – Ihre Dienste enden, sobald die Kinder im Bett liegen, und erstrecken sich nur auf die beiden und den Haushalt. Ich wünsche nicht, eine irgendwie geartete persönliche Beziehung zu Ihnen aufzunehmen. Im Gegenteil – mir wäre es höchst recht, wenn Sie sich mir gegenüber möglichst unsichtbar machen und mir den Rücken freihielten. Dafür und für eine ausgezeichnete Erziehung und Ausbildung meiner beiden Kinder bin ich bereit, Ihnen zwölf Mark im Monat sowie eine Weihnachtsgratifikation und einmalig eine neue Garderobe zu bezahlen. In den Fetzen, die Sie jetzt tragen, kann ich Sie hier nicht herumlaufen lassen. Das würde keinen guten Eindruck machen.»

Pauline hatte seinem Vortrag mit sichtlich wachsendem Erstaunen gelauscht. Jetzt räusperte sie sich. «Wie kommen Sie darauf, dass ich Ihren hohen Ansprüchen gerecht werden könnte?»

Julius unterdrückte ein Lächeln. «Ich habe Sie in Aktion gesehen, schon vergessen? Außerdem habe ich mir erlaubt, ein paar Erkundigungen über Sie einzuziehen.»

«Erkundigungen?» Pauline wurde sichtlich unwohl. Die Röte in ihren Wangen wich einer geisterhaften Blässe. Fahrig spielte sie an einer Falte ihres Rocks herum.

Julius beschloss, ihr ein wenig mehr Raum zum Atmen zu geben, und kehrte an seinen Schreibtisch zurück, lehnte sich erneut dagegen. «Pauline Schmitz, geboren am zwölften Mai 1800 in Bad Bertrich, Tochter von Marsilius und Annemarie Schmitz. Ihre Eltern verstarben bei einem Unfall, als Sie noch ein kleines Mädchen waren, also wurden Sie fortan vom Bruder Ihres Vaters, Theobald Schmitz, aufgezogen. Er führte bis zu seinem Tod vor einigen Monaten erfolgreich eine Arztpraxis in Bad Bertrich und hat sich vor allem als Badearzt für Lungen- und Herzkrankheiten einen Namen gemacht. Da er unverheiratet war, erhielten Sie seine volle Aufmerksamkeit und sein Wohlwollen, weshalb er Ihnen eine überdurchschnittlich gute Ausbildung zuteilwerden ließ. Leider verabsäumte er es, Sie rechtzeitig einem rechtschaffenen und wohlhabenden Mann anzuverloben.»

Pauline starrte ihn nur an, was ihn erneut erheiterte, doch das ließ er sich weiterhin nicht anmerken. «Nach dem Tode Ihres Onkels, bei dem Ihr Vetter den Großteil des Erbes eingestrichen hat, traten Sie in den Dienst der Bonner Familie Buschner, aus dem Sie jedoch schon drei Monate später wieder entlassen wurden.» Er schwieg und machte ihr damit klar, dass er mehr über die Sache wusste, als er aussprach.

Paulines Lippen zitterten kurz, doch sie hatte sich bewundernswert unter Kontrolle. Ihre Stimme blieb klar und schwankte nicht. «Sie wollen wirklich, dass ich hier als Gouvernante anfange? Ich meine, obwohl ich ...»

Julius nickte. «Vielleicht gerade deswegen.»

«Was meinen Sie damit?» Erschrocken wich Pauline bis zur Tür zurück.

Julius seufzte. Er war nicht sonderlich gut darin, sich auszudrücken. Nun hatte er sie verschreckt. «Sie wissen, was sich gehört, Fräulein Schmitz. Ich weiß es ebenfalls; aber einige – oder sagen wir lieber viele – Leute wissen es nicht. Dienstboten werden gerne von den Hausvorständen als Freiwild betrachtet. Nicht in meinem Haus, das kann ich Ihnen versichern. Aus dem, was mein Detektiv herausgefunden hat ...»

«Detektiv?», unterbrach sie ihn erschrocken.

Julius ging nicht darauf ein. «... schließe ich, dass Sie sich in eine unschöne Lage gebracht haben, aus der Sie aber zu entfliehen versuchten und dafür mit einem unehrenhaften Rauswurf bezahlen mussten. Liege ich richtig?»

Erneut verfärbten sich Paulines Wangen, diesmal dunkelrot.

Sie senkte den Blick, schien nicht in der Lage zu sein, ihn erneut zu heben. Zu peinlich war ihr wohl die ganze Angelegenheit. Julius schwieg. Als sie ihn endlich wieder ansah, glitzerten Tränen in ihren Augen. Zufrieden verschränkte er die Arme vor der Brust. Offenbar lag er mit der Einschätzung ihres Charakters goldrichtig. «Fräulein Schmitz, Sie müssen lernen, nein zu sagen. Und nicht erst, wenn es zu spät ist.»

Pauline schluckte so hart, dass er es sehen konnte. «Als Mädchen ... als Frau wird einem nicht beigebracht, wie man nein sagt. Schon gar nicht gegenüber ...»

«Männern?» Julius stieß sich vom Schreibtisch ab und trat wieder auf sie zu, jedoch nur so weit, dass ihr ein Fluchtraum blieb. «Ein fataler Fehler in unserer Gesellschaft, finden Sie nicht auch? Aber um etwas Neues zu lernen, ist es doch wohl niemals zu spät. Also ...» Er lächelte zum ersten Mal, wenn auch nur kurz. «Vermutlich haben Sie bereits die Gerüchte vernommen, die über mich und meine Familie kursieren und dass es Dienstboten in meinem Haus nicht lange aushalten. Über die Gerüchte möchte ich mich nicht weiter äußern, nur so viel sei gesagt: Dass mein Haushalt nicht ordentlich, will sagen standesgemäß, geführt wurde, ist allein mein Fehler. Ein Fehler, auf den Sie mich neulich indirekt hingewiesen haben, als Sie meinem Sohn eine Strafpredigt gehalten haben. Ich will die Sache nicht schönreden: Ich kenne meine Fehler. Sie werden wahrscheinlich schon bald und mehr als einmal bereuen, in meinen Dienst getreten zu sein. Ich gebe offen zu, dass ich nicht erpicht darauf bin, ein weiteres Frauenzimmer im Haus zu haben. Doch ich weiß auch, wann vernünftiges Handeln geboten ist, deshalb frage ich Sie – zum Wohle meiner Kinder und des Ansehens meines Hauses: Wann können Sie anfangen?»

Kapitel 9

«Jetzt darfste dem Herrn Reuther jeden Tag was vorsingen, oder wie seh ich das?» Heiner stand mit verschränkten Armen unter Paulines Hängeboden und sah ihr dabei zu, wie sie ihre Habseligkeiten in ihre Reisetasche packte.

Neben ihm stand Elfie mit griesgrämiger Miene. «Du bist verrückt, das is' meine Meinung. Du glaubst doch nicht im Ernst, dass der Reuther dich nur eingestellt hat, damit du seine Kinderchen hütest.»

Pauline, die auf allen vieren neben ihrem Bett herumkroch und nachsah, ob sie nichts übersehen hatte, drehte sich zu ihren beiden Zuschauern um. «Doch, Elfie, das glaube ich. Er will mir das sogar schriftlich geben, wenn ich darauf bestehe.»

Elfie ließ ein gackerndes Lachen hören. «Du liebes bisschen! Was glaubst du, wie viel ein solcher Fetzen Papier wert ist, wenn ihn der Hafer sticht? Was man von dem so hört ... und keine Ehefrau, die ihm auf die Finger klopfen kann. Nee, da würde ich nicht für alles Geld der Welt arbeiten wollen.»

Pauline lächelte schmal. «Auch nicht für zwölf Mark im Monat?»

Heiner hustete verblüfft.

Elfie starrte sie entgeistert an. «Du scherzt wohl!»

«Kein bisschen, obwohl es euch überhaupt nichts angeht.»

«Dafür würde ich dem Reuther sogar jeden Abend sein Bettchen persönlich anwärmen.»

«Siehst du, und genau das brauche ich und werde ich gar nicht tun.» Mit einem letzten Blick auf das, was für fast drei Monate ihr Domizil gewesen war, schloss sie ihre Tasche und hievte sie die Leiter hinab. Heiner sprang ihr zur Seite und nahm ihr die Last ab. Wenig später, nachdem sie sich von ihren ehemaligen Arbeitgebern verabschiedet und sowohl ihren ausstehenden Lohn als auch ein sehr ansehnliches Arbeitszeugnis entgegengenommen hatte, stand sie wieder samt ihrem Gepäck auf dem Laurenzplatz. Es war eisig kalt, und der scharfe Nordwind brachte Wolken mit sich, die den ersten Schnee ankündigten. Mit leichtem Herzklopfen, aber auch einem merkwürdigen Gefühl des Triumphs sah Pauline an der Stein'schen Hausfassade empor. Sie erinnerte sich noch allzu gut an den Tag, da sie zum ersten Mal hier gestanden hatte – hoffnungslos und verzagt. Nun durfte sie auf eine bessere, eine glücklichere Zukunft hoffen. Auf eine Stellung, die ihren Fähigkeiten entsprach. Julius Reuther setzte eine Menge Vertrauen in sie; sie wollte verdammt sein, wenn sie ihn enttäuschte. Es gab im Leben nicht oft die Gelegenheit für einen Neuanfang. Wenn sie sich bot, durfte man nicht zögern. Aus dem Grund hatte sie Julius' Angebot angenommen.

Zwar fand sie den Mann in vielerlei Hinsicht noch immer irritierend und abweisend, aber seine Worte hatten aufrichtig geklungen. Vielleicht war er gar nicht der Mensch, für den ihn alle Welt zu halten schien. Pauline lächelte in sich hinein. Sie wusste, sie versuchte sich selbst zu überzeugen. Elfies Worte hatten einen winzigen Stachel des Zweifels in ihrem Herzen hinterlassen. Doch wenn er tatsächlich vorhaben sollte, sie in irgendeiner Form zu bedrängen, würde sie sich seinen Rat zu Herzen nehmen: Sie würde nein sagen, bevor es zu spät war. So schwer konnte das nicht sein.

Entschlossen machte sie sich auf den Weg zum Haus in der Löwengasse.

* * *

«Guten Tag, Fräulein Schmitz.» Jakob nickte Pauline freundlich zu und ließ sie eintreten. «Herr Reuther ist nicht hier, da wichtige Geschäfte ihn in die Fabrik gerufen haben. Er hat mich angewiesen, Ihnen Ihr Zimmer zu zeigen und den Kindern vorzustellen. Er wünscht, dass Sie sich zunächst mit dem gesamten Haushalt und den Dienstboten vertraut machen. Ihr offizieller Dienstantritt ist deshalb erst morgen.»

«Danke schön, Herr ...» Pauline zögerte.

«Jakob. Einfach Jakob, gnädiges Fräulein.»

Pauline errötete leicht. «Ich bin aber kein gnädiges Fräulein, Jakob.»

Der Hausdiener lächelte. «Herr Reuther hat strikte Anweisungen gegeben, wie wir Sie anzusprechen haben, Fräulein Schmitz.»

«Oh.»

«Folgen Sie mir bitte.» Er nahm ihr die Reisetasche ab und trug sie ihr voran durch die Eingangshalle. «Ich hoffe, es stört Sie nicht, dass Ihr Zimmer gleich neben dem von Fräulein Ricarda liegt. Das ist eigentlich nicht der Dienstbotentrakt, aber der gnädige Herr fand, dass Sie als Gouvernante für die Kinder jederzeit ansprechbar sein sollten. Peters Zimmer liegt dem Ihren schräg gegenüber. Bitte hier entlang.» Er machte eine einladende Geste, mit der er sie aufforderte, vor ihm die Stufen hinaufzusteigen. Oben angekommen wandten sie sich nach links; Jakob öffnete die zweite Tür auf der rechten Seite und ließ Pauline eintreten. «Ich hoffe, es ist alles zu Ihrer Zufriedenheit, gnädiges Fräulein.

Frisches Wasser, Seife und Handtücher finden Sie im Badezimmer nebenan.» Er wies auf eine schmale Tür auf der linken Seite des Zimmers.

Doch Pauline beachtete ihn schon gar nicht mehr. Zu sehr war sie von dem Raum überrascht, der sie empfing. Nicht sehr groß, aber hell war er, mit cremefarbenen Spanntapeten und luftigen, dunkelgrünen Vorhängen, die um das große, zweiflüglige Fenster drapiert waren. Es gab ein breites Bett mit weiß bezogenen Kissen und Decken sowie einer zusätzlichen, dunkelgrünen Wolldecke, einen Kleiderschrank und eine Kommode mit Spiegel, beide aus dunkel gestrichenem Kirschholz. Auf dem ebenso dunklen Holzdielenboden lagen zu beiden Seiten des Bettes dicke Läufer, ebenfalls in Dunkelgrün. «Danke, Jakob, es ist alles sehr schön.»

«Herr Reuther lässt Ihnen ausrichten, dass Sie morgen, solange die Kinder in der Schule sind, zur Schneiderin Lissenich am Neumarkt gehen sollen. Kathrin kann Sie begleiten. Sie sollen sich eine neue Garderobe anfertigen lassen, und zwar sowohl Alltags- wie auch Festtagskleider. Und ein oder zwei Ballkleider auch, da Sie wahrscheinlich zukünftig bei derartigen gesellschaftlichen Anlässen anwesend sein müssen.»

«Ballkleider?» Verständnislos blickte Pauline ihn an. «Aber Fräulein Ricarda ist doch noch viel zu jung und nicht in die Gesellschaft eingeführt. Von Peter ganz zu schweigen.»

Jakob zuckte mit den Schultern. «Es sind Herrn Reuthers Anweisungen, halten Sie sich besser daran.» Wieder lächelte er. «Der gnädige Herr ist sehr großzügig. Er muss große Stücke auf Sie halten, Fräulein Schmitz.»

«Es scheint so.»

«Er hat die Kosten bereits mit der Schneiderin abgesprochen. Sie brauchen sich also nur noch auszusuchen, was Sie benötigen. Und für den Übergang hat Herr Reuther Ihnen etwas in den Schrank hängen lassen.» Jakob ging zur Tür. «Ich lasse Sie nun allein. Wenn Sie sich frischgemacht haben, kommen Sie bitte ins Esszimmer. Unten an der Treppe links. Dann stelle ich Ihnen die übrigen guten Geister des Hauses vor und zeige Ihnen das Anwesen. Die Kinder kommen heute gegen kurz nach eins aus der Schule, dann können Sie gleich gemeinsam speisen.» Er nickte ihr zu und schloss die Tür hinter sich. Pauline sah sich noch einmal in dem hübsch eingerichteten Zimmer um, ließ sich dann auf die Bettkante sinken. Wann hatte sie zuletzt so komfortabel gewohnt? Nicht einmal bei Buschners war ihr Zimmer so schön gewesen. Offenbar hatte sie sogar ein eigenes Badezimmer. Das war ein Luxus, den sie bisher nur im Hause ihres Onkels genossen hatte. Rasch stand sie wieder auf und öffnete die schmale Tür zum Badezimmer. Es gab eine Kommode mit Waschschüssel und Wasserkrug. Die Schubladen der Kommode enthielten Seife und Handtücher. Daneben stand ein mit Schnitzereien verzierter Toilettenstuhl. Das schmale Fenster war vergittert und führte, wie das des Schlafzimmers, hinaus auf den Hintergarten und die angrenzenden Grundstücke. Doch der größte Luxus war die auf gebogenen Füßen stehende Badewanne an der rechten Wand. Pauline traten die Tränen in die Augen. Wann hatte sie zuletzt ein Bad genossen? Sie kehrte ins Schlafzimmer zurück und packte rasch ihre Taschen aus. Viele Besitztümer hatte sie nicht: einen Handspiegel, Kamm und Bürste, Haarbänder und -nadeln. Einige wenige Bücher und Schriftstücke aus dem Hause ihres Onkels, sein Porträt in Miniaturform – kaum größer als ihre Hand –, ihre Geldbörse mit dem Ersparten. Außerdem zwei Kleider, die beide nach nur kurzer Zeit im Hause Stein kaum mehr zu retten waren. Dabei waren sie einmal recht hübsch gewesen. Doch Reuther hatte recht. In diesen Kleidern würde sie als Gouvernante der Kinder kein gutes Bild abgeben.

Neugierig trat sie an den Kleiderschrank. Was für ein Kleid er ihr wohl – für den Übergang, wie er es nannte – zugedacht hatte? Als sie den zweiflügligen Schrank öffnete, stieß sie einen überraschten Laut aus, denn es war nicht nur ein Kleid, es waren sogar zwei. Eines in schlichtem Dunkelblau, mit langen, eng anliegenden Ärmeln, die an den Schultern leicht gepufft waren. Der Ausschnitt war nicht zu tief und leicht oval mit einem duftig leichten, weißen Kragen. Der Rock war schmal und am Saum mit weißen Stickereien verziert.

Das zweite Kleid war von dunkelbrauner Farbe, der Rock weit und in hübsche Falten gelegt. Die Schultern waren auch hier hübsch gepufft, und die Ärmel bestanden aus durchscheinendem Tüll, der alle Handbreit von einem schmalen Stoffband geziert wurde, das den Arm eng umschloss. Der Ausschnitt dieses Kleides war herzförmig und lief erst an den Schultern aus. Pauline seufzte verzückt. Sanft strich sie über den glänzenden, weichen Stoff, merkte dabei, wie rau ihre Hände vom Arbeiten geworden waren. Es würde eine Weile dauern, bis die Schwielen und rauen Stellen verschwunden waren.

Obgleich es sie zu dem braunen Kleid hinzog, schien ihr das dunkelblaue für den ersten Arbeitstag angebrachter zu sein. Als sie es aus dem Schrank nahm, fielen ihr auch die drei weißen Unterröcke und die beiden Schnürleibchen ins Auge, die ihr großzügiger Dienstherr ebenfalls für sie besorgt hatte. Röte schoss ihr in die Wangen, als sie in der Kommode weitere Unterwäsche fand. Was musste er nur von ihr denken? Dass sie aus der Gosse kam? Andererseits konnte sie nicht anders, als dankbar für seine Geschenke zu sein. Er schien an alles gedacht zu haben. Im Grunde war mehr Garderobe kaum noch nötig. Doch offenbar war er anderer Meinung, denn sonst hätte er nicht bereits für sie einen Termin bei der Schneiderin vereinbart.

Erneut ließ sie sich auf die Bettkante sinken. Würde er wirklich keinerlei Gegenleistung für diese teuren Geschenke erwarten? Es war ungewöhnlich, dass ein Dienstherr seine Gouvernante derart umfassend einkleidete – ganz zu schweigen von dem mehr als großzügigen Lohn, den er ihr zugesichert hatte. Seine Worte kamen ihr in den Sinn: *Sie werden wahrscheinlich schon bald und mehr als einmal bereuen, in meinen Dienst getreten zu sein.* So oder so ähnlich hatte er sich ausgedrückt. Im Augenblick konnte Pauline sich nicht vorstellen, dass sie auch nur eine Minute bedauern würde, die Stelle angenommen zu haben.

Kapitel 10

Bereits zwei Stunden später war Pauline kurz davor, ihre Meinung zu ändern. Nachdem Jakob sie durchs Haus geführt und sie das übrige Personal kennengelernt hatte, waren die Kinder von der Schule nach Hause gekommen. Pauline hatte die beiden im Speisezimmer erwartet. Als Jakob sie vorgestellt hatte, war deutlich geworden, dass Julius Reuther seinen Kindern nichts von Pauline erzählt hatte, was ihr sehr befremdlich vorkam.

Peter hatte sie natürlich sofort wiedererkannt und rannte mit schreckensbleichem Gesicht und ohne ein weiteres Wort aus dem Raum. Seine Schritte polterten auf der Treppe, wenig später knallte eine Tür. Ricarda hingegen starrte sie feindselig an, die Hände vor sich auf dem Tisch gefaltet.

«Sie sind doch das Dienstmädchen von den Steins», sagte sie schließlich mit deutlicher Abneigung und Herablassung in der Stimme. «Ein Dienstmädchen ist keine Gouvernante.»

«Aber Fräulein Ricarda ...», rief Jakob erschrocken. Die unverschämte Art des Mädchens war ihm sichtlich peinlich.

Pauline signalisierte ihm, den Raum zu verlassen. Dann wandte sie sich dem Mädchen zu. «Du hast recht, Ricarda. Ich habe eine Weile im Haushalt der Familie Stein gearbeitet. Jetzt hat mich dein Vater als Erzieherin für dich und deinen Bruder eingestellt.»

«Ich brauche keine Erzieherin.»

Pauline lächelte. «Da, fürchte ich, irrst du dich, mein Kind.»

«Ich bin nicht Ihr Kind.» Ricarda funkelte sie wütend an. «Sobald Papa nach Hause kommt, sage ich ihm, er soll Sie wieder wegschicken. Wir brauchen hier kein weiteres Frauenzimmer im Haus. Das hat er selbst gesagt.»

Ohne sich ihre Überraschung über die Frechheit des Mädchens anmerken zu lassen, erklärte Pauline: «Vielleicht hat er das früher einmal gesagt. Doch nun hat er seine Meinung geändert, weil er weiß, dass ihr beide, ganz besonders du, weiblicher Anleitung bedürft. Auch möchte er, dass ich euch zusätzlich zu den Schulstunden noch in weiteren Fächern unterrichte.»

Kurz flackerte Interesse in Ricardas Augen auf, bevor sie aufsprang und mit wütenden Schritten im Speisezimmer auf und ab ging. «Ich sage ihm, er soll Sie wegschicken», wiederholte sie stur. «Sie haben hier gar nichts verloren. Und bilden Sie sich ja nicht ein, Sie könnten meine Mama werden. Meine Mama ist tot, und Papa braucht keine neue Frau.»

Verblüfft blickte Pauline die zornige kleine Person an. Ricardas schwarze Locken, die am Morgen wohl einmal zu einem festen

Zopf geflochten gewesen waren, schienen sich aus der Frisur befreien zu wollen. Mehrere Strähnen ringelten sich wild um ihr Gesicht. Ihre Wangen waren gerötet, das Kinn trotzig vorgeschoben.

Pauline zählte langsam bis fünf, bevor sie antwortete: «Hör zu, Ricarda: Es war niemals die Rede davon, dass ich deine verstorbene Mutter ersetzen soll. Ich bin hier, um dich anzuleiten und in deinen gesellschaftlichen Fähigkeiten auszubilden. Du und dein Bruder, ihr seid schon sehr lange ohne Erzieherin, und das tut euch nicht gut. Ihr müsst lernen, euch zu benehmen, denn wenn ihr einmal erwachsen seid, wird man sehr viele Dinge von euch erwarten.»

«Ich werde nicht erwachsen. Und wenn doch, dann gehe ich fort. Nach Indien oder Amerika oder ... oder Ägypten.»

Nun musste Pauline doch ein Schmunzeln unterdrücken. «Dann hoffe ich, du sprichst die Sprachen jener Länder und weißt über die dortigen Bräuche Bescheid?» Als Ricarda nicht sogleich antwortete, fuhr sie fort: «Selbst wenn du eines dieser Länder – oder auch alle – bereist, wirst du nicht umhinkommen, dich vorher ein wenig über die Welt und ihre Begebenheiten kundig machen zu müssen. Und auch in Amerika oder Indien – ja, sogar in Ägypten legt man großen Wert darauf, dass sich eine junge Dame in Gesellschaft zu benehmen weiß. Und wenn du einmal heiratest, wird dein Ehemann ebenfalls viele Dinge von dir verlangen. Er wird erwarten, dass du weißt, wie man einen Haushalt führt, Gäste bewirtet, die Dienstboten anleitet ... All dies und noch vieles mehr solltest du lernen, bevor du dich auf Weltreise begibst. Und dein Bruder scheint ebenfalls noch einigen Schliff zu benötigen.»

«Lassen Sie Peter in Ruhe!» Ricarda blieb vor Pauline stehen. «Er ist noch klein.»

«Er ist sieben Jahre alt.»

«Er will Sie auch nicht hier haben.»

Pauline seufzte. Allmählich zerrte die rigorose Abwehrhaltung Ricardas an ihrer Geduld. «Er wird daran ebenso wenig ändern können wie du, Ricarda. Ich schlage also vor, dass wir einen Waffenstillstand schließen, bis wir einander etwas besser kennengelernt haben.» Da das Mädchen erneut zu einer heftigen Erwiderung ansetzen wollte, fügte Pauline rasch hinzu: «Ich verspreche dir auch, dass ich ganz bestimmt nicht vorhabe, deinen Vater zu heiraten. Er hat mich als Gouvernante für euch eingestellt, nicht mehr und nicht weniger. Und dabei wird es auch bleiben.»

Ricarda blickte ihr lange prüfend ins Gesicht. Es schien, als wöge sie Paulines Worte ab, um zu entscheiden, ob sie der Wahrheit entsprachen. «Versprochen?», fragte sie schließlich etwas ruhiger.

«Ehrenwort.» Pauline streckte die Hand aus.

Ricarda ergriff sie jedoch nicht, sondern verließ sofort das Speisezimmer.

Pauline atmete tief durch. Das war ganz offensichtlich nicht der beste Anfang gewesen.

«Die beiden meinen es nicht so.» Jakob kam mit betretener Miene auf den Tisch zu. «Seit die gnädige Frau ... verstorben ist, sind die beiden außer Rand und Band. Der gnädige Herr war lange Zeit zu nachsichtig mit ihnen, fürchte ich.»

«Frau Reuther hat sich das Leben genommen, wie ich hörte», wagte Pauline nachzufragen. Normalerweise sprach man über solche Angelegenheiten nicht, doch in diesem Fall schien es ihr angebracht, so viele Informationen wie nur möglich über ihre beiden neuen Schützlinge zu sammeln.

Jakob zögerte sichtlich. «So ist es. Die Kinder hatten es nie leicht, auch nicht zu Lebzeiten der gnädigen Frau. Ich bin nicht befugt, Ihnen mehr zu sagen, aber ich bitte Sie, lassen Sie sich nicht von den beiden verschrecken. Es sind im Grunde sehr liebenswerte Kinder.»

«Das bezweifele ich nicht.»

Jakob lächelte erleichtert. «Sie sind ein bisschen schwierig und Fremden gegenüber misstrauisch.»

«Und vorlaut.»

«Das leider auch.» Jakob seufzte. «Herr Reuther zahlt Ihnen vermutlich einen fürstlichen Lohn.» Verlegen rieb er sich das Kinn. «Nun haben Sie einen Vorgeschmack, warum er das tut.»

* * *

Pauline war der Appetit vergangen. Sie verließ das Speisezimmer und begab sich ins Obergeschoss, um bei Peter nach dem Rechten zu sehen. Sie fand ihn in seinem Schlafzimmer, wo er auf dem Fußboden saß, den Rücken gegen sein Bett gelehnt, und mit einem geschnitzten Holzpferdchen spielte.

Sie klopfte leise an und trat ein. In einiger Entfernung von Peter blieb sie stehen, der seinen Blick stur auf das Spielzeug gerichtet hielt. Schweigend blickte sie ihn an.

Nach einer Weile schien ihm die Stille unheimlich zu werden. Neugierig hob er den Kopf. «Ich habe nichts angestellt.»

Pauline trat einen kleinen Schritt auf ihn zu. «Das habe ich auch nicht angenommen.»

«Sind Sie jetzt hier, weil ich das mit der Kanone gemacht habe?»

Im ersten Impuls wollte Pauline widersprechen, doch dann dachte sie über seine Worte nach und antwortete: «Da liegst du gar nicht so falsch.»

«Kriege ich jetzt noch mehr Schimpfe?»

«Nein.»

Peters Kopf, der sich zwischenzeitlich wieder gesenkt hatte, ruckte hoch.

Pauline lächelte ihm zu. «Ich bin hier, weil ich dir ein paar Dinge beibringen soll.»

«Ich gehe schon zur Schule.» Sein trotziger Tonfall ähnelte nun dem Ricardas.

«Manche Dinge lernt man nicht in der Schule.» Pauline machte noch einen Schritt vorwärts. «Ein schönes Pferdchen hast du da.»

«Das ist ein Schlachtross.»

«Wie bei den alten Rittern?»

Peter drehte das Holzpferd zwischen den Fingern und nickte. «Herr Stresemann hat uns von den Rittern vorgelesen.»

«Herr Stresemann?»

«Unser Lehrer. Eigentlich war das für die aus der fünften Klasse, aber wir haben natürlich auch mitgehört. Obwohl wir eigentlich Schönschreiben üben sollten.»

«Das war bestimmt eine spannende Geschichte.»

«Ich werde auch mal ein Ritter. Die haben tapfer gekämpft und immer gewonnen. Und dann haben sie auch noch die Witwen und Waisen beschützt.» Peter sah sie mit nachdenklichem Blick an. «Ich bin auch eine Waise. Meine Mama ist tot.»

«Ich weiß. Aber dein Papa ist noch am Leben, also bist du nur eine Halbwaise.»

«Und jetzt sind Sie da und sollen mir alles beibringen, was meine Mama nicht mehr kann, weil sie jetzt im Himmel ist.»

Überrascht legte Pauline den Kopf schräg. Der kleine Junge schien die Situation schnell erfasst zu haben.

«So könnte man es ausdrücken», antwortete sie.

Peter nickte vor sich hin, dann warf er plötzlich das Pferdchen unter sein Bett, stand auf und lief zum Fenster. Mit hochgezogenen Schultern blickte er hinaus. «Ich mag Sie nicht», sagte er leise.

Sprachlos starrte Pauline auf den Rücken des Jungen und überlegte, ob sie darauf etwas erwidern sollte. Schließlich entschied sie sich jedoch dagegen. Leise zog sie sich zurück und ließ Peter in seinem Zimmer allein.

Ein wenig ratlos blickte sie den Flur entlang und entschied sich dann, sich in ihr eigenes Schlafzimmer zurückzuziehen. So einfach und angenehm, wie sie gedacht hatte, würde ihre neue Stellung hier offensichtlich nicht werden.

* * *

«Fräulein Ricarda, es wird Zeit für unsere Lektionen.» Pauline klopfte an die Schlafzimmertür des Mädchens und trat ein. Ricarda saß an ihrem Toilettentisch und bearbeitete ihr aufgelöstes Haar mit einem grobzinkigen Kamm. Dabei zerrte sie derart heftig an den Haarsträhnen, dass es Pauline schon beim Zusehen weh tat. Sie trat näher. «Was tust du denn da?»

«Wonach sieht es denn aus?», raunzte das Mädchen und gab damit ihrer üblen Laune deutlichen Ausdruck.

Entschlossen legte Pauline ihr eine Hand auf die Schulter, mit der anderen entwand sie ihr den Kamm. «Du wirst dir noch alle Haare ausreißen, wenn du so weitermachst.»

«Und wennschon. Sie sind sowieso hässlich.»

«Was, deine Haare?» Überrascht blickte Pauline auf das Mädchen hinab, dann schaute sie in den Spiegel, wo sich ihrer beider

Blicke trafen. «Wie kommst du denn darauf? Du hast doch wunderschöne Locken.»

«Immerzu verheddern sie sich und sehen ganz struppig aus. Und blond sind sie auch nicht. Alle mögen nur blonde Mädchen.»

«Das ist nicht wahr», widersprach Pauline energisch. «Es gibt viele Leute, die schwarzes Haar sehr anziehend finden.»

«August nicht. Und Bertram und Johannes auch nicht.»

«Wer ist das denn?»

«Buben aus der Jungenschule.»

«Aha.» Pauline lächelte verständnisvoll. «Weißt du, Jungen in deinem Alter können ziemlich blöd sein. Immerzu sagen sie gemeine Sachen, auch wenn sie es vielleicht gar nicht so meinen. Vor allem, wenn sie zu mehreren zusammen sind.»

«Warum?»

«Ich weiß es nicht. Aber ich bin sicher, dass sie dich in Wahrheit nicht hässlich finden, sondern sehr hübsch. Das bist du nämlich. Soll ich dir mal deine Haare frisieren?»

«Das wird doch nichts. Berthe flicht mir immer einen festen Zopf, weil sie sagt, dass man die Wolle sonst nicht im Zaum halten kann.»

Pauline griff in Ricardas Haar, ließ es vorsichtig durch ihre Finger gleiten. «Dann werden wir Berthe jetzt beweisen, dass sie unrecht hat.»

Überrascht und nicht wenig misstrauisch guckte Ricarda sie an, aber sie ließ zu, dass Pauline ihre Haarsträhnen sanft mit einer Bürste bearbeitete. Mit Hilfe des Kamms zog sie einen geraden Scheitel und steckte die Haare im Nacken zu einem hübschen, modischen Knoten zusammen. Ein paar Löckchen ließ sie an den Schläfen offen herabhängen, brachte sie nur mit ein ganz klein wenig Pomade in Form. Die mit Duftölen versetzte Pomade stammte noch aus der Zeit bei ihrem Onkel. Viel war in dem Tiegel, den sie in ihrem Zimmer aufbewahrte, nicht mehr übrig. Da sie nun einen so großzügigen Lohn erhielt, würde sie sich wohl bald einen neuen Vorrat zulegen.

Ricarda beäugte sie argwöhnisch. «Was ist das?»

«Damit verhindern wir, dass die hübschen Löckchen wild herumfliegen. Zu viel Pomade darf man nicht verwenden, sonst verkleben die Haare, und man kann sie nur schwer wieder auswaschen. Siehst du, ich nehme nur eine winzige Menge auf die Fingerspitze.» Sie zeigte dem Mädchen, was sie meinte, und nickte dann zufrieden. «Schau, wie hübsch du bist!»

Ricarda begutachtete sich eingehend im Spiegel.

«Dein Haar wirkt ein bisschen stumpf. Womit wäschst du es denn?», fragte Pauline.

Ricarda drehte sich zu ihr um. «Na, mit Seife, was sonst?»

«Nur Seife?» Pauline tippte sich mit dem Zeigefinger gegen die Unterlippe. «Das nächste Mal machen wir danach eine Spülung mit Essigwasser. Davon werden deine Haare richtig schön glänzen. Wir können auch ein bisschen Honigmilch hineinkneten und über Nacht einwirken lassen.»

«Honigmilch?» Die Verblüffung war Ricardas Stimme deutlich anzuhören.

Pauline nickte. «Ja, denn das pflegt deine Locken und macht sie weich.»

«Werden sie dann so wie Ihre Haare?»

«Nicht ganz, denn du hast viel dickere Locken als ich. Bei mir sind es ja eher Wellen. Aber ich bin sicher, deine Haare werden dir danach viel besser gefallen. Ich finde deine Locken jetzt schon ganz entzückend.»

«Ich zeige das gleich mal Berthe!», rief Ricarda, sprang auf und wollte schon aus dem Zimmer stürmen. Pauline bekam sie gerade noch am Arm zu fassen. «Halt, hiergeblieben!» Tadelnd hob sie den Zeigefinger. «Wir rennen nicht im Haus herum. Junge Damen gehen ruhig, gemessenen Schrittes, mit erhobenem Kopf und geraden Schultern.»

«Das ist doch blöd. Wenn ich aber doch ganz schnell irgendwohin will?», beschwerte sich Ricarda. «Jungen dürfen auch immer rennen.»

«Nicht im Haus, meine Liebe. Nicht im Haus.»

«Aber draußen darf ich rennen?»

«Nein, Mädchen rennen niemals, es sei denn, sie befinden sich auf der Flucht. Da dies so gut wie nie vorkommt, unterlassen wir das schnelle Laufen und Rennen grundsätzlich. Allenfalls ein beschleunigter Schritt kann hin und wieder vonnöten sein. Dafür muss es dann aber einen guten Grund geben.»

«Ich hasse es, ein Mädchen zu sein», maulte Ricarda.

Pauline lächelte. «Ich weiß, was du meinst. Aber wir können es nun einmal nicht ändern. Wenn du also deine Frisur der guten Berthe zeigen möchtest, dann tu das in Ruhe. Aber bedenke, dass wir noch ein paar Lektionen vor uns haben.»

«Was für Lektionen denn?»

«Ich möchte, dass du mir heute etwas zeichnest, damit ich deine Fähigkeiten einschätzen kann. Währenddessen werde ich mit Peter Lesen üben, denn daran hapert es bei ihm noch sehr.»

«Ich kann gut zeichnen», verkündete Ricarda. In ihrer Stimme schwang großes Selbstbewusstsein mit.

Pauline neigte den Kopf. «Davon möchte ich mich gerne überzeugen. Bring bitte deine Zeichenutensilien nach unten in das kleine Wohnzimmer. Dort haben wir beim Fenster sehr gutes Licht.»

Pauline verließ mit Ricarda das Zimmer, um nachzuschauen, wo sich Peter herumtrieb. In den drei Tagen, die sie jetzt im Hause Reuther lebte, hatte es ein stetiges Auf und Ab in der Beziehung zu den Kindern gegeben. Die beiden hatten offenbar stillschweigend dem von Pauline vorgeschlagenen Waffenstillstand zugestimmt und hielten sich mit Anfeindungen zurück. Da Julius seinen Kindern überdies unmissverständlich klargemacht hatte, dass Pauline auf jeden Fall im Hause bleiben würde, ganz gleich, wie sehr sie sich sträubten, blieb ihnen auch kaum eine andere Wahl, als sich zu fügen.

Es fiel beiden Kindern sichtlich schwer, Paulines Anweisungen zu folgen und ihr in allem zu gehorchen. Zu lange waren sie sich selbst überlassen gewesen. Pauline wusste, dass ihr noch einige Kämpfe bevorstehen würden. Momentan bemühten sich Peter und Ricarda um Mitarbeit, doch so, wie sie die beiden einschätzte, würden sie schon bald etwas aushecken, um ihre Grenzen auszuloten.

Kapitel 11

«Guten Morgen, Berthe.» Pauline betrat die Küche, die sonst das Refugium von Louis, dem französischen Koch, war. Dieser trat seinen Dienst jedoch nie vor zehn Uhr vormittags an. Für das Frühstück war die ältliche Haushälterin verantwortlich. Berthe werkelte bereits eifrig am Herd.

«Kann ich dir irgendwie helfen?»

Überrascht drehte Berthe sich zu ihr um. «Das brauchen Se doch nicht, Fräulein Schmitz.»

«Ich möchte es aber.» Pauline lächelte ihr zu. «Außerdem hat Herr Reuther mich gebeten, dir zur Hand zu gehen.»

«Er denkt, ich werd alt und schaff die Arbeit nicht mehr.»

«Aber nicht doch! Es ist nur ...»

«Er hat ja recht.» Berthe seufzte und ließ sich mit der Kaffeemühle auf die Bank beim Küchentisch sinken. Während sie zu mahlen begann, sagte sie: «Ich bin wirklich nicht mehr die Jüngste. Auch wenn ich nicht weiß, wie ein Backfisch wie Sie mit dem ganzen Haushalt zurechtkommen soll.»

«Backfisch?» Pauline lachte. «Berthe, ich bin dreiundzwanzig Jahre alt! In diesem Alter führen die meisten Frauen bereits einen Haushalt.»

«Aber nicht einen wie den unseren», erwiderte Berthe. «Sie haben mit den Kindern schon alle Hände voll zu tun.»

«Keine Sorge, ich schaffe das schon.» Pauline sah sich um. «Kann ich dir wirklich nicht helfen?»

«Näh, lassen Se mal.»

«Dann schaue ich mal, was Kathrin treibt. Hat sie den Tisch im Speisezimmer schon gedeckt?»

«Wahrscheinlich.» Berthe zuckte nur mit den Schultern und wandte sich wieder ihrer Arbeit zu.

Pauline ging hinüber ins Speisezimmer und inspizierte das Frühstücksgeschirr. Kathrin hatte es sehr nachlässig auf dem Tisch angeordnet. Die Tassen standen schief auf den Untertassen, das Besteck lag wie Kraut und Rüben um die Teller verteilt. Suchend blickte Pauline sich um. «Kathrin?», rief sie in Richtung der Diele.

«Ja, komme schon!» Nur Augenblicke später erschien das Dienstmädchen mit einem Staubtuch in der Hand in der Tür.

«Schau dir bitte einmal den Frühstückstisch an», forderte Pauline sie auf.

Kathrin trat näher. «Ja ... und?»

«Findest du nicht, dass man den Tisch ein bisschen ordentlicher decken könnte?»

«Was is' denn falsch daran?» Achselzuckend wollte Kathrin sich schon wieder abwenden, doch Pauline versperrte ihr rasch den Weg.

«Ich möchte, dass du den Tisch ordentlich deckst. Komm her, ich zeige dir, wie.»

«Meinetwegen.» Kathrin legte das Staubtuch auf ihrer Schulter ab und trat neben Pauline, die die Tassen geraderückte, das Besteck und die Servietten ordentlich anordnete und zum Schluss die Kerze in der Mitte des Tisches entzündete.

«Siehst du, so sieht ein ordentlicher Frühstückstisch aus.»

«Hat doch bis jetz' auch keinen gestört. Der gnädige Herr guckt ja doch nicht hin.»

«Ich schaue aber hin», erwiderte Pauline streng. «Und ich sage, dass der Frühstückstisch ab sofort ordentlich gedeckt wird. Das gilt auch für alle anderen Mahlzeiten. Ist das klar?»

«Von mir aus.» Kathrin zuckte erneut mit den Schultern.

«Muss hier am frühen Morgen schon gekeift werden?», kam Julius' Stimme von der Tür her. Mit verdrießlicher Miene setzte er sich an seinen Platz.

Pauline wandte sich ihm zu. «Guten Morgen, Herr Reuther.» Als er nicht sofort antwortete, zog sie die Augenbrauen zusammen.

Er musterte sie abschätzend, bequemte sich dann jedoch, den Gruß zu erwidern. «Guten Morgen, Fräulein Schmitz. Wie ich sehe, sind Sie bereits früh am Morgen in Ihrem Element.»

Sie lächelte schmal. «Dafür bezahlen Sie mich doch wohl.» Berthe kam mit dem Kaffee herein, und Pauline setzte sich Julius gegenüber an den Tisch. «Fräulein Ricarda ist eine talentierte Zeichnerin», sagte sie und beobachtete, wie ihr Arbeitgeber den ersten Schluck aus seiner Tasse nahm und kurz das Gesicht verzog, jedoch keinen Ton über das Gebräu verlor. Nachdem Berthe auch ihr eingeschenkt hatte, hob sie die Tasse an und schnupperte daran, bevor sie einen Schluck kostete. Wie bereits an den Vortagen musste sie ein Schütteln unterdrücken. Der Kaffee schmeckte säuerlich und abgestanden.

«Das weiß ich», antwortete Julius. «Ich habe ihr eine Staffelei geschenkt, damit sie nicht mehr auf dem Fußboden malen muss.»

«Das war sehr umsichtig von Ihnen. Die Utensilien, die sie besitzt – Pinsel, Farben und so fort –, sind von ausgezeichneter Qualität.»

«Worauf wollen Sie hinaus?» Ungeduldig beugte Julius sich ein Stückchen vor.

«Das Licht in Ricardas Zimmer ist nicht sehr gut. Und ich möchte ihr gern noch ein paar weitere Maltechniken zeigen.»

«Dann tun Sie es.»

«Dazu würde ich die Staffelei gerne im kleinen Wohnzimmer aufstellen.»

«Dort lese ich am Abend die Zeitung.»

«Abends werden wir ja auch nicht malen, gnädiger Herr.»

«Aber die Staffelei wird dort herumstehen und mir im Weg sein.»

«Es wäre zu umständlich, sie jedes Mal wieder abzubauen.» Pauline faltete die Hände auf dem Tisch und erwiderte Julius' kühlen Blick, ohne mit der Wimper zu zucken.

Er war es schließlich, der den Blick zuerst abwandte. «Also gut, wenn Sie denken, dass Sie dort besseres Licht haben.»

«Das denke ich.» Pauline nahm einen zweiten Schluck Kaffee

und stellte mit Erstaunen fest, dass ihre Hand leicht zitterte und ihr Puls beschleunigt war. Sie schob es auf den Umstand, dass sie es nicht gewöhnt war, mit einem Mann über den Standort einer Staffelei zu feilschen.

«Guten Morgen, Papa, guten Morgen, Fräulein Schmitz.»

Ricarda und Peter betraten das Speisezimmer und setzten sich auf ihre Plätze.

«Guten Morgen», antwortete Julius, ohne von seinem Teller mit dem frischen Kuchen aufzublicken. Peter begann gleich mit seinem Frühstück, doch Ricarda sah enttäuscht zwischen ihrem Vater und Pauline hin und her.

Pauline hatte das Mädchen früher am Morgen wieder hübsch frisiert; vermutlich hatte Ricarda gehofft, die Veränderung würde ihrem Vater auffallen.

Pauline lächelte ihr aufmunternd zu. «Guten Morgen, ihr zwei. Wie ich sehe, trägst du das neue blaue Haarband, Ricarda. Es steht dir ausgezeichnet.»

«Was für ein neues Haarband?» Prompt hob Julius den Kopf und musterte seine Tochter. Pauline sah an seinem Gesichtsausdruck, der von fragend zu überrascht bis hin zu anerkennend wechselte, dass er die Veränderung bemerkte. Leider äußerte er sich mit keinem Wort zu der neuen Frisur. «Ich habe dir keine neuen Haarbänder erlaubt.»

«Entschuldigen Sie, gnädiger Herr», sagte Pauline rasch, bevor Ricarda etwas Patziges erwidern konnte. «Ich habe ihr eines meiner Haarbänder geschenkt. Ich hoffe, das stört Sie nicht.»

«Oh, ach so. Na, von mir aus.» Damit wandte er sich erneut seinem Teller zu, aß das letzte Stück Kuchen und spülte mit dem Rest Kaffee nach. Kurz richtete er sich an Peter. «Was macht ihr heute in der Schule?»

«Wir schreiben heute eine Geschichte», erzählte Peter eifrig. «Die muss mindestens eine Seite lang sein. Und dann machen wir noch Kopfrechnen. Herr Stresemann sagt, das kann ich wenigstens etwas besser als Lesen.»

«Du hast Probleme mit dem Lesen?»

Pauline schüttelte sachte den Kopf. «Wir haben gestern viel geübt. Es geht schon recht ordentlich.»

Julius nickte ihr knapp zu. «Bis heute Abend dann. Auf Wiedersehen.»

«Auf Wiedersehen, Papa», erklang es im Chor.

Julius sah seine beiden Kinder noch einmal kurz an und verließ mit großen Schritten das Speisezimmer. Auf Pauline wirkte es fast wie eine Flucht.

«Er hat gar nicht hingeschaut.» Ricarda schob ihren Teller von sich und wollte aufstehen. Pauline legte ihr rasch eine Hand auf den Arm. «Bleib sitzen, Kind. Das Frühstück ist noch nicht beendet. Wir stehen nicht vom Tisch auf, bevor nicht alle mit dem Essen fertig sind.»

«Aber Papa macht das auch immer.»

«Dennoch benehmt ihr euch. Beide», setzte sie mit einem Blick auf Peter hinzu, der ebenfalls unruhig wurde. Innerlich machte sie sich eine Notiz, mit ihrem Arbeitgeber über dessen Tischmanieren zu sprechen. Wenn sie den Kindern etwas beibringen sollte, dann mussten die Erwachsenen mit gutem Beispiel vorangehen. «Heute Nachmittag gehen wir einkaufen», verkündete sie.

«Muss ich mit?», wollte Peter sogleich wissen.

Pauline schüttelte den Kopf. «Nein, für dich habe ich eine Aufgabe. Aber Ricarda wird mich begleiten.»

«Was kaufen wir denn ein?», wollte das Mädchen sogleich

wissen. Die Aussicht auf einen Ausgang in die Stadt schien ihr zu gefallen.

«Wir werden einige Kurzwaren besorgen, und dann benötigst du einen neuen Nähkorb, Garn, eine Schere, Nadeln.»

«Warum das denn?» Ricardas Miene wurde lang.

Pauline bedachte sie mit einem bedeutsamen Blick. «Weil es an der Zeit ist, dass wir deine Fertigkeiten mit Nadel und Faden ausbilden.»

* * *

«Berthe, was ist das für eine Brühe, die du uns jeden Morgen vorsetzt?» Pauline stellte die Kaffeekanne in den Ausguss.

«Was heißt denn hier Brühe?» Überrascht griff Berthe nach der Kanne und begann sie auszuspülen. «Wir kaufen nur den besten Kaffee. Kostet 'n Vermögen.»

Pauline sah sich in der Küche um. «Dann zeige mir bitte, wie du ihn zubereitest.»

«Jetz'?

«Ja, ich bitte darum.»

«Na bitte, wie Sie woll'n.» Berthe setzte Wasser auf, dann holte sie die Kaffeebohnen aus der Speisekammer und mahlte sie in der Mühle. Nachdem sie damit fertig war, gab sie das Pulver in die Kaffeekanne, nahm das Wasser vom Herd und wollte es ebenfalls in die Kanne gießen.

«Moment mal!» Pauline legte ihr eine Hand auf den Arm. «Das Wasser ist doch noch gar nicht heiß genug.»

«Wieso heiß genug? Das mach ich immer so.»

Pauline stellte den Wasserkessel zurück aufs Feuer. «Du musst warten, bis das Wasser siedet. Nicht kocht – siedet. Dann erst gießt du es über den Kaffee. Wenn das Wasser nicht heiß genug ist, schmeckt der Kaffee sauer – wie alte Schuhe.»

Überrascht hob Berthe den Kopf. «Der gnädige Herr hat sich noch nie beschwert. Er schimpft nur, wenn er zu lang auf den Kaffee warten muss.»

«Dann setz das Wasser zukünftig einfach ein paar Minuten früher auf, Berthe. Ich werde es dir morgen noch einmal zeigen.»

«Ich hab's schon verstanden, Fräulein Schmitz. Bin ja nicht dusslig. Ich trink selbst keinen Kaffee. Schmeckt mir nicht.»

«Also gut.» Pauline ging zur Tür. «Solange die Kinder in der Schule sind, werde ich ein wenig aufräumen. Kathrin soll heißes Putzwasser vorbereiten. Ich möchte die Bibliothek und das Arbeitszimmer bis heute Abend sauber haben.»

«Ähm ... Fräulein Schmitz?» Berthe kratzte sich am Kinn. «Das würd ich nicht machen.»

«Was meinst du?»

«Der gnädige Herr will niemanden in seinem Arbeitszimmer. Auch nicht in der Bibliothek. Er wird böse, wenn da jemand ohne seine Erlaubnis reingeht.»

«Davon hat er mir nichts gesagt.»

«Is' aber so, Fräulein Schmitz. Sie handeln sich Ärger ein, wenn Sie da aufräumen. Das macht der Herr Reuther immer selbst.»

«Du liebe Zeit, weshalb denn nur?», fragte Pauline mit größter Verwunderung. «Dazu hat er doch Personal, oder nicht?»

Berthe zuckte die Achseln. «Er ist eben eigen, unser gnädiger Herr. War er schon immer. Ich glaube, er hat sich früher in der Bibliothek vor seiner Frau versteckt und jetzt ... Oh.» Erschrocken schlug die Haushälterin eine Hand vor den Mund. «Das hätte ich jetzt nicht sagen dürfen. Entschuldigen Sie, Fräulein Schmitz.»

«Wofür denn?» Pauline setzte ein beruhigendes Lächeln auf

und bemühte sich, sich die aufkeimende Neugier nicht anmerken zu lassen. «Mir hat Herr Reuther in dieser Hinsicht keine Anweisungen gegeben, aber wenn du glaubst, er hat etwas dagegen, wenn ich diese beiden Zimmer betrete, dann unterlasse ich es und spreche heute Abend mit ihm darüber.» Sie nickte Berthe noch einmal zu und verließ die Küche. Hinter sich hörte sie die Haushälterin murmeln: «Mit ihm darüber sprechen? Ganz schön mutig.»

* * *

«Hier müsste laut Besitzurkunde einer der Grenzsteine liegen», sagte Thomas Herold, der Vorarbeiter in Julius Reuthers Textilfabrik und dessen Vertrauter. Er deutete auf ein quadratisch ausgehobenes Stückchen Erde am Rande der hölzernen Umzäunung, die Julius' Vater vor vielen Jahren hatte errichten lassen. «Der Boden ist allerdings so schlammig vom vielen Regen und die Grasnarbe stark beschädigt durch Wildfraß, dass ich nicht mit Sicherheit sagen kann, ob jemand den Stein ausgegraben hat.» Er rieb sich nachdenklich über den sauber gestutzten schwarzen Kinnbart und fuhr sich dann durch das ebenso kurz geschnittene Haupthaar. Er war ein kleiner, drahtiger Mann Anfang vierzig, der schon viele Jahre für Julius tätig war. Als einziger seiner Angestellten nahm er sich das Recht heraus, seine Meinung unverblümt zu äußern. Aber er war absolut loyal und wäre für Julius, falls nötig, durchs Feuer gegangen. Die beiden hatten einander schon zu einer Zeit gekannt, als Julius noch der Sohn des einfachen, wenn auch ambitionierten Webers gewesen war.

Stirnrunzelnd musterte Julius die Grabungsstelle. «Und die anderen Steine?»

«Der Grenzstein am nordwestlichen Ende des Grundstücks ist ebenfalls nicht auffindbar», berichtete Herold. «Aber die Steine auf der anderen Seite sind alle an Ort und Stelle.»

«Dann werde ich den Besitzer des angrenzenden Grundstücks um Erlaubnis bitten müssen, auf seinem Grund zu graben, um festzustellen, ob die Steine sich dort befinden.» Julius wandte sich zum Gehen. «Suchen Sie in der Zwischenzeit auf unserer Seite weiter. Wenn Lungenberg recht hat, dann könnte es sein, dass die Steine auf meinem Grund sind und damals in der Urkunde falsche Positionen angegeben wurden.»

«Glauben Sie das wirklich, Herr Reuther?» Herold blickte seinen Arbeitgeber und Freund zweifelnd an.

«Hier geht es nicht darum, was ich glaube», erwiderte dieser ernst. «Ich gehe davon aus, dass meines Vaters Angaben über unseren Besitz korrekt sind. Lungenberg behauptet etwas anderes, und nun ist es an mir, herauszufinden, wer recht hat.»

«Wenn die Angaben, die dieser Mensch gemacht hat, stimmen, dann können Sie hier nicht weiterbauen», gab Herold zu bedenken. «Haben Sie mal überlegt, ob Lungenberg einen Vorteil daraus ziehen würde?»

«Lungenberg?» Julius schüttelte den Kopf. «Seine Ziegelei ist nicht sehr erfolgreich, mir ist nicht bekannt, dass er seine Gebäude zu erweitern gedenkt.»

«Warum dann der Aufstand wegen Ihres Anbaus?», hakte Herold nach. «Da muss doch was dahinterstecken. Er hat früher nie was gegen die Grenzen gesagt. Und jetzt, wo Sie bauen wollen, beschwert er sich plötzlich. Das riecht für mich danach, dass er selbst etwas vorhat.»

«Mag sein. Ich werde versuchen, mehr über ihn herauszufinden.» Julius nickte seinem Vorarbeiter zu. «Machen Sie für heute

Feierabend. Ich habe noch einige Papiere durchzusehen, denn morgen habe ich einen Termin bei Schnitzler.»

«Sie kaufen die Aktien dieses Hüttenwerks?»

«Das habe ich vor. Die *Dillinger Hütte* scheint eine sichere Kapitalanlage zu sein.»

«Sicher ist bei Aktiengeschäften nichts», erwiderte Herold mit einem besorgten Unterton. «Seien Sie bloß vorsichtig, Herr Reuther.»

«Keine Sorge, Herold. Ich weiß, was ich tue.» Julius lächelte ihm zu.

Herold lächelte ebenfalls. «Ich mein ja nur.» Er hielt kurz inne. «Und wie geht es mit Ihrer neuen Gouvernante? Taugt sie was?»

Sie gingen gemeinsam zur Fabrikhalle zurück. «Ich nehme es an.»

«Sie nehmen es an?», echote Herold. «Was soll das denn heißen? Entweder sie taugt was oder nicht. Hat sie die Kinder schon zur Räson gebracht?»

Julius blickte auf den Gebäudekomplex, der vor ihm lag, und ließ sich Zeit mit seiner Antwort. «Sie hat Ricarda auf diese neumodische Weise frisiert und mit Peter Lesen geübt. Soweit ich von Köbes erfahren konnte, gab es in den letzten drei Tagen keine Zankereien und kein Geschrei im Haus.»

«Na, das ist doch schon mal ein guter Anfang», befand Herold anerkennend.

«Heute früh war zum ersten Mal der Tisch ordentlich gedeckt. Sogar die Servietten waren akkurat gefaltet.»

«Eine tüchtige Hausfrau also auch.» Herold nickte vor sich hin. «Genau das, was Ihnen gefehlt hat.»

«Das mag sein, aber ich fürchte, ich habe mir eine Menge Ärger ins Haus geholt», sagte Julius nachdenklich.

«Wie kommen Sie denn darauf? Mir kommt es eher vor, als würde diese junge Dame endlich Ordnung schaffen.»

«Sie hat mein Wohnzimmer zu einem Maleratelier für Ricarda umstaffiert.»

«Ihre Tochter malt ganz entzückende Bilder. Wenn sie mal eines fertigstellt.»

«Das Schlimme ist, dass ich keine andere Wahl hatte, als dieser Idee zuzustimmen.»

Herold blickte Julius von der Seite an, dann lächelte er amüsiert. «Sie hatten wirklich zu lange kein Frauenzimmer mehr um sich, Herr Reuther. Sonst wüssten Sie, worauf Sie sich da eingelassen haben.»

«Sind Berthe und Kathrin etwa keine Frauen?»

Nun lachte Herold herzlich. «Berthe ist schon jenseits von Gut und Böse, und Kathrin ... die ist ein dummes Hühnchen. Nein, ich meine eine richtige Frau. Eine, die Ihnen Paroli bietet, wenn es nötig ist. Aber das wissen Sie doch selbst, sonst hätten Sie sie gar nicht eingestellt, nicht wahr?»

Julius stieß einen undefinierbaren Laut aus. «Ich habe sie eingestellt, weil meine Kinder eine Erzieherin brauchen.»

«Ich gehe jede Wette ein, dass bei diesen Erziehungsmaßnahmen auch der eine oder andere Handstreich auf Sie abfällt.» Herold lachte noch immer in sich hinein.

«Dafür wird Fräulein Schmitz nicht bezahlt», sagte Julius und senkte verlegen den Blick.

«Glauben Sie mir, so was ist bei Frauen immer im Preis mit inbegriffen.»

«Deshalb wollte ich auch keine Frau mehr in meinem Haus haben.»

«Nein.» Unvermittelt wurde Herold ernst. «Sie wollten keine

Frau mehr im Haus, weil die, die Sie hatten, Ihnen die Freude an der Zweisamkeit gründlich vergrätzt hat. Aber es gibt auch Frauen, für die es sich lohnt, ein paar Kompromisse einzugehen.»

Julius winkte ab. «Halten Sie mir keine Predigt, Herold. Gehen Sie heim. Wir sehen uns morgen.»

Ohne ein weiteres Wort ließ er seinen Vorarbeiter stehen und begab sich mit großen Schritten zurück in sein Arbeitszimmer über der Fabrikhalle. Dort angekommen, ließ er sich auf seinen Stuhl sinken und legte den Kopf in den Nacken. Wie immer hatte sein Vorarbeiter gut beobachtet und Schlüsse gezogen, die der Wahrheit sehr nahe kamen. Wie nah, behielt Julius aber derzeit lieber noch für sich. In einem Punkt irrte Herold sich: Es war nicht die Zweisamkeit an sich, die Julius verleidet worden war. Er war es nur nicht gewöhnt, sich nach jemand anderem zu richten. Ihm war klar, dass er einige Veränderungen zugunsten der Kinder über sich würde ergehen lassen müssen, aber das bedeutete nicht, dass es ihm leichtfallen würde.

Bewusst hatte er Pauline bei ihrer Einstellung ganz deutlich die Grenzen aufgezeigt, innerhalb deren sich ihre Beziehung – ihr Zusammenleben – bewegen würde. Er wusste, dass sie ihm dafür dankbar war. Aus dem, was er über sie in Erfahrung gebracht hatte, konnte er sich ein recht gutes Bild über ihre Vergangenheit machen. Ganz sicher war es auch in ihrem Interesse, sich voll und ganz auf die Erziehung der Kinder zu konzentrieren. Das gab ihr eine sichere und würdige Stellung und ein Dach über dem Kopf; ihm nahm es zumindest die Sorge um Ricardas und Peters weitere Entwicklung. Er wusste, dass er kein Mustervater war. Es fiel ihm schwer, sich den Kindern gegenüber zu öffnen. Das emotionale Auf und Ab seiner Ehe und deren schrecklicher Ausgang hatten ihn eine Mauer um sich errichten lassen, die er mit großer Sorgfalt pflegte.

Eine Weile starrte er zur Decke hinauf, bis sich vor seinem inneren Auge Paulines Gesicht manifestierte, dann ihre Gestalt in dem schlichten und dennoch sehr kleidsamen blauen Gewand, das er ihr von der Schneiderin mitgebracht hatte. Er hatte gedacht, dass es durch den strengen, schmalen Schnitt gerade recht für eine Gouvernante sei. Allerdings hatte er nicht damit gerechnet, dass sie dieses Kleid mit so viel Anmut und Würde tragen könnte, dass es beinahe verführerisch wirkte.

Mit einem Ruck richtete Julius sich auf. Solche Gedanken verboten sich strikt! Kopfschüttelnd wandte er sich der Korrespondenz auf seinem Schreibtisch zu. Er konnte jedoch nicht verhindern, dass erneut Paulines Gesicht vor seinem inneren Auge auftauchte. Sie war hübsch, keine Frage. Wenn sie lächelte – was sie nur selten tat, zumindest in seiner Gegenwart –, schien etwas wie ein Sonnenstrahl über ihre Züge zu gleiten, und das blaue Kleid brachte ihre Augenfarbe zum Leuchten.

Ärger – ja, er hatte sich ganz eindeutig Ärger ins Haus geholt – und zwar sehenden Auges. Entschlossen, alle Gedanken, die nichts mit seiner Arbeit zu tun hatten, rigoros beiseitezuschieben, griff Julius nach dem obersten Brief auf dem Stapel.

Kapitel 12

Nervös ging Pauline in der Diele auf und ab und versuchte, sich darüber klarzuwerden, wie sie ihren Plan in die Tat umsetzen sollte. Julius war zwar vor zwei Stunden nach Hause gekommen, hatte sich jedoch für das Abendessen entschuldigen lassen und sich in seine Bibliothek zurückgezogen. So hatte sie allein mit den Kindern gespeist und die beiden, obgleich es noch recht früh war, inzwischen zu Bett geschickt. Peter hatte dies nicht weiter beanstandet, doch Ricarda musste Pauline erst versprechen, morgen etwas für die Familie auf dem Pianoforte zu spielen und zu singen, bevor das Mädchen zu Bett ging.

Nun stand Pauline eine weitere Konfrontation bevor. Noch dazu eine von der Art, wie sie einer jungen Dame nicht anstanden. Zudem war sie noch nicht lange hier im Haus und wusste nicht recht, wie viel sie sich gegenüber ihrem Arbeitgeber herausnehmen durfte. Da sie ihn – bis auf die Mahlzeiten – kaum einmal zu Gesicht bekam, konnte sie ihn immer noch nicht einschätzen.

Kurz dachte sie an ihren Onkel Theobald, der ein gütiger, fröhlicher Mann gewesen war. Streng zwar, was das gute Benehmen anging, jedoch hatte er stets ein offenes Ohr für Pauline gehabt. Sie wusste, dass sie unschätzbares Glück gehabt hatte, in seinem Haus aufwachsen zu dürfen, und vermisste ihn schmerzlich. Erst seit sie ganz allein auf der Welt stand, war ihr bewusst geworden, wie schwer es Frauen – gleich, welchen Standes – gegenüber den Männern hatten.

Sie atmete tief durch und trat auf die Tür zur Bibliothek zu. Am besten war es vermutlich, den Stier einfach bei den Hörnern zu packen. Sie würde geradeheraus sagen, was ihr vorschwebte. Das war gewiss auch im Sinne ihres Arbeitgebers, der ihr gegenüber ja bisher auch immer eine unverblümte Offenheit an den Tag gelegt hatte.

Sie richtete sich auf, nahm die Schultern zurück, setzte ein unverbindliches Lächeln auf und klopfte an die Tür. Auf das leise «Herein» hin betrat sie die Bibliothek.

Nachdem die Tür hinter ihr ins Schloss gefallen war, sah sie sich neugierig um. Bisher hatte sie nur kurze Blicke auf diesen Raum erhaschen können, wenn die Tür einmal einen Spalt offen gestanden hatte.

Die Wände waren von deckenhohen Bücherregalen gesäumt, zwischen denen erstaunlich farbenfrohe Landschaftsgemälde und einige Porträts von Personen hingen, die Pauline den Gesichtszügen nach für Verwandte ihres Arbeitgebers hielt. Es gab zwei große Fenster, die nach vorne zum Tor und zur Straße hinausgingen. Vor dem linken stand ein Schreibpult mit einem gepolsterten Stuhl. In der rechten Hälfte des Raumes waren ein dunkelgrünes Kanapee und drei passende Sessel arrangiert.

In einem der Sessel saß Julius und blickte ihr fragend entgegen. «Ja bitte, Fräulein Schmitz? Gibt es ein Problem?» Seine Stimme klang gereizt, was Pauline veranlasste, ihre Strategie kurzfristig zu ändern. Gemessenen Schrittes trat sie auf die Sitzgruppe zu und nahm überrascht wahr, dass Julius sie mit einer Geste aufforderte, Platz zu nehmen.

Sie setzte sich in den Sessel ihm schräg gegenüber und faltete die Hände im Schoß. «Entschuldigen Sie die Störung, Herr Reuther. Ich habe ein wichtiges Anliegen ... Ihre Tochter betreffend.»

«Will sie ihre Staffelei zukünftig in meinem Schlafzimmer aufbauen?» Seine Stimme klang brüsk, doch wenn sie sich nicht täuschte, glitzerte ein winziger Schalk in seinen Augen.

Sie nahm all ihren Mut zusammen. «Nein, Herr Reuther, keine Sorge. Es geht vielmehr um ihre hausfraulichen Fähigkeiten.»

«Ricarda hat hausfrauliche Fähigkeiten? Das ist mir neu.»

Beinahe hätte sie geschmunzelt, dachte aber, dass das nicht angebracht war. Also riss sie sich zusammen. «Sie haben ganz recht, es hapert in dieser Hinsicht noch sehr. Wie Ihnen Jakob sicherlich bereits mitgeteilt hat, haben wir heute für Ricarda einen neuen Handarbeitskorb besorgt. Ich werde sie von nun an mehrmals wöchentlich im Sticken und Nähen unterweisen.»

«Und was habe ich damit zu tun?»

«Es ist so, gnädiger Herr ...» Pauline suchte nach den passenden Worten. «Eine zukünftige Hausherrin muss viele Dinge lernen. Nicht nur in der Handarbeit muss sie einiges Können aufweisen, sondern auch in der Haushaltsführung, also dem Einkaufen, dem Berechnen von Mengen an Lebensmitteln, der Führung von Personal ... Und hier ganz besonders in der Anleitung der Dienstmädchen.»

Julius nickte. «Ich dachte, genau dazu habe ich Sie eingestellt, Fräulein Schmitz. Bringen Sie ihr nur alles Nötige bei.»

«Das werde ich gerne tun.»

Julius hob den Kopf. Ihm schien aufzugehen, dass das nicht alles war, dass sie im Begriff war, in sein Dasein als Hausherr einzugreifen. Seine Augenbrauen wanderten nach oben; seine Lippen kräuselten sich misstrauisch. «Höre ich da ein Aber, Fräulein Schmitz?»

Sie wappnete sich innerlich und antwortete: «Nein, Herr Reuther, kein Aber. Es ist nur so – ich bin der Meinung, dass man am besten durch Anschauung lernt. Stimmen Sie mir da nicht zu?»

«Durch Anschauung? Gewiss, dadurch lernt es sich ausgezeichnet. Aber ich ging auch nicht davon aus, dass Sie Ricarda aus einem Buch über Haushaltsführung hatten vorlesen wollen.»

«Nein, natürlich nicht. Sehen Sie, bald ist Weihnachten, und zu diesem Anlass erwarten Sie gewiss Besuch, nicht wahr? Falls nicht, sollte das Haus dennoch sauber sein und hübsch hergerichtet werden.»

«Hübsch hergerichtet?»

«Kerzen, Girlanden aus Tannengrün ...» Pauline machte eine kurze Pause und versuchte zu ergründen, was in Julius vorging. Doch seine Miene blieb neutral. Also sprach sie weiter: «Wie gesagt, bevor das Haus geschmückt werden kann, sollte es von Grund auf gereinigt werden. Wenn Ricarda lernen soll, was in einem solchen Falle alles zu tun ist und wie man die Dienstboten richtig anleitet, wäre es vorteilhaft, wenn sie mir bei der Durchführung und Beaufsichtigung hier im Hause zur Hand gehen würde.»

«Und weiter?» Nun klang Julius ausgesprochen argwöhnisch.

«Natürlich muss sie lernen, dass ein Haus nur dann perfekt hergerichtet ist, wenn wirklich alle Räume sorgfältig gereinigt wurden.» Sie ließ die Worte wirken.

Julius runzelte die Stirn, dann schien ihm der Sinn ihrer Worte aufzugehen. Energisch schüttelte er den Kopf. «Auf gar keinen Fall. Sie bleiben mit Ihren Staubwedeln meiner Bibliothek und meinem Arbeitszimmer fern.»

Ohne darauf einzugehen, stand Pauline auf und trat an eines der Bücherregale. Sie überflog die Titel auf den Buchrücken und zog schließlich einen Gedichtband aus einem Regalfach, das sie gerade so erreichte, wenn sie sich auf die Zehenspitzen stellte. «Sie haben eine phantastische Bibliothek», sagte sie und betrachtete das Buch. Sie blies den Staub, der sich darauf abgesetzt hatte, fort. «Es wäre mir eine Freude, aus diesem Fundus schöpfen zu dürfen, um den Kindern weitere Bildung zu vermitteln.»

Julius runzelte die Stirn.

Sie stellte das Buch zurück ins Regal, ging ein paar Schritte weiter, zog ein zweites Buch hervor. Auch dieses befreite sie zunächst vom Staub, bevor sie es aufschlug. Ein feines Lächeln zeichnete sich auf ihren Lippen ab. «Shakespeares Sonette», murmelte sie entzückt und wandte sich Julius zu. «Dürfte ich dieses Buch wohl ausleihen?»

«Sicher, warum nicht?»

«Vielen Dank, gnädiger Herr.» Pauline ging zu dem Schreibpult und legte das Buch dort ab. Wie zufällig strich sie mit dem Finger über die Tischplatte und hinterließ eine deutlich sichtbare Spur. Kurz betrachtete sie den Staub auf ihrer Fingerspitze, bevor sie ihn an ihrem Kleid abwischte und mit gleichmütiger Miene zu ihrem Sessel zurückkehrte. «Sie besitzen nicht zufällig einen guten Atlas? Ich möchte für Peter und Ricarda ein paar Lektionen in Geographie abhalten.»

Julius Reuthers Miene war immer düsterer geworden. «Also gut, Sie haben gewonnen.»

«Wie meinen?»

«Machen Sie hier in der Bibliothek sauber. Aber halten Sie sich von meinem Arbeitszimmer fern.»

«Nur ein wenig den Boden wischen und die Lampenschirme abstauben.» Abwartend sah sie ihn an. «Es wäre sehr lehrreich für das Kind.»

Reuther stand abrupt auf und ging mehrmals vor dem Kanapee auf und ab. Dann trat er an eines der Regale und zog einen großen, schweren Atlas hervor. Verärgert blies er den Staub fort und setzte sich mit dem Folianten auf das Kanapee. «Was für Lektionen hatten Sie denn im Sinn?»

Pauline wusste natürlich, dass er nicht vom Hausputz sprach. Zögernd stand sie auf und ging zu ihm. Als er ein wenig zur Seite rückte, setzte sie sich neben ihn und beugte sich in Richtung des Atlasses. Sie streckte die Hand aus und blätterte in dem Buch, bis sie eine Karte fand, die Preußen und die angrenzenden Länder abbildete. «Ich dachte daran, die Kinder mit den Namen der großen deutschen Städte und deren Lage bekannt zu machen. Und mit dem Verlauf der großen Flüsse wie Rhein, Mosel, Donau, Elbe und so fort.»

«Lernen sie das nicht schon in der Schule?» Julius sah sie von der Seite an. Plötzlich wurde ihr bewusst, wie nah sie nebeneinandersaßen. Sein Geruch stieg ihr in die Nase – herb und männlich, jedoch nicht unangenehm.

Pauline räusperte sich und heftete ihren Blick fest auf die Landkarte. «Peter wird dies sicherlich früher oder später im Schulunterricht zu hören bekommen. Ricarda vielleicht nicht – oder nur sehr rudimentär.»

«Warum glauben Sie das?»

Nun hob Pauline doch den Kopf. «Weil ich selbst einmal in einer Mädchen-Volksschule war. Mein Onkel hat viel Geld bezahlt, um mich in eine weiterführende Mädchenschule schicken zu können, wo mehr Wert auf eine umfassende Bildung gelegt wurde. Die Vorstellungen der Volksschullehrer über das, was Mädchen zu lernen haben, entsprachen nicht denen meines Onkels. Den Ihren ebenso wenig, denn sonst hätten Sie mich nicht angewiesen, Ihre Kinder zu unterrichten.»

Julius hob die Brauen. «Sie brauchen nicht gleich die Krallen auszufahren, Fräulein Schmitz. Ich widerspreche Ihnen ja gar nicht. Im Gegenteil – ich begrüße Ihren Enthusiasmus.»

«Ist das so?»

«Ja – auch wenn das nicht so aussieht. Ich habe Ihnen prophezeit, dass Sie meine Nerven strapazieren werden.» Er hielt kurz inne und musterte sie aufmerksam, bis sie spürte, dass sie errötete. «Tun Sie, was Sie für richtig halten.»

Pauline spürte, wie ihr Herzschlag ins Stolpern geriet, und wäre am liebsten umgehend von ihm abgerückt. Doch das hätte er vielleicht als unhöflich empfunden, deshalb blieb sie, wo sie war, und blickte wieder auf den Atlas. «Dieses Kartenmaterial ist schon etwas veraltet», stellte sie fest. «Es zeigt noch den Grenzverlauf Preußens, wie er vor der französischen Zeit war.»

Julius drehte den Atlas ein wenig, was dazu führte, dass Pauline sich erneut in seine Richtung neigen musste. «Sie haben recht. Dieser Atlas stammt noch von meinem Vater.»

«Nun, zumindest hat sich die Lage der Städte und Flüsse seither nicht verändert», befand Pauline und hielt unvermittelt den Atem an, als er ihr in die Augen blickte. Einen Moment lang sahen sie einander nur an, dann räusperten sie sich beide und rückten voneinander ab.

«Ich werde sehen, ob ich einen neuen Atlas beschaffen kann», sagte Julius. Seine Stimme klang ein wenig belegt. Noch einmal räusperte er sich und fügte brüsk an: «Und nun wäre es sehr freundlich, wenn Sie mich wieder meiner wohlverdienten Abendruhe überlassen würden, Fräulein Schmitz.»

«Aber natürlich. Selbstverständlich.» Pauline sprang auf und eilte zur Tür. «Ich wünsche Ihnen eine gute Nacht, Herr Reuther.»

«Die wünsche ich Ihnen ebenfalls ... Fräulein Schmitz?»

Sie blieb stehen und drehte sich zu ihm um.

«Strapazieren Sie ruhig weiter meine Nerven. Vermutlich habe ich es nicht besser verdient.» Er lächelte sie offen an.

Pauline stockte der Atem, als sie der Veränderung gewahr wurde, die dieses Lächeln an ihm hervorrief. Es machte ihn heiter, gütig, beinahe sanft. Und es ließ ihr Herz erneut aus dem Tritt geraten.

«Aber stellen Sie sich darauf ein, dass ich es Ihnen mit gleicher Münze heimzahlen werde», fügte er mit einem Blinzeln hinzu.

Ihr fiel keine Antwort darauf ein, deshalb wandte sie sich einfach ab und floh aus dem Zimmer.

* * *

Die folgenden Tage verbrachte Pauline damit, Kathrin und Berthe beim Hausputz anzuleiten. Sie legte hier und da selbst mit Hand an und zeigte Ricarda, wie ein Staubtuch zu benutzen war. Das Mädchen war nicht allzu begeistert bei der Sache, fügte sich jedoch, da sie am späten Nachmittag mit einer oder zwei Unterrichtsstunden für die erlittenen Qualen entschädigt wurde. Peter musste zwar nicht bei der Hausreinigung helfen, doch Pauline hatte auch ihm verschiedene Aufgaben zugewiesen. Hauptsächlich sollte er mit einfachen Handreichungen Jakob zur Hand gehen. Der Hausdiener zeigte sich überrascht von dieser Vorgehensweise, da er den Jungen gern mochte, hatte er keine Einwände.

In der Stunde nach dem Abendessen setzte sich Pauline mit Ricarda und Peter zusammen und übte Weihnachtslieder mit ihnen. Da Peter sich überraschend musikalisch zeigte, jedoch seinem Alter entsprechend abends früh müde wurde, überlegte Pauline, wie sie die Gesangsstunden noch in den geschäftigen Nachmittag schieben konnte, um dem Jungen die Gelegenheit zu geben, seine Stimme weiter auszubilden.

Julius Reuther hatte sich mit keinem Wort darüber geäußert, dass er sein Arbeitszimmer sowie die Bibliothek schließlich entstaubt und geputzt vorgefunden hatte. Pauline hatte auch die Papierstapel auf seinem Schreibtisch geordnet und seine Schreibfedern angespitzt oder durch neue ersetzt. Und sie hatte es irgendwie geschafft – wie, wusste er nicht –, dass sein Morgenkaffee plötzlich unerwartet vollmundig und angenehm schmeckte. Er ließ sie gewähren, sein Haushalt konnte schließlich nur davon profitieren. Allerdings war er sich bewusst, dass es nicht mehr lange dauern würde, bis sie sich erneut in seine Angelegenheiten einmischen würde. Obwohl er an seinen alten Gewohnheiten hing, war er dennoch insgeheim gespannt, wozu sie ihn wohl als Nächstes überreden würde.

* * *

«Sitz gerade, Ricarda!», rügte Pauline. «Du bekommst sonst noch einen Buckel. Und du, Peter – nimm die Arme beim Essen an die Seiten. Wenn du weiter so herumzappelst, stecke ich dir zwei Gläser unter die Achseln, die du dort festhalten musst.»

«Das finde ich aber lustig», antwortete Peter grinsend.

«Nur so lange, bis du eines der Gläser fallen lässt. Dafür ziehe ich dir nämlich dann für drei Tage den Nachtisch ab.»

«Oh.» Die Drohung schien zu wirken, denn der Junge hörte sofort auf, auf seinem Stuhl herumzuhopsen.

Pauline nickte zufrieden und musterte dann die Rückseite der Zeitung, denn mehr war an diesem Sonntagmorgen nicht von Julius Reuther zu sehen.

«Gnädiger Herr?»

«Hm?» Er ließ das Blatt nicht einmal sinken.

Pauline verzog missfällig die Lippen. «Herr Reuther, es ist nicht sehr höflich, sich am Frühstückstisch hinter einer Zeitung zu verstecken.» Sie vernahm ein leises Schnaufen und wusste, dass die Kinder einander überrascht ansahen. Aus den Augenwinkeln nahm sie das Grinsen auf ihren Gesichtern wahr. Sie freuten sich sichtlich, dass auch ihr Vater in den Genuss von Paulines Schelte kam.

Julius hatte die Zeitung indes sinken lassen und sah Pauline über den Rand hinweg überrascht an. «Meinen Sie mich?»

«Wen könnte ich sonst meinen?» Sie faltete die Hände auf dem Tisch. «Der Sonntag sollte der Familie gehören – gemeinsamem Essen, Gesprächen, Unternehmungen. Leider ist diese Tradition hier im Hause ein wenig ins Hintertreffen geraten. Sie sind ein vielbeschäftigter Mann, Herr Reuther. Doch Sie sollten sich wenigstens an einem Tag der Woche – jenem, den der Herrgott dafür vorgesehen hat – ein wenig mehr der Familie und dem eigenen Wohlbehagen widmen.»

«Dem eigenen Wohlbehagen?» Es war offensichtlich, dass ihm genau dies im Augenblick vollkommen fehlte.

«Sie werden uns doch sicherlich gleich in die Kirche begleiten, nicht wahr?», fuhr Pauline unbeirrt fort.

«Ah, eigentlich ...»

«Da es so schön geschneit hat, habe ich mich gefragt, ob wir nicht am Nachmittag einen kleinen Ausflug machen sollten. Ein Spaziergang im Schnee. Die Bewegung würde uns allen guttun.»

«Ich würde lieber eine Schlittenfahrt unternehmen», mischte sich Ricarda ungefragt ein. Pauline warf ihr einen strafenden Blick zu. «Sei nicht so vorlaut, kleines Fräulein.»

Ricarda zog einen Flunsch, schwieg jedoch.

Pauline wandte sich wieder Julius zu. «Sie sehen, auch die Kinder würden den Tag gerne mit Ihnen verbringen.»

«Ich ...» Julius dachte nach. «Ich erwarte heute Abend noch Besuch. Friedrich Oppenheim und seine Frau, das Ehepaar Stein sowie die Schnitzlers.»

«Ach.» Verblüfft starrte Pauline ihn an. Als sie sich dessen bewusst wurde, riss sie sich zusammen. «Es wäre freundlich gewesen, mich darüber in Kenntnis zu setzen.»

«Das habe ich doch hiermit getan.»

«Ich meinte, etwas früher», erwiderte sie und bemühte sich, ihren Ärger nicht zu deutlich zu zeigen. «Wie soll ich in so kurzer Zeit ein Abendessen für so viele Personen vorbereiten?»

«Berthe und Jakob werden sich darum kümmern. Sie haben heute frei, Fräulein Schmitz. So war es ausgemacht.»

«Nicht, wenn wir gesellschaftliche Verpflichtungen haben.» Pauline richtete sich kerzengerade auf. «Also wissen Jakob und Berthe Bescheid.»

«Sagte ich das nicht soeben?»

«Das trifft sich ja sehr gut. Denn dann haben Sie ja erst recht Zeit für einen kleinen nachmittäglichen Ausflug. Bis zum Abendessen sind Sie ja längst wieder zurück.»

«Was wollen Sie damit sagen?»

«Dass ich mich selbstverständlich um die Vorbereitungen der Abendgesellschaft kümmern werde.» Pauline lächelte kühl. «Und Sie werden mit Ihren Kindern einen schönen Tag verleben.»

«So war das aber nicht ...»

«Und nun sollten wir uns für den Kirchgang vorbereiten.» Sie wandte sich den Kindern zu, ohne noch weiter auf Julius zu achten. «Seid ihr fertig? Gut. Ich denke, die Frühstückstafel ist hiermit aufgehoben. Lauft nach oben und zieht euch um. Lasst euch von Jakob die warmen Mäntel, Mützen und Schals geben. Es ist sehr kalt heute.»

Die Kinder sprangen sichtlich erleichtert von ihren Stühlen auf und verließen das Speisezimmer. Julius faltete seine Zeitung zusammen, legte sie auf den Tisch. Pauline sah ihm an, dass es in ihm brodelte. War sie zu weit gegangen? Falls ja, konnte sie es nun auch nicht mehr ändern. Sie hatte seit Tagen versucht, Julius mit kleinen, unauffälligen Hinweisen dazu zu bewegen, sich ein wenig mehr an die Tischsitten zu halten, um den Kindern ein Vorbild zu sein. Entweder hatte er es nicht wahrgenommen oder aber einfach ignoriert. Deshalb hatte sie heute beschlossen, ihre Taktik zu ändern.

«Was bilden Sie sich eigentlich ein?» Julius' Stimme war gefährlich kühl. «Versuchen Sie vielleicht, meine Autorität vor den Kindern zu untergraben?»

«Wie bitte?» Pauline hob empört den Kopf. «Ihre Autorität? Die kann ich gar nicht untergraben, denn dazu müssten Sie sie erst einmal besitzen.»

Verblüfft starrte Julius sie an. «Was?»

Pauline verschränkte die Arme vor der Brust. «Also wirklich! Sie sitzen morgens am Tisch mit den Kindern, stumm wie ein Fisch. Jeden Tag die gleiche desinteressierte Frage, was in der Schule vor sich gehen wird. Dann verschwinden Sie auch schon – auf die unhöflichste Art und Weise, wie ich anfügen möchte. Ich versuche den Kindern beizubringen, dass man erst vom Tisch aufsteht, wenn alle mit dem Essen fertig sind. Wie soll ich das bitte durchsetzen, wenn Sie als Hausherr sich nicht daran halten? Dann sind Sie den ganzen Tag fort, und abends wiederholt sich das Spiel von neuem. Na ja, wenn Sie nicht gerade schmollen und sich ohne Abendessen in Ihr Refugium zurückziehen. Ist Ihnen eigentlich klar, dass in diesem Haus überhaupt kein Familienleben stattfindet? Kennen Sie Ihre Kinder überhaupt?»

Ehe er etwas erwidern konnte, hob sie die Hand. «Ich weiß, dass die meisten Männer es lieber ihren Frauen oder den Gouvernanten überlassen, sich um die alltäglichen Belange des Nachwuchses zu kümmern. Dafür bezahlen Sie mich, das ist in Ordnung. Aber glauben Sie nicht, es wäre angebracht, sich wenigstens ein bisschen für die beiden zu interessieren?»

«Wer sagt, dass ich mich nicht für sie interessiere? Wenn die beiden etwas brauchen, sagen Sie es mir bitte, und ich sorge dafür, dass es beschafft wird.»

«Herr Reuther.» Pauline stand auf und ging zur Tür. «Was Ihre Kinder brauchen, ist ihr Vater.»

Kapitel 13

Pauline war gerade dabei, den Tisch im Speisezimmer mit Efeuranken und Tannenzweigen zu dekorieren, als sie die Haustür gehen und die Kinder hereinstürmen hörte. Das fröhliche Lachen der beiden wärmte ihr Herz. Lächelnd rückte sie die dicken Wachskerzen zurecht und trat einen Schritt zurück, um ihr Werk zu betrachten. Kathrin hatte den Tisch sehr sorgfältig gedeckt, doch hatte Pauline die Dekoration lieber selbst übernommen. In dieser Hinsicht traute sie dem Dienstmädchen nicht allzu viel zu.

«Das war ein gemeiner Angriff aus dem Hinterhalt», ertönte hinter ihr Julius' Stimme.

Überrascht drehte sie sich zu ihm um. Er stand in der Tür, das Gesicht leicht gerötet von der kalten Luft, der er den Nachmittag lang ausgesetzt gewesen war. Er zog seinen grauen Wintermantel aus und warf ihn achtlos über eine Stuhllehne. Sogleich griff Pauline danach, um das Kleidungsstück Jakob zu übergeben. Doch Julius hielt sie davon ab, indem er nicht eben sanft ihr Handgelenk umfasste. Erschrocken wich sie zurück. In seinen Augen glomm etwas Dunkles, das sie zutiefst irritierte. Seine Miene war finster, dann lächelte er ganz plötzlich. «Ich danke Ihnen», sagte er zu ihrer größten Verblüffung.

«Wofür?» Ihre Stimme schwankte ein wenig. Unbehaglich blickte sie auf seine Hand, die ihren Arm noch immer festhielt.

Er ließ sie los. «Dafür, dass Ihre Art der Kriegsführung erfolgreich war, Fräulein Schmitz. Ich habe einen sehr unterhaltsamen Nachmittag mit den Kindern verlebt.»

Nun lächelte auch sie. «Das freut mich zu hören.»

«Allerdings zwingen Sie mich dazu, mich Ihrer Taktik anzupassen. Ich wünsche, dass Sie heute Abend an unserer Tafel zugegen sind.»

Pauline wurde blass. «Aber das ... das geht doch nicht.»

«Und warum nicht? Sie sind die Gouvernante meiner Kinder und gleichzeitig die Dame des Hauses.»

«Das bin ich nicht.»

«Wenn ich es sage, sind Sie es.»

«Das Ehepaar Stein wird auch hier sein. Ich war ihr Dienstmädchen und kann doch jetzt nicht einfach mit ihnen an einem Tisch speisen.»

«Weshalb denn nicht? Schauen Sie mich nicht so entsetzt an. Ich stelle Sie den Herrschaften ja nicht als meine Zukünftige vor.» Sein Lächeln hatte etwas Schalkhaftes an sich. «Und wie ich schon sagte: Ich muss mich Ihrer Taktik anpassen. Es wird mir ein Vergnügen sein, Ihnen dabei zuzusehen, wie Sie unsere Gäste heute Abend stilvoll unterhalten werden.»

«Unterhalten?» Pauline begriff, dass es mit ihrer reinen Anwesenheit bei Tisch nicht getan sein würde.

«Sie werden uns doch sicher den Gefallen tun, nach dem Essen ein wenig auf dem Pianoforte zu spielen und ein paar Weihnachtslieder vorzutragen, nicht wahr?»

«Aber ...»

«Und ziehen Sie sich etwas Hübsches an. Ihre Garderobe

dürfte doch mittlerweile ein wenig mehr Auswahl bieten, nicht wahr?»

Pauline nickte. Tatsächlich hatte sie am Vortag bereits zwei der von Julius bezahlten Kleider bei der Schneiderin abholen können. Am Rest ihrer neuen Garderobe arbeiteten die Näherinnen noch.

«Dann wäre das also abgemacht.» Zufrieden wandte sich Julius zum Gehen, drehte sich jedoch noch einmal um. «Zu Weihnachten erwarten wir keinen Besuch außer den meiner Mutter. Ich möchte Sie bitten, sich an diesen Tagen der Kinder ganz besonders anzunehmen.» Er hob die Hand, als sie protestieren wollte. «Damit will ich nicht sagen, dass ich nicht zugegen sein werde. Es ist nur so, dass Weihnachten eine schwierige Zeit für uns ist. Meine Frau starb vor drei Jahren am ersten Weihnachtsfeiertag.»

«Oh, das ...» Ehe Pauline etwas sagen konnte, war er zur Tür hinaus.

* * *

Eine Stunde später warf Pauline einen prüfenden Blick in den Spiegel über ihrem Toilettentisch. Sie zupfte an den Löckchen, die sich nach der Bearbeitung mit dem Brenneisen hübsch an ihren Schläfen kringelten. Sie hatte sich für das braune Kleid mit dem herzförmigen Ausschnitt entschieden. Seit sie es mit Kathrins Hilfe angezogen hatte, spürte sie ihren erhöhten Pulsschlag. Obgleich sie sich gut zuredete, dass keinerlei Anlass zur Nervosität bestand, konnte sie sich einer gewissen Unruhe nicht erwehren. Wie würden die Steins reagieren, wenn sie sie sahen? Auch das Ehepaar Schnitzler kannte sie als einfaches Dienstmädchen. Lediglich die Oppenheims waren ihr nicht näher bekannt. Aber natürlich würden auch sie umgehend erfahren, dass Julius Reuther eine Magd zur Gouvernante seiner Kinder gemacht hatte. Er schien damit keinerlei Probleme zu haben, warum also sollte sie sich fürchten?

Es half nichts, Pauline hatte Angst. Das Einzige, was sie tun konnte, war, sich so wohlerzogen wie nur möglich zu zeigen und damit der Stellung, die sie innehatte, gerecht zu werden.

«Sie sehen aber hübsch aus, Fräulein Schmitz», kam Ricardas Stimme von der Tür her.

Pauline wandte sich ihr zu. «Vielen Dank.» Sie kniff die Augen zusammen. «Warum hast du das gute rosafarbene Kleid angezogen?»

Ricarda lächelte fröhlich. «Papa hat gesagt, dass ich heute Abend bei der Gesellschaft sitzen darf. Und Peter auch. Aber nicht zu lange. Und er hat gesagt, dass ich vielleicht sogar etwas vorsingen darf.»

«Ach, hat er das?» Stirnrunzelnd trat Pauline auf das Mädchen zu. Jetzt wusste sie, was er mit den Worten gemeint hatte, er würde es ihr mit gleicher Münze heimzahlen. «Das ist eine große Ehre für euch. Ich hoffe, du weißt, was das bedeutet?»

Ricarda hob zögernd den Kopf. «Nein, was denn?»

«Dass ihr euch vorbildlich benehmen müsst! Ich will kein Gezappel sehen, kein Gezanke und keine vorwitzigen Kommentare von euch hören. Ihr sprecht nur, wenn ihr gefragt werdet. Ist das klar?»

Ricarda zuckte mit den Achseln. «Mir brauchen Sie das doch nicht zu sagen. Peter ist derjenige, der immer dummes Zeug plappert.»

«Soso. Dann geh rasch in dein Zimmer zurück und lege deine Haarbänder bereit. Ich möchte dich noch frisieren. Wo steckt denn Peter überhaupt?»

«Als ich ihn das letzte Mal gesehen habe, hat er in seinem Zimmer mit dem Holzpferd gespielt.»

«Also gut, ich sehe nach ihm und sorge dafür, dass er sich ordentlich kleidet. Dann kümmere ich mich um dein Haar.»

Die folgende Stunde verbrachte sie damit, die Kinder für den Abend vorzubereiten. Wieder und wieder ermahnte sie die beiden, sich angemessen zu benehmen. Insgeheim wusste sie, dass diese Aufforderung nicht nur den Kindern galt, sondern auch ihr selbst.

Als dann die Gäste eintrafen, ging alles viel einfacher, als sie gedacht hatte. Zwar spürte sie die neugierigen Blicke insbesondere Ariane Steins auf sich, doch äußerte sich zunächst niemand über ihre Anwesenheit an der Tafel.

Pauline hatte rasch ein weiteres Gedeck auflegen lassen müssen, denn das Ehepaar Oppenheim hatte seine jüngste Tochter Frieda mitgebracht. Eine sehr attraktive Zwanzigjährige mit kupferrotem Haar und makelloser, elfenbeinfarbener Haut. Sie war als einziges Kind der Oppenheims noch nicht verheiratet, und es wurde nur allzu rasch deutlich, dass sich die Eltern erhofften, Frieda würde bei Julius Interesse wecken.

Wie es ihrer Aufgabe entsprach, kümmerte Pauline sich vorrangig um die Kinder und achtete darauf, dass sie sich an ihre Manieren erinnerten. Den Gesprächen am Tisch folgte sie mit einem Ohr. Da es hauptsächlich um Geschäftliches ging, hätte sie sich kaum beteiligen können, selbst wenn sie gewollt hätte. Die Damen plauderten über die neueste Mode und gemeinsame Bekannte, sodass Pauline auch hier ausgeschlossen war.

Schließlich wurde sie nach dem Dessert doch noch von Elisa Schnitzler angesprochen: «Nun, Fräulein Schmitz …» Sie räusperte sich, und es war ihr anzusehen, dass es ihr nicht ganz leichtfiel, Pauline zu siezen. «Wie ich sehe, haben Sie sich schon sehr gut eingelebt. Aber ich muss Ihnen sagen, dass mein Sohn und seine Verlobte, die liebe Christine, sehr enttäuscht waren, als sie erfuhren, dass Sie die Stelle hier im Hause angenommen haben. Mein guter Elmar hatte sich so darauf verlassen, dass Sie die angebotene Stellung in seinem Haushalt antreten würden, sobald die beiden den Bund der Ehe geschlossen haben.» Sie lachte geziert. «Aber es besteht ja noch Hoffnung, nicht wahr? Wenn Fräulein Ricarda erst ins heiratsfähige Alter kommt – so lange dauert das ja nicht mehr –, dann werden Sie vielleicht eine neue Stellung benötigen, nicht wahr? Denn Klein Peter sollte bis dahin dem Alter für eine Gouvernante entwachsen sein und einen männlichen Hauslehrer erhalten. Ist es nicht so, Herr Reuther?»

Julius, der gerade mit Friedrich Oppenheim gesprochen hatte, wandte sich ihr zu. «Darüber, liebe Frau Schnitzler, werden wir erst nachdenken, wenn es so weit ist.»

«Aber es muss Sie doch freuen zu wissen, dass Ihre Gouvernante nach Beendigung ihrer Dienstzeit hier bereits die Aussicht auf eine sehr gute neue Stellung hat. Oder ...» Sie legte den Kopf schräg und musterte ihn neugierig. «Haben Sie vielleicht Heiratspläne und möchten Fräulein Schmitz auch für etwaige weitere Kinder im Hause behalten? Das könnte ich natürlich vollkommen verstehen.» Sie warf Pauline einen abschätzenden Blick zu. «Sie scheint ja einen guten Einfluss auf Fräulein Ricarda und den kleinen Peter zu haben. Die beiden legen wirklich ein ausgezeichnetes Benehmen an den Tag.»

Pauline biss sich auf die Zunge, um nichts auf diese unerhörte Bemerkung zu erwidern. Zum Glück verstanden weder Ricarda noch Peter die Spitze hinter Elise Schnitzlers Worten, sondern nahmen sie als Kompliment. Zumindest Ricarda hob stolz den Kopf und lächelte erfreut.

Peter grinste. «Ricarda kann auch singen», verkündete er fröhlich.

Pauline stieß ihn an. «Bist du wohl still!»

«Aber ...» Peter blickte sie fragend an. Als er ihre strenge Miene sah, erlosch sein Lächeln. «'tschuldigung.»

«Angenommen.» Sie warf ihm ein kurzes Lächeln zu, um ihm zu zeigen, dass sie nicht böse war.

«Ist das wahr?», fragte Ariane Stein und beugte sich über den Tisch zu Ricarda hinüber. «Möchtest du uns etwas vorsingen?»

«Ich, äh ...» Unsicher blickte Ricarda von Pauline zu ihrem Vater. Obgleich sie vorhin selbst noch von dieser Möglichkeit geschwärmt hatte, schien sie nun unsicher, was sie tun sollte.

Pauline antwortete an ihrer Stelle: «Natürlich wird Fräulein Ricarda Ihnen gerne ein oder zwei Weihnachtslieder vortragen. Ich kann sie gerne auf dem Pianoforte begleiten.»

«O nein, bitte lassen Sie mich das machen», rief Frieda. «Ich spiele so gerne auf dem Pianoforte. Es wäre mir eine Ehre, das Fräulein Ricarda bei ihrem Gesang zu begleiten, Fräulein Schmitz.»

«Nun ...» Pauline warf Julius einen fragenden Blick zu, doch er zog nur kurz die Augenbrauen hoch, was alles und nichts bedeuten konnte. Sie lächelte Frieda zu. «Also gut, wie Sie wünschen. Dann würde ich vorschlagen, wir begeben uns in den Salon, wo wir auch den Kaffee einnehmen können. Die Herren möchten bestimmt lieber in die Bibliothek gehen, nicht wahr?»

«Aber nein», widersprach Julius unerwartet. «Diese musikalische Darbietung möchten wir uns auf keinen Fall entgehen lassen!»

Pauline versuchte aus seinem Tonfall herauszuhören, ob er

sich lustig machte, doch es schien ihm ernst zu sein. Vielleicht hatte der gemeinsame Nachmittag mit den Kindern tatsächlich sein Interesse an ihnen geweckt.

Also begab sich die Gesellschaft in den großen Salon, wo es zwei bequeme Kanapees und mehrere Sessel gab, die um einen ovalen Tisch aus dunkel gestrichenem Kirschbaumholz mit Marmorplatte gruppiert waren. An den Wänden hingen kunstvolle Stillleben und Landschaftsmalereien. In den Schränken und Buffets war das gute Geschirr untergebracht, das man durch zum Teil verglaste Türen bewundern konnte.

Es gab im Hause Reuther kein separates Musikzimmer; der kleine Flügel stand vor einem der Fenster, sodass tagsüber das Licht auf den Notenständer fallen konnte. Heute Abend brannten stattdessen mehrere Lichter in dem kleinen Leuchter über dem Instrument.

Frieda steuerte auf den Flügel zu, als sei sie hier zu Hause, setzte sich und blickte Pauline erwartungsvoll an. «Welches Lied möchte uns die kleine Künstlerin denn gerne vortragen? Wie wäre es mit *Es ist ein Ros' entsprungen*? Das kennt sie doch bestimmt?»

Pauline nickte und führte Ricarda zum Pianoforte. Aus der kleinen Kommode, in der die Noten aufbewahrt wurden, holte sie die entsprechenden Blätter hervor. Während sie sie Frieda reichte, bemerkte sie aus den Augenwinkeln, dass Ricarda ein wenig ängstlich in die Runde blickte. Rasch ging sie zu ihr. «Bist du bereit? Sing einfach nur die ersten beiden Strophen. Die haben wir ja gestern noch geübt.»

«Warum spielen Sie nicht am Flügel?», wisperte Ricarda, einen deutlichen Vorwurf in der Stimme.

Pauline lächelte ihr ermutigend zu. «Fräulein Frieda spielt

gewiss ganz entzückend. Es wäre unhöflich, ihr Angebot abzulehnen. Ich setze mich hier vorne hin, dann bin ich ganz in deiner Nähe.»

«Ricarda? Möchtest du dich nicht neben mich setzen?», fragte Frieda und schlug versuchsweise ein paar Töne an. «Ich finde es immer einfacher zu singen, wenn ich am Pianoforte sitze.»

Zögerlich nahm Ricarda Platz. Erneut traf Pauline ihr vorwurfsvoller Blick. Die übrigen Gäste klatschten höflich Beifall, dann begann Frieda zu spielen.

Ricardas Blick wanderte durch den Raum, sie öffnete den Mund – doch es kam kein Ton heraus.

Frieda unterbrach ihr Spiel und legte ihr beruhigend eine Hand auf den Arm. «Nur Mut», hörte Pauline sie flüstern. «Sie beißen nicht.»

Erneut begann sie das Lied. Ricarda atmete heftig ein und aus, ihr Blick irrte wieder zu Pauline, diesmal mit echter Verzweiflung. Plötzlich sprang sie auf und rannte aus dem Raum.

Julius, der im Sessel neben Pauline saß, wollte ebenfalls aufspringen, doch sie legte ihm rasch eine Hand auf den Arm und schüttelte den Kopf. «Entschuldigen Sie bitte», sagte sie zu den Anwesenden und erhob sich. «Bestimmt nur ein kleiner Anfall von Lampenfieber. Ich werde mal nach ihr sehen.»

«Ach, das arme Mädchen», hörte sie Frieda hinter sich sagen. «Dann werde ich Ihnen gerne das Lied vortragen.»

Während Pauline den Salon verließ, erklang das Pianoforte und dazu Friedas angenehme Singstimme. Seufzend erklomm Pauline die Stufen ins Obergeschoss. Offenbar war Ricarda nicht so mutig, wie sie immer vorgab. Leise klopfte sie an die Schlafzimmertür des Mädchens und trat ein.

Ricarda saß auf der Bettkante und schluchzte heftig. «Gehen

Sie weg!», rief sie aufgebracht. «Sie können mich morgen schimpfen.»

Pauline setzte sich neben sie und legte ihr den Arm um die Schultern. «Aber Ricarda, weshalb sollte ich denn mit dir schimpfen?», fragte sie sanft.

«Weil ich ...» Ricarda hob den Kopf. Tränen quollen aus ihren Augen. «Sie sind nicht böse?»

«Aber nein, Kind. Ich dachte, du möchtest gerne vorsingen.»

«Will ich ja auch.»

«Möchte», verbesserte Pauline.

«Aber dann haben mich alle so angestarrt, und da konnte ich mich an keine Liedzeile mehr erinnern. Und die Dame hat anders gespielt als Sie», fügte sie anklagend hinzu.

«Würde es dir leichter fallen, wenn ich dich auf dem Pianoforte begleite?»

Das Mädchen schniefte. «Ich kann mich ja doch nicht mehr an den Text erinnern.»

«Wir könnten ihn einfach neben die Noten legen», schlug Pauline vor.

«Aber das wäre geschummelt!»

Sie lachte. «Ach, Ricarda, mein liebes Kind! Du bist erst neun Jahre alt! Niemand erwartet von dir, dass du eine fertig ausgebildete Sängerin bist!»

«So wie Sie?»

«Ich habe viele Jahre mehr Übung als du.»

«Werden Sie heute Abend auch singen?»

Pauline hob die Schultern. «Wenn man mich darum bittet, werde ich mich wohl kaum weigern können.» Sie drückte das Mädchen kurz an sich. «Wie ist es – kommst du wieder mit mir in den Salon?»

«Muss ich?»

Sachte strich Pauline ihr ein Löckchen aus dem verweinten Gesicht. «Wir können es auch auf einen anderen Anlass verschieben. Vielleicht möchtest du an Heiligabend deiner Großmutter etwas vorsingen.»

Wieder schniefte Ricarda. «Ja, vielleicht. Großmama starrt einen auch nicht so an.»

Pauline schmunzelte. «Möchtest du, dass ich dich bei unseren Gästen entschuldige?»

«Ich will ... möchte lieber ein bisschen lesen, wenn ich darf.» Ricardas Blick wanderte zu dem Buch mit Heiligenlegenden, das Pauline ihr aus der Bibliothek gegeben hatte.

«In Ordnung», sagte sie. «Ich komme später noch einmal herauf und sehe nach dir.»

«Muss Peter jetzt nicht bald ins Bett?», fragte Ricarda.

«Ja, da hast du recht. Warum?»

«Schicken Sie ihn einfach herauf. Ich kümmere mich schon um ihn.»

Überrascht musterte Pauline Ricardas ernstes Gesicht, auf dem die Tränenspuren langsam trockneten. «Also gut. Vielen Dank, mein Kind.»

Ricarda rieb sich mit dem Ärmel über die Augen und griff nach dem Buch.

Pauline erhob sich und machte sich auf den Weg zurück zu den Gästen.

* * *

Frieda hatte gerade ein weiteres Lied beendet, als Pauline den Salon betrat. Sogleich richteten sich alle Augen auf sie. Besonders

Julius musterte sie eingehend, konnte an ihrem Gesichtsausdruck jedoch nicht ablesen, was sie dachte oder fühlte. Ihre Miene zeigte freundlichen Gleichmut. «Verzeihen Sie», sagte sie betont heiter. «Fräulein Ricarda fühlt sich nicht wohl und hat darum gebeten, zu Bett gehen zu dürfen.»

«Das arme Ding», sagte Ariane Stein mitfühlend. «Ein andermal wird sie uns ganz sicher die Ehre geben, an ihrem Gesang teilzuhaben.»

«Ganz bestimmt», antwortete Pauline. «Aber ich wollte Sie, liebes Fräulein Oppenheim, nicht unterbrechen. Sie haben sehr schön gesungen, wie ich hören konnte.»

«Oh, vielen Dank.» Frieda lächelte erfreut und stand von der Bank am Pianoforte auf. «Aber warum singen Sie uns nicht etwas vor, Fräulein Schmitz? Wie mir meine Freundin Christine erzählte, besitzen Sie eine sehr schöne Singstimme.»

«Nun ja ...»

«Bitte», mischte sich Julius ein. Seit er Pauline unter dem Fenster bei Steins hatte musizieren hören, war er nicht mehr in den Genuss ihres Gesangs gekommen. Von ihren Übungsstunden mit Ricarda bekam er nicht viel mit, da sein Arbeitszimmer und die Bibliothek sich im anderen Flügel des Hauses befanden. «Ich würde mich sehr freuen.»

Pauline runzelte die Stirn. Ihr Blick schien zu fragen, ob er dies ernst meinte oder sie auf den Arm nehmen wollte. Julius' Miene gab seine Gedanken nicht preis, und doch beobachtete er mit Wohlgefallen, wie sie sich an das Instrument setzte und die Notenblätter neu ordnete. Frieda stellte sich schräg neben sie. «Ich blättere für Sie um, meine Liebe», erbot sie sich.

«Vielen Dank.» Pauline schlug ein paar Töne an, dann begann sie mit einer französischen Weise:

Non, je n'irai plus au bois,
Non, non, je n'irai plus seulette,
Un seul moment l'autre fois,
Un instant que deveniail Lisette.
Non, je n'irai plus au bois,
Non, non, je n'irai plus seulette,
Je connais trop le danger
Ou l'amour pourrait m'engager ...

Schon nach wenigen Versen hatte Pauline die ungeteilte Aufmerksamkeit aller Anwesenden. Vor allem Frieda konnte ihre Überraschung nicht verbergen. Obgleich Christine Stein ihr von Paulines Talent erzählt hatte, war Frieda davon ausgegangen, dass es sich um eine maßlose Übertreibung handeln musste.

Julius unterdrückte sein zufriedenes Lächeln. Es bereitete ihm eine diebische Freude, seine sogenannten Freunde aus der guten Gesellschaft derartig in Erstaunen zu versetzen. Es missfiel ihm, dass die meisten Leute annahmen, Talent und Können wären nur bei Menschen von höherer Abstammung vorhanden – was auch immer das bedeuten mochte. Er selbst war das, was man einen Emporkömmling nannte. Seine Eltern und Großeltern stammten aus einfachen Verhältnissen. Dennoch gehörte er der Kölner Oberschicht an: bei vielen Bürgern angesehen, von ebenso vielen zähneknirschend geduldet. Er hatte es mit seiner Hände Arbeit und dem Einsatz seines Verstandes zu Wohlstand und Einfluss gebracht. In den Schoß war ihm nichts gefallen. Und nun hatte er diese junge Frau in seinem Haus, die mit ihrer Wohlerzogenheit und ihrer überdurchschnittlichen Bildung ohne sichtbare Anstrengung die höheren Töchter der Gesellschaft in den Schatten stellte. Wenn auch nur ein Bruchteil dieser Bildung und Anmut auf seine Tochter – und in gewissem Sinne auch auf seinen Sohn – abfärben würde, hätte sich die Investition schon mehr als gelohnt. Und seine weiteren Pläne waren in diese Rechnung noch gar nicht miteinbezogen.

Julius konzentrierte sich wieder auf das Hier und Jetzt. Pauline wechselte ohne Übergang zu einer englischen Weise. Er erkannte dieses Lied, das sie bereits bei den Steins gesungen hatte. Mit neuem Interesse betrachtete er sie. Sie sang und spielte ohne Notenblatt.

Hatte sie dieses Stück mit Absicht gewählt? Aus den Augenwinkeln sah er, dass Ariane Stein unruhig auf ihrem Sessel hin und her rutschte. Auch sie hatte das Lied erkannt. Julius richtete seine Aufmerksamkeit wieder auf die Sängerin, in deren Blick ein Ausdruck von Triumph schimmerte. Er stand ihr ausgezeichnet.

Je länger Julius dem Lied lauschte, desto mehr wurde ihm bewusst, worum es darin ging. Er hatte Geschäftskontakte in England, deshalb kannte er sich mit der englischen Sprache ein wenig aus. Ob Pauline ebenfalls wusste, was sie da sang?

... All the day the sun that lends me shine
By frowns do cause me pine
And feeds me with delay;
Her smiles, my springs that makes my joy to grow,
Her frowns the Winters of my woe.

All the night my sleeps are full of dreams,
My eyes are full of streams.
My heart takes no delight
To see the fruits and joys that some do find
And mark the storms are me assign'd ...

Dieses Lied war eine einzige Liebeserklärung – und die Klage eines Mannes, dem die Angebetete unerreichbar erschien.

Als sie für einen Moment den Kopf hob und sich ihre Blicke trafen, errötete sie leicht.

Julius' Herz machte einen unerwarteten Satz und geriet ins Holpern.

Sie wusste es.

* * *

Pauline hatte große Mühe, sich auf den Liedtext zu konzentrieren. Die Blicke, die Julius Reuther ihr zuwarf, wühlten sie auf. Was war nur los mit ihr? In ihrem Inneren tobte ein Sturm; sie wusste, dass sich ihre Wangen gerötet hatten. Lediglich die Tatsache, dass auch die Augen aller übrigen Anwesenden an ihren Lippen hingen, ließ sie die Kraft finden, das Lied würdevoll zu beenden.

Die Gäste applaudierten, nicht verhalten wie bei Friedas Darbietung, sondern mit ehrlicher Begeisterung.

«Du liebe Zeit, Herr Reuther, da haben Sie sich aber eine außerordentlich talentierte junge Dame ins Haus geholt. Ihre Tochter wird ganz bestimmt sehr davon profitieren», befand Hedwig Oppenheim mit einem herzlichen Lächeln. «Nicht wahr, Friedrich, eine Dame mit so großem Talent ist eine Bereicherung.»

Der Angesprochene nickte, schränkte jedoch ein: «Solange Singen nicht das Einzige ist, was sie kann, hast du sicher recht, meine Liebe.»

«Ich versichere Ihnen, Fräulein Schmitz hat eine ganze Reihe von Talenten, die sie in ihre Arbeit hier im Hause einbringt», sagte Julius und stand auf. «Sie unterrichtet meine Tochter und meinen Sohn in den modernen Sprachen, Malerei, Gesang, Geographie und Geschichte.» Er trat an den Flügel und reichte Pauline galant seine Hand. Überrascht ergriff sie sie und stand auf. Für einen kurzen Moment trafen sich ihre Blicke, und ihr Herzschlag geriet ins Stocken. Julius geleitete sie zu einem der beiden Kanapees. Dann wandte er sich wieder an seine Gäste.

«Meine Herrn, was halten Sie davon, wenn wir die Damen für eine Weile sich selbst überlassen? Begleiten Sie mich in die Bibliothek, dort habe ich einen ausgezeichneten Weinbrand für Sie bereitgestellt, der Ihnen ganz sicher munden wird.»

Die Herren erhoben sich mit zustimmendem Gemurmel. Julius nickte den Frauen im Raum zu. «Sie entschuldigen uns, meine Damen.»

«Hach, immer diese Männerrunden», flüsterte Frieda und setzte sich neben Pauline. «Was sie nur miteinander zu besprechen haben?»

«Nun, vermutlich nicht viel anderes als wir», vermutete Pauline und bemühte sich, ihre Verwirrung nicht zu zeigen. Julius' plötzliche Galanterie, sein öffentliches Lob ihrer Fähigkeiten, obwohl sie doch erst so kurz hier arbeitete – das alles machte sie mehr als verlegen. Sie fragte sich, welchen Eindruck seine Worte wohl auf die übrigen Anwesenden gemacht haben mochten. Die Damen ließen sich nichts anmerken, dazu waren sie zu wohlerzogen. Das Getuschel würde erst hinter Paulines Rücken stattfinden.

«Glauben Sie? Nein, bei den Männern geht es doch immerzu nur um Geschäfte und Geld. Für uns Frauen schickt es sich nicht, über solche Angelegenheiten zu reden.» Frieda lächelte ihr zu. «Sagen Sie, dieses entzückende Kleid stammt nicht zufällig von der Schneiderin Lissenich? Ich meine, etwas Derartiges in ihrem Schaufenster gesehen zu haben. Es kleidet Sie wirklich ausgezeichnet, meine Liebe. Ich kann mir gar nicht vorstellen, dass Sie wirklich ein Dienstmädchen gewesen sein sollen. Sie sind so gebildet und kultiviert. Ich würde zu gern wissen, wie es dazu kam.»

Pauline faltete die Hände im Schoß. «Das ist eine lange Geschichte, Fräulein Oppenheim.»

«Oh, bitte nennen Sie mich Frieda! Wir sind doch beinahe im gleichen Alter, nicht wahr? Und ich finde Sie sehr sympathisch, meine Liebe. Darf ich Sie Pauline nennen?»

«Natürlich, wenn Sie möchten.»

«Nun erzählen Sie mir bitte, Pauline. Wie kommt es, dass ein ehemaliges Dienstmädchen so gebildet ist wie Sie?» Frieda beugte sich ein wenig vor und wartete mit sichtlicher Neugier auf Paulines Antwort.

Die seufzte innerlich und legte sich rasch eine Kurzfassung der Ereignisse des vergangenen Jahres zurecht. Vermutlich würde sie diese noch öfter erzählen müssen.

Kapitel 14

«Sie sollten sich wirklich überlegen, bei diesem Geschäft einzusteigen», sagte Friedrich Oppenheim und schwenkte bedächtig den Weinbrand in seinem Glas. «Nicht wahr, Herr Schnitzler, Sie stimmen mir doch zu – eine bessere Geldanlage werden Sie so leicht nicht mehr geboten bekommen.»

Schnitzler nickte leicht. «Die Vorteile liegen auf der Hand. Aber ich kenne Sie ja, Reuther. Sie gehen nicht gerne ein Risiko ein.»

«Was denn für ein Risiko?» Oppenheim winkte ab. «Wir sind doch alle mehr oder weniger in derselben Lage, oder etwa nicht? Sie und ich ganz besonders, Reuther. Wir sind im gleichen Geschäftsfeld tätig. Der Textilhandel wird sich in den nächsten Jahren und Jahrzehnten grundlegend verändern. Diejenigen, die jetzt zu den Pionieren der neuen Technik gehören, werden später die Nase vorn haben. Es wird günstige Importquellen und bessere Transportwege geben. Die Webstühle werden immer moderner und die Arbeit daran effektiver. Und nicht zuletzt wächst der Absatzmarkt enorm. Seit dem Ende der französischen Besatzung kaufen die Leute wieder mehr Stoffe für farbenfrohe Kleider. Die landesspezifische Mode blüht erneut auf. Und mit der günstigen Baumwolle können wir bald auch die weniger zahlungskräftigen Kunden bedienen. Sehen Sie das nicht genauso?»

«Natürlich», gab Julius zu. «Aber ich gebe zu bedenken, dass die Entwicklungen, die sich in Übersee und in England abzeichnen, hier auf dem Kontinent noch nicht angekommen sind. Vielleicht werden erst unsere Kinder oder Kindeskinder davon profitieren.»

«Aber wir sind es, die die Weichen stellen müssen», setzte Oppenheim nach. «Und um das zu tun, benötigen wir alle Kapital. Ich für meinen Teil werde nicht zögern, mich mit den neuen Wertpapieren einzudecken. Und wenn wir und noch ein paar andere uns zusammenschließen würden, könnten wir ...»

«Ich werde darüber nachdenken», unterbrach ihn Julius. «Aber ich bin nicht bereit, eine große Summe Geld zu opfern – das Geld, das ich derzeit für Investitionen in meinem Betrieb benötige, um die vorhandenen Arbeitsplätze zu sichern. Ohne Weberinnen kann ich schließlich keine Textilien produzieren. Ich habe Aufträge einzuhalten.»

«Da gebe ich Ihnen ja recht», antwortete Oppenheim. «Aber hätten Sie es nicht wesentlich einfacher, wenn Sie Ihr Kapital in kurzer Zeit verdoppelten – oder vielleicht sogar verdreifachten?»

«Wie gesagt, ich werde es mir durch den Kopf gehen lassen», versprach Julius.

Schnitzler warf einen Blick auf seine Taschenuhr und erhob sich. «Entschuldigen Sie, meine Herren, aber für mich wird es allmählich Zeit. Meine Gattin wird sich bereits wundern, wo ich bleibe. Herr Reuther, ich danke Ihnen für den angenehmen Abend und die vorzügliche Bewirtung. Wir werden Ihre Einladung nach Weihnachten ganz sicher sehr bald erwidern. Was unsere Geschäfte betrifft, so werden wir vor dem Jahreswechsel wahrscheinlich nicht mehr zu einer Einigung gelangen. Ich hoffe, diese wird uns dann gleich im Januar gelingen.»

Oppenheim lachte dröhnend. «Dann bleibt uns ja noch ein bisschen Zeit, um Reuther zu überzeugen.» Er hatte sich ebenfalls erhoben und streckte Julius seine Hand hin, die dieser ergriff. «Auch ich danke für die freundliche Einladung und den gelungenen Abend.» Er senkte die Stimme ein wenig. «Unter uns – mit dieser Gouvernante haben Sie einen rechten Glücksgriff getan. Sie scheint ja auch in hausfraulichen Angelegenheiten sehr geschickt zu sein. Man merkt sofort, wenn die Hand einer Frau ein Haus in Schuss hält, nicht wahr?» Er hielt inne, um seinen Worten mehr Gewicht zu verleihen. «Gewiss ist es nicht dasselbe, als würde eine liebende Ehefrau sich um derlei Angelegenheiten kümmern. Ich weiß wirklich nicht, warum Sie nicht längst wieder geheiratet haben, Reuther. Sie sind noch jung. Wollen Sie sich nicht allmählich wieder entschließen, dem Junggesellenleben Lebewohl zu sagen?»

Julius hob nur die Schultern. «Dazu muss mir erst die rechte Frau begegnen. Und dann hängt es nicht nur von mir ab, sondern auch von ihr.»

Oppenheim lachte auf. «Kommen Sie, Reuther, welche Tochter aus gutem Hause, die noch alle Sinne beieinander hat, würde einen Antrag von Ihnen ablehnen? Sie haben sich zu einer der besten Partien Kölns gemausert, ob es Ihnen gefällt oder nicht. Machen Sie etwas daraus.» Er zwinkerte vielsagend und wandte sich dann zum Gehen.

Julius begleitete die Herren noch hinaus in die Diele, wo die Damen sich inzwischen ebenfalls eingefunden hatten. Entweder hatten sie nur auf die Männer gewartet, oder sie besaßen ein feines Gespür dafür, wann diese sich entschlossen, den Abend zu beenden. Julius wusste es nicht, wunderte sich jedoch immer wieder über dieses Phänomen. Als er sich nach Pauline umsah, stellte er fest, dass sie ein wenig blass wirkte, und fragte sich, womit die feinen Damen der Gesellschaft sie wohl gequält haben mochten.

Sie sah in dem Kleid, das er ihr geschenkt hatte, entzückend aus. Sein dunkler Braunton passte auf eigenartige Weise zu ihren Augen, die manchmal mehr grau, ein andermal mehr blau wirkten. Paulines honigblondes Haar war zu dem modischen Knoten hochgesteckt, den derzeit beinahe alle jungen Damen trugen. An ihren Schläfen ringelten sich ein paar Löckchen, jedoch nicht so akkurat und übertrieben üppig wie etwa bei Frieda Oppenheim, deren rotes Haar ganz eindeutig mit einem Brenneisen behandelt worden war. Zwar hatte er auch bei Pauline ein solches Gerät bereits gesehen, doch schienen sich ihre weichen Haare gegen allzu hartnäckige Bemühungen zu wehren, sie in die gewünschte Form zu bringen, was ihm ausgesprochen gut gefiel.

Diese Überlegung schob er schnell beiseite. Pauline war die Gouvernante seiner Kinder; an mehr war nicht zu denken. Nicht ohne Grund hatte er ihr das Versprechen gegeben, sie in Ruhe zu lassen.

Ungebeten schob sich das Bild einer am Boden knienden Pauline vor sein inneres Auge, die die Holzdielen mit einer Bürste und einem Wischlappen bearbeitete. Die ihm hatte ausweichen wollen und dabei gegen ihn geprallt war. Die einen entzückenden schwarzen Fleck auf der Wange gehabt hatte. Entschlossen richtete Julius seine Aufmerksamkeit wieder auf seine Gäste, die es zu verabschieden galt.

* * *

«Nein! Hören Sie auf! Ich will das nicht.» Pauline wich vor Friedhelm Buschner zurück, der sich in die Bibliothek geschlichen hatte, als sie dabei war, einige Bücher zurück in die Regale zu stellen. Er hatte sie von hinten gepackt und zu dem breiten Diwan gedrängt. Pauline hatte nicht gewusst, dass Buschner im Hause war. Seine Frau war mit den Mädchen ausgegangen, und er hätte eigentlich bei irgendeiner Nachmittagsveranstaltung sein sollen. Doch seinen Zeitvertreib schien er sich heute anders vorzustellen. Ehe sie sich versah, lag sie rücklings auf dem Diwan und spürte, wie er ihre Röcke hochschob. «Nicht!» Sie versuchte ihn von sich zu stoßen, doch er lachte nur und zerrte an ihrer Unterwäsche.

«Komm schon, Pauline. Das wird ein netter Nachmittag. Hermine wird mit den Kindern eine Weile außer Haus sein. Wir können es uns so richtig schön machen.»

Inzwischen hatte er es geschafft, sie zu entblößen. Pauline wehrte sich nicht mehr, denn sie wusste, dass es dann nur schlimmer werden würde. Doch etwas in ihr rebellierte, als sie spürte, wie er sich an ihr rieb. Sie wollte von ihm nicht benutzt werden wie eine billige Hure. Ihr wurde übel, als sein Atem ihr Gesicht streifte. Hatte sie dies tatsächlich schon einmal über sich ergehen lassen? Wie hatte sie sich jemals einreden können, dass es so nicht schlimm war? Dass sie hier eine sichere Stellung und ein angenehmes Leben hatte?

Er stöhnte so laut auf, dass sie sich fragte, ob nicht einer der Dienstboten darauf aufmerksam werden musste. Sie betete, dass er schnell von ihr ablassen würde, aber offenbar hatte er beschlossen, tatsächlich den gesamten Nachmittag mit einem Schäferstündchen zuzubringen. Ausgerechnet hier in der Bibliothek!

Er schob ihr eine Hand zwischen die Schenkel. Sie schloss die Augen und hörte ihn leise lachen. «Das gefällt dir wohl, wie?»

«Nein.» Pauline wusste nicht, wie sie das hatte laut aussprechen können. Das Wort war einfach aus ihrem Mund gepurzelt. Sie hob den Blick wieder. Zurücknehmen würde sie es nicht. Sie konnte es nicht.

Buschner sah sie überrascht an, schien zu glauben, dass sie scherzte. Sie nutzte das Überraschungsmoment, schob ihn von sich und zog ihre Röcke herunter, um sich zu bedecken. «Ich kann das nicht, Herr Buschner», sagte sie und wunderte sich, dass ihre Stimme nicht schwankte. «Ich will nicht Ihre Mätresse sein.»

«Was sagst du da?» Buschner starrte sie wütend an. «Du warst es doch, die sich mir aufgedrängt hat. Die sich bei mir eingeschmeichelt und mir den Kopf verdreht hat.»

«Wie bitte?» Entsetzt riss sie die Augen auf. «Das ist nicht wahr! Ich habe nichts dergleichen getan!»

«Natürlich hast du! Du hast es doch genossen, als ich es dir neulich besorgt habe. Gib es doch zu!»

«Nein!»

Plötzlich änderte er seine Taktik, rückte wieder näher an sie heran und ergriff ihre Hand, drückte einen Kuss darauf. «Liebste Pauline, wir sind wie füreinander geschaffen! Das hast du doch auch gespürt. Wir sind doch glücklich miteinander. Das soll sich nicht ändern! Bin ich nicht aufmerksam genug? Äußere deine Wünsche – ich werde sie mit Freude erfüllen!»

«Herr Buschner, ich will nicht ...»

«Natürlich willst du, Pauline. Sieh mich an, ich bin dir voll und ganz verfallen. Deinem Liebreiz, deiner Sanftmut, deinem köstlichen Körper.» Wieder begann er, ihren Rock hochzuschieben und sie – diesmal ausgesprochen sanft – zu liebkosen.

Sie schauderte bei seiner Berührung, was er allerdings vollkommen missverstand. «Siehst du, wie sehr du es genießt», sagte er und schob sich erneut auf sie. Sie rang entsetzt nach Atem, hatte aber nicht genug Kraft, ihn wegzustoßen. Lächelnd blickte er sie an. «Meine Pauline bist du und sollst du allezeit bleiben.» Sein Atem ging schnell, Buschner konnte seine Erregung nicht verbergen. Er versuchte, ihre Beine auseinanderzudrücken.

Pauline spürte plötzlich einen Brechreiz in sich aufsteigen. «Aufhören!», schrie sie. Außer sich vor Abscheu und Wut wand sie sich hin und her, strampelte, bis sie beide vom Diwan auf den Boden rollten. Sie stieß sich den Kopf und den Ellenbogen an. Der heftige Schmerz nahm ihr den Atem.

Buschner fluchte. «Was soll das denn? Willst du es auf die harte Weise? Das kannst du haben.» Er packte sie, doch sie boxte ihn in die Rippen und trat um sich. Dabei traf sie offenbar auch die besonders schmerzempfindliche Region zwischen seinen Beinen. Er stöhnte auf und ließ von ihr ab.

Gekrümmt lag er auf dem Boden und stieß wüste Flüche aus. Pauline rappelte sich hoch und eilte aus seiner Reichweite. Rasch sammelte sie ihre Unterwäsche ein und wollte gerade aus dem Raum fliehen, als sie an der Tür mit Hermine Buschner zusammenstieß.

«Das wirst du mir büßen, du Hure!», schrie Buschner, der noch immer am Boden lag. «Büßen, hörst du?»

Pauline starrte die Gattin ihres Arbeitgebers mit weit aufgerissenen Augen an. Hermine Buschner erwiderte den Blick voller Abscheu, dann trat sie beiseite und erlaubte es Pauline auf diese Weise, die Bibliothek zu verlassen. Pauline rannte hinauf in ihre Kammer und verriegelte die Tür hinter sich.

«Pauline?», hörte sie Friedhelm Buschners wütende Stimme. «Pauline! Mach die Tür auf!» Seine Stimme mischte sich mit der seiner Frau. «Fräulein Schmitz! Pauline!»

Sie spürte Hände an ihren Schultern, auf ihrem Gesicht. Mit einem Schrei fuhr sie hoch und starrte in Julius Reuthers Augen. Er stand neben ihrem Bett und beugte sich mit alarmiertem Gesichtsausdruck über sie. Sie spürte, wie ihr Atem in heftigen Stößen ging, dass ihre Stirn schweißnass war. Mit Mühe löste sie sich aus der Welt ihres Traumes.

«Offenbar hatten Sie einen Albtraum, Fräulein Schmitz», sagte er ruhig. Seine Hände lagen sanft auf ihren Schultern. Als sie sich dessen bewusst wurde, zuckte sie zurück. «Lassen Sie mich!»

Sofort nahm er die Hände fort; sie atmete auf. Doch er ging nicht weg, sondern setzte sich auf ihre Bettkante. «Ich war auf dem Weg, um nach Ricarda und Peter zu sehen. Ich beobachte die beiden gerne, wenn sie tief und fest schlafen. Sie sind dann so friedlich.» Er lächelte kurz, wurde aber sogleich wieder ernst. «Dabei habe ich ein Wimmern aus Ihrem Zimmer gehört und dachte, Sie hätten sich vielleicht verletzt.» Er hielt kurz inne. «Als Sie auf mein Rufen nicht geantwortet haben, musste ich mir erlauben, einzutreten.» Aufmerksam musterte er sie. «Haben Sie oft solche Albträume?»

«Nein. Ja.» Etwas zittrig atmete Pauline ein. «Manchmal. Ich dachte, es hätte aufgehört.» Sie fühlte sich etwas merkwürdig in seiner Gegenwart, aber sie sah keine Bedrohung von ihm ausgehen. Zwar gehörte es sich ganz und gar nicht, dass er auf ihrem Bett saß, doch da er keinerlei Anstalten machte, ihr zu nahezukommen, hatte seine Anwesenheit beinahe etwas Tröstliches.

«Er hat nicht aufgehört, nicht wahr?»

Pauline erschrak. «Was meinen Sie?»

Julius blickte sie ruhig an. «Sie haben im Schlaf geredet.» Abrupt stand er auf und ging ein paar Schritte vor dem Bett auf und ab. «Männer wie er gehören kastriert.»

Sprachlos starrte sie ihn an. Als er sich erneut auf die Bettkante setzte, wich sie instinktiv zurück. In seinen Augen flackerte etwas auf, das sie nicht identifizieren konnte. War es Schmerz? Zorn?

Sie sah, wie seine Hand zuckte, als wolle er sie nach ihr ausstrecken, doch er tat es nicht. Stattdessen sagte er: «Sie wissen, dass Sie von mir nichts zu befürchten haben.» Sein Blick suchte den ihren. Er lächelte schwach. «Nicht so etwas.» Mit einem Ruck stand er auf und ging zur Tür. Dort drehte er sich noch einmal zu ihr um. «Versuchen Sie wieder einzuschlafen, Fräulein Schmitz. In diesem Haus sind Sie sicher.»

Nachdem die Tür hinter ihm zugefallen war, fühlte Pauline sich mit einem Mal schrecklich allein. Sie wünschte sich, er wäre noch nicht gegangen. Seine bloße Anwesenheit wirkte beruhigend auf sie. Warum, konnte sie sich nicht erklären. Ebenso wenig konnte sie sich erklären, warum es sie nicht beunruhigte, dass er wusste, was ihr widerfahren war. Es war tröstlich zu wissen, dass sich jemand um sie sorgte, auch wenn es so ein merkwürdiger Mann war wie Julius Reuther. Sie wurde nicht klug aus ihm. Anfangs hatte er so getan, als sei er ein Feind der Frauen, als verabscheue er sie geradezu und habe sich nur aus pragmatischen Gründen dazu entschlossen, Pauline einzustellen. Doch so allmählich glaubte sie, dass dies nur eine Fassade war, hinter der sich ein ganz anderer Mann verbarg.

Kapitel 15

«Verfluchte Bastarde!» Julius schlug mit der Faust auf seinen Schreibtisch. «Das darf doch wohl nicht wahr sein!» Er griff nach dem leeren Weinglas auf dem Tisch und schleuderte es wutentbrannt gegen das Kaminsims.

«Gnädiger Herr?» Jakob streckte vorsichtig den Kopf zur Tür herein.

Zornig starrte Julius ihn an. «Verschwinde, Köbes! Kann man sich in diesem Haus nicht einmal mehr aufregen, ohne gleich bemuttert zu werden?»

Sogleich verschwand Jakob wieder. Julius stand auf und ging aufgebracht im Zimmer auf und ab. Wer hatte ihm diesen Streich gespielt? Wenn er denjenigen erwischte, würde er ihm den Hals umdrehen. Ausgerechnet am Heiligen Abend mussten ihn derartige Nachrichten erreichen!

«Herr Reuther, entschuldigen Sie bitte die ...»

«Was ist denn jetzt schon wieder?», fuhr Julius auf. Dann erst erkannte er, dass es nicht sein Diener, sondern Pauline war, die in der Tür stand. Doch ihr Anblick brachte ihn nur noch mehr auf. Sie sah in ihrem neuen cremefarbenen Kleid mit dem ovalen Ausschnitt, der bis zu den Schultern reichte, zum Anbeißen aus. «Lassen Sie mich in Ruhe, Fräulein Schmitz!», knurrte er sie an.

Pauline blickte ihn für einen Moment erstaunt an, doch dann trat sie einen Schritt auf ihn zu. «Entschuldigen Sie, aber Sie haben mich angewiesen, Ihnen Bescheid zu geben, wenn Ihre Frau Mutter eingetroffen ist. Ich habe ihr das Gästezimmer zum Garten hinaus angeboten. Ich hoffe, das war in Ihrem Sinne, gnädiger Herr.»

«Was auch immer.» Um solche Nichtigkeiten konnte er sich im Moment wahrlich nicht kümmern.

«Möchten Sie Ihre Mutter nicht begrüßen?», fragte Pauline ruhig. «Ich habe ihr Kaffee bringen lassen. Sie sitzt im kleinen Wohnzimmer und ...»

«Nicht jetzt, verdammt noch eins! Sehen Sie nicht, dass ich nicht in der Stimmung für Besuch bin?»

Pauline faltete die Hände. «Ich sehe, dass Sie in unausstehlicher Laune sind, gnädiger Herr. Das tut mir leid. Aber heute ist Heiligabend, und da sollten wir alle frohen Herzens der Geburt Christi gedenken und uns nicht mit geschäftlichen Ärgernissen herumschlagen, die gewiss auch noch bis nach den Feiertagen warten können.»

«Geschäftliche Ärgernisse?», fuhr Julius sie an. Er spürte, wie die Ader an seinem Hals anschwoll und heftig pochte. Nur mit Mühe konnte er sich beherrschen.

«Geschäftliche Ärgernisse?», wiederholte er. «Sie wissen ja gar nicht, wovon Sie reden! Ärgernisse, fürwahr! Habe ich etwa kein Recht, wütend zu sein, wenn mir zwei meiner wichtigsten Zulieferer von Rohwolle mitteilen, dass sie von den Gerüchten um meine Zahlungsunfähigkeit gehört haben? Dass sie deshalb die ausstehenden Beträge, die ich ihnen noch schulde, ohne Aufschub noch vor dem Jahreswechsel ausgezahlt haben wollen? Ist Ihnen klar, was das bedeutet? Ich werde im Januar nicht genug

Geld zur Verfügung haben, um neue Bestellungen aufzunehmen. Jedenfalls nicht, wenn ich meine Arbeiterinnen und die Rechnungen für die neuen Webstühle bezahlen will! Ganz zu schweigen von den Schwierigkeiten, die diese Gerüchte mir bereiten werden, wenn sie sich noch weiter herumsprechen.»

«Sie sind zahlungsunfähig?» Pauline wurde blass.

Julius ballte die Hände zu Fäusten. «Nein, das bin ich nicht. Aber irgendjemand hat das Gerücht gestreut. Nun kann ich sehen, wie ich das klarstelle. Obwohl – wenn meine Gläubiger auf vollständiger Zahlung bestehen, bin ich nicht allzu weit von der Zahlungsunfähigkeit entfernt. Dank Schnitzler liegt ja ein guter Teil meines Kapitals für einige Monate fest in einer ach so sicheren Anlage.» Er schlug sich mit der Faust in die flache Hand. «Verflucht, und ich habe ihm noch gesagt, dass das nicht gut ist. Womöglich muss ich auch noch einen Kredit bei ihm aufnehmen und ...» Er schüttelte den Kopf. «Gehen Sie. Sie haben damit nichts zu tun.»

Pauline schien zu zögern. Er kniff die Augen zusammen. «Was?»

«Sie sollten jetzt Ihre Mutter begrüßen. Und in einer halben Stunde gibt es Abendessen. Die Kinder sind schon ganz ...»

«Sind Sie taub oder begriffsstutzig?» Er konnte nicht glauben, dass sie in dieser Situation so unbeirrt darauf bestand, dass er den freundlichen *pater familias* gab.

Pauline runzelte die Stirn. Ihre Miene wechselte von freundlich zu verärgert. «Verzeihen Sie, Herr Reuther, aber ich bin weder das eine noch das andere. Wenn Sie den gesamten Abend hier im Arbeitszimmer verbringen und toben wollen, tun Sie es. Aber das wird ganz sicher nichts an der Situation ändern. Was wollen Sie denn an den Feiertagen machen? Sie verderben bloß sich selbst und allen anderen Mitgliedern dieses Haushalts die Weihnachtsstimmung. Die Kinder freuen sich bereits auf die Bescherung nach dem Essen. Ihre Frau Mutter wünscht sich bestimmt auch ein paar nette Stunden mit Ihnen. Ich verstehe, dass Sie außer sich sind. Ein solcher Rufmord ist unerhört und gehört selbstverständlich geahndet. Aber heute ist das Fest der Geburt unseres Heilands. *Ihn* sollten wir heute im Sinn und im Herzen haben.» Bevor er etwas erwidern konnte, drehte sie sich um und verließ das Zimmer.

Sprachlos starrte er ihr nach. Bevor er noch einen klaren Gedanken fassen konnte, hörte er das herzliche Lachen seiner Mutter. Augenblicke später stand sie vor ihm. Mit einem spitzenbesetzten Taschentuch tupfte sie sich die Augenwinkel. «Bravo, kann ich nur sagen.» Sie gluckste. «Endlich hast du eine Frau gefunden, die dir den Kopf zurechtrückt.»

«Wie bitte?» Empört starrte er sie an.

Annette Reuther trat zu ihm und legte ihm eine Hand auf den Arm. «Das Mädchen ist ein wahrer Glücksgriff. Obgleich ich auf den ersten Blick nicht gedacht hätte, dass sie einen solchen Schneid besitzt.»

«Schneid?»

«Wer sich traut, auch nur in deine Nähe zu kommen, wenn du derart schlechte Laune hast, verdient die höchste Achtung. Wer es dann noch wagt, dir zu widersprechen, tut wahrhaft Heldenhaftes.» Annette lachte. «Dein Vater war genauso wie du. Wenn ich ihn nicht hin und wieder an seine Manieren erinnert hätte, wären wir heute eine Familie von Wilden.» Sie hielt inne und drückte seinen Arm. «Fräulein Schmitz hat recht, weißt du. Was da passiert ist, ist schlimm – du kannst es aber heute nicht mehr ändern oder geraderücken. Verzeih, dass ich gelauscht habe, aber das war ohnehin nicht weiter schwierig bei der Lautstärke, in der du das Mädchen angebrüllt hast. Eine weniger starke Person wäre allein von deiner Stimme umgeweht worden, mein Lieber. So geht man nicht mit einer Dame um – auch nicht, wenn sie nur eine Angestellte ist. Aber das weißt du selbst.» Wieder drückte sie seinen Arm. «Du warst schon immer von aufbrausender Natur.»

Julius seufzte. «Es tut mir leid, Mutter.»

«Sag das nicht mir, Junge. Mich hast du nicht angebrüllt.»

«Ich bin heute nicht in der Stimmung zum Feiern.»

«Dann täusche es vor. Das bist du zumindest deinen Kindern schuldig, Julius. Wegen mir brauchst du dich nicht anzustrengen, und ich bin sicher, auch Fräulein Schmitz legt keinen Wert darauf. Aber Ricarda und Peter haben das Recht auf ein friedliches und glückliches Weihnachtsfest.» Annette trat einen Schritt zurück und blickte ihn auffordernd an. Als er nicht gleich reagierte, wurde ihre Miene ernst. «Julius, du magst Valentina nicht geliebt haben. Vielleicht fällt es dir deshalb leichter, sie aus deinen Gedanken zu verbannen. Aber die Kinder haben sie geliebt, ganz gleich, was war. Versuch bitte nicht, einen Grund vorzuschieben, der es dir erlaubt, dich in dein Schneckenhaus zurückzuziehen. Du hast dich viel zu lange darin verkrochen. Ist es das wirklich wert?»

Julius senkte den Kopf. «Nein, Mutter. Du hast ganz recht. Das war es – ist es nicht wert.»

Das Lächeln kehrte auf Annettes Lippen zurück. «Dann komm jetzt und schau dir an, was für einen wunderbaren Tisch Kathrin gedeckt hat. Ich hätte nie gedacht, dass sie so kreativ ist.»

«Das ist sie auch nicht», antwortete Julius und gab sich alle Mühe, nicht mehr an den Ärger zu denken, der ihm bevorstand. «Wenn hier im Hause irgendetwas ordentlich oder hübsch dekoriert ist, kannst du Fräulein Schmitz dafür danken.»

«Ach, wirklich?» Annette hakte sich bei ihm unter.

«Ja, wirklich.»

«Wo hast du sie noch mal aufgegabelt?»

«Das ist eine lange Geschichte, Mutter.»

* * *

«Das war eine wunderbare Christmette», sagte Pauline. «Finden Sie nicht, gnädiger Herr? Wie schade, dass Ihre Mutter zu müde war, um uns zu begleiten. Und die Kinder hätten auch ihre Freude gehabt. Na ja, bald werden sie alt genug sein, um die Nachtmesse zu besuchen.» Sie atmete tief die klare, kalte Luft ein. Die Mette hatten sie in der nicht weit von Julius' Haus gelegenen Kirche St. Georg gehört. Danach hatten sie noch Nachbarn und Bekannten eine frohe Weihnacht wünschen müssen. Den kurzen Rückweg gingen sie nun – wie bereits den Hinweg – zu Fuß.

Pauline zog den dicken blauen Wollschal fester um Kopf und Schultern. Er war wunderbar warm und weich – ein Geschenk von Julius zum Heiligen Abend, mit dem sie nicht gerechnet hatte, denn immerhin hatte er ihr bereits die versprochene Weihnachtsgratifikation ausgezahlt.

«Sie haben recht, es war eine schöne Mette ... und ein sehr angenehmer Heiliger Abend.» Julius blickte sie von der Seite an. «Dafür sollte ich mich wohl bei Ihnen bedanken.»

Pauline errötete. «Ich habe nur getan, was Sie mir aufgetragen haben.»

«Und was war das?»

«Sie haben gesagt, dass ich mich nicht an Ihren Launen stören und mich darüber hinwegsetzen soll.»

Schmunzelnd nahm er sie beim Ellenbogen und führte sie um

eine gefrorene Wasserlache herum. «Ich hatte nicht damit gerechnet, dass Sie so schnell den Dreh heraushaben.» Da sie nun schon einmal so nebeneinandergingen, bot er ihr seinen Arm an.

Pauline zögerte nur kurz, dann hakte sie sich bei ihm ein. «Warum machen Sie es den Menschen so schwer, Sie zu mögen?», fragte sie geradeheraus. «Sie sind doch kein schlechter Mensch. Wenn Sie wollen, können Sie sogar ausgesprochen liebenswürdig sein.»

«Vielleicht habe ich einfach nicht immer Lust dazu.»

«Sie sind also lieber grantig und schlecht gelaunt?» Pauline lachte. «Das glaube ich Ihnen nicht.» Als ihr bewusst wurde, wie nah sie einander waren, beschleunigte sich ihr Herzschlag.

Julius räusperte sich. «Halten Sie es nicht für unhöflich, Ihren Arbeitgeber der Lüge zu bezichtigen?»

Überrascht hob sie den Kopf. «Aber das habe ich doch gar nicht!» Dann sah sie das schalkhafte Funkeln in seinen Augen. «Aber vielleicht sind Sie nicht ganz ehrlich zu sich selbst.»

Inzwischen hatten sie das Haus in der Löwengasse erreicht und gingen durch das geöffnete Tor, doch Julius machte keine Anstalten, das Haus zu betreten. Stattdessen blieb er mitten auf dem Weg stehen und sah sie nachdenklich an. «Vielleicht», antwortete er schließlich leise und offenbar mehr zu sich selbst als auf ihre Feststellung. «Vielleicht habe ich einfach eine unverschämte Person zur Gouvernante meiner Kinder gemacht.»

Pauline war sprachlos. Sie konnte nicht einordnen, ob er die letzte Bemerkung ernst gemeint hatte. Weder an seinem Tonfall noch aus seiner Miene konnte sie dies herauslesen. Er besaß die Fähigkeit, seine wahren Gefühle und Gedanken vollendet hinter einer Maske aus Gleichmut zu verbergen.

Nein, nicht ganz. Je länger sie einander ansahen, desto mehr schienen sich seine Augen zu verdunkeln. Obgleich sich keiner von ihnen im Mindesten bewegt hatte, schien der Abstand zwischen ihnen plötzlich zu schrumpfen. Pauline bemühte sich, ihren Atem unter Kontrolle zu halten, und brach schließlich den Blickkontakt ab, als sie die Spannung zwischen ihnen nicht mehr aushielt. Rasch ging sie ein paar Schritte auf das Haus zu, bis zu den vier Steinstufen, die zur Haustür hinaufführten. Julius folgte ihr. Aber er schien nicht daran zu denken, hineinzugehen, sondern schlug den Kragen seines Mantels hoch und ließ sich auf den Stufen nieder. «Sie haben gut daran getan, mich für ein paar Stunden auf andere Gedanken zu bringen», wechselte er das Thema. «Hätten Sie es nicht getan, wäre uns der Heilige Abend vermutlich verdorben gewesen.»

«Das habe ich nicht für Sie getan», erwiderte sie.

Verblüfft hob er den Kopf.

«Sondern für die Kinder», fuhr sie fort. «Ich weiß nicht, was in der Vergangenheit vorgefallen ist und was mit Ihrer Frau war, aber Sie haben selbst gesagt, dass ihr Todestag auf Weihnachten fällt. Das muss unglaublich schlimm für die Kinder sein. Über so etwas hinwegzukommen ist bestimmt nicht leicht – schon gar nicht in dem Alter.»

«Es ist in keinem Alter einfach», sagte Julius düster.

Ein Gefühl der Betroffenheit stieg in Pauline auf. Obwohl es bitterkalt war, ließ sie sich neben ihm auf die Stufen sinken und vergrub die Hände in den Ärmeln ihres Mantels. «Sie vermissen sie sehr?»

Zu ihrer Überraschung schüttelte Julius den Kopf. «Nein.»

«Nein?»

Er schwieg einen Moment. «In Wahrheit bin ich froh, dass sie fort ist. Schauen Sie mich nicht so entsetzt an, Fräulein Schmitz. Es war keine glückliche Ehe.»

«Haben Sie sie denn nicht geliebt?»

Wieder verneinte er. «Es war eine arrangierte Heirat, von der unsere Familien profitieren sollten. Sie war hübsch, leidlich gebildet, amüsant – zumindest in ihren guten Phasen.»

Pauline runzelte die Stirn. «Was meinen Sie damit?»

Seufzend blickte Julius zum Himmel, an dem sich zwischen Schleierwolken vereinzelte Sterne zeigten. «Mein Vater hielt die Verbindung mit ihr für ausgesprochen vorteilhaft. Ihre Familie war – ist – sehr angesehen und wohlhabend. Valentinas Vater investierte noch vor der Hochzeit eine große Summe in unsere Fabrik und wurde stiller Teilhaber. Ich war jung und entschlossen, etwas aus mir und der Firma zu machen. Ich wollte es zu etwas bringen. Die Hochzeit mit einer jungen, hübschen Frau mit üppiger Mitgift war für mich ein Schritt in diese Richtung.»

Pauline nickte. «Aber das war nicht der Grund dafür, dass Sie sich nicht mit Ihrer Frau verstanden haben», stellte sie nach einem Blick auf sein verschlossenes Gesicht fest.

«Es ist ein bisschen komplizierter», bestätigte er. «Valentina war krank», fuhr er fort, ohne weiter auf sie zu achten. «Phasen tiefster Melancholie haben sich mit Zeiten abgewechselt, in denen sie übertrieben euphorisch war. Sie war unberechenbar, sowohl mir als auch den Kindern gegenüber.»

«Das tut mir leid.» Pauline wusste nicht, was sie sonst sagen sollte.

Aber Julius beachtete sie überhaupt nicht. «Viel schlimmer war, dass sie mich verachtet hat. Sie hat es ihren Eltern übel genommen, dass sie sie an einen Emporkömmling verheiratet hatten, der nicht aus einer alteingesessenen Familie kam. Ihren Zorn darüber ließ sie mich jeden Tag spüren.» Er stockte kurz, wohl, um sich zu sammeln. Pauline schwieg abwartend.

«Eine Weile ließ ich sie gewähren, sie ihren Launen nachhängen. Lediglich wenn sie sich in Gefahr begab, uns der Lächerlichkeit preiszugeben, habe ich sie zurechtgewiesen. Sie war sehr schwer zu kontrollieren. Vielleicht bin ich hin und wieder ein wenig zu grob oder laut geworden. Ich weiß, dass man mir nachsagt, ich hätte meine Frau schlecht behandelt. Aber was hätte ich tun sollen? Sie festbinden? Ihr sagen, dass ihre Eltern sie nur mit mir verheiratet hatten, weil sie sie sonst nicht losgeworden wären?» Bitterkeit hatte sich in seine Stimme geschlichen. «Irgendwann hatte ich das begriffen. Ihr Vater war außergewöhnlich großzügig mir gegenüber. Heute weiß ich, dass Valentinas Mitgift doppelt so hoch gewesen ist wie die ihrer älteren Schwester. Mein Schwiegervater hat natürlich gewusst, dass mit ihr etwas nicht stimmt, und war in Sorge, dass ein Mann von höherer, besserer Abkunft sie ihm wieder zurückgegeben hätte. Ich hingegen brauchte das Geld und seinen Einfluss im Stadtrat. Als ich einmal an der Angel hing, konnte ich nicht wieder zurück.»

«Sie haben immer geschwiegen, nicht erzählt, dass sie krank war?»

Julius nickte grimmig. «Ich musste die Kinder vor dem Skandal schützen. Gott allein weiß, wie sehr ich gebetet habe, dass sie die Krankheit nicht von ihrer Mutter erben. So etwas soll es ja geben. Wie es aussieht, war der Allmächtige wohl zumindest in dieser Hinsicht barmherzig.»

«Woran ist Ihre Frau gestorben?», wagte Pauline zu fragen.

«Sie hat sich umgebracht, das wissen Sie.» Wieder sah er zu den Sternen empor. «Ich wusste mir mit der Zeit nicht mehr zu helfen und zog einen Arzt hinzu. Er verschrieb ihr Laudanum, das in den dunkeln Phasen gegen ihre Beschwerden und ihren Trübsinn helfen, und in ihren euphorischen Zeiten dämpfend wirken sollte. Es half auch ein wenig, doch sie nahm immer mehr davon ein. Erst heimlich, dann ganz offen. An jenem Heiligabend vor ihrem Tod nahm ich ihr die Flasche mit der Medizin weg. Sie war schon seit Tagen völlig benebelt, hatte die Kinder nicht erkannt. Wenn Berthe nicht gewesen wäre, die ständig auf sie achtgab, wäre Valentina fast unbekleidet auf die Straße gerannt.

Als ich ihr das Laudanum fortnahm, drehte sie durch. Sie tobte, schrie. Ich ließ den Doktor kommen, doch der gab ihr nur mehr von dem Teufelszeug. Dann schlief sie, und ich hoffte, dass wir wenigstens über die Feiertage Ruhe hätten. Am Weihnachtstag erschien sie dann recht aufgeräumt zum Frühstück, aß zwar kaum etwas, aber sie benahm sich leidlich normal. Später zog sie sich in ihr Zimmer zurück, um zu ruhen. Als ich am späten Nachmittag nach ihr sah, lag sie bekleidet auf dem Bett und ...» Julius schloss die Augen, schluckte hart. «Sie hatte sich an beiden Armen die Pulsadern aufgeschnitten. Das Blut war überall, die Matratze getränkt davon.»

«Um Gottes willen! Das muss ja grauenvoll gewesen sein.» Pauline zog die Hände aus den Ärmeln ihres Mantels und umfasste seinen Arm. «Sie trifft keine Schuld, Herr Reuther. Schließlich haben Sie alles getan, um ihr zu helfen.»

«Natürlich habe ich das.» Langsam legte Julius seine rechte Hand über ihre. «Aber die Menschen sehen eben nur das, was sie sehen wollen. Und um der Kinder und der Familie willen musste ich die wahren Umstände ihres Todes verschweigen.» Er drückte leicht ihre Hände, dann schob er sie fort und erhob sich. «Der Skandal war auch so schon groß genug.»

Pauline stand ebenfalls auf. «Aber es ist nicht recht, dass Sie noch jetzt deswegen leiden sollen.»

«Ich leide nicht.»

«Doch, das tun Sie. Und die Kinder ebenfalls», beharrte sie.

«Es ist für uns alle besser, dass sie fort ist.»

Pauline nickte. «Ja, das ist es.»

Überrascht sah er sie an.

Sie blickte an der Fassade des großen Hauses empor. Hinter einigen Fenstern brannten noch Lichter; zum ersten Mal empfand sie den Anblick als heimelig. Als sie sich Julius wieder zuwandte, lächelte sie leicht. «Danke, dass Sie mir die Wahrheit erzählt haben.»

Langsam erwiderte er ihr Lächeln. «Sie sind eine gute Zuhörerin. Erwarten Sie nur nicht zu viel von mir. Ich bin kein geselliger Mensch, und Sie werden mir ganz sicher spätestens morgen Mittag wieder gehörig auf die Nerven gehen.»

«Und Sie mir ebenfalls.» Pauline nickte zustimmend. «So wird es vermutlich sein. Aber solange Sie mich nicht hinauswerfen, werde ich das tun, wofür Sie mich bezahlen.»

«Und das wäre?»

«Ich bringe Ordnung in Ihren Haushalt und erziehe Ihre Kinder», gab sie zurück. «Und sollte ich Ihnen dabei absichtlich oder unabsichtlich auf die Zehen treten, dann nur, weil Sie auch darum gebeten haben.»

Einen langen Moment sahen sie einander in die Augen. Pauline spürte, wie ihr Puls sich erneut beschleunigte und die ihr nur allzu bekannte Röte in ihre Wangen kroch. Julius machte einen halben Schritt auf sie zu. «Ich wusste, dass ich mir mit Ihnen Ärger ins Haus hole», sagte er mit rauer Stimme, die ihr eine Gänsehaut über den Rücken jagte.

«Dann ist es Ihre eigene Schuld, dass Sie mich nun nicht mehr loswerden», antwortete sie mit leicht zittriger Stimme.

«Ach ja? Wie das?»

Paulines Herz hoppelte inzwischen wie ein verschreckter Hase, schlug Haken und ließ sich nicht mehr beruhigen. Dennoch schaffte sie es, ihm zu antworten. «Weil Sie mich zu gut bezahlen. Das wissen Sie genau, denn das lag doch wohl in Ihrer Absicht.» Als sie das gefährliche Funkeln in dem tiefen Blau seiner Augen wahrnahm, wandte sie sich rasch ab und stieg eilig die Stufen hinauf, betätigte den Türklopfer.

Nur Augenblicke später öffnete Jakob die Tür. «Fräulein Schmitz!», rief er. «Herr Reuther, da sind Sie ja endlich. Wir haben uns schon gewundert, wo Sie bleiben! Kommen Sie herein, und wärmen Sie sich auf! Soll ich Ihnen einen heißen Tee bringen lassen?»

Pauline drückte ihm rasch ihren Schal und den Mantel in die Arme. «Nein danke, Jakob, für mich nicht. Ich möchte gleich zu Bett gehen. Gute Nacht.» Schnell stieg sie die Treppe ins Obergeschoss hinauf.

In ihrem Zimmer angekommen, ließ sie sich kraftlos aufs Bett sinken und starrte eine geraume Weile vor sich hin. Sie vernahm leise Stimmen von unten, dann Julius' Schritte. Auf dem oberen Treppenabsatz verharrten sie für einen Augenblick, bevor sie sich in Richtung seines Schlafzimmers im anderen Flügel des Hauses entfernten.

Stöhnend schlug Pauline die Hände vors Gesicht. Das durfte doch alles nicht wahr sein! Sie hatte sich in ihren Arbeitgeber verliebt.

Kapitel 16

«Gib mir sofort meine Puppe zurück!», schrie Ricarda und rannte mit gerafften Röcken die Treppe hinab, hinter Peter her. «Du machst sie kaputt!»

«Du bist eine blöde Ziege!», rief Peter und sauste auf flinken Beinen in den Salon.

«Gib sie wieder her!»

«Nein. Erst wenn du dich entschuldigst.»

«Im Leben nicht, du Nervensäge!»

Peter rannte um den Tisch herum und schwenkte die blonde Puppe, die Ricarda zum Heiligen Abend geschenkt bekommen hatte, durch die Luft. «Sag sofort, dass meine Zeichnung so gut ist wie deine!»

«Dann müsste ich ja lügen, du Blödian!» Ricarda stürzte sich auf Peter und erwischte ihn tatsächlich am Arm. Wild griff sie nach der Puppe. «Gib her, gib her!»

«Lass mich los!» Peter schlug nach seiner Schwester und versuchte, sie an den Haaren zu ziehen.

Pauline stand entsetzt in der Tür zum Salon. Mit wenigen Schritten war sie bei den Streithähnen und zog sie unsanft an den Ohren, bis sie voneinander abließen. Dann nahm sie das Objekt der Begierde an sich und blickte die beiden finster an. «Könnt ihr mir verraten, was hier los ist?»

Beide Kinder sprudelten gleichzeitig los.

«Peter wollte meine Puppe kaputt machen!»

«Ricarda hat über mich gelacht und gesagt, ich wäre ein Dummkopf und meine Zeichnung für den Ofen.»

«Ist sie ja auch.»

«Ist sie nicht!»

Schon wollten die beiden wieder aufeinander losgehen. Pauline packte die Kinder erneut so fest an den Ohrläppchen, dass sie innehielten. «Jetzt reicht es aber, ihr zwei. Werdet ihr euch wohl zivilisiert benehmen!»

«Aber sie hat angefangen!»

«Und er hat ...»

«Was soll das denn?», donnerte Julius dazwischen. Mit verschränkten Armen stand er in der Tür. «Irre ich mich, oder ist heute Weihnachten? Das Fest der Liebe und nicht des Herumplärrens. Also, was geht hier vor?»

Bevor die Kinder noch Luft holen konnten, erklärte Pauline kühl: «Nichts, womit Sie sich abgeben müssten, gnädiger Herr. Nur ein kleines Missverständnis.»

«Das klang aber eher nach einem ausgewachsenen Streit.»

«Papa, Peter wollte meine Puppe kaputt machen.» Mit der schmeichlerischsten Kleinmädchenstimme versuchte Ricarda, ihren Vater auf ihre Seite zu ziehen.

«Aber nur, weil Ricarda so gemeine Sachen zu mir gesagt hat», schimpfte Peter beleidigt.

«Ich hab nur die Wahrheit gesagt.»

«Nein, hast du nicht. Du hast ...»

«Ruhe jetzt!» Sowohl die Kinder als auch Julius sahen Pauline erstaunt an, die zwar ruhig, jedoch mit ungewohnter Schärfe gesprochen hatte. «Ihr entschuldigt euch jetzt auf der Stelle beieinander!»

Die Kinder blickten erst sie erstaunt, dann einander mit abgrundtiefer Abneigung an. Ricarda verschränkte die Arme vor dem Körper und schwieg. Peter presste trotzig die Lippen aufeinander.

«Wird's bald?» Auffordernd sah Pauline auf die beiden hinab. Dann stemmte sie die Hände in die Seiten. «Entschuldigt euch.»

Die Kinder schwiegen einander verbissen an.

«Also gut.» Pauline zog die Brauen zusammen. «Dann bleibt die Puppe so lange bei mir, bis du dich besinnst, Ricarda.»

Das Mädchen schoss einen tödlichen Blick auf sie ab.

«Ätsch!», rief Peter und streckte seiner Schwester die Zunge heraus.

«Und du wirst mir dein Holzpferdchen aushändigen», sagte Pauline unbeeindruckt. «Bis auch du zur Vernunft gekommen bist.»

«Aber ich hab doch gar nichts gemacht!», protestierte er. «Sie hat gesagt ...»

«Es interessiert mich nicht, wer was gesagt hat», unterbrach sie ihn. «Entweder ihr vertragt euch wieder, oder ihr bleibt in euren Zimmern, bis ihr euch besinnt. Und gespielt wird heute auch nicht mehr.» Sie strich die Haare der Puppe sorgsam glatt. «Euer Vater hat vollkommen recht – es ist das Fest der Liebe. Und deshalb werdet ihr euch jetzt benehmen. Verstanden?»

Die beiden Kinder blieben stur. Pauline seufzte innerlich.

«Also gut, ab in eure Zimmer. Und wagt es nicht, euch auch nur zu berühren, sonst ist der Nachtisch heute Abend auch gestrichen.»

Ricarda blickte sie scharf an, dann drehte sie sich würdevoll um und stapfte erhobenen Hauptes aus dem Salon.

Peters Kinn zitterte leicht. «Ich hasse Sie», sagte er und

rannte ebenfalls aus dem Raum. Seine Schritte waren deutlich auf der Treppe zu vernehmen, denn er trampelte absichtlich laut hinauf.

Pauline wollte ebenfalls den Salon verlassen, doch Julius versperrte ihr den Weg. «Das Fest der Liebe, wie?»

«Die beiden werden sich schon wieder beruhigen.»

«Und ich?»

«Was ist mit Ihnen?» Verwundert hob sie den Kopf.

«An meine Ruhe denkt wohl niemand.»

«Sie hätten sich nicht einzumischen brauchen. Ich komme schon mit den beiden zurecht.»

«Das habe ich gemerkt.»

«Worüber beschweren Sie sich dann?» Sie kniff die Augen zusammen. «Oder ist Ihnen einfach nur langweilig, und Sie suchen einen Grund, sich zu streiten? Dann sind Sie nicht besser als die beiden. Und bei mir sind Sie damit an der vollkommen falschen Adresse.»

«Ach ja?»

«Ja, denn ich streite mich nicht.»

«Nein?»

Sie funkelte ihn warnend an. «Fordern Sie Ihr Glück nicht heraus.»

«Sonst?» Er grinste sie an.

Es fiel ihr schwer, ernst zu bleiben. «Sonst könnte ich in Versuchung geraten, Ihnen ebenfalls den Nachtisch zu streichen, Herr Reuther.» Bevor das Kichern in ihrer Kehle hochsteigen konnte, eilte sie mitsamt der Puppe an ihm vorbei zur Treppe.

Julius sah ihr belustigt nach.

«Also wenn ich es nicht besser wüsste ...» Annette Reuther trat aus der Tür des kleinen Wohnzimmers.

«Was dann, Mutter?» Mit noch immer amüsiert funkelnden Augen wandte er sich ihr zu.

Sie verschränkte die Arme vor dem Körper. «Du weißt schon, dass solches Geplänkel zu nichts führt?»

«Was meinst du?»

«Das, was ich gesagt habe. Oder könnte es sein, dass du ...» Annette legte den Kopf auf die Seite und musterte ihren Sohn eingehend. «Hast du irgendwelche Absichten in Bezug auf die junge Dame?»

Julius wurde ernst. «Und wenn dem so wäre?»

«Dann frage ich mich allen Ernstes, weshalb du sie als Gouvernante eingestellt hast.»

«Manche Menschen fallen eben nicht gleich mit der Tür ins Haus, Mutter.»

Annette dachte nach. «Nun gut. Ich vermute, du hast einen guten Grund für dein Verhalten.»

«Den habe ich», bestätigte er. «Pauline Schmitz ist ... hatte es nicht leicht. Aber es steht mir nicht zu, ohne ihr Einverständnis darüber zu sprechen.»

Verständnisvoll neigte Annette den Kopf. «Wie du meinst. Aber überlege dir gut, ob eine Verbindung mit ihr vernünftig ist.»

«So vernünftig wie die mit Valentina, meinst du?», spottete er bitter.

«Sie ist arm.»

«Nanu, so überheblich kenne ich dich ja gar nicht, Mutter.»

Annette trat auf ihn zu. «Das hat nichts mit Überheblichkeit zu tun, Junge. Sondern damit, dass du momentan in einer schwierigen Lage bist. Eine Heirat mit diesem mittellosen Mädchen birgt ein großes Risiko.»

«Mutter, von Heirat war nicht die Rede.»

«Aber ...!» Erschrocken starrte sie ihn an.

«Zumindest nicht zum jetzigen Zeitpunkt. Ich habe ihr ... gewisse Zugeständnisse gemacht, als ich sie einstellte. Eines davon war, dass eine persönliche Beziehung zwischen uns ausgeschlossen ist.»

«Ach?»

«Anders hätte ich sie nicht überreden können.»

«Oh, das meintest du eben.» Besorgt legte sie ihrem Sohn eine Hand auf den Arm. «Julius, weißt du, worauf du dich da eingelassen hast?»

«Nicht wirklich», gab er zu. «Zumindest habe ich dafür gesorgt, dass sie ein Dach über dem Kopf und ihre Würde wiederhat.»

«Das mag ja sein, Julius. Aber glaubst du, solche Neckereien wie eben sind der Sache förderlich?»

«Das glaube ich in der Tat, Mutter. Sie ist stärker, als du denkst. Aber sie braucht Zeit.»

«Was, wenn sie den Braten riecht und dir davonläuft?»

«Das wird sie nicht.»

«Wie kannst du dir da so sicher sein?»

«Nun.» Julius hob die Schultern. «Um es mit Paulines Worten zu sagen: Ich bezahle ihr zu viel.»

* * *

Der restliche Nachmittag und der Abend waren ruhig und angenehm. Nachdem Ricarda sich wieder beruhigt hatte, rang sie sich dazu durch, sich bei ihrem Bruder zu entschuldigen. Er tat es ihr gleich, doch Pauline merkte, dass er noch immer beleidigt war. Nach dem Essen plauderte sie mit Annette über die neueste

Hutmode und stimmte etwas später einem Kartenspiel zu, das Julius haushoch gewann. Schließlich entschuldigte sie sich, denn sie wollte sich früh zu Bett begeben.

Vorher sah sie noch nach, ob die Kinder ruhig schliefen. Peter hatte sich unter seiner Decke zusammengerollt und die Augen so fest zugekniffen, dass sie wusste, er täuschte den Schlaf nur vor. Sie ließ ihn in Ruhe.

Ricarda saß noch in ihrem Bett auf und blätterte in einem Buch. Als Pauline den Kopf zur Tür hereinstreckte, lächelte das Mädchen ihr schüchtern zu. «Fräulein Schmitz?»

«Ja, mein Kind?» Pauline trat ein, zog die Tür hinter sich zu und setzte sich auf die Bettkante. «Hast du etwas auf dem Herzen?»

«Nein.» Die Antwort kam zu schnell. Ricarda wurde rot.

«Du kannst mir alles erzählen», versicherte Pauline und strich ihr ein Löckchen hinters Ohr.

Ricarda nickte stumm. Schließlich platzte es aus ihr heraus: «Was passiert mit Menschen, wenn sie gestorben sind?»

Pauline ergriff die Hände des Mädchens und drückte sie leicht. «Nun, sie kommen in den Himmel.»

«Die Schlechten und Bösen auch?»

Verblüfft hob Pauline den Kopf. «Also ...»

«Weil, meine Mutter, die war böse. Zu uns und zu Papa. Nicht immer. Manchmal war sie auch lustig und hat viel gelacht und uns Sachen geschenkt. Aber wenn sie traurig oder böse war, hat sie uns gehauen und zu Papa schlimme Dinge gesagt.» Das Mädchen schluckte. «Sie war ganz oft böse oder traurig. Manchmal hat sie den ganzen Tag geweint. Ich wollte sie dann immer trösten, aber das hat sie noch trauriger gemacht, und manchmal wurde sie furchtbar wütend.»

Pauline schluckte betroffen. «Das tut mir so leid, mein Kind. Bestimmt hat sie es nicht so gemeint.»

«Doch, hat sie. Sie mochte uns nicht. Papa nicht und mich und Peter auch nicht. Nur wenn sie ganz viel von dem Laudanum genommen und gute Laune hatte, war sie lieb zu uns. Ich hab mal gehört, als sie Papa gesagt hat, wir wären vielleicht gar nicht von ihm. Dass sie sich einen richtigen Mann gesucht hätte, weil er nichts wert sei.»

Pauline starrte das kleine Mädchen entgeistert an. «O Gott, Ricarda, das hast du doch wohl nicht geglaubt? Und dein Vater?»

«Papa hat sie furchtbar laut geschimpft, dass man es im ganzen Haus gehört hat. Zum Glück war Berthe da mit Peter beim Einkaufen. Papa hat zu Mama gesagt, dass sie verrückt sei. Aber selbst wenn sie die Wahrheit gesagt hätte, wären wir noch immer seine Kinder.»

«Da hat er recht.» Pauline rückte näher an Ricarda heran und legte ihr einen Arm um die Schultern. «So etwas hätte sie nicht sagen dürfen. Aber weißt du was?»

«Was?» Neugierig blickte das Mädchen zu ihr auf.

Pauline lächelte. «Es besteht gar kein Zweifel, dass du und Peter eures Vaters Kinder seid.»

«Ja, wirklich? Warum?»

«Weil ihr seine Augen und seine dunklen Locken geerbt habt.» Sie zwinkerte Ricarda zu. «Und seinen Sturkopf.»

«Oh.» Ricarda wurde puterrot. «Tut mir leid wegen heute Nachmittag.»

«Ist schon vergessen.»

«Peter kann so eine Nervensäge sein! Und seine Zeichnung war wirklich schlecht.»

«Das sagt man aber nicht», rügte Pauline sanft. «Nicht jeder

Mensch ist so talentiert wie du. Bestimmt hat er sich große Mühe gegeben. Außerdem ist er jünger als du. In seinem Alter hast du auch noch nicht so gut gezeichnet wie heute.»

«Das Pferd, das er gemalt hat, sah aus wie eine Schildkröte!»

Pauline verkniff sich ein Lachen. «Du solltest ihn ermutigen, damit er mehr übt.»

Ricarda zuckte mit den Achseln. «Sie haben mir noch immer nicht gesagt, ob böse Menschen auch in den Himmel kommen. Pfarrer Dullmann aus der Schule sagt, sie kommen in die Hölle. Ist Mama dann jetzt dort?»

Pauline zögerte. «Nein, Ricarda, ich glaube nicht, dass sie in der Hölle ist. Sie war krank, weißt du? Und der liebe Gott bestraft die Menschen nicht dafür, wenn sie krank sind, nicht wahr?»

«Nein.»

«Siehst du. Gewiss hat er ihr verziehen, und da, wo sie jetzt ist, ist sie ganz fröhlich und gesund.»

«Glauben Sie?»

«Aber sicher.»

Nachdenklich blätterte das Mädchen in dem Buch auf seinem Schoß. «Bin ich böse?»

«Wie kommst du denn darauf?», fragte Pauline verblüfft.

«Weil ...»

«Ja?»

«Weil ich froh bin, dass Mama tot ist.» Ricarda biss sich auf die Lippen. «Na ja, nicht froh, aber ... Es ist gut, dass sie weg ist und dass Sie jetzt hier sind.» Verlegen fingerte sie am Einband des Buches herum. «Sie schimpfen nur mit uns, wenn Sie müssen. Sie bringen uns Dinge bei. Ich kann schon richtige Sätze auf Französisch sagen und viel besser singen und ... Bringen Sie mir das Spielen auf dem Pianoforte bei?»

«Natürlich, wenn du das möchtest. Aber vielleicht wäre ein richtiger Musiklehrer angebracht.»

«Nein, ich möchte, dass Sie es mir beibringen», beharrte Ricarda. Dann griff sie nach Paulines Hand. «Sie gehen doch nie mehr weg, oder?»

Unvermittelt spürte Pauline einen Kloß in ihrer Kehle. Dieses Weihnachtsfest war offenbar eine Zeit der Offenbarungen. Gerührt lächelte sie dem Mädchen zu. «Nein, ich gehe nicht weg. Jedenfalls nicht, bevor du groß bist und keine Gouvernante mehr brauchst.»

«Muss ich wirklich groß werden?» Ricarda machte ein enttäuschtes Gesicht.

Pauline lachte leise. «Natürlich, mein Kind. Jeder Mensch muss erwachsen werden. Du wirst einmal eine hübsche junge Dame, der die Männer nur so zu Füßen liegen werden. Du wirst heiraten und selbst Kinder bekommen.»

«Wie geht das eigentlich?»

«Was?» Fragend blickte Pauline das Mädchen an.

Ricarda ließ ihre Hand los und rutschte ein wenig hin und her, um bequemer zu sitzen. «Na, das Kinderkriegen. Ich weiß, dass eine Frau einen ganz dicken Bauch kriegt, weil das Kind da drin ist. Das habe ich schon oft gesehen. Aber wie kommt das Kind da hinein?»

«Oh, das ...» Pauline biss sich verlegen auf die Lippen. «Das ist eine Sache, über die wir reden, wenn du etwas größer bist.»

«Warum nicht jetzt? Ist das geheim?»

«Ähm ... nicht direkt geheim.» Pauline wand sich. Mit einer solchen Frage hatte sie nicht gerechnet. Es schickte sich nicht, über diese Dinge zu sprechen. Andererseits wollte sie auch nicht, dass Ricarda so blauäugig blieb, wie sie selbst noch bis vor wenigen Monaten gewesen war. «Weißt du, um Kinder zu bekommen, sollte man verheiratet sein. Und wenn ... wenn die Liebe zwischen den Ehepartnern besonders groß ist, dann entsteht daraus ein Kind.»

«Aber Mama hat Papa nicht geliebt und uns trotzdem bekommen.»

Gegen dieses Argument kam Pauline nicht so einfach an. Ihre Gedanken überschlugen sich. «Weißt du, manchmal äußert sich Liebe auch als Pflichterfüllung. Deine Mama hat ihre Pflicht als Ehefrau getan. Und du weißt, dass dein Vater euch sehr liebt, also war genug Liebe in ihm, um euch überhaupt erst entstehen zu lassen.»

«Glauben Sie wirklich, dass er uns liebhat?»

Erleichtert, dass Ricarda mit dieser einfachen Erklärung offenbar zufrieden war, nickte Pauline. «Aber ja, selbstverständlich liebt er euch. Er kann es nicht so gut zeigen, aber ...»

«Das konnte er noch nie.» Ricarda klang mit einem Mal recht altklug. «Großmama sagt, das sei so, weil er ein Mann ist.»

«Damit könnte sie recht haben.» Pauline lächelte und erhob sich. «Nun wird es aber Zeit für dich zu schlafen.»

«Ja. Gute Nacht, Fräulein Schmitz.»

Pauline beugte sich zu ihr hinab und gab ihr einen Kuss auf die Stirn. «Gute Nacht, Ricarda. Schlaf gut.»

«Sie bleiben ganz bestimmt für immer hier?»

«So lange, wie ihr mich braucht», versprach Pauline und löschte das Licht.

Kapitel 17

«Sind Sie sicher?» Aufgeregt ging Julius im Arbeitszimmer über seiner Fabrik auf und ab. «Die Grenzsteine lagen einfach so da?»

«Jemand muss sie ausgegraben und achtlos fortgeworfen haben», bestätigte sein Vorarbeiter Herold.

«Aber warum?» Verwirrt fuhr sich Julius mit den Fingern durch sein kurzes Haar. «Das ergibt doch keinen Sinn. Erst klagt Lungenberg mich wegen Grenzverletzung an, dann finden wir die Steine, und in der Zwischenzeit ...» Er runzelte die Stirn. «Ob er etwas mit den Gerüchten zu tun hat, dass ich zahlungsunfähig sei?»

Herold strich sich über den Kinnbart. «Das werden wir ihm wohl nicht nachweisen können, Herr Reuther. Und aus welchem Grund sollte er Sie derart in Misskredit bringen wollen?»

«Ich habe keine Ahnung.» Entnervt ließ sich Julius auf den Rand seines Schreibtischs sinken. «Die Zeichen stehen schlecht. Weder Bäumler noch Hinrichsen wollen mir einen Aufschub gewähren. Anscheinend haben sie in der Vergangenheit zu viele Verluste mit Kunden gemacht, die sich in dubiose Anlagegeschäfte gestürzt haben. Also genau das, was ich vermeiden wollte.»

«Können Sie die ausstehenden Beträge aufbringen?»

«Gerade so.» Julius seufzte. «Aber das bedeutet, dass ich meine Zahlungen für die neuen Webstühle zurückhalten muss.»

«Und wenn Sie die Löhne für einen Monat ...»

«Nein, auf keinen Fall! Wenn sich herumspricht, dass ich die Löhne meiner Arbeiter einbehalte, wird die Situation nur noch schlimmer. Das ist Wasser auf die Mühlen derer, die mich jetzt schon misstrauisch beäugen. Verdammt!» Er schlug sich mit der Faust in die flache Hand. «Wenn ich nur wüsste, wer dahintersteckt!»

«Ich werde weiterhin meine Augen und Ohren offen halten, Herr Reuther», bot Herold mit ernster Miene an.

Julius nickte ihm zu. «Danke. Das weiß ich zu schätzen.»

«Für Sie immer, das wissen Sie.» Der Vorarbeiter wandte sich zum Gehen. «Zumindest in Ihren Haushalt scheint ja nun endlich Ruhe eingekehrt zu sein.»

«Ruhe?» Julius hob die Brauen.

Herold schmunzelte. «Nun ja, Sie beschweren sich nicht mehr so oft wie zu Anfang über die Bemühungen von Fräulein Schmitz, Ihr Leben zu ordnen.»

«So nennen Sie das also?»

«Natürlich. Dazu ist eine gute Frau doch da. Übrigens hatten Sie es ganz unterlassen, mir zu erzählen, wie hübsch sie ist. Sie war der strahlende Stern auf dem Neujahrsball.»

«Da haben Sie nicht unrecht.»

«Warum haben Sie dann nicht einmal mit ihr getanzt, Herr Reuther?».

«Das wäre wohl nicht ganz angebracht gewesen.»

«Was?» Verblüfft runzelte Herold die Stirn. «Sie war ebenso eingeladen wie Sie. Nur weil die junge Dame für Sie arbeitet, muss das doch nicht heißen, dass Sie nicht mit ihr ...» Er stockte, als er Julius' Miene sah. «Da hol mich doch ...! Meine Güte, warum machen Sie es sich denn so schwer? Ich bin sicher, dass Fräulein Schmitz mit Freude Ihre ...»

«Nein, Herold, das würde sie nicht», unterbrach Julius ihn. «Und ich bin mir nicht sicher, ob es das Richtige für mich wäre.»

«Nicht?» Herold schüttelte erheitert den Kopf. «Dann sollten Sie sich aber abgewöhnen, beim bloßen Gedanken an die Dame so zu schauen wie eben. Wenn mir das auffällt, dann wird es das jedem anderen auch.»

«Das ist zweifelsohne keine Sache, die ich mit Ihnen diskutieren werde», antwortete Julius spröde.

Herold zuckte mit den Schultern. «Wie Sie meinen. Aber eins sage ich Ihnen trotzdem: Sie könnten es schlimmer treffen.»

«Das weiß ich.»

Herold kniff die Augen zusammen. «So schlimm nun auch wieder nicht. Das passiert einem nur einmal im Leben – und auch nur, wenn man ausgesprochenes Pech hat.»

* * *

«Meine liebe Freundin, kommen Sie herein!», rief Frieda Oppenheim und ergriff Paulines Hände. «Wie schön, dass Sie es einrichten konnten, Herrn Reuther zu begleiten.»

Pauline lächelte zurückhaltend. «Vielen Dank für Ihre Einladung, Frieda. Ich muss zugeben, ich war sehr überrascht. Gibt es etwas, das Sie mit mir besprechen möchten?»

«O bitte, gibt es das unter uns Frauen nicht immer?» Frieda lachte herzlich. «Kommen Sie in unser Wohnzimmer, dort ist es warm und behaglich. Das Wetter ist ja geradezu scheußlich. Regen und glatte Straßen. Und dann dieser eisige Wind. Aber Herr Reuther besitzt eine so komfortable Kutsche, nicht wahr? Andernfalls hätte ich Ihnen den Weg nicht zumuten wollen. Möchten Sie einen Kaffee trinken? Ja? Ich lasse gerne welchen kommen. Und etwas Gebäck? Unsere Perle, Annabella, wird uns welches bringen.»

Sogleich gab Frieda dem Dienstmädchen Anweisungen, das

daraufhin geschäftig davoneilte. Die beiden Frauen betraten das Wohnzimmer der Oppenheims, das ganz von dunklen Eichenmöbeln beherrscht wurde. Die Stühle und Kanapees waren mit burgunderfarbenem Samt und Brokat bespannt, die Vorhänge in derselben Farbe bauschten sich in kunstvollen Falten und Raffungen um den Fenstern. Der runde Tisch in der Mitte des Raumes war mit feinem, weißem Porzellan für zwei Personen gedeckt.

«Wir haben auf dem Neujahrsball so nett geplaudert», fuhr Frieda heiter fort. «Da dachte ich, das müssen wir unbedingt wiederholen. Als mein Vater mir erzählte, er habe Herrn Reuther zu einem Geschäftsgespräch eingeladen, konnte ich der Versuchung einfach nicht widerstehen. Noch dazu, wo es Vormittag ist und Ihre Schützlinge in der Schule sind. Somit halte ich Sie auch nicht von Ihren Verpflichtungen ab.» Sie und Pauline setzten sich.

«Wissen Sie, man hört inzwischen nur noch Gutes von Peterchen und Ricarda. Unter Ihrer Anleitung scheinen die Kinder geradezu aufzublühen. Ganz zu schweigen von ihren Manieren. Ich bewundere Sie wirklich, liebe Pauline. Dass Sie diese Bürde auf sich genommen haben ... Nun ja, eine Stellung im Hause Reuther ist es sicherlich wert, aber dennoch!»

«Ach nein, liebe Frieda.» Pauline lachte leise. «So schlimm sind die beiden gar nicht, nur ein wenig eigensinnig. Darin ähneln sie ihrem Vater. Und natürlich fehlten ihnen weibliche Zuwendung und Leitung. Ich bin wirklich sehr gerne bei Herrn Reuther angestellt.»

Frieda nickte ernst. «Ich würde gerne ... Bitte halten Sie mich nicht für impertinent. Ich wüsste zu gerne, ob die Gerüchte über Herrn Reuther stimmen. Ist er wirklich so eigenbrötlerisch, wie man hört?»

«In gewisser Weise.» Verlegen spielte Pauline mit der Serviette neben ihrem Teller. Als sie sich dessen bewusst wurde, legte sie rasch die Hände in den Schoß. «Ich möchte ungern über meinen Arbeitgeber tratschen.»

«Aber natürlich nicht!», rief Frieda bestürzt auf. «Das möchte ich keinesfalls! Verzeihen Sie, wenn ich Sie in Verlegenheit gebracht habe. Ich bin einfach manchmal unerträglich neugierig. Aber seien Sie versichert, dass alles, was wir besprechen, in diesem Zimmer bleiben wird.»

«Danke.» Erleichtert lächelte Pauline.

«Vater spricht in den höchsten Tönen von Herrn Reuther, insbesondere in meiner Gegenwart. Selbstverständlich weiß ich, was er damit bezweckt.» Frieda errötete leicht. «Er sähe es sehr gerne, wenn Herr Reuther um meine Hand anhielte. Und eigentlich hätte auch ich nichts dagegen einzuwenden. Aber Sie wissen sicherlich, was hinter vorgehaltener Hand über ihn geredet wird.» Sie senkte die Stimme. «Dass er seine Frau schlecht behandelt und sie sich deshalb das Leben genommen habe. Nun ja, und dass eine neue Frau an seiner Seite es gewiss nicht leicht haben wird. Das bereitet mir doch einige Sorgen. Sie, liebe Pauline, sehen ihn jeden Tag und leben praktisch mit ihm Seite an Seite. Deshalb interessiere ich mich sehr für Ihre Meinung.»

«Nun, also …» Pauline suchte nach den rechten Worten. Die Vorstellung von Frieda als neue Frau Reuther bereitete ihr Unbehagen, obgleich die beiden ein hübsches Paar abgeben würden. Dummerweise spielten Paulines eigene Gefühle ihr einen unangemessenen Streich, doch sie unterdrückte sie so gut es ging. «Wissen Sie, Frieda, es steht mir nicht zu, über die intimen Angelegenheiten meines Arbeitgebers zu sprechen. Aber so viel darf ich sicherlich sagen: Glauben Sie nicht alles, was geklatscht wird. Die Dinge sind meistens anders, als sie sich an der Oberfläche darstellen. Ich habe Herrn Reuther bisher stets als korrekten, ehrenwerten Mann erlebt. Er mag nicht der einfachste Mensch sein, das kann ich nicht leugnen. Das sind Charaktereigenschaften, die vielleicht nicht ganz leicht zu handhaben, jedoch keinesfalls gefährlicher Natur sind.»

Sichtlich erleichtert griff Frieda nach der Schale mit Gebäck, die das Dienstmädchen in diesem Moment brachte. «Liebe Pauline, das beruhigt mich sehr! Wissen Sie, für den Fall, dass mir Herr Reuther wirklich den Hof machen wird, möchte ich wissen, worauf ich mich einlasse.» Sie lachte leise. «Obgleich ich bisher nie den Eindruck hatte, dass er sich noch einmal verheiraten möchte. Ehrlich gesagt kam er mir immer eher abweisend vor.» Sie bot Pauline von dem Gebäck an, die dankend ein Stückchen nahm und auf ihren Teller legte. «Er sieht zwar unbestreitbar gut aus, auch wenn er die Dreißig schon ein paar Jahre überschritten hat, aber sein Auftreten mir oder anderen jungen Damen gegenüber war immer deutlich zurückhaltend und kühl.»

«Das ist seine Art», bestätigte Pauline. «Er gibt nicht gern viel von sich preis.»

«Was ja durchaus sein gutes Recht ist», befand Frieda. «Kaffee? Hier, bitte, bedienen Sie sich! Ich bin so froh, dass er Sie eingestellt hat. Der Einfluss einer Frau im Haus ist nicht zu unterschätzen, sagt meine Mutter. Vielleicht wird er ja ein wenig umgänglicher dadurch. Für die Dame, die er sich zur Gattin erwählt, wird das nur von Vorteil sein – gleich, wer es sein wird. Außerdem sind Sie auch ansonsten bestimmt eine große Bereicherung für einen Haushalt. Ich staunte schon bei unserem ersten Treffen, wie kultiviert Sie sind. Und unsere Gespräche auf dem Neujahrsball waren so anregend und vielfältig. Kinder, die in diesen Genuss kommen, können sich außerordentlich glücklich schätzen.»

Pauline errötete leicht. «Sie übertreiben, Frieda. So selten sind gebildete junge Damen nun auch wieder nicht. Sehen Sie sich selbst an!»

«Ach!» Frieda winkte ab. «Natürlich habe ich eine gute Erziehung genossen, aber mit Ihrem umfangreichen Wissen kann ich nicht mithalten. Wie gerne hätte ich fremde Sprachen gelernt oder mehr über Geografie und Geschichte. Aber mein Vater hielt es für übertrieben, für mich eine Hauslehrerin einzustellen. Eine Frau muss gewandt über die Dinge des Alltags plaudern und eine Schar Gäste bei Laune halten können. Dazu reicht seiner Meinung nach die Ausbildung, die die Volksschule vermittelt. Meine Gouvernante hat mir noch ein paar Dinge beigebracht, aber sie war selbst bei weitem nicht so kultiviert wie Sie, Pauline. Meiner Mutter habe ich es zu verdanken, dass ich neben der Schule noch Unterricht in Gesang und Malerei nehmen und ein Instrument lernen durfte. Zwei, wenn man das bisschen Harfenspiel, das ich kann, dazunimmt. Aber darin habe ich es nie zu großer Fertigkeit gebracht. Das Pianoforte liegt mir mehr.»

«Sie spielen und singen sehr schön», antwortete Pauline.

«Vielleicht können wir später ein wenig gemeinsam musizieren», schlug Frieda vor. «Bestimmt könnte ich noch einiges von Ihnen lernen.»

So verging der Vormittag mit freundlichem Geplauder. Anfangs hatte Pauline sich noch ein wenig deplatziert gefühlt, doch Frieda war von so fröhlicher und herzlicher Natur, dass sich dieses Unwohlsein bald verflüchtigte. Die beiden Frauen entdeckten mehr als eine Gemeinsamkeit und beschlossen, sich bald wieder zu treffen.

«Sie müssen beim nächsten Mal zu uns kommen», erklärte Pauline. «Wenn Sie möchten, kann ich Herrn Reuther bitten, Ihnen seine Bibliothek zu zeigen. Er hat eine wirklich interessante Sammlung von Büchern, die Ihnen gefallen wird.»

«O wie gerne werde ich Ihrer Einladung folgen!», rief Frieda erfreut. «Mein Vater besitzt ebenfalls eine kleine Bibliothek, doch muss ich zugeben, dass die Auswahl begrenzt ist, da er nicht viel liest. Und die Bücher, die vorhanden sind, habe ich längst alle verschlungen.» Sie zögerte. «Wird Herr Reuther denn damit einverstanden sein?»

«Womit werde ich einverstanden sein?» Just in diesem Moment trat Julius Reuther durch die Tür.

Frieda verstummte und errötete verlegen.

Pauline antwortete an ihrer Stelle: «Ich habe Fräulein Frieda eingeladen, mich bald einmal zu besuchen, weil ich ihr die wunderbare Bibliothek in Ihrem Hause zeigen möchte.»

«Tatsächlich.» Begeistert klang Julius nicht. Er wirkte verschlossen und abweisender als bei ihrer Ankunft im Hause Oppenheim. Pauline ließ sich davon jedoch längst nicht mehr beeindrucken. «Ich würde den kommenden Sonntag vorschlagen. Dann habe ich meinen freien Tag, nicht wahr?»

«Sicher, wie Sie wollen.» Julius zuckte mit den Achseln. «Ich möchte aufbrechen, es ist fast Mittag, und ich habe noch zu tun.»

«Selbstverständlich.» Seinen rüden Tonfall vollständig ignorierend, erhob sich Pauline und reichte Frieda die Hand. «Wäre der Sonntag Ihnen angenehm?»

«Ja, also ... gerne.» Frieda war von Julius' Gebaren sichtlich eingeschüchtert.

Pauline lächelte ihr aufmunternd zu. «Ich freue mich, liebe Frieda. Nun muss ich mich aber verabschieden. Sie sehen ja, Herr Reuther hat es eilig. Ich danke Ihnen ganz herzlich für die Einladung und die nette Zeit.»

«Ach nein, ich habe zu danken», widersprach Frieda. «Ich wünsche Ihnen eine angenehme Heimfahrt. Hoffentlich wird es Ihnen nicht zu kalt.»

«Keine Sorge», beruhigte Pauline sie. «Herr Reuther hat warme Decken in der Kutsche auslegen lassen. Und so weit ist der Weg ja nicht. Bis Sonntagnachmittag dann?»

«Ja, gerne. Bis Sonntag.»

Lächelnd trennten sich die beiden Frauen. Pauline ging mit einem scharfen Blick in Julius' Richtung an ihm vorbei zur Haustür und nahm dort ihren Mantel in Empfang. Er wandte sich daraufhin kurz Frieda zu und verabschiedete sich mit einer knappen Verbeugung.

Sie saßen kaum in der Kutsche, als er sagte: «Sie scheinen sich mit Frieda Oppenheim ja ausgezeichnet zu verstehen.»

Überrascht hob Pauline den Kopf. Sie entfaltete eine der Wolldecken, die neben ihr auf dem Sitz lagen, und breitete sie sorgsam über ihren Beinen aus. «Sind Sie damit nicht einverstanden? Fräulein Frieda ist eine sehr nette junge Dame.»

«Ich kann Ihnen wohl kaum verbieten, jemanden nett zu finden», grollte Julius.

«Nein, das können Sie in der Tat nicht.» Prüfend musterte ihn Pauline. «Möchten Sie mir erzählen, welche Laus Ihnen über die Leber gelaufen ist?»

«Oppenheim hat mir finanzielle Unterstützung und eine Partnerschaft angeboten, nachdem ich einen Großteil meines Kapitals für die Begleichung der Forderungen meiner Gläubiger verwenden musste.»

Erstaunt legte Pauline den Kopf schräg. «Aber ist das nicht sehr freundlich von ihm?»

Er schnaubte. «Sie verstehen schon, dass er mich ködern will?»

«Ködern?» Pauline hob die Augenbrauen.

«Er will mich unbedingt als Schwiegersohn, auch wenn er es nicht offen ausspricht. Noch nicht.»

«Und wäre das so schlimm?»

Julius antwortete nicht darauf, sondern sah sie nur an.

Pauline spürte, wie ihre Wangen sich erwärmten. Ihr Herz kam aus dem Takt. Verlegen räusperte sie sich. «Frieda ist eine liebenswerte junge Dame. Sie könnten es schlimmer treffen.»

Julius' Kinn zuckte kurz, als Pauline dieselben Worte benutzte wie kürzlich sein Vorarbeiter. «Sie würden mir also dazu raten, ihr den Hof zu machen und damit auf Oppenheims unausgesprochenes Angebot einzugehen?»

Obgleich sie plötzlich sehr aufgeregt war, entgegnete Pauline so ruhig, wie sie nur konnte: «Es steht mir nicht zu, Ihnen in solchen Angelegenheiten Rat zu erteilen.»

«Das ist wahr», knurrte er. «Aber wenn es Ihnen zustehen würde – was würden Sie mir raten?»

«Ich ...»

«Ja?»

Pauline fluchte innerlich, dass sie sich in ein solches Gespräch manövriert hatte. Und Julius hatte nichts Besseres zu tun, als sie wieder einmal auf die Probe zu stellen! Vermutlich machte es ihm Spaß, ihr solch indiskrete Fragen zu stellen. Aber es kam überhaupt nicht in Frage, ihm ihre wahren Gefühle zu zeigen. Diese waren allein ihr Problem; irgendwann würde sie sie schon unterdrücken können. Nur gerade jetzt fiel es ihr alles andere als leicht, vor allem, da sie Frieda von Herzen gern mochte.

«Ich denke, Sie sollten tun, was für Sie am besten ist», antwortete sie schließlich.

«Und das wäre in der jetzigen Situation?»

Pauline seufzte. «Vielleicht sollten Sie die Entscheidung nicht von Ihrer derzeitigen Situation abhängig machen. Wenn Sie ...» Sie schluckte. «Wenn Sie Fräulein Frieda unabhängig vom Angebot ihres Vaters so viel Zuneigung entgegenbringen, dass Sie ihr den Hof machen möchten, dann zögern Sie nicht.»

«Und wenn nicht?»

«Dann weiß ich nicht, worüber wir hier überhaupt reden, Herr Reuther.»

Julius lehnte sich in seinem Sitz zurück und suchte ihren Blick. «Über das, was für mich am besten wäre ... dachte ich.»

«Ja, sicher, aber ...»

«Von der praktischen Seite betrachtet, wäre die Ehe mit Frieda Oppenheim mehr als empfehlenswert», sprach er weiter, ohne auf ihren Einwand zu achten. «Doch offenbar legen Sie, liebes Fräulein Schmitz, noch einen anderen Maßstab an eine solche Verbindung an: nämlich den Grad der Zuneigung zwischen zwei Menschen, die möglicherweise gewillt sind, den Bund fürs Leben zu schließen.»

Paulines Wangen glühten mittlerweile, dennoch hielt sie seinem Blick entschlossen stand. «Ich nehme an, dass Sie nach den Ereignissen in der Vergangenheit diesen Maßstab als ähnlich wichtig erachten.»

«Dann gehe ich davon aus, dass Sie diesen Maßstab auch bei sich selbst anlegen werden ... Falls sich eine diesbezügliche Situation irgendwann ergeben sollte», fügte er nach kurzer Pause hinzu.

Paulines Gedanken überschlugen sich. Worauf in aller Welt wollte er hinaus? In seinen Augen vermeinte sie wieder dieses schalkhafte Glitzern wahrzunehmen. Aber konnte er über ein derart wichtiges und ernstes Thema wirklich einen Spaß machen? Wollte er sie necken oder ...? Oder was?

Pauline riss sich zusammen. Das war Julius Reuther, ihr Arbeitgeber, der vom ersten Tag an jegliche persönliche Verbindung zwischen ihnen ausgeschlossen hatte. Dass er inzwischen ein wenig zugänglicher geworden war und ihr ein paar Dinge aus seiner Vergangenheit anvertraut hatte, änderte daran nichts und war vermutlich nur dem Umstand geschuldet, dass sie nicht unter einem Dach leben und einander wie Fremde begegnen konnten. Also würde es nicht schaden, ihm wahrheitsgemäß zu antworten.

«Sollte es tatsächlich einmal dazu kommen, dass ich vor einer solchen Entscheidung stehe, würde ich ganz sicher auch den Ratschluss meines Herzens berücksichtigen. Wenngleich es gemeinhin nicht als wichtig erachtet wird, ist das Vorhandensein von Zuneigung oder – im besten Falle – von Liebe zwischen Ehegatten eine von den meisten Menschen als wünschenswert betrachtete Eigenschaft einer Ehe.»

Julius lächelte zum ersten Mal, seit sie das Haus der Oppenheims verlassen hatte. «Es freut mich, dass Sie es so sehen, Fräulein Schmitz. Ich darf Sie hoffentlich beim Wort nehmen?» Bevor Pauline antworten konnte, waren sie in der Löwengasse angekommen.

«Kommen Sie», sagte Julius. «Ich helfe Ihnen beim Aussteigen, muss dann aber gleich weiter zur Fabrik.»

Er reichte Pauline seinen Arm, war aber sichtlich darauf bedacht, ihr nicht näher zu kommen als unbedingt notwendig.

Pauline wunderte sich über seine plötzliche Offenheit. Sie beruhigte ihr aufgewühltes Inneres mit der Erklärung, dass sie zu viel in seine Worte hineininterpretiert hatte. Es war sehr schwierig, Julius Reuther einzuschätzen, zumal es ihm eine diebische Freude zu bereiten schien, die Menschen im Ungewissen zu belassen und hin und wieder ein wenig aus dem Gleichgewicht zu bringen.

Mit einem kurzen Dank strich Pauline ihren Mantel glatt und ging zur Haustür. Derweil hörte sie, wie Julius dem Kutscher bereits das neue Ziel angab. Die Hufe der beiden Pferde klapperten, und die Räder der Kutsche knirschten auf dem steinigen Untergrund, als das Gefährt wendete und zum Tor hinausrollte.

Kapitel 18

Pauline hatte kaum das Haus betreten, da schallten ihr auch schon die aufgebrachten Stimmen der Kinder aus dem Obergeschoss entgegen. Fragend blickte sie Jakob an, der ihr die Tür geöffnet hatte. Dieser hob die Schultern. «Die beiden sind gerade nach Hause gekommen. Ich weiß nicht, was los ist, aber Peter hat, soweit ich sehen konnte, eine geschwollene Wange.»

«Du liebe Zeit!», rief Pauline erschrocken. «Hat er sich etwa geprügelt? Nicht mit Ricarda!» Eilig zog sie ihre Handschuhe aus und übergab sie zusammen mit ihrem Mantel dem Hausdiener.

«Das kann ich mir nicht vorstellen», antwortete er, doch da eilte sie bereits die Treppe hinauf.

«Nun mach endlich auf!», schrie Ricarda, die vor Peters Schlafzimmer stand und mit den Fäusten gegen die Tür hämmerte. «Das ist doch blöd! Ich brauche meine Malsachen und die … Oh.» Als sie Pauline sah, hielt sie inne. «Fräulein Schmitz! Bitte helfen Sie mir. Peter hat sich in seinem Zimmer eingeschlossen, und da liegen meine ganzen Malsachen drin.»

«Was ist hier überhaupt los? Warum streitet ihr schon wieder?»

«Ich habe gar nicht gestritten», behauptete Ricarda. «Nein,

wirklich nicht! Peter war ganz komisch, als ich ihn von seiner Schule abgeholt habe. Und seine Wange ist ganz dick und rot, so als hätte ihn jemand geschlagen.»

Pauline runzelte die Stirn. «Sein Lehrer?»

«Weiß ich nicht.» Ricarda hob die Hände. «Auf dem Heimweg hat er mich geschubst und an den Haaren gezogen. Aber ich hab nicht zurückgeschubst, weil Sie doch gesagt haben, dass eine Dame so was nicht tut. Dabei hätte er eine Backpfeife verdient, so gemein, wie er war.»

Besorgt trat nun Pauline selbst an die Tür. «Ricarda, geh bitte hinunter und hilf Berthe ein bisschen in der Küche oder Kathrin beim Tischdecken, ja?»

«Holen Sie mir meine Malsachen?»

«Ich möchte erst feststellen, was in der Schule geschehen ist. Bitte geh jetzt.»

«Na gut.» Ricarda fügte sich und schlich die Treppe hinunter.

Pauline wartete kurz, dann klopfte sie leise an die Tür. «Peter? Würdest du bitte die Tür öffnen?»

Im Zimmer rührte sich nichts, also klopfte Pauline erneut, diesmal ein wenig energischer. «Peter? Mach bitte die Tür auf! Ich habe gehört, dass du verletzt bist, und möchte mir deine Wange ansehen.» Sie wartete einige Augenblicke. «Peter?»

Jetzt raschelte etwas. «Gehen Sie weg!» Peters Stimme klang wütend und leicht zittrig, als hätte er geweint.

Pauline atmete auf. «Peter.» Sie sprach ganz ruhig. «Ich möchte mir wirklich gerne deine Wange ansehen. Jakob sagt, sie sei geschwollen. Kann es vielleicht sein, dass du Zahnschmerzen hast?»

«Nein, hab ich nicht.» Die Stimme des Jungen klang ehrlich überrascht.

«Dürfte ich mich vielleicht selbst davon überzeugen? Wenn du nämlich Zahnschmerzen hast, müssten wir einen Arzt holen.»

«Ich hab keine Zahnschmerzen, und ich brauche keinen Arzt.»

«Aber wenn du verletzt bist? Was soll ich denn deinem Vater sagen, wenn er erfährt, dass ich mich nicht um deine Wunde gekümmert habe.»

«Ich habe mich nicht verletzt.»

Im Zimmer wurden Schritte laut, dann drehte sich der Schlüssel im Schloss. Als Pauline eintrat, hatte der Junge sich bereits wieder auf sein Bett zurückgezogen und spielte mit seinem Holzpferdchen. Sein Gesicht und seine Augen waren gerötet – ein sicheres Zeichen, dass er geweint hatte. Und seine linke Wange war tatsächlich leicht geschwollen.

Pauline setzte sich auf den Bettrand und schwieg, bis Peter den Kopf hob und sie fragend ansah. Erst dann lächelte sie. «Gott sei Dank, das sieht wirklich nicht nach Zahnschmerzen aus. Weißt du, ich hatte mal welche, als ich ein bisschen älter war als du und Ricarda. Damals war meine Wange bis hinauf zum Auge angeschwollen, und ich konnte kaum noch sprechen und gar nichts mehr essen.»

«Echt?» Peter machte große Augen. «Und was haben Sie dann gemacht?»

«Ich bin zu meinem Onkel gegangen. Der war Arzt, weißt du. Aber er hat mich zu einem anderen Doktor gebracht, der sich mit Zähnen auskennt. Der hat mir dann einen Backenzahn gezogen, der schon ganz entzündet war.»

«Ui!» Mit offenem Mund starrte Peter sie an. «Das hat aber bestimmt weh getan.»

«O ja, es war nicht angenehm. Aber das Zahnziehen war nicht

so schlimm wie die Schmerzen, die ich zuvor die ganze Nacht hatte. Doch deine Wange sieht nicht aus, als wäre es das.» Sie hielt kurz inne. «Was ist passiert? Hat dir jemand eine Ohrfeige gegeben? Ein Mitschüler vielleicht oder dein Lehrer?»

Sofort verdüsterte sich Peters Miene wieder. Er drehte den Kopf weg und starrte die Wand an. Pauline seufzte leise. «Weißt du, ich kann dir nicht helfen, wenn du mir nicht sagst, was geschehen ist.»

«Sie können mir auch nicht helfen, wenn Sie es wissen.»

«Wie bitte? Wie kommst du denn darauf?»

«Sie schimpfen nur und haben Ricarda viel lieber.»

«Aber das ...» Darauf fiel Pauline zunächst nichts ein. «Das stimmt doch nicht, Peter. Warum glaubst du, dass ich Ricarda lieber habe als dich? Ich mag euch beide sehr gern.»

«Ricarda kann alles besser als ich und darf immer neue Sachen lernen. Ich bin dumm und kann nicht mal richtig lesen und malen auch nicht und rechnen und ... Und deshalb muss ich immer so langweilige Sachen machen und immer alles hundertmal wiederholen, weil Sie böse auf mich sind.»

«Ach herrje, Peter!» Ohne auf den Widerstand des Jungen zu achten, zog sie ihn in ihre Arme. «So ist das doch gar nicht! Weißt du, natürlich ist Ricarda in vielen Dingen besser, aber doch nur, weil sie zwei Jahre älter ist als du. Du wirst all die Dinge, die sie kann, noch lernen.»

«Aber ich bin dumm. Das sagt mein Lehrer auch. Und deshalb ... Ich hab vorgelesen, aber es ging ihm nicht schnell genug. Er sagt immer, ich müsse mehr üben, aber dass das wahrscheinlich auch nichts mehr hilft, weil Dummköpfe eben nichts können. Da hab ich gesagt, dass ich gar kein Dummkopf bin und ... und ...» Er schluchzte.

«Daraufhin hat er dich geohrfeigt? Das ist ja wirklich unglaublich!», rief Pauline erschüttert. «Peter, natürlich bist du nicht dumm! Du kannst schon viel besser lesen im Vergleich zu dem Tag, an dem ich hier eingezogen bin. Und du rechnest auch prima. Was das Malen angeht: Nicht jeder Mensch ist so talentiert wie deine Schwester. Bestimmt finden wir etwas, in dem du richtig gut bist und sie nicht.»

«Glauben Sie?»

«Dessen bin ich mir sogar vollkommen sicher. Aber Peter, du bist erst sieben Jahre alt.»

«Ich werde im März acht!»

«Also gut, fast acht Jahre alt.» Pauline lächelte. «Du hast noch viel Zeit, viele Dinge zu lernen. Und weißt du was?»

«Was?»

«Ich werde dir mit Vergnügen dabei helfen, wenn du magst.»

Das Gesicht des Jungen hellte sich ein bisschen auf.

Pauline strich ihm übers Haar. «Möchtest du, dass ich dir einen kühlenden Umschlag für deine Wange gebe?»

«Ja ... bitte.»

«Hat dich dein Lehrer schon öfter geschlagen, wenn du etwas nicht gleich konntest?»

Peter senkte den Kopf. «Normalerweise nimmt er den Rohrstock. Auch bei den anderen. Aber der ist ihm vorgestern zerbrochen, als er Hans gehauen hat, weil der seine Aufgaben nicht gemacht hatte. Und jetzt hat Herr Stresemann keinen Stock mehr und muss mit der Hand schlagen. Aber er hat gesagt, dass er bald wieder einen Stock kriegt, weil der mehr weh tut. Und wenn es nicht weh tut, merken wir uns die Lektion ja nicht.»

«Soso.» Pauline konnte den Zorn, der in ihr aufstieg, kaum zügeln, doch um des Jungen willen behielt sie die Ruhe. Sie verspürte eine tiefe Abneigung gegen Lehrer, die ihre Zöglinge züchtigten. Sie hatte es selbst in der Schule erlebt – nicht bei sich selbst, denn sie hatte immer alle Antworten auf die Fragen der Lehrerinnen gewusst. Aber den Schmerz, die Erniedrigung in den Augen ihrer Klassenkameraden hatte sie nicht vergessen. Sie wusste, sie hatte keinerlei Handhabe gegen den Lehrer. Körperliche Züchtigung war vollkommen normal in öffentlichen Schulen. Und nicht nur dort – auch Hauslehrer und Eltern schlugen ihre Kinder häufig. Sie würde dennoch mit Herrn Reuther darüber sprechen müssen. So, wie sie ihn einschätzte, würde auch er nicht gerade erfreut sein über die Erziehungsmethoden des Volksschullehrers. Dazu war seine Einstellung zu fortschrittlich. Sie war überrascht gewesen, wie viel er nicht nur von Peter, sondern auch von Ricarda erwartete. Und das, obwohl Mädchen von den meisten Männern nicht mehr Bildung zugestanden wurde als unbedingt notwendig, und auch nur in Bereichen, die ihrer Zukunft als Ehefrauen zuträglich waren.

Frauen gehörten ins Haus, in die Familie. Pauline hatte dies nie weiter hinterfragt. Julius Reuther schien zumindest der Ansicht zu sein, dass Mädchen die gleiche Bildung wie Jungen erhalten sollten. Und über körperliche Züchtigung war nie ein Wort gefallen. Ricarda hatte zwar erzählt, dass ihre Mutter sie geschlagen hatte, aber über Julius hatte sie nichts dergleichen erfahren. Sie ging davon aus, dass er solche Methoden strikt ablehnte.

Noch einmal strich sie Peter über den Kopf und erhob sich dann. «Also gut. Ich mache dir jetzt einen kühlenden Umschlag, und wenn es dir besser geht, kommst du ins Speisezimmer. Louis hat das Mittagessen längst fertig. Du hast doch bestimmt Hunger, nicht wahr?»

«Ja, schon.»

«Na also. Und danach darfst du eine Stunde spielen, bis wir mit den Nachmittagslektionen beginnen.»

* * *

«Was tun Sie denn da?» Bei ihrem letzten Rundgang durchs Haus am Abend entdeckte Pauline ihren Arbeitgeber im kleinen Wohnzimmer vor Ricardas Staffelei. In der einen Hand hielt er einen dünnen Pinsel, in der anderen die Farbpalette. Da er nicht antwortete, sondern ihr nur kurz über die Schulter einen Blick zuwarf, trat sie neugierig näher. Er hatte eine neue Leinwand aufgespannt. Das Stillleben von Ricarda lehnte an der Wand.

Das Bild, das Julius malte, verblüffte sie sehr. Es war die Fassade des Hauses, vom Tor aus gesehen.

«Was meinen Sie?» Julius deutete mit dem Pinsel auf die Stufen vor dem Eingang. «Sollten hier große Steinkübel mit Grünpflanzen hin oder doch eher etwas Blühendes?»

«Was ...?» Das Gebäude auf dem Bild glich bei weitem nicht dem, was man derzeit sah, wenn man das Grundstück betrat. Julius hatte mit wenigen Pinselstrichen grüne Büsche und blühende Ziersträucher vor dem Haus verteilt. Sogar Rosenbüsche konnte Pauline erkennen. Sie musste sich räuspern, um ihre Stimme wiederzufinden. «Sie malen sehr gut, Herr Reuther. Jetzt weiß ich, woher Ricarda ihr Talent hat.»

«Grün oder blühend?», fragte er erneut, ohne auf ihre Bemerkung einzugehen.

Sie sah ihn von der Seite an. «Was wird das?»

«Es ist noch früh genug im Jahr, um Sträucher zu pflanzen. Ich werde einen Gärtner einstellen müssen, zumindest zeitweise.»

«Ich wusste nicht, dass Sie Wert auf Blumen und Sträucher legen», gab Pauline zu.

«Das tue ich auch nicht. Oder sagen wir, ich hatte lange keinen Grund, mich mit der Arbeit abzugeben, die ein blühender Garten nun einmal mit sich bringt. Aber ich kenne Sie inzwischen gut genug, um mir denken zu können, dass Sie mir spätestens im März damit auf die Nerven gehen würden, wenn ringsum die Vorgärten ergrünen und hier nicht einmal ein Gänseblümchen den Kopf aus der Erde streckt.»

Paulines Augen weiteten sich. «Sie meinen, Sie wollen das für mich tun?»

Er grinste. «Nun, für mich schon auch. Denn wahrscheinlich werden Sie die Kinder in kürzester Zeit mit Ihrer Begeisterung anstecken, und dann habe ich keine ruhige Minute mehr. Dem will ich einfach vorbeugen.»

«Ach ja?» Pauline verschränkte die Arme vor der Brust. «Woher wollen Sie so genau wissen, dass mich ein blühender Garten begeistern würde?»

Julius sah sie einen Moment lang an, und sie spürte, dass sich die verräterische Röte wieder einmal auf ihre Wangen legte. «Sie wären keine Frau, wenn derartige Dinge Sie nicht entzücken würden. Außerdem habe ich Ihre Blicke gesehen, wenn Sie durch das Tor auf das Haus zugehen. Ich gebe zu, in dieser Jahreszeit kann es ein wenig düster wirken.»

«Das muss aber nicht sein», sagte sie. «Wenn Sie nur hier und da ein paar hübsche ...»

«Sehen Sie?» Amüsiert zwinkerte er ihr zu. «Also sagen Sie mir endlich, ob es Grünpflanzen oder etwas Blühendes sein soll?»

Pauline biss sich verlegen auf die Unterlippe. Julius schien sie wirklich schon sehr gut zu kennen. Sie trat einen Schritt vor und betrachtete das Bild eingehend. «Immergrüne Pflanzen wären am günstigsten. Man muss sie nur einmal einpflanzen, dann erfreuen sie uns über eine lange Zeit.»

«Aber?»

«Bunte Blüten, passend zur jeweiligen Jahreszeit, wirken fröhlich und sehr einladend. Sie vermitteln demjenigen, der die Stufen betritt, bereits das Gefühl, willkommen zu sein.»

Julius tauchte seinen Pinsel in das Farbengemisch auf der Palette und begann erneut zu malen. «So etwa?», fragte er nur wenig später. Links und rechts neben der Eingangstür zierten jetzt graue Kübel mit roten und weißen Blüten zwischen zartem Grün die Stufen.

Pauline schluckte. «An Ihnen ist ein Künstler verlorengegangen, Herr Reuther.»

«Höre ich da tatsächlich ein Lob?» Schmunzelnd legte er die Palette beiseite und reinigte mit geübten Handgriffen den Pinsel, bevor er nach einem Tuch griff, um seine Finger zu säubern, die ein paar Farbspritzer abbekommen hatten.

«Ehre, wem Ehre gebührt», antwortete Pauline lächelnd. «Sie malen so gut wie kaum jemand, den ich kenne.»

«Außer Ihnen, meinen Sie?» Spöttisch hob er eine Augenbraue.

Sie schüttelte entschieden den Kopf. «Nein. Ich male recht annehmbar, wenn ich vorher alles bis ins Detail plane und vorzeichne. Sie hingegen haben das Talent und den Blick eines echten Künstlers. Ich könnte niemals mit so wenigen Pinselstrichen ein so anschauliches, lebendiges Bild zaubern.»

«Mit Zauberei hat das nichts zu tun, Fräulein Schmitz.»

«Haben Sie als Kind viel geübt?»

«Nachdem man es aufgegeben hatte, mir ein Instrument beibringen zu wollen», bestätigte er. «Meine Mutter ist der Meinung, dass Unterricht in den Künsten zum guten Ton gehört. Es hat eine Weile gedauert, bis sich etwas Geeignetes für mich fand.» Er legte das Tuch sorgsam zusammen. «Malerei ist gemeinhin nicht die erste Wahl eines zwölfjährigen Jungen. Weder seine eigene noch die seiner Eltern.»

«Aber viele berühmte Maler waren – und sind – Männer», protestierte Pauline. «Eigentlich alle, wenn ich es recht bedenke.»

«Das mag sein und wäre sicherlich auch ein Argument gewesen, wenn ich eine Karriere in diesem Metier angestrebt hätte. Die Malerei ist jedoch nichts, womit ich jemals vorhatte, meinen Lebensunterhalt zu bestreiten.»

Pauline nickte. «Hat man sie deswegen aufgezogen?»

«Das hätte niemand so leicht gewagt.» Julius zwinkerte ihr lächelnd zu. «Wie Sie wissen, übe ich mich ein- bis zweimal in der Woche im Fechten. Und damit fing ich bereits an, lange bevor ich wusste, wie man einen Pinsel richtig hält.»

«Oh.» Pauline versuchte sich vorzustellen, wie der zwölfjährige Julius seine ihn hänselnden Schulkameraden mit einem Spielzeugflorett bedrohte, und musste ein Kichern unterdrücken, was ihr allerdings nur ungenügend gelang.

Julius grinste breit. «Lachen Sie nur, Fräulein Schmitz! Man könnte sagen, dass ich seinerzeit in gewissen Kreisen durchaus gefürchtet war.»

Sie gluckste. «Sind Sie das nicht heute auch noch?»

«Falls dem so sein sollte, dann aus anderen Gründen als damals.»

«Sagen Sie bloß, Sie waren als Junge nicht schon stur und unnahbar!»

Er legte den Kopf schräg und musterte sie interessiert. «Bin ich das? Stur und unnahbar?»

«Stur wie ein Maulesel und unnahbar wie ein Felsbrocken. Zumindest ...»

«Ja?»

«Zumindest meistens.»

«Aha.» Julius' Miene wurde eine Spur ernster. «Also geben Sie zu, dass ich nicht ausschließlich unangenehme Eigenschaften besitze?»

«Das habe ich nie behauptet!», rief Pauline erstaunt.

«Nun gut, und in welcher dieser Eigenschaften halten Sie mich für furchteinflößender?» Gespannt sah er sie an.

«Ich ... also ...» Verlegen wich sie seinem Blick aus. Wieder pochte ihr Herz unruhig. Das geschah immer, wenn er sie auf diese gewisse Weise ansah. Dann flohen die Worte aus ihrem Kopf, und sie wusste einfach nicht, was sie auf seine Frage antworten sollte.

«Danke, dass Sie sich Peters Wange angenommen haben», wechselte Julius unvermittelt das Thema. «Es war Stresemann, nicht wahr?»

Überrascht hob sie den Kopf. «Er war ungeduldig mit Peter. Der Junge kommt nicht so rasch mit wie seine Kameraden und muss eine Menge aufholen.»

«Das ist nur eine faule Entschuldigung dafür, dass dieser Lehrer sich nicht anders als mit Schlägen zu helfen weiß», brummte Julius. «Ich habe selbst schon Bekanntschaft mit Stresemanns Rohrstock gemacht, als ich in seine Klasse ging. Peter wird da wohl oder übel durchmüssen, denn es sieht nicht so aus, als wolle dieser Mann in nächster Zeit den Schuldienst verlassen.»

«Sie hatten bereits bei ihm Unterricht?»

«Sorgen Sie einfach dafür, dass Peter tut, was er kann, um

Stresemann so wenig Angriffsfläche zu bieten wie möglich. Ich verfüge über keinerlei Handhabe gegen ihn und würde die Situation für Peter vermutlich nur verschlimmern, wenn ich mich öffentlich beschwerte.»

Paulines Augen verengten sich. «Das klingt aber nicht nach dem Mann, der eben noch behauptete, seine Gegner mit Leichtigkeit in die Flucht schlagen zu können.»

«Sie meinen, das ist feige?» Mit finsterer Miene schüttelte er den Kopf. «Selbst wenn Stresemann morgen die Schule verlassen würde, wäre das noch keine Garantie dafür, dass Peter es auch nur einen Deut leichter hätte. Solange körperliche Züchtigung an Schulen erlaubt ist, wird es Stresemanns geben.»

«Ich weiß.» Pauline betrachtete traurig das Bild auf der Staffelei. «Wenn man dieses Gesetz doch nur ändern könnte!»

Julius berührte ihren Arm, zog seine Hand jedoch rasch wieder zurück und trat ans Fenster. «Dazu braucht es, fürchte ich, mehr als einen verärgerten Vater und eine besorgte Gouvernante.»

Pauline nickte. «Ich denke, es wird allmählich Zeit für mich, zu Bett zu gehen. Gute Nacht, Herr Reuther.»

«Gute Nacht ... Fräulein Schmitz?»

«Ja?» Pauline hatte bereits die Tür erreicht und drehte sich noch einmal zu ihm um.

«Sollte es schlimmer werden, schreite ich dagegen ein.» Er zwinkerte ihr zu. «Oder ich fordere Stresemann zum Fechtduell.»

Pauline schüttelte den Kopf. «Eher suche ich ihn höchstpersönlich mit einem Rohrstock heim.»

«Autsch!» Julius zog den Kopf ein, und Pauline verschwand aus dem Zimmer.

* * *

«Meine Liebe, Sie kommen doch zum Rosenmontagsball im Gürzenich, nicht wahr?» Frieda hatte kaum ihren Mantel abgelegt, als sie auch schon auf Pauline einredete. «Die Einladungen gehen morgen raus, aber ich bin einfach zu aufgeregt und konnte nicht so lange warten. Sie *müssen* kommen! Haben Sie jemals einen solchen Spaß erlebt wie unseren Kölner Karneval?»

Pauline hakte sich bei der Freundin unter und führte sie in das kleine Wohnzimmer, in dem sie eine Kaffeetafel hatte eindecken lassen.

«Nein», sagte sie. «Ich habe noch nie den Kölner Karneval erleben dürfen. Ehrlich gesagt kann ich mir kaum etwas darunter vorstellen.»

«Ach, Sie Ärmste!» Überschwänglich drückte Frieda ihre Hände. «Sie werden sehen, etwas Vergleichbares gibt es nirgends auf der Welt. Wissen Sie, in meiner Kindheit war das Spektakel noch nicht so groß. Aber dann hat die Olympische Gesellschaft vor zwei Jahren beschlossen, dass der Karneval wiederbelebt werden muss, und ein eigenes Komitee gegründet. Immerhin ist er eine Kölsche Tradition, nicht wahr? Tja, und deshalb werden jetzt wieder überall Maskenfeste stattfinden, vor allem am Wochenende vor Rosenmontag. Und dann der Rosenmontagszug! Um ihn zu beschreiben, fehlen mir einfach die Worte. Sie werden schon sehen – es ist ein riesiger Spaß. Und am Abend findet dann der Rosenmontagsball statt – selbstverständlich dürften Sie nur maskiert erscheinen! Bitte versprechen Sie mir, dass Sie kommen werden! Herr Reuther ist eingeladen, und er muss Sie einfach als seine Begleitung mitbringen.» Frieda lachte. «Natürlich sähe es mein Vater lieber, wenn Herr Reuther sich um mich kümmern würde, aber das kann er ja immer noch, wenn er will. Hauptsache, Sie kommen zum Ball! Ohne Sie werde ich mich nicht halb so sehr amüsieren!»

Pauline räusperte sich verlegen. «Wenn Sie darauf bestehen, wird sich ganz sicher ein Weg für mich finden, zum Ball zu gehen. Aber macht es Ihnen denn nichts aus, wenn Herr Reuther mich als seine Begleiterin zum Ball ausführt?»

«Ach nein, woher denn!», rief Frieda überrascht. «Sie sind doch meine liebste Freundin! Wie könnte ich da eifersüchtig sein? Sie haben doch keinen Verehrer, oder? Sehen Sie! Wie sollen Sie denn sonst zum Ball kommen? Sie können schließlich nicht allein hingehen.»

«Aber sieht das nicht ein wenig merkwürdig aus, wenn Herr Reuther mit mir hingeht und Sie sich erhoffen, dass er Ihnen den Hof macht?» Pauline fühlte sich nicht wohl in dieser Situation, daraus machte sie keinen Hehl. Auch fürchtete sie sich ein wenig davor, mit Julius erneut zu einem Ball zu gehen. Der Neujahrsball war eine recht steife Angelegenheit gewesen; niemanden hatte es gestört, dass Julius sie nicht zum Tanzen aufgefordert hatte. Doch wenn er nun erneut mit ihr auf einer Tanzveranstaltung erschien, würde er nicht umhinkommen, mit ihr zu tanzen – und sie mit ihm. Wie sich das auf ihre noch immer nicht ganz stabile Gefühlswelt auswirken würde, darüber wollte sie lieber gar nicht erst nachdenken.

«Liebste Pauline, natürlich freue ich mich auf den Tag, an dem er anfängt, mir den Hof zu machen. Aber Sie sagen ja selbst, dass er in solchen Dingen sehr zurückhaltend ist. Mein Vater sagt, es kann nur noch eine Frage von Wochen oder vielleicht auch nur noch Tagen sein, bis Herr Reuther um meine Hand anhält.»

«Ach ja?» Diese Neuigkeit versetzte Pauline einen Stich.

«Ja, denn Vater hat schon viele geschäftliche Dinge mit ihm durchgesprochen. Er will unbedingt die beiden Fabriken miteinander vereinen. Ich verstehe davon nichts, aber Vater sagt, es wäre für beide Familien und Fabriken von großem Vorteil. Und Herr Reuther würde das inzwischen ähnlich sehen.»

«Tut er das?» Pauline wunderte sich. Ihr gegenüber hatte Julius bisher nichts dergleichen verlauten lassen. Oder hatte Friedrich Oppenheim nur übertrieben, um bei seiner Tochter Begeisterung zu wecken?

«O ja, Vater sagte, Herr Reuther habe sich diesbezüglich schon zweimal sehr offen mit ihm unterhalten. Das ist doch ein gutes Zeichen, oder nicht?»

«Vermutlich ist es das.» Pauline geleitete die Freundin zur Tafel und verwickelte sie in ein Gespräch über die neuesten Kleiderstoffe, um sie von dem unangenehmen Thema abzulenken. Insgeheim wunderte sie sich sehr über Julius' offenbaren Gesinnungswandel. Sie erinnerte sich noch genau, dass er der Aussicht, Frieda den Hof zu machen und um ihre Hand anzuhalten, eher ablehnend gegenübergestanden hatte. Oder hatte sie seine Worte missverstanden?

Kapitel 19

Den Kopf in die Hände gestützt, saß Julius in seinem Arbeitszimmer und brütete über den Abrechnungen der vergangenen Wochen. Zum wiederholten Mal verfluchte er den Bankier Schnitzler, der ihn überredet hatte, einen großen Teil des Kapitals, das er bei der Bank fest angelegt hatte, in eine neue Spekulation zu investieren. Julius benötigte dringend Geld. Der Kredit, den er aufgenommen hatte, um seine Gläubiger zu bezahlen, war bereits fast ausgeschöpft. Denn nicht nur hatten sie ihn per Androhung eines Lieferstopps dazu gezwungen, alle ausstehenden Beträge in einer Summe zurückzuzahlen. Sie verlangten zudem eine Vorauszahlung bei jeder neuen Bestellung. Er hatte bereits versucht, die neuen Webstühle zurückzugeben oder anderweitig wieder abzustoßen, doch ohne Erfolg.

Und nun das! Jemand hatte sich in das Spekulationsobjekt eingekauft und die Waren, um die es ging, im Alleingang übernommen, auch Julius' Anteile. Er konnte nichts tun, denn bei Spekulationen gewannen nun einmal immer die schnellsten und meistbietenden Anleger. Da er nun keine Anteile mehr besaß, die er gewinnbringend weiterverkaufen konnte, stand er kurz vor dem Ruin. Wenn nicht bald etwas geschah, würden etliche Arbeitsplätze in seiner Fabrik verlorengehen. Die Löhne waren momentan noch sicher, aber sollte eine weitere Hiobsbotschaft seine Firma treffen, würde er vielleicht Leute entlassen müssen.

Oppenheim war der Einzige, der ihm noch Hilfe anbot. Er würde die Kosten für die Webstühle übernehmen und in die Fabrik investieren. Julius wusste, dass er in der Falle saß, wenn er darauf einging. Denn Oppenheim wollte die beiden Fabriken fusionieren, und seine Tochter war das Pfand.

Unter anderen Umständen wäre Julius vielleicht nicht abgeneigt gewesen. Doch er hatte sich etwas in den Kopf gesetzt, und wenn er sich zu einer Sache entschloss, dann führte er sie auch durch. Frieda Oppenheim gehörte nicht in seinen Plan. Er hatte sie in den letzten Wochen häufig zu Gesicht bekommen, wenn sie Pauline besuchte. Dass sie so oft in die Löwengasse kam, anstatt Pauline zu sich einzuladen, war ganz sicher auch dem Einfluss ihres Vaters zuzuschreiben. Julius hatte zwar nicht den Eindruck, dass Frieda sich besonders zu ihm hingezogen fühlte, doch wusste sie ganz sicher eine gute Partie zu schätzen. Und eine solche war Julius, dessen war er sich durchaus bewusst. Zumindest war er es noch.

Entweder er gab nach und begann, Frieda den Hof zu machen, oder er war gezwungen, beim nächsten Geschäft, das Schnitzler vorschlug, mitzumachen und zu hoffen, dass sich diesmal der Einsatz weiterer Reserven auszahlen würde. Im Grunde war es Wahnsinn, darüber auch nur nachzudenken. Diese neuen Anlageformen waren ihm schon immer zu riskant gewesen. Er scheute sich davor, geldwerte Anteile oder Waren von Firmen zu kaufen und dann gebündelt wieder abzustoßen, wenn sein Bankier die Zeit für gekommen sah. So etwas hatte zwar schon manchen Mann reich gemacht, aber wenn der richtige Zeitpunkt für den Verkauf verpasst wurde, konnte es sein, dass alles Geld verloren war. Die Bestätigung seiner Zweifel hatte Julius gerade auf dem Schreibtisch liegen.

Der einfache, komfortable und ganz bestimmt sichere Weg wäre Frieda Oppenheim. Sie besaß eine großzügige Mitgift und war gesellschaftlich hoch angesehen. Ihr Vater würde Julius mit offenen Armen in seine Familie aufnehmen. Doch zu welchem Preis? Schon einmal war Julius sehenden Auges in eine solche Falle getappt. Zwar hatte er nicht wissen können, dass seine Braut krank war und ihm das Leben auf verschiedenste Weisen zur Hölle machen würde. Bei Frieda schätzte er diese Gefahr äußerst gering ein. Sie würde ihre Pflicht tun und ihn vielleicht sogar ein wenig mögen, zumindest aber respektieren.

Dumm nur, dass ihm das nicht reichte. Nicht mehr. Nicht, seit er an jenem Herbsttag in Steins Kolonialwarenladen mit einer gewissen Dienstmagd zusammengestoßen war. Er hatte sich zunächst selbst gescholten für seine närrischen Gedanken und Gefühle, die aus heiterem Himmel über ihn gekommen waren. Er hatte sich für verrückt erklärt. Als er dann unter Steins Fenster ihren Gesang vernommen und sie nur wenig später im Umgang mit Peter beobachtet hatte, war seine Entscheidung gefallen. Zunächst hatte er sich versucht einzureden, dass er lediglich beabsichtigte, für seine Kinder eine gebildete Gouvernante einzustellen. Und hätte er sich das nicht immer wieder gesagt, dann wären seine Zweifel an dieser Begründung sicherlich auch anderen Menschen aufgefallen.

Er hatte durch den Detektiv von Anfang an gewusst, dass es nicht leicht sein würde, sie für sich zu gewinnen. Noch immer konnte er nicht einschätzen, wie schwer sie an Körper und Seele gelitten hatte. Tagsüber war sie stark, beherrscht, gelassen. Doch hatte er einen ihrer Albträume erlebt. Was, wenn sie vielleicht niemals darüber hinwegkam? Wenn dieser Mistkerl, der ihr das angetan hatte, ihr für immer den Mut genommen hatte, einem Mann zu vertrauen … sich ihm hinzugeben?

Julius schüttelte den Kopf und fuhr sich mit den Fingern durchs Haar. Er durfte seine Gedanken nicht in diese Richtung wandern lassen. Es war zu gefährlich, denn Pauline befand sich nur ein Stockwerk entfernt von ihm in ihrem Schlafzimmer. Er hatte ihr ein Versprechen gegeben. Wie sonst hätte er sie dazu bewegen können, auf sein Angebot einzugehen? Natürlich hatte er es sich nicht so schwierig vorgestellt. Er hatte gedacht, dass sich eines zum anderen fügen würde, sobald sie erst einmal unter seinem Dach lebte und sich sicher fühlte. Sicherheit, so glaubte er, war wichtig für ihren Heilungsprozess. Sie musste in der Gewissheit leben, dass ihr hier nichts geschehen konnte, und er würde verdammt sein, wenn er ihr diese Sicherheit aus Unbeherrschtheit nahm.

Zähneknirschend ballte Julius die Fäuste und legte den Kopf

in den Nacken, starrte zur Zimmerdecke empor. In letzter Zeit ließ seine Selbstbeherrschung durchaus zu wünschen übrig. Vielleicht weil Pauline so willig auf seine Provokationen einging und inzwischen nur noch selten ein Blatt vor den Mund nahm, wenn er sie herausforderte. Er genoss ihren verbalen Schlagabtausch, vor allem wenn er es schaffte, sie in Verlegenheit zu bringen und sie ihm dennoch nicht auswich. In solchen Momenten schöpfte er Hoffnung. Trotzdem wagte er es nicht, die unsichtbare Barriere, die körperliche Distanz zwischen ihnen zu überwinden oder zumindest zu verkleinern. Ein falscher Schritt, dessen war er sich sicher, und selbst der großzügigste Lohn würde Pauline nicht davon abhalten, auf und davon zu gehen. Deshalb hatte er gehofft, dass die Zeit und Paulines enger werdende Bindung zu den Kindern sie auch ihm allmählich näherbringen würden.

Leider war ausgerechnet Zeit etwas, das ihm nicht mehr zur Verfügung stand. Er musste eine Entscheidung treffen. Wenn es nur um ihn selbst ginge, würde er nicht einen Moment zögern. Doch er musste an die Zukunft seiner Kinder denken, an die Fabrik und die fünfundachtzig Weberinnen und Arbeiter, die auf seiner Lohnliste standen. Gefühlsduselei oder – wie Pauline es ausgedrückt hatte – der Ratschluss des Herzens durfte dabei im Grunde nicht zur Debatte stehen. Es stand einfach zu viel auf dem Spiel – in jedem Fall.

* * *

Als Pauline einige Tage später mit Kathrin vom Markt zurückkam, blieb sie verblüfft in der Zufahrt zum Haus stehen. «Was ist denn hier los?», fragte sie das Dienstmädchen, das aber nur ebenso ratlos mit den Schultern zuckte.

«Sieht aus wie Handwerker.»

Tatsächlich waren drei Männer in derber Arbeitskleidung gerade dabei, ein Gerüst an der Hausfassade aufzustellen. Die Tür stand weit offen. Auch drinnen schienen weitere Männer beschäftigt zu sein.

Eilig setzte Pauline sich wieder in Bewegung. In der Diele blickte sie sich mit offenem Mund um. Zwei Männer bauten gerade einen Schrank ab, und drei weitere trugen Möbelstücke in den kleinen Salon.

«Was …?» Sie stellte ihren vollen Einkaufskorb auf die Treppe und ging zu Julius' Arbeitszimmer. Nach einem kurzen Klopfen öffnete sie die Tür. «Herr Reuther?» Sie verstummte, als sie den Handwerker im Raum stehen sah. Julius selbst saß hinter seinem Schreibtisch und erklärte dem Mann etwas mit ausholenden Gesten. Bei Paulines Anblick hielt er inne. «Fräulein Schmitz, gut, dass Sie zurück sind. Darf ich Ihnen Walter Kronsfott vorstellen. Er ist Malermeister und wird die Renovierungsarbeiten am und im Haus mit seinen Männern und noch einigen anderen Handwerkern durchführen. Meister Kronsfott, dies ist die Gouvernante meiner Kinder, Fräulein Pauline Schmitz.»

Der Handwerker verbeugte sich knapp.

«Renovierungsarbeiten?», brachte Pauline nur heraus. «Warum …?» Sie blickte auf den Handwerker. «Herr Reuther, dürfte ich Sie kurz unter vier Augen sprechen?»

Julius nickte. «Meister Kronsfott, das wäre es fürs Erste. Wenn sich Ihrerseits noch Fragen ergeben sollten, geben Sie bitte mir oder Fräulein Schmitz Bescheid.»

Nachdem der Malermeister das Arbeitszimmer verlassen hatte, trat Pauline an den Schreibtisch. «Warum erfahre ich erst jetzt, dass Sie beabsichtigen, das Haus zu renovieren?»

Julius lächelte breit. «Es war eine kurzfristige Entscheidung.»

«Kurzfristig?», echote sie verärgert. «Wie kurzfristig kann man eine solche Entscheidung denn treffen? Verzeihen Sie, aber hätten Sie mir davon nicht ein paar Tage früher erzählen können? Ich komme vom Markt zurück und finde ...», sie machte eine unbestimmte Geste in Richtung der Diele, «... das da.»

«Die Handwerker werden versuchen, die Beeinträchtigungen durch ihre Arbeit so gering wie möglich zu halten. Und da das Wetter einigermaßen beständig zu sein scheint ...»

«Das Wetter interessiert mich nicht, Herr Reuther! Sie wissen ganz genau, dass wir heute Abend Gäste erwarten. Sie haben sie selbst eingeladen. Und Ricarda hat für Samstag ihre Freundinnen zum Tee gebeten. Wie in aller Welt soll ich in diesem Durcheinander Gäste bewirten?»

«Ich habe Anweisung gegeben, mit den Arbeiten im großen Salon zu warten, bis die anderen Räume fertiggestellt sind.»

«Na wunderbar», sagte Pauline wütend. «Was hat Sie eigentlich dazu veranlasst, so aus heiterem Himmel das Haus zu renovieren?»

Julius Miene wurde ernst. «Es war an der Zeit für eine Veränderung.»

Unzufrieden mit dieser knappen Begründung, schüttelte Pauline den Kopf. «Aber warum gerade jetzt? Wäre der Frühling nicht viel angenehmer für solche Arbeiten?» Sie verschränkte die Arme vor dem Körper. «Und so viele Handwerker ... Ist das nicht ...» Verlegen hielt sie inne.

Julius legte den Kopf schräg. «Was?»

«Nein, verzeihen Sie, das geht mich nichts an.»

«Reden Sie ruhig.»

«Es schickt sich nicht, mich einzumischen.»

Ungehalten lehnte sich Julius über den Schreibtisch. «Nun reden Sie schon, Fräulein Schmitz! Sie wissen, ich kann es nicht ausstehen, wenn Sie so herumdrucksen.»

Pauline holte Luft. «Also gut. Ist das nicht eine unbedacht hohe Ausgabe, gerade in der Situation, in der Sie sich derzeit befinden? Ich meine ...»

«Ich weiß, was Sie meinen.» Julius stand auf und ging zum Fenster. «Aber gerade in meiner jetzigen Situation gibt es gute Gründe für mein Handeln.»

«Und die wären?»

Er drehte sich zu ihr um. «Zunächst einmal darf ich den Gerüchten, die über mich kursieren, nicht noch mehr Nahrung geben, indem ich mit dem Sparen anfange.»

«Aber ...»

«Außerdem sollte das Haus seine Bewohner repräsentieren. In diesem Gemäuer haust noch immer der Geist meiner verstorbenen Frau. Ein Neuanfang kann nur stattfinden, wenn man sich von derartigen Lasten befreit.»

«Aha.» Pauline begann, auf und ab zu gehen. «Dann planen Sie also grundlegende Veränderungen.»

«Auf die eine oder andere Weise wird mir nichts anderes übrig bleiben», erwiderte er. «Aber darüber brauchen Sie sich keine Gedanken zu machen. Zumindest zum jetzigen Zeitpunkt nicht.»

«Ich soll mir keine Gedanken machen?», fragte Pauline gereizt.

«Nein, denn was ich veranlasse, betrifft Sie nicht.»

«Ach nein?»

Julius trat auf sie zu, bis er direkt vor ihr stand. Pauline hielt unwillkürlich die Luft an. In seiner unmittelbaren Nähe schlug ihr

Herz immer wie wild. Dennoch hielt sie seinem Blick eisern stand. Sie würde sich vor ihm keine Blöße geben.

«Für Sie wird sich in diesem Hause nichts ändern ... Es sei denn, Sie wünschen es selbst.»

Pauline schluckte. Ein merkwürdig dumpfes Gefühl breitete sich in ihrer Magengrube aus. Abrupt wandte sie sich ab. «Wenn das Ihre Art war, mir mitzuteilen, dass Sie mich zugunsten Ihrer zukünftigen Braut loswerden wollen, dann war das nicht sehr elegant, Herr Reuther.» Ihre Stimme zitterte leicht – vor Wut, aber auch vor Enttäuschung.

Sie wollte schon zur Tür gehen, doch im gleichen Moment spürte sie seinen festen Griff um ihren Oberarm. Mit einem Ruck drehte Julius sie wieder zu sich herum. «Davon war überhaupt nicht die Rede, Fräulein Schmitz», sagte er laut; offenbar störte es ihn nicht, dass die Handwerker ihn draußen hören konnten. «Wenn es nach meinem Willen geht, bleiben Sie genau dort, wo Sie sind. Ob ich nun heirate oder nicht.»

Mit klopfendem Herzen blickte Pauline zuerst auf seine Hand, die ihren Arm umfasst hielt, und dann in seine Augen, die immer dunkler zu werden schienen. Mit Bedacht und dem letzten Rest an Selbstbeherrschung, den sie aufbringen konnte, löste sie seine Finger von ihrem Arm und trat einen Schritt zurück. «Wann ist es denn jemals nicht nach Ihrem Willen gegangen, Herr Reuther?»

Ehe sie erneut die Flucht antreten konnte, hatte er sie bei den Schultern gefasst und zog sie wieder näher zu sich heran. «In letzter Zeit?», fragte er rau. «Immer dann, wenn es nach *Ihrem* Willen ging, Fräulein Schmitz, und das wissen Sie genau.»

Inzwischen hatte Pauline das Gefühl, keine Luft mehr zu bekommen. «Lassen Sie mich los», presste sie hervor.

Julius suchte ihren ausweichenden Blick und hielt ihn gefangen. «Nein, Fräulein Schmitz. Sie laufen mir nicht davon.» Er schien zu spüren, wie sie sich versteifte, denn plötzlich ließ er sie los. «Fürs Erste bleiben Sie in diesem Haus und tun Ihre Arbeit. Ich bezahle Ihnen weiß Gott genug dafür», knurrte er in seinem ihm typischen, ruppigen Ton, mit dem Pauline weit besser umgehen konnte als mit der rauen, beinahe sanften Stimme, die ihr eine Gänsehaut bescherte.

«Fürs Erste?» Sicherheitshalber machte sie einen Schritt rückwärts, um aus seiner Reichweite zu gelangen.

«Bis Sie sich selbst zu etwas anderem entscheiden», gab er kühl zurück.

Sie atmete tief durch. «Also gut, Herr Reuther. Dann werde ich das tun, wofür Sie mich bezahlen. Für den Anfang würde ich sagen: Sehen Sie zu, dass diese Unordnung bis heute Abend so weit beseitigt ist, dass wir Ihre Gäste empfangen können, ohne uns schämen zu müssen.»

Ohne auf eine Antwort von ihm zu warten, öffnete sie die Tür und rauschte hinaus.

* * *

«Wer zum Teufel steckt dahinter?» Ungehalten lief Julius in seinem Büro über der Fabrik auf und ab. «Lungenberg?»

«Vielleicht. Vielleicht auch nicht. Nachweisen können Sie ihm wohl nichts», sagte Thomas Herold grimmig. «Wenn Sie mich fragen, sollten Sie einen Detektiv anheuern. Es muss doch herauszufinden sein, wer die Aktien aufgekauft hat, die Sie erwerben wollten, und ob es dieselbe Person war, die schon Ihre Beteiligung an der vorherigen Spekulation vereitelt hat.»

«Vereitelt?» Julius blieb stehen und ballte die Hände zu Fäusten. «Mein Glück wäre es gewesen, wenn sie vereitelt worden wäre! Verdorben ist der bessere Ausdruck. Ich wusste, ich hätte die Finger davon lassen sollen. Aber ich wollte einfach nicht ...» Hilflos schloss er die Augen und bemühte sich um Ruhe. Vergeblich.

«Wie viel haben Sie verloren, Herr Reuther?» Herold trat einen Schritt auf seinen Freund und Arbeitgeber zu. Als Julius ihm den Betrag nannte, musste Herold die Augen für einen Moment schließen. «Sie haben alles auf eine Karte gesetzt?»

«Blieb mir denn eine andere Wahl?» Julius starrte ihn wütend an. «Ja, natürlich hatte ich die. Nun habe ich anscheinend keine mehr.»

«Sie werden auf Oppenheims Angebot eingehen?», fragte Herold mitfühlend. Er ahnte, was in Julius vorging. Offenbar sollte nicht sein, was sich dieser so innig wünschte – und ganz sicher auch verdient hatte.

Traurig schüttelte Thomas Herold den Kopf. Er war kein Mensch, der das Herz auf der Zunge trug, darin ähnelte er Julius. Doch hatte er weniger Ungemach durchleben müssen und war darüber hinaus mit einer Frau gesegnet, die er von Herzen gern hatte und die diese Liebe erwiderte. Er wünschte Julius auch dieses Glück, doch wie die Dinge nun standen, ahnte er, wie die Geschichte ausgehen würde.

Herold setzte ein ermutigendes Lächeln auf. «Sehen Sie es einmal so: Frieda Oppenheim ist eine freundliche Person und klug genug, Ihnen Ihre Ruhe zu lassen. Sie werden ein angenehmes Leben an ihrer Seite führen und ganz bestimmt noch einige stramme Söhne und bildhübsche Töchterchen mit ihr bekommen.»

Wortlos blickte Julius ihn an.

Herold nickte verständnisvoll. «Sie legen keinen Wert auf

Ruhe, nicht wahr? Sie wollen lieber die Frau, die Ihnen den letzten Nerv raubt.»

«Was soll ich tun, Herold?» Nun klang Julius nicht mehr zornig, sondern gänzlich ratlos.

Herold dachte eine geraume Weile über die Frage nach. «Ich weiß, was Ihnen jeder Mann mit Verstand raten würde. Sie wissen es ebenfalls, deshalb spare ich mir den Atem. Aber etwas anderes haben Sie vielleicht noch nicht zu Ende gedacht: Was sagt denn die betreffende Dame zu Ihren Plänen? Weiß sie, dass Sie sie lieben?»

Der entsetzte Ausdruck auf Julius' Gesicht brachte den Vorarbeiter beinahe zum Lachen. «Vielleicht sollten Sie diese Angelegenheit zuerst ergründen, bevor Sie eine Entscheidung treffen, die sich nicht mehr rückgängig machen lässt.»

* * *

Bereits zum zweiten Mal streifte Pauline an diesem Abend durch das stille Haus. Es war kurz vor elf und Julius noch nicht da. Er war schon zum Abendessen nicht erschienen, ohne vorher eine Nachricht zu schicken. Das sah ihm nicht ähnlich. Zwar überraschte er sie immer mal wieder mit unangemeldeten Gästen – oder unverhofften Renovierungsmaßnahmen –, doch wenn er spontan abends ausblieb, sendete er immer eine kurze Notiz.

Pauline machte sich Sorgen. Wohin mochte er nach der Arbeit in der Fabrik nur gegangen sein? Er war zu Fuß unterwegs. Die Kutsche, die er normalerweise benutzte, wenn er eine Verabredung auswärts hatte, stand nach wie vor in der Remise.

Ob ihm etwas zugestoßen war? Nach Einbruch der Dunkelheit tummelte sich so einiges Gesindel in den Straßen Kölns. Diebe, Raufbolde und Saufbrüder waren auch von der Polizei nicht zufriedenstellend unter Kontrolle zu bringen.

Unruhig durchquerte Pauline die Diele und betrat das kleine Wohnzimmer. Sie betrachtete Ricardas Staffelei, auf der nun wieder eine Zeichnung der Tochter des Hauses ihrer Vollendung harrte. Das Bild, das Julius gemalt hatte, lehnte in seinem Arbeitszimmer an einem der Regale.

Pauline ging hinüber zur Bibliothek. Einen Moment lang zögerte sie, doch dann trat sie ein und stellte die kleine Lampe, die sie mit sich führte, auf dem Schreibpult ab. Still ging sie zu einem der beiden großen Fenster und blickte hinaus, versuchte zu erkennen, ob sich vor dem Haus etwas bewegte.

«Sie sollten nicht auf ihn warten», erklang Jakobs Stimme von der Tür her. «Gehen Sie zu Bett, Fräulein Schmitz. Ich bleibe auf, bis er nach Hause kommt.»

Pauline drehte sich zu dem Hausdiener um. «Glauben Sie, ihm ist etwas zugestoßen?»

Jakob schüttelte den Kopf. «Nein, bestimmt nicht.»

«Wo steckt er dann?»

«Wer weiß das schon?» Jakob ging ein paar Schritte auf sie zu. «Es gibt Momente, da muss ein Mann einfach für sich allein sein. Dem gnädigen Herr stehen harte Zeiten bevor. Vermutlich hat er sich zurückgezogen, um sich darüber klar zu werden, was er tun soll.»

Überrascht blickte Pauline ihn an. Sie trat hinter den Stuhl an dem kleinen Schreibpult und legte die Hände auf die Rückenlehne. «Ich wüsste nicht, was es in seiner Situation noch zu überlegen gibt. Frieda Oppenheim ist eine liebenswerte junge Dame mit einer großen Mitgift und einem Vater, der gewillt ist, Herrn Reuther aus seiner derzeitigen Klemme herauszuhelfen. Mit Hilfe der Oppenheims kann er seine Fabrik retten und vermutlich sogar noch ausbauen. Ich verstehe nicht, warum er so zögert.»

Jakob musterte sie. «Wissen Sie das wirklich nicht, Fräulein Schmitz?»

Pauline spürte, wie sie errötete. «Was wollen Sie damit sagen?»

«Herr Reuther wäre niemals auf den Gedanken gekommen, das Haus zu renovieren oder den Garten neu zu gestalten, wenn Sie nicht hier wären.»

«Das ...» Verlegen blickte Pauline auf ihre Hände. «Das zeigt nur, dass er es endlich wagt, die Vergangenheit hinter sich zu lassen und etwas Neues zu wagen.»

«Da kann ich Ihnen nicht widersprechen», antwortete Jakob lächelnd.

«Aber es hat nichts mit ... mir zu tun.» In Paulines Ohren klangen Julius' Worte, er wolle den Garten für sie herrichten lassen. «Ich habe ihm lediglich den Anstoß dazu gegeben. In den Genuss der Auswirkungen seiner Veränderungspläne wird die zukünftige Frau Reuther kommen.»

«Auch da widerspreche ich Ihnen nicht.»

Erschrocken hob Pauline den Kopf. «Das ist absurd!»

«Ich kann daran nichts Absurdes finden, Fräulein Schmitz», sagte Jakob.

«Unklug!»

«Möglicherweise.»

«Und vollkommen verrückt.» Pauline rang nach Atem. «Sie sind verrückt, Jakob! Ich werde nicht ein weiteres Wort über diesen Unfug mit Ihnen wechseln!» Eilig ging sie zur Tür. Just in dem Moment, da sie die Klinke in die Hand nahm, öffnete sich die Tür, und Julius trat ein.

«Herr Reuther!» Pauline wurde blass vor Schreck.

Stirnrunzelnd musterte er sie. Es war ihm anzusehen, dass er nicht in der besten Stimmung war. «Was tun Sie so spät noch hier drinnen?» Er warf Jakob einen fragenden Blick zu.

«Verzeihen Sie, gnädiger Herr. Fräulein Schmitz hat sich Sorgen um Ihren Verbleib gemacht ... Ich habe versucht, sie zu beruhigen und ihr nahegelegt, zu Bett zu gehen.»

«Worauf sie natürlich nicht gehört hat.»

Jakob lächelte leicht. «Nein, Herr Reuther.»

«Würden Sie bitte aufhören, so zu tun, als wäre ich nicht im Raum?» Pauline starrte Julius verärgert an. «Das ist nicht gerade höflich, meine Herren.»

«Erzählen Sie mir nicht, was unhöflich ist», brummte Julius genervt.

Jakob sah zwischen den beiden hin und her und zog sich mit einem verlegenen Räuspern zurück. «Entschuldigen Sie mich bitte, gnädiger Herr. Ich ... habe noch etwas zu tun.» Rasch entfernte sich der Hausdiener, wohl, um nicht versehentlich zwischen die Fronten zu geraten.

«Köbes hat recht. Gehen Sie zu Bett. Sie hätten nicht aufbleiben und auf mich warten müssen», sagte Julius gereizt.

Pauline schickte sich an, seiner Aufforderung Folge zu leisten, hielt aber noch einmal inne.

«Was denn noch?», fragte er mit zusammengezogenen Augenbrauen.

«Verzeihen Sie, wenn ich mir Sorgen gemacht habe, gnädiger Herr. Aber Sie schicken sonst immer eine Nachricht, wenn Sie länger ausbleiben. Es geht mich ja nichts an, wo Sie waren, aber Sie hätten uns nicht einfach im Ungewissen lassen dürfen. Auch die Kinder waren unruhig und besorgt.»

«Ich bin Ihnen keine Rechenschaft über meinen Verbleib schuldig», sagte Julius.

«Selbstverständlich nicht.» Pauline wandte sich wieder zum Gehen.

«Aber Sie geben wieder einmal keine Ruhe, nicht wahr?»

Pauline blickte über die Schulter zurück. «Ich gehe jetzt zu Bett. Gute Nacht, Herr Reuther.»

«Guter Gott, Sie sind eine echte Plage!» Mit zwei Schritten war Julius bei ihr und drehte sie grob zu sich herum.

Erschrocken versuchte sie zurückzuweichen, doch Julius hielt sie fest. «Ich war bei Alfred Lungenberg. Dem Mann, der möglicherweise für den Fehlschlag meiner Investition in die Spekulationsgeschäfte von Schnitzler verantwortlich ist. Zumindest steckt er hinter den Problemen, die ich wegen der Grenzsteine in Nippes habe. Ich wollte ihm den Hals umdrehen. Oder vielmehr war das mein erster Plan.»

«Alfred Lungenberg?», fragte sie atemlos.

«Danach bin ich umhergelaufen, habe nachgedacht. Das wird doch wohl noch erlaubt sein!»

«Was haben Sie mit diesem Lungenberg gemacht?» Ängstlich blickte sie in seine zornig funkelnden Augen.

Abrupt ließ er sie los. «Ich habe ihm nicht den Hals umgedreht, falls Sie das meinen. So weit konnte es nicht kommen, da nur sein ältester Sohn Frederik zu Hause war. Der tat, als wüsste er von nichts. Natürlich stimmt das nicht, aber ich hatte keine Möglichkeit, die Wahrheit aus ihm herauszupressen. Jedenfalls keine, die nichts mit Gewalt zu tun gehabt hätte. Ich muss herausfinden, ob es wirklich der alte Lungenberg war, der in diese Spekulation eingestiegen ist und mich so ausgebootet hat, oder ob doch jemand anderer dahintersteckt. Wie ich inzwischen weiß, betreffen die

Verluste hauptsächlich mich und nicht die anderen Anleger. Wer auch immer das war, muss also genau gewusst haben, was er tat.»

Pauline atmete auf, denn seine Stimme war wieder zu ihrem normalen Tonfall zurückgekehrt. «Und was jetzt?»

«Was soll jetzt sein?» Irritiert erwiderte er ihren fragenden Blick.

«Wie geht es jetzt weiter? Was haben Sie vor?»

«Ich werde morgen noch einmal versuchen, bei Lungenberg vorzusprechen.»

Pauline stieß einen ungeduldigen Laut aus. «Sie wissen genau, was ich meine!»

Julius fasste erneut ihren Arm, diesmal jedoch deutlich sanfter. «Weiß ich das?»

Natürlich war Pauline klar, dass sie dieses Gespräch unverzüglich hätte abbrechen müssen. Julius war ihr jetzt unschicklich nahe, doch aus unerfindlichen Gründen konnte sie sich nicht von der Stelle rühren.

Nun ergriff Julius auch noch ihren anderen Arm und ließ seine Hände über ihre Ellenbogen hinabwandern, bis sie ihre Finger berührten und umschlossen. «Sagen Sie mir, wofür ich mich entscheiden soll, Pauline. Für den einfachen Weg, also die Ehe mit Frieda Oppenheim, oder für eine neue gefährliche Spekulation, an deren Ende ich entweder saniert oder ruiniert bin.»

Pauline atmete scharf ein. Nicht nur die Berührung seiner Hände brachte sie aus dem Gleichgewicht, sondern auch sein forschender Blick und der tiefe, raue Tonfall seiner Stimme. Mit einiger Anstrengung riss sie sich zusammen.

«Da fragen Sie noch? Wie können Sie auch nur in Erwägung ziehen, alles, wofür Sie und zuvor Ihr Vater so hart gearbeitet haben, aufs Spiel zu setzen?»

Der Druck seiner Hände um ihre Finger verstärkte sich ein wenig. «Tja, wie könnte ich wohl?»

«Hören ...» Ihre Stimme brach, und sie musste erneut ansetzen. «Hören Sie auf damit. Das führt doch zu nichts!»

«Nein?» Sein Gesicht näherte sich dem ihren, doch als ihre Gesichter nur noch wenige Zoll voneinander entfernt waren, hielt er inne.

Paulines Brust hob und senkte sich heftig. Da war etwas in ihr, das sich wünschte, er möge die kurze Distanz zwischen ihnen endlich schließen, doch die Stimme der Vernunft warnte sie ebenso beharrlich davor, welche Konsequenzen das haben würde. Das Gesicht Friedhelm Buschners tauchte vor ihrem inneren Auge auf. Und obgleich sie spürte und wusste, dass sie Julius nicht mit Buschner vergleichen konnte, dass er sie niemals so schäbig behandeln würde, reichte der Schock, den ihr die Erinnerung versetzte, um sie entschlossen zurückweichen zu lassen. Sie entzog ihm mit einem Ruck ihre Hände und floh ohne ein weiteres Wort aus der Bibliothek.

Kapitel 20

«Hören ...» Ihre Stimme brach, und sie musste erneut ansetzen. «Hören Sie auf damit. Das führt doch zu nichts!»

«Nein?» Julius' Gesicht näherte sich dem ihren, doch als ihre Gesichter nur noch wenige Zoll voneinander entfernt waren, hielt er inne.

Paulines Brust hob und senkte sich heftig. Da war etwas in ihr, das sich wünschte, er möge die kurze Distanz zwischen ihnen end-

lich schließen, doch die Stimme der Vernunft warnte sie ebenso beharrlich davor, welche Konsequenzen das haben würde.

Julius ließ ihre Hände los und umschloss stattdessen ihr Gesicht, dann legten sich seine Lippen sanft und fest zugleich auf Paulines Mund. Ihr Herz schlug gleichzeitig in ihrer Brust und in ihrer Kehle, ihr Magen senkte sich. Dann löste er seine Lippen von ihren. Abwartend, fragend sah er sie an. Als sie ihm eine Winzigkeit entgegenkam, berührten sich ihre Lippen erneut. Diesmal nicht mehr so sanft, sondern fordernd, leidenschaftlich. Seine Hände wanderten hinab zu Paulines Schultern, dann zu ihren Hüften. Er zog sie fest an sich, strich mit einer Hand über ihren Rücken. Es fühlte sich an, als ob er dabei eine brennende Spur über ihren Körper zöge.

Pauline presste ihre Handflächen gegen seine Brust – doch nicht, um ihn von sich zu stoßen. Halt suchend glitten ihre Hände hinauf zu seinen Schultern. Sie rang nach Atem.

Darauf schien er nur gewartet zu haben, denn als sich ihre Lippen teilten, spürte sie, wie seine Zunge forschend über ihre Unterlippe glitt. Die Empfindungen, die Pauline durchströmten, waren neu und erschreckend für sie – aber auch aufregend. Als er den Druck seiner Lippen noch weiter verstärkte, entrang sich ihrer Kehle ein hilfloser Laut.

Plötzlich spürte sie, dass sie nicht mehr allein mit Julius war. Die Gestalt Friedhelm Buschners war neben ihr aufgetaucht. Verlangend blickte er sie an, streckte seine Hände nach ihr aus, riss sie mit einem Ruck aus Julius' Armen.

«Aber Pauline», sagte er in dem schmeichlerischen Ton, der ihr jedes Mal einen Schauer über den Rücken jagte. «Was tust du denn da? Du gehörst doch mir! Mir allein. Wir beide waren doch so glücklich miteinander. Das können wir immer noch sein. Komm mit mir, gib dich mir noch einmal hin!» Sie spürte Buschners Hände

auf ihrem Leib. Er drängte sie gegen ein Regal. Entsetzt sah sie sich um. Sie war nicht mehr in Julius' Bibliothek, sondern in der der Familie Buschner in Bonn. Schräg vor ihr stand das Kanapee, auf das Buschner sie gleich drängen würde. Er atmete bereits schwer und zerrte an ihren Röcken.

Wo war Julius? Verzweifelt blickte sie sich um und sah ihn in der Tür stehen. Sie wollte ihn um Hilfe bitten, doch aus ihrem Mund kam nur ein verängstigtes Wimmern. Julius rührte sich nicht von der Stelle. Er blickte sie nur abgrundtief traurig an. Dann wandte er sich ab.

«Warte», rief sie verzweifelt. «Geh nicht fort! Tu doch etwas – hilf mir!»

Julius blieb stehen und drehte sich zu ihr um. Er sagte kein Wort, doch sie sah ihm an, was er dachte.

Buschner hatte sie inzwischen tatsächlich bis zum Kanapee geschoben und versuchte, sie dazu zu bewegen, sich hinzulegen. Keuchend schob er ihre Röcke hoch. Doch diesmal ließ sie es nicht zu. Mit einer Kraft, von der sie nicht wusste, woher sie kam, stieß sie den erregten Mann von sich. «Aufhören!», schrie sie ihn hasserfüllt an. «Geh weg und lass mich in Ruhe! Ich will dich niemals wiedersehen!

Du bist weit weg und kannst mich nicht mehr erreichen!», setzte sie mit schneidender Stimme nach. «Niemals wieder. Hast du verstanden? Scher dich zum Teufel, Friedhelm Buschner!» Ihr Herz pochte wie wild, sodass sie eine Hand auf ihre Brust legte, in der Hoffnung, sich damit zu beruhigen. Als sie bemerkte, dass die Gestalt Buschners immer blasser wurde, war ihre Erleichterung so groß, dass ihr die Tränen in die Augen stiegen. Sie spürte sie heiß über ihre Wangen fließen. Glücklich, den Kampf gegen Buschner zum ersten Mal gewonnen zu haben, drehte sie sich zu Julius um – doch auch er war verschwunden.

Still saß Julius auf Paulines Bettkante und blickte auf ihre schlafende Gestalt. Als er die Treppe heraufgekommen war, hatte er ihr leises Stöhnen und Wimmern vernommen. Ohne weiter darüber nachzudenken, hatte er ihr Schlafzimmer betreten, um nach ihr zu sehen. Sofort war ihm klar, dass sie wieder einen Albtraum hatte. Zuerst wollte er sie aufwecken, doch als sie plötzlich ganz ruhig wurde, hatte er davon abgesehen. Jetzt sah er, wie ihr im Schlaf Tränen über die Wangen flossen. Der Anblick zerriss ihm beinahe das Herz. Er streckte die Hand aus, wollte die Tränen fortwischen, doch er traute sich nicht. Stattdessen zog er nur ihre Decke ein wenig höher und erhob sich wieder. Traurig betrachtete er die Frau, die er liebte. Wie kam es, dass sich alle Welt gegen ihn verschworen hatte? War ihm nicht das kleinste bisschen Glück vergönnt? Am Abend, in der Bibliothek, hatte er gespürt, dass es eine Verbindung zwischen ihnen gab. Dass auch sie sie wahrgenommen hatte. Aber wenn er sie jetzt ansah, die Qual von ihren Gesichtszügen ablas, verließ ihn der Mut, dass er sie jemals für sich gewinnen würde.

Müde fuhr er sich mit den Fingern durchs Haar, beugte sich zu Pauline hinab und streifte mit den Lippen ganz sachte ihre Stirn. Dann nahm er seine kleine Handlampe und verließ das Zimmer so leise, wie er es betreten hatte.

* * *

«Sind Sie so weit?» Julius stand in der Diele, als Pauline die Treppe hinabstieg. Sie trug auf Friedas Rat hin ein eigens für den Rosenmontagsball angefertigtes Barockkleid in Weiß und Hellgelb mit üppigen Rüschen und Schleifen. In der behandschuhten Hand hielt sie die passende Maske, die sie sich vor Betreten des

Ballsaales umbinden würde. Ihr Haar war mit weißen und gelben Haarbändern zu einer kunstvollen Frisur aufgesteckt, bei der nicht nur Kathrin, sondern auch Ricarda ihr hatten helfen müssen. Julius' anerkennender Blick ließ sie leicht erröten, aber sie tat so, als bemerke sie seine Bewunderung nicht. Seit sie an jenem Abend vor einer Woche in der Bibliothek auseinandergegangen waren, gab es eine merkwürdige Distanz zwischen ihnen. Sie sprachen sehr höflich miteinander, aber wichen jedem persönlichen Wort aus und mieden Situationen, in denen sie allein waren. Da es in dem Haus tagsüber von Handwerkern nur so wimmelte und Julius sich sowieso die meiste Zeit in der Fabrik aufhielt, fiel es ihnen nicht schwer, dieses unausgesprochene Arrangement aufrechtzuerhalten.

Pauline spürte, dass sich etwas zusammenbraute. Sie hatten in den vergangenen Monaten zu einem gewissen Konsens gefunden, was ihr Zusammenleben betraf, und waren sogar so etwas wie Freunde geworden. Die angespannte Situation zerrte an ihren Nerven. Aber sie konnte nichts tun. Er sprach mit ihr nicht mehr über seine finanziellen Schwierigkeiten, ja blendete dieses Thema bewusst und sehr gekonnt aus den Alltagsgesprächen aus. Insofern wusste Pauline nicht, ob und zu welcher Entscheidung er mittlerweile gelangt war.

Um seiner Fabrik und Familie willen hoffte sie, dass er vernünftig sein und Oppenheims Angebot annehmen würde. Frieda war nach wie vor sicher, dass es so kommen würde, und war nur allzu bereit, seinen Antrag anzunehmen. Pauline wusste, dass dies nicht zuletzt darauf zurückzuführen war, dass sie selbst Friedas anfängliche Bedenken in vielen Gesprächen ausgeräumt hatte. Sie hatte Julius' positive Eigenschaften hervorgehoben und Frieda immer wieder versichert, dass sie nichts Schlimmes von ihm als Ehemann zu befürchten haben würde.

Insgeheim schmerzte Pauline diese Vorstellung so sehr, wie ein gebrochenes Herz sie schmerzen würde. So weit, redete sie sich ein, war es zum Glück nicht gekommen. Sie hatte weder sich noch ihm etwas vorzuwerfen. Sich selbst höchstens, dass sie so töricht gewesen war, sich in ihn zu verlieben. Doch das wusste er nicht und sollte es nie erfahren.

Pauline war sich allerdings noch nicht im Klaren darüber, wie sie es ertragen sollte, ihn mit ihrer inzwischen besten Freundin zusammen zu sehen, wenn die beiden erst verheiratet waren. Bestimmt würde es eine Lösung geben. Julius würde sie nicht fortschicken, das wusste sie, denn er war ein Mann, der sein Wort hielt. Das war bisher so gewesen und würde sich auch zukünftig nicht ändern. In seiner Nähe, in seinem Haus, hatte sie sich endlich wieder sicher und geborgen gefühlt. Kraft geschöpft. Sie erinnerte sich nur zu gut an den Albtraum, den sie in jener Nacht nach dem Zwischenfall in der Bibliothek gehabt hatte. Er hatte sich noch zweimal wiederholt. Jedes Mal hatte sie Buschners Geist, wie sie ihn insgeheim nannte, erfolgreich vertrieben. Julius war in diesen Träumen stets wortlos verschwunden. Sie wusste, dass sie sich damit auch in Wirklichkeit abfinden musste. So, wie die Dinge standen, würde es keine Zukunft für sie an seiner Seite geben.

Pauline straffte die Schultern und setzte ein fröhliches Lächeln auf. «Von mir aus können wir losfahren.» Sie strich den warmen Schal, den Jakob ihr um die Schultern legte, sorgsam glatt.

«Sie sehen heute ganz bezaubernd aus, Fräulein Schmitz», sagte der Hausdiener. «Bestimmt werden Sie sämtliche Männerherzen auf dem Ball im Sturm erobern.»

«Danke, Jakob, das ist sehr nett von Ihnen.» Pauline lächelte ihm herzlich zu.

Jakob verbeugte sich leicht und wandte sich an Julius. «Wenn ich das sagen darf, gnädiger Herr, auch Sie sind heute äußerst elegant. Sie beide ergeben ein sehr attraktives Paar.»

Ehe Pauline protestieren konnte, winkte Julius bereits ab. «Ach was, Köbes. Dieser ganze Zinnober geht mir jetzt schon auf den Geist. Gut dass ich mich heute wenigstens hinter dieser lächerlichen Maske verstecken kann.» Er hielt kurz die schwarze Teufelsmaske vor sein Gesicht, die er auf dem Ball tragen würde. «Also, lassen Sie uns aufbrechen und gute Miene zum bösen Spiel machen!» Er bedeutete Pauline, ihm voran das Haus zu verlassen.

Auf dem Weg zum großen Festsaal im Gürzenich saßen Pauline und Julius einander schweigend gegenüber. Pauline, die bei sich beschlossen hatte, sich den Abend nicht verderben zu lassen, konnte nicht verhindern, dass ihre Gedanken zu den Ereignissen des Tages zurückwanderten. Sie war mit Julius und den Kindern am späten Vormittag zu Fuß bis zum Neumarkt gegangen, um den Rosenmontagsumzug zu sehen. Sie hatte sich nichts darunter vorstellen können und war – ebenso wie die Kinder – überwältigt von dem Ereignis. Der Platz und die angrenzenden Straßen waren voller Menschen gewesen. Jung und alt, arm und reich, Männer und Frauen – viele maskiert – drängten sich dicht an dicht. Einige hatten Beutel und Körbe mit Erbsen und gipsernen Kügelchen dabei – wozu, war Pauline ein Rätsel gewesen.

Dann begann der Umzug. Offene Wagen reihten sich hintereinander auf, ihre Zugpferde mit bunten Federn und Girlanden geschmückt. Dazwischen gab es Gruppen von Musikanten. In den Wagen saßen wunderlich kostümierte und größtenteils maskierte Damen und Herren, die der jubelnden Menge zuwinkten und witzige Parolen ausriefen.

Das Gedränge war immer dichter geworden; jeder wollte

einen Blick auf die herrlich dekorierten Gefährte erhaschen. Pauline hatte Mühe gehabt, die Kinder im Zaum zu halten.

Und dann lüftete sich das Rätsel um die Erbsen und Gipskügelchen: Die Menschen warfen sie auf die vorüberziehenden Wagen. Deren Insassen besaßen ebenfalls Körbe voll davon und verstreuten das Konfetti munter über den Zuschauern. Schon nach kurzer Zeit hatte Pauline Gipskügelchen in den Haaren, im Kragen und in der Kapuze ihres Mantels. Doch sie achtete nicht darauf. Die befreite, ausgelassene Stimmung und die lustigen Lieder, die rings um sie angestimmt wurden, der fröhliche Lärm, den die jubelnden und lachenden Menschen verursachten, übten einen ungekannten Reiz auf sie aus und ließen sie alle Sorgen für eine kurze Weile vergessen. Selbst Julius schien nicht unbeteiligt, auch wenn er nur hin und wieder jemandem auf den Wagen zuwinkte. Pauline nahm Ricarda und Peter bei den Händen und drängte sich bis in die erste Reihe vor, damit die Kinder eine bessere Aussicht hatten. Was für ein Spaß musste es sein, in einem dieser Festwagen mitzufahren! Auf dem Heimweg schwärmten die Kinder von dieser Möglichkeit, was Julius tatsächlich dazu veranlasste, ihnen zu versprechen, sich beim Festkomitee des Kölner Karnevals danach zu erkundigen.

Während des gemeinsamen Eintopfessens in einer überfüllten Schankwirtschaft war er aufgeräumter Stimmung und scherzte sogar ein bisschen mit den Kindern. Zurück in der Löwengasse, spürte Pauline, dass seine gute Laune nur aufgesetzt gewesen war. Sie hätte ihn gern gefragt, was geschehen war, doch sie traute sich nicht. Er zog sich in sein Arbeitszimmer zurück und tauchte erst wieder auf, als es Zeit war, sich für den Ball fertig zu machen.

* * *

Hätten sie nicht bereits vor dem Eingang zum Gürzenich – und noch unmaskiert – die Familie Oppenheim getroffen, so wäre sich Pauline auf dem Ball schrecklich verloren vorgekommen. Sie war überwältigt von der herrlichen Dekoration, den bunten Girlanden und Tüchern, die Wände und Decke des riesigen Saales zierten. Auf dem Ball wurden über vierhundert Menschen erwartet; alles, was in Köln Rang und Namen hatte, aber auch viele Kaufleute und wohlhabende Handwerker hatten sich Karten für dieses Ereignis reservieren lassen. Der Saal summte wie ein Hornissennest. Die Musiker spielten beinahe unablässig flotte Tanzmusik. Im hinteren Teil des Raumes waren üppige Buffets sowie Tische und Stühle für die Gäste aufgebaut; Wein und Bier flossen in Strömen.

«Kommen Sie», forderte Frieda Pauline auf. «Lassen Sie uns den Saal erkunden und sehen, ob wir jemanden erkennen. Die Herren müssen ja erst ein wenig auftauen, bevor sie Freude an einem Maskenball vortäuschen können. Sie sehen übrigens ganz hinreißend aus, liebe Freundin. Jede Wette, dass Sie in Windeseile eine ganze Reihe von Verehrern Ihr Eigen nennen werden.»

Pauline lachte. «Um Himmels willen, darauf lege ich es gar nicht an.»

«Das müssen Sie auch nicht. Solche Dinge fügen sich immer von selbst.» Fröhlich hakte sich Frieda bei ihr unter und zog sie mit sich durch den Saal.

«Sie selbst lenken aber auch nicht wenige anerkennende Blicke auf sich», raunte Pauline ihr zu. «Dieses weinrote Kleid steht Ihnen ganz ausgezeichnet zu Gesicht. Pardon, zu Ihrer Maske.»

Frieda kicherte. «Ich weiß. Wir haben lange gesucht, bis wir einen Farbton fanden, der mit meinen roten Haaren harmoniert. Ich wollte unbedingt ganz in Rot gehen. Das ist so herrlich frivol und schickt sich im Alltag nicht. Aber zu Karneval ist es doch bei-

nahe eine Pflicht, einmal etwas Außergewöhnliches zu wagen.»
Sie neigte sich näher zu Pauline hinüber. «Haben Sie übrigens bemerkt, dass meine Maske das Pendant zu der von Julius ist? Nur dass die seine schwarz ist. Rot hätte auch nicht zu ihm gepasst, nicht wahr? Es bedurfte einigen Geschicks meiner Mutter und mehrerer Treffen mit Annette Reuther, bis sie herausgefunden hatten, welches Modell er für den heutigen Ball wählen würde.»

«Tatsächlich.» Pauline musterte Friedas Teufelinnenmaske und konnte wirklich eine deutliche Ähnlichkeit mit der von Julius erkennen. Was ihr jedoch auf den Magen schlug, war etwas anderes. «Meine Liebe, Sie nennen Herrn Reuther jetzt beim Vornamen?»

Frieda, die ihre Blicke über die Menschen im Saal hatte schweifen lassen, wandte sich ihr wieder zu. Trotz der Maske, die die obere Hälfte ihres Gesichts bedeckte, war ihr das Strahlen deutlich anzusehen. «O ja, seit wenigen Tagen. Mein Vater hat uns praktisch dazu genötigt, als Julius bei uns zu Gast war. Er hat sich ein bisschen geziert, aber ich bin sicher, er war am Ende genauso erleichtert wie ich. So spricht es sich doch weit besser unter ... nun ja ... unter den gegebenen Umständen. Meine Mutter hat sogar die Hoffnung geäußert, dass er mir heute auf dem Ball einen Antrag machen wird. Wäre das nicht romantisch?»

Pauline schluckte krampfhaft. «Ja, das wäre es in der Tat.» *Wenn Julius von romantischer Natur wäre*, fügte sie in Gedanken hinzu.

«Kommen Sie, wir gehen zu meinen Eltern zurück, damit er weiß, wo er mich finden kann. Außerdem hoffe ich, dass er mich bald zum Tanzen auffordern wird. Ganz bestimmt ist er ein guter Tänzer. Bei seiner Statur und Haltung.» Sie lachte und klang tatsächlich ein wenig verliebt. «Schauen Sie ihn sich doch nur einmal an», flüsterte sie Pauline zu, als sie sich Friedas Eltern näherten.

Julius stand ein wenig abseits, offensichtlich darauf bedacht, sich so wenig wie möglich an den allgemeinen Gesprächen zu beteiligen. Pauline hatte den Eindruck, dass er sie beobachtete, als sie an Friedas Seite zu den anderen stieß, doch seine Miene blieb hinter der Maske weitgehend verborgen. Sie hatten das Ehepaar Oppenheim gerade erreicht, als sich Pauline ein Mann in schwarzem Anzug und mit einer giftgrünen Maske näherte. Er blieb vor ihr stehen und verbeugte sich. «Gnädiges Fräulein, Sie rauben allen Männern im Saal den Atem! Mir ganz besonders. Würden Sie mir die Ehre des nächsten Tanzes erweisen?»

Frieda stieß sie kichernd an. «Sehen Sie, ich habe es doch gesagt!», raunte sie. «Gehen Sie schon! Amüsieren Sie sich.»

Pauline lächelte. «Vielen Dank, mein Herr. Die Ehre erweise ich Ihnen gerne.»

Kapitel 21

Zwei Stunden später sank Pauline erschöpft auf einen der Stühle am Tisch der Familie Oppenheim. Sie hatte nach dem ersten Tanz noch mehrere weitere Anfragen von Kavalieren bekommen, bis sie schließlich eine Pause hatte einlegen müssen. So viel wie auf diesem Ball hatte sie lange nicht mehr getanzt. Zuletzt auf einem Weihnachtsball in Bad Bertrich, doch das war schon so weit weg, dass es ihr vorkam, als sei es in einem anderen Leben gewesen.

Friedas Eltern hatten sich zu einer Familie am Nebentisch gesellt, sodass nur sie und Frieda beisammensaßen und sich die

Köstlichkeiten schmecken ließen, die das Festkomittee hatte auffahren lassen. Es gab am Spieß gebratene Schweine, gegrilltes Geflügel, Salate und raffinierte Kreationen aus Gemüse und Fisch. Auch die Cremes und anderen süßen Speisen, das Obst und die bunten Gelees forderten geradezu zur Völlerei auf. Diener in farbenfrohen Livreen gingen zwischen den Tischen umher und schenkten den Gästen großzügig Wein, Bier und andere Getränke ein.

Da immer mehr Menschen zu den Buffets drängten, legte nun auch die Musik eine Pause ein, wodurch der Geräuschpegel sich zwar etwas senkte, das summende Stimmengewirr jedoch umso deutlicher hervortrat.

«Was für ein herrliches Fest, nicht wahr, liebe Pauline?», sagte Frieda in aufgekratztem Ton. «So ein buntes Treiben gibt es nur zu Karneval. Aber passen Sie bloß auf sich auf, und lassen Sie sich nicht zu fortgeschrittener Stunde von einem der Kavaliere dazu überreden, ihn an die frische Luft zu begleiten. Ich fürchte, einige Männer sind bereits mehr als angeheitert. Mutter hat mich sehr deutlich gewarnt. Denn so lustig der Abend auch sein mag – wir dürfen nicht unsere Tugend in Gefahr bringen.»

«Wie recht Sie haben.» Pauline trank einen Schluck Wein. Tatsächlich hatte sie bereits den einen oder anderen unschicklichen Antrag erhalten, über den sie einfach hinweggegangen war. Zum Glück waren die jeweiligen Herren klug genug gewesen, es dabei bewenden zu lassen.

«Julius hat zwei Tänze hintereinander mit mir getanzt», schwärmte Frieda weiter. «Und dann noch mit Christine Stein. Sehen Sie, dort drüben an dem Tisch am Fenster? Die Dame in Flieder? Das ist Christine. Ich habe vorhin ein paar Minuten sehr nett mit ihr geplaudert. Ihre Hochzeit steht kurz bevor, deshalb hat sie kaum noch Zeit für mich. Nun ja, so eng wie mit Ihnen, liebe Pauline, waren wir eh nie befreundet. Aber ich kann natürlich verstehen, dass sie jetzt andere Dinge im Kopf hat. Mir wird es gewiss nicht anders gehen, sobald ... Ich hoffe, Sie werden mir das dann nicht übel nehmen?»

«Aber natürlich nicht», antwortete Pauline pflichtschuldig. Vermutlich würde sie sogar froh sein, nicht zu viel von Friedas Hochzeitsplänen mitzubekommen. Sie stocherte in den köstlichen Speisen auf ihrem Teller herum und seufzte innerlich. Niemals hätte sie gedacht, dass es so schwer sein würde, eine gute Freundin glücklich zu sehen. Wenn der Grund für Friedas Glück nicht ausgerechnet Julius Reuther gewesen wäre! Sie musste vernünftig sein und den beiden das Beste wünschen.

«Wer war denn der Herr im Harlekinkostüm, mit dem ich sie vorhin zwei oder drei Tänze lang zusammen gesehen habe?», wechselte sie schließlich das Thema.

Frieda lächelte, und obgleich sie ihre Maske trug, hatte Pauline den Eindruck, eine leichte Verlegenheit in dem Gesicht der Freundin wahrzunehmen. «Das war der Sohn des Apothekers Burka vom Alter Markt. Ferdinand ist sein Name. Ein sehr netter junger Mann. Wir kennen uns schon lange, denn er war mit meinem ältesten Bruder zusammen in der Schule und damals recht oft bei uns zu Gast.» Sie senkte vertraulich die Stimme und neigte sich zu Pauline herüber. «Ich muss zugeben, damals war ich sogar ziemlich verliebt in ihn. Er sieht gut aus, ist sehr gebildet und, wie gesagt, sehr liebenswürdig. Wenn mein Bruder mich geärgert hat, stand mir Ferdinand immer zur Seite und hat mich verteidigt.» Sie lachte. «Natürlich gehört er nicht zu den höheren Kreisen Kölns, aber seine Familie betreibt die Apotheke schon seit fast fünfhundert Jahren. Ja, wirklich, stellen Sie sich das mal vor. Und angeblich soll einer der ersten Inhaber sogar eine Frau gewesen sein, die dann die Apotheke an ihren Sohn und ihre Tochter vererbt hat. Nun ja, wie gesagt, die Burkas sind nicht das, was meine Eltern einen passenden Umgang für eine höhere Tochter wie mich halten. Zumindest nicht ... Sie wissen schon.»

«Natürlich.» Pauline nickte. «Ihre Eltern haben andere Pläne mit Ihnen, wie man sieht.»

«Ganz genau.» Frieda nickte. «Aber ich war ja auch erst sechzehn. Da schwärmt man gerne mal für einen hübschen jungen Mann, nicht wahr? Ferdinand ging dann für einige Jahre fort, wohl, um zu studieren und das Apothekerhandwerk zu lernen. Seit drei Jahren arbeitet er nun Seite an Seite mit seinem Vater. Ich habe ihn schon lange nicht mehr gesehen und war ganz überrascht, als er mich vorhin ansprach und zum Tanz aufgefordert hat. Um der alten Freundschaft willen habe ich natürlich angenommen. Wir haben sehr nett geplaudert, ja, wirklich.»

Pauline lächelte. «Wie schön, dass Sie eine alte Bekanntschaft auffrischen konnten.»

«Ich wollte ihn eigentlich einladen, mich zu meinen Eltern zu begleiten, aber dann dachte ich, das macht vielleicht keinen so guten Eindruck auf Julius, und habe es gelassen.»

«Das war bestimmt vernünftig», stimmte Pauline zu.

«Glauben Sie, er wäre eifersüchtig geworden? Ich meine, Ferdinand ist doch nur ein alter Bekannter, nichts weiter. Könnte Julius etwa denken, dass ich und Ferdinand ...»

«Aber nein!» Pauline hob abwehrend die Hände. «Ganz bestimmt nicht. Herr Reuther kennt doch den Apotheker.»

«Dann bin ich beruhigt.» Frieda ergriff kurz Paulines Hand und drückte sie. «Ich möchte nämlich auf keinen Fall etwas tun, was ihn veranlassen könnte zu glauben, dass ich jemand anderem als ihm meine Zuneigung schenken würde. Meine Eltern wären darüber gewiss nicht begeistert.»

Pauline erwiderte den Händedruck der Freundin, und obgleich es ihr schwerfiel, schlug sie einen optimistischen Ton an. «Machen Sie sich nicht so viele Gedanken, Frieda. Dies ist ein Karnevalsball! Sie sind hier, um sich zu amüsieren. Niemand kann etwas dagegen haben, wenn Sie mit Herren aus Ihrer Bekanntschaft tanzen oder plaudern.»

«Sie haben recht, liebe Freundin.» Frieda atmete sichtlich auf. «Ich bin einfach viel zu nervös. Aber ich gelobe Ihnen Besserung.»

Lachend wandten sich die beiden jungen Frauen wieder den Speisen auf ihren Tellern zu.

* * *

Nachdem sie gegessen hatten, wanderten Pauline und Frieda noch einmal gemeinsam durch den riesigen Saal und betrachteten die zum Teil wunderlichen Maskierungen und Kleider der Damen und Herren. Hier und da erkannten sie jemanden und plauderten ein wenig. Als schließlich die Musik wieder aufspielte, gesellten sie sich zu Friedas Eltern, die mit den Steins und Schnitzlers einen kleinen Kreis gebildet hatten und sich angeregt unterhielten. Die jungen Damen mussten nicht lange warten, bis sie erneut zum Tanz aufgefordert wurden, und so verging eine weitere vergnügliche Stunde.

Als die Uhrzeiger allmählich auf Mitternacht zusteuerten, tauchte Julius wieder in der Runde auf. Pauline hatte sich bereits gewundert, wo er wohl stecken mochte, aber in dieser Menschenmenge war es leicht, jemanden aus den Augen zu verlieren. Pauline beobachtete, wie Oppenheim auf ihn einredete, woraufhin Julius zwar leicht verärgert das Kinn vorschob, jedoch nickte. Kurz darauf trat er mit einem Lächeln auf Frieda zu und forderte sie zum nächsten Tanz auf.

Frieda lächelte zurück, schüttelte aber den Kopf. «O nein, mein lieber Julius, ich muss leider ablehnen. Heute Abend habe ich schon so viel getanzt, dass mich meine Füße umbringen. Aber Sie haben den ganzen Abend noch nicht einmal mit meiner lieben Pauline getanzt. Das sollten Sie nachholen, solange Sie noch Gelegenheit dazu haben. Sie ist eine begehrte Tanzpartnerin, und ich glaube, dass ihr mehr als ein Kavalier bereits zu Füßen liegt. Mich würde es nicht wundern, wenn sie heute Abend mindestens einen Heiratsantrag bekommt.»

«Aber liebe Frieda, übertreiben Sie bitte nicht so sehr!», protestierte Pauline verlegen. «Von so etwas kann überhaupt keine Rede sein.»

Frieda kicherte. Sie war offensichtlich ein wenig beschwipst. «Aber trotzdem müssen Sie Ihrem Arbeitgeber einmal gestatten, Sie zur Tanzfläche zu führen. Bitte, ich bestehe darauf.»

Julius nickte und verbeugte sich knapp. «Wie Sie wünschen, Frieda.» Und zu Pauline gewandt, sagte er: «Würden Sie mir die Ehre erweisen?» Er streckte die Hand aus, die sie nach kurzem Zögern ergriff.

Sie gingen zur Tanzfläche und warteten dort, bis ein neuer Tanz begann. Es war ein ruhiges, beschauliches Stück, bei dem die Paare immer wieder umeinander herumgingen, einander bei den Händen fassten und nebeneinander vor- und zurückschritten. Julius ließ sie nicht einen Moment aus den Augen, sprach sie jedoch nicht an.

Er war ein ausgezeichneter Tänzer, obwohl er ungern auf große Bälle oder andere gesellschaftliche Anlässe ging. Dass sich ihre

Schritte auf beunruhigend mühelose Weise einander anpassten, machte es für Pauline nicht gerade leichter, sich gleichgültig zu geben. Gegen ihren Willen bedauerte sie es, als der Tanz vorüber war und Julius sie zu den anderen zurückführte. Oppenheim klopfte ihm gönnerhaft auf die Schulter. Julius sagte ein paar knappe Worte zu ihm und verschwand erneut in der Menge.

Pauline blieb keine Zeit, sich über sein Verhalten zu wundern, denn kaum hatte sie sich gesetzt, um ihren mittlerweile sehr müden Füßen ein wenig Ruhe zu gönnen, da gesellte sich erneut die strahlende Frieda zu ihr und legte ihr eine Hand auf den Arm.

«Meine liebe Freundin!», rief sie. «Sie werden es nicht glauben. Vater flüsterte mir gerade zu, dass es tatsächlich so weit ist. Julius wird mir schon morgen oder übermorgen einen Antrag machen. Warum nicht gleich hier, habe ich Papa gefragt. Er müsse zuvor noch ein winziges Detail klären, habe Julius gesagt. O Pauline, glauben Sie, er will mir vielleicht etwas schenken? Oder er will schon einen Ehering besorgen? Gar ein Familienerbstück für mich ändern lassen? Mutter meinte, nur so etwas könnte es sein, was einen Mann noch zurückhält, wenn er sich erst einmal entschieden hat. Was sagen Sie dazu? Sind Sie nicht ebenso glücklich wie ich? So lange haben wir darauf gewartet!» Erwartungsvoll hing Frieda an Paulines Lippen.

Pauline schluckte gleich zweimal und bemühte sich, den Aufruhr in ihrem Inneren unter Kontrolle zu bringen und ruhig zu atmen. «Natürlich ... freue ich mich für Sie, liebe Frieda. Sie ... werden ... ganz bestimmt glücklich werden.» Ihre Stimme klang in ihren eigenen Ohren unnatürlich angestrengt, doch Frieda schien das nicht wahrzunehmen. Hektisch fächelte sie sich mit der flachen Hand Luft zu. «Ich bin ja so aufgeregt! Wann wird er wohl bei uns vorsprechen? Bestimmt nicht vor morgen Nachmittag. Oder nein, er wartet sicher, bis die Fastnacht vorbei ist. Sie sagten mir ja, dass er kein Freund von großem Trubel ist. Und morgen wird noch einmal ein verrückter Tag in der Stadt. Also Mittwoch. Aschermittwoch – aber das soll mich nicht stören. Wir könnten Ostern heiraten. Was halten Sie davon? Da könnten wir auch mit dem Wetter Glück haben. Zumindest ist es dann nicht mehr ganz so kalt. Oh, wie ich hoffe, dass wir einen warmen, trockenen April bekommen!»

Pauline ließ den Wortschwall der Freundin über sich ergehen. Sie konnte keinen klaren Gedanken fassen und hoffte inständig, der Abend würde bald enden.

Das tat er dann auch erstaunlich schnell. Schon eine knappe halbe Stunde später kam Julius zurück und teilte ihr mit, dass er die Kutsche habe vorfahren lassen. Er müsse am folgenden Morgen sehr früh aus dem Haus, entschuldigte er sich bei der Gesellschaft.

Frieda ließ Pauline nicht ziehen, bevor sie sie nicht dreimal umarmt und an sich gedrückt hatte. «Liebe Freundin, ich werde Sie so bald wie möglich besuchen», versprach sie.

«Natürlich, gerne, wie Sie meinen.» Pauline lächelte ein wenig gequält, erwiderte die Umarmung jedoch mit ehrlicher Zuneigung. Dann ließ sie sich von Julius aus dem Saal führen.

Kapitel 22

Auf der Fahrt zurück in die Löwengasse wechselten Pauline und Julius wieder kein einziges Wort. Einerseits war Pauline froh darüber, denn die Neuigkeiten, die sie gerade erfahren hatte, musste sie erst einmal verarbeiten. Andererseits ging ihr das Schweigen inzwischen auf die Nerven. Julius blickte angestrengt zum Fenster hinaus, als wolle er um jeden Preis selbst einen einfachen Blickkontakt vermeiden.

Am liebsten hätte sie ihn darauf angesprochen, doch sie wusste nicht, wie sie es anfangen sollte. Auch schickte es sich für sie nicht, sich in die Angelegenheiten ihres Arbeitgebers einzumischen, ganz gleich, wie oft er sie in der Vergangenheit dazu aufgefordert hatte, genau dies zu tun.

Als sie zu Hause angekommen waren, ging Pauline mit einem knappen Gute-Nacht-Gruß hinauf in ihr Zimmer und schloss die Tür hinter sich. Tief atmend lehnte sie sich dagegen und schloss die Augen. Als sie sie wieder öffnete, blickte sie sich ratlos um. Der Raum wurde nur von der kleinen Lampe erhellt, die einer der Dienstboten – vermutlich Kathrin – für sie angezündet hatte.

Wie sollte es nun weitergehen? Erst jetzt, in der Abgeschiedenheit ihres Zimmers, gestattete Pauline sich ihre aufgewühlten Gefühle. Sie hatte so viel Zeit und Mühe darin investiert, ihre Freundin Frieda davon zu überzeugen, dass Julius der richtige Mann für sie sei. Gleichzeitig zu wissen, dass sie selbst am meisten leiden würde, wenn diese Ehe erst einmal vollzogen war, tat ihr in der Seele weh. Doch sie musste vernünftig sein. Ihre Liebe zu Julius hatte keinerlei Zukunft. Ja, sie wusste nicht einmal, ob er sie jemals erwidern würde. Zwar hatte sie in letzter Zeit sehr wohl das Gefühl gehabt, dass er ihr gegenüber nicht ganz gleichgültig war, doch das besagte überhaupt nichts. Und sie hatte in dieser Hinsicht ausreichend schlechte Erfahrungen gemacht, die zu wiederholen sie nicht bereit war.

Seufzend trat Pauline vor den Spiegel. Sie zog die Nadeln

und Haarbänder aus ihrer Frisur, bis ihre honigblonden Haare in üppigen Wellen über ihre Schultern bis auf den Rücken herabfielen. Dann nestelte sie die Verschlüsse ihres Kleides auf und zog sich müde aus. Von der Treppe her hörte sie leise Stimmen und Schritte. Offenbar hatte Julius seinem Hausdiener noch letzte Anweisungen gegeben, bevor er sich zu Bett begab.

Pauline schlüpfte in ihr Nachthemd, flocht ihre Haare zu einem lockeren Zopf und kroch unter ihre Decke. Zum ersten Mal wünschte sie sich, Julius Reuther niemals begegnet zu sein. Der Gedanke trieb ihr die Tränen in die Augen. Eisern drängte sie sie zurück, löschte das Licht und befahl sich einzuschlafen.

* * *

Es gab für Julius Reuther nur noch einen Ausweg aus dem Ruin. Er hatte keine Wahl mehr. Er war sich dessen so schmerzlich bewusst, dass er liebend gern demjenigen, dem er seine Situation zu verdanken hatte, die Faust ins Gesicht gerammt hätte. Einmal, zweimal, viele Male. Leider wusste er noch immer nicht, wer seine Misere zu verantworten hatte. Der Ziegeleibesitzer Lungenberg hatte seine Hände im Spiel, dessen war Julius sich fast sicher. Aber weshalb ausgerechnet er, der bisher ein guter Nachbar gewesen war, plötzlich einen derartigen Feldzug gegen ihn führen sollte, war ihm unbegreiflich.

Allmählich kam ihm der Verdacht, dass der Bankier Schnitzler beteiligt sein musste. Wer sonst hatte so genaue Einblicke in Julius' Geschäfte? Denn auch die letzten Wertpapiere, auf die er hatte hoffen können, waren vor seiner Nase aufgekauft worden.

Die niederschmetternde Nachricht hatte Julius am Samstag erreicht. Er hatte Stillschweigen bewahrt, um seinen Kindern die

Karnevalstage nicht zu verderben. Natürlich hatte er gegenüber seinen Nachbarn und Bekannten so getan, als sei alles bestens. Doch in Wahrheit stand seine Fabrik, seine Lebensgrundlage, nun endgültig vor dem Aus. Er musste Frieda Oppenheim heiraten, wenn er nicht alles verlieren wollte, obgleich er überzeugt war, dass es bei den Vorfällen in der letzten Zeit nicht mit rechten Dingen zugegangen war und jemand systematisch versuchte, ihm zu schaden. Oppenheim hatte ihm die Adresse eines ausgezeichneten Detektivs gegeben und ihm angeboten, ihn bei der Aufklärung der Angelegenheit nach Kräften zu unterstützen. Natürlich erst nach der Hochzeit.

Julius stand auf dem oberen Treppenabsatz und ballte die Hände zu Fäusten. Der vergangene Abend war aus seiner Sicht eine Katastrophe gewesen. Die Frau, die er liebte, mit der Frau, die er heiraten sollte, in trauter Freundschaft zu sehen verursachte ihm Magenschmerzen. Er ahnte, dass Pauline Frieda ermutigt hatte, ihre Scheu vor ihm abzulegen. Allein dafür hätte er sie am liebsten erwürgt. Pauline war ein verdammter Ausbund an Vernunft und trotz allem, was ihr widerfahren war, tugendhafter als so manche keusche Jungfer der sogenannten guten Gesellschaft. Er hatte von Anfang an gewusst, dass er sich Ärger einhandeln würde, wenn er sie in sein Haus und in sein Leben ließ. Doch niemals hätte er damit gerechnet, dass er diesem Ärger nicht gewachsen sein würde, weil die Umstände ihn zwangen, anders zu handeln, als er es vorgehabt hatte. Mit ein wenig Zeit und Geduld hätte er sie vielleicht für sich gewinnen können. Wenn erst die Erinnerung an die schlimme Zeit, die hinter ihr lag, verblasst wäre, hätte er vielleicht …

Wütend knirschte er mit den Zähnen und ging in sein Schlafzimmer. Er musste sich zwingen, die Tür nicht mit aller Wucht ins

Schloss zu werfen. Heftig zerrte er am Kragen seines Hemdes und warf seine Anzugjacke achtlos auf einen Stuhl.

Dass sie so nah und doch unerreichbar für ihn war, setzte ihm mehr zu als alle Gerüchte und Skandale der Vergangenheit. Und doch ... Zuletzt hatte er den Eindruck gehabt, dass sie nicht so gleichgültig ihm gegenüber war, wie sie vorgab. Sie empfand etwas – was, hätte er nur zu gern gewusst. Er musste es herausfinden. Sollte auch nur die geringste Hoffnung bestehen, dass sie seine Gefühle erwiderte ...

Julius starrte auf sein Bett. Was dann? Er hatte keine Wahl, oder? Selbst wenn sie in eine Ehe mit ihm einwilligen würde, wäre das für ihn finanzieller Selbstmord.

Verzweifelt raufte er sich die Haare und setzte sich auf die Bettkante. Er wollte sie nicht verlieren, so viel war sicher. Und er wollte – musste – herausfinden, ob Pauline etwas für ihn empfand.

Julius wusste, dass er ein elender Dummkopf war. Liebe war noch nie das ausschlaggebende Kriterium gewesen, wenn es darum ging, eine passende Ehefrau zu finden. Schon gar nicht, wenn einem das Wasser bis zum Hals stand. Leider ließ sich sein Herz aber in dieser Angelegenheit auf keine Debatten ein. Obwohl die Frau seiner Wahl mit allen Mitteln versuchte, ihn mit ihrer besten Freundin zu verkuppeln. Womit sie im Grunde recht tat, denn damit bewies sie eindeutig mehr Verstand als er.

Fluchend schob sich Julius unter seine Decke. Es war einfach zum Verrücktwerden mit diesem Frauenzimmer. Nein, schlimmer: Er war verrückt nach ihr!

* * *

Den Dienstag verbrachte Pauline hauptsächlich damit, den Kindern Unterricht zu geben. Wegen des Karnevals fiel die Schule aus, doch Pauline sah nicht ein, weshalb die beiden deshalb müßig herumsitzen sollten. Ricarda hatte ihre Schullektionen inzwischen weitgehend aufgeholt, doch Peter brauchte weiterhin aufmerksame Betreuung, um in seiner Klasse mitzukommen. Erst am späten Nachmittag erlaubte sie den Kindern, sich die Zeit mit Spielen oder Lesen zu vertreiben. Hinausgehen konnten sie leider nicht, da es seit dem frühen Morgen regnete.

Nachdem Ricarda und Peter in ihren Zimmern verschwunden waren, sammelte Pauline die Bücher ein, die über den Wohnzimmertisch verteilt lagen, und trug sie hinüber in die Bibliothek. Dabei wanderten ihre Gedanken unwillkürlich zu Julius. Er war schon vor dem Frühstück aus dem Haus gegangen, sodass sie ihn heute noch nicht gesehen hatte. Zu gerne hätte sie gewusst, was in ihm vorging und wie die Dinge um seine Fabrik standen. *Halt*, ermahnte sie sich. *Solche Fragen führen zu nichts!* Es war offensichtlich, dass er sie nicht einbeziehen wollte und sich von ihr distanzierte. Das war wichtig, damit es zwischen ihnen und vor allem Frieda nicht zu Missverständnissen kommen konnte.

Entschlossen, ihre Gedanken auf ein anderes Thema zu lenken, suchte Pauline nach einem Buch, dessen Inhalt sie so beschäftigen würde, dass in ihrem Kopf für nichts anderes mehr Platz blieb. Sie entschied sich für eine Abhandlung über die Flora und Fauna Afrikas. Das Thema war interessant, würde sie aber in keiner Weise emotional einnehmen. Außerdem konnte sie vielleicht daraus Ideen für neue Unterrichtslektionen gewinnen.

Da Jakob die Kerzen im Kronleuchter der Bibliothek entzündet hatte, für den Fall, dass Julius sich bei seiner Heimkehr hierher zurückziehen wollte, setzte sie sich auf das Kanapee. Ein Blick auf die Uhr sagte ihr, dass sie etwas mehr als eine halbe Stunde hatte, bis sie sich um die Vorbereitungen für das Abendessen kümmern musste.

Sie gestattete sich, ein wenig in die weichen Kissen zurückzusinken, und blätterte in dem Buch, bis sie eine Stelle fand, die sie fesselte. Das Lesen ermüdete sie jedoch schnell, denn sie hatte in der vergangenen Nacht nur wenig Schlaf bekommen. Zwar war sie bemüht gewesen, rasch einzuschlafen, gelungen war es ihr aber erst gegen drei Uhr in der Frühe.

Pauline schlüpfte aus ihren Schuhen und erlaubte sich, die Beine kurz hochzulegen. *Nur für einen Augenblick*, versprach sie sich. Sie las über Löwen und andere Raubkatzen, über Elefanten und weitere Bewohner des fernen Kontinents Afrika und bemerkte kaum, dass ihr immer wieder die Augen zufielen. Schon bald sank ihr Kopf gegen die Armlehne und das Buch auf ihre Brust.

So fand Julius sie, als er eine knappe Stunde später die Bibliothek betrat. Der Anblick der friedlich schlafenden Frau auf seinem Kanapee schnürte ihm für einen Moment die Kehle zu. Unfähig, den Blick von ihr abzuwenden, trat er neben sie und betrachtete ihr Gesicht. Die feinen Züge, umrahmt von einigen Haarsträhnen, die sich anmutig um ihre Wangen schmiegten, wirkten entspannt und verführerisch. Ehe er wusste, was er tat, strich er mit den Fingerspitzen die zarte Linie ihrer Wange entlang.

Langsam öffnete Pauline die Augen. Als sie ihn sah, schrak sie auf und fuhr hoch. Das Buch fiel mit einem dumpfen Aufschlag zu Boden.

«Was tun Sie da?», rief sie erstickt und wich vor ihm zurück, so weit es auf dem Kanapee ging.

Julius verfluchte sein unbedachtes Tun und verschränkte die Arme vor der Brust. «Verzeihen Sie, dass ich Sie geweckt habe,

Fräulein Schmitz. Sollten Sie sich nicht längst um das Abendessen kümmern?»

Erschrocken blickte Pauline in Richtung der Pendeluhr. Als sie sah, wie lange sie geschlafen hatte, errötete sie und stand hastig auf. «Es tut mir leid. So etwas ist mir noch nie passiert. Ich muss ... Ich habe ... Es tut mir leid.»

Julius unterdrückte das Lächeln, das sich auf seine Lippen stehlen wollte. «Schon gut, schon gut. Ich reiße Ihnen nicht den Kopf ab. Was haben Sie denn da gelesen?» Er hob das Buch auf und studierte den Titel. «Kein Wunder, dass Sie eingeschlafen sind», befand er. «Etwas Anregenderes haben Sie hier nicht gefunden?»

Pauline wandte sichtlich verlegen den Blick ab. «Ich habe nicht nach etwas Anregendem gesucht, gnädiger Herr. Die Flora und Fauna des afrikanischen Kontinents ist sehr interessant.»

«Vermutlich ist sie das. Nun gehen Sie wieder an Ihre Arbeit, Fräulein Schmitz. Nicht auszudenken, wenn die Kinder Sie beim Müßiggang entdeckt hätten.»

«Ich weiß. Ich muss mich noch einmal bei Ihnen entschul...»

«Das war ein Scherz, Pauline!» Julius schüttelte den Kopf über ihre unterwürfige Haltung. So kraftlos gefiel sie ihm gar nicht. Er legte das Buch auf einen Sessel. «Ihr Humor lässt heute sehr zu wünschen übrig.» Ohne auf ihre Reaktion zu achten, wandte er sich zur Tür, warf ihr über die Schulter aber noch einen Blick zu. «Ich wünsche Sie heute Abend unter vier Augen zu sprechen, sobald die Kinder im Bett sind.» Damit verließ er den Raum, um Pauline Zeit zu geben, sich wieder etwas zu sammeln.

* * *

Als er die Bibliothek verlassen hatte, presste Pauline eine Hand auf ihr rasendes Herz. Sie hatte geträumt, dass er ihr Gesicht liebkoste. Als sie von seiner Berührung aufgewacht war, hätte sie erschrockener nicht sein können. Es war geradezu, als wäre der Traum Wirklichkeit geworden. Sie wusste nicht, was schlimmer war – dass er sie auf so zärtliche Art geweckt hatte oder dass sie überhaupt während ihrer Arbeitszeit eingeschlafen war. Sie schämte sich; mehr noch machte sie sich Vorwürfe, weil sie sich für einen Moment gewünscht hatte, er wäre nicht vor ihr zurückgewichen – oder sie vor ihm.

Nur mit Mühe beruhigte sie ihre aufgewühlten Nerven und machte sich schließlich mit zittrigen Knien auf den Weg ins Speisezimmer, wo Kathrin bereits den Tisch gedeckt hatte. Sie überprüfte jedes einzelne Gedeck, doch das Dienstmädchen hatte sich große Mühe gegeben; es gab nichts an ihrer Arbeit auszusetzen. Pauline ging hinauf, um die Kinder zum Essen zu holen.

Die Mahlzeit verlief ruhig und gesittet. Julius erkundigte sich höflich und durchaus interessiert bei seinen Kindern nach deren Lernfortschritten und den Ereignissen des Tages. Er ließ die beiden den Großteil der Unterhaltung führen. Pauline war sich nicht sicher, ob er das mit Absicht tat, um ihr etwas Luft zu verschaffen. Natürlich hatte er gemerkt, dass er sie erschreckt hatte. Zwar vermutete er wahrscheinlich hinter ihrer Reaktion einen anderen Hintergrund als den, der ihr wirklich auf der Seele lag, doch fand sie seine plötzliche Zurückhaltung ungewöhnlich. Er war kein Mann, der ein Blatt vor den Mund nahm. Vielleicht wollte er auch einfach die Kinder nicht in ihre Querelen hineinziehen.

Obwohl im Grunde nichts zwischen ihnen vorgefallen war. Pauline wusste nicht, wann diese unangenehme Distanziertheit angefangen hatte und woher sie rührte. Und falls sie es doch wusste, versuchte sie standhaft, den Grund zu ignorieren – zu ihrem Besten ebenso wie zu seinem.

Nach dem Abendessen zog sich Julius in sein Arbeitszimmer zurück; Pauline ging mit den Kindern in den Salon, um noch ein wenig mit ihnen zu singen. Sie hatte Ricarda inzwischen ein einfaches Lied auf dem Pianoforte beigebracht und ließ es das Mädchen zur Übung zweimal spielen. Peter klimperte ebenfalls ein wenig auf dem Instrument.

Pauline hatte bei dem Jungen eine große Begeisterung für Musik festgestellt und hoffte, diese weiter fördern zu können. Deshalb zeigte sie ihm geduldig, wie er die Tasten anzuschlagen hatte, und freute sich mit ihm, als er die erste kurze Melodie hervorbrachte.

«Sehr schön», lobte sie. «Das machst du schon ausgezeichnet. Wenn du so weitermachst, kannst du zu Ostern vielleicht schon ein kleines Duett mit deiner Schwester spielen.»

«Wirklich?» Peters Augen leuchteten auf. «Darf ich das denn?»

«Warum solltest du das nicht dürfen?» Verwundert sah Pauline ihn an.

«Weil ...» Peter zuckte die Achseln. «Sonst spielen doch nur Mädchen auf dem Pianoforte.»

«Aber nein!» Pauline lachte. «Wenn du das Instrument gerne lernen möchtest, hat ganz gewiss niemand etwas dagegen. Weißt du, die berühmtesten Musiker sind Männer.»

«Aber ich singe besser als Peter!», mischte Ricarda sich ein.

«Tust du gar nicht», protestierte Peter.

«Tu ich wohl!»

«Kinder, bitte nicht zanken.» Pauline hob beschwichtigend

die Hände. «Ihr singt beide für euer jeweiliges Alter recht gut. Wie wäre es, wenn wir nun alle gemeinsam etwas singen?»

So verging eine Stunde, in der sie gemeinsam sangen und spielten. Bevor sie die Kinder zu Bett schicken konnte, verlangten sie von ihr, ihnen etwas vorzuspielen. Pauline wollte schon ablehnen, weil es spät wurde, doch Julius tauchte ebenfalls im Salon auf und setzte sich an den Tisch. «Bitte», sagte er. «Würden Sie mir den Gefallen tun, uns ein oder zwei Lieder vorzusingen. Die Kinder sollen schließlich etwas haben, woran sie sich orientieren können, was ihre Gesangsausbildung anbelangt. Nichts motiviert mehr als ein eindrucksvolles Vorbild.»

«Wie Sie meinen.» Pauline setzte sich ans Pianoforte und schlug ein paar Noten an. Sie entschied sich für *Der Mond ist aufgegangen*.

Kaum hatte sie den ersten Vers gesungen, stand Julius unvermittelt auf und stellte sich hinter sie. In ihrem Nacken kribbelte es. Als er mit angenehm tiefer Stimme in ihren Gesang einstimmte, hätte sie sich beinahe vor Verblüffung verspielt.

Ricarda und Peter starrten sie mit offenen Mündern an. In der dritten Strophe stimmten die Kinder mit ein. Paulines Herz pochte heftig in ihrer Brust, nicht mehr vor Schreck, sondern inzwischen vor Freude über den gemeinsamen Gesang. Viel zu schnell war das Lied beendet. Unsicher blickte sie zu Julius, der bereits neue Notenblätter aus der Kommode holte und in den Ständer stellte.

Pauline las den Namen des Liedes und errötete, wagte aber nicht, ihm zu widersprechen. Sie schlug die ersten Töne an, diesmal setzte er zuerst mit dem Gesang ein: *Guter Mond, du gehst so stille ...*

Er berührte sie sacht an der Schulter, forderte sie damit auf, in das Lied einzustimmen.

Pauline gehorchte, obwohl sie nicht sicher war, ob ihre Stimme ihr gehorchen würde. Die Kinder sangen diesmal nicht mit, da beide den Text nicht kannten. Streng genommen war es auch kein Lied für Kinder. Spätestens in der vierten Strophe wurde Pauline dies bewusst. Während sie sang, stieg die ihr nur zu vertraute Wärme in ihre Wangen. Warum hatte Julius ausgerechnet dieses Lied ausgesucht?

Nicht in Gold und nicht in Seide
wirst du dieses Mädchen sehn
nur im schlichten netten Kleide
pflegt mein Mädchen stets zu gehn
Nicht vom Adel, nicht vom Stande
was man sonst so hoch verehrt
nicht von einem Ordensbande
hat mein Mädchen seinen Wert

Nur ihr reizend gutes Herze
macht sie liebenswert bei mir
gut im Ernste, froh im Scherze
jeder Zug ist gut an ihr
Ausdrucksvoll sind die Gebärden
froh und heiter ist ihr Blick
kurz, von ihr geliebt zu werden
scheinet mir das größte Glück

Mond, du Freund der reinen Triebe
schleich dich in ihr Kämmerlein
sage ihr, dass ich sie liebe
dass sie einzig und allein

> *mein Vergnügen, meine Freude*
> *meine Lust, mein alles ist*
> *dass ich gerne mit ihr leide*
> *wenn ihr Aug' in Tränen fließt*

Pauline musste sehr an sich halten, damit ihr nicht selbst die Tränen kamen. Froh, als die letzte Strophe endlich geendet hatte, ließ sie ihre Hände in den Schoß sinken.

Ricarda und Peter klatschten begeistert Beifall und forderten noch eine Zugabe. Julius schüttelte den Kopf. «Nichts da», sagte er. «Es ist spät, und ihr beiden geht jetzt zu Bett.»

«Aber ihr habt so schön zusammen gesungen», protestierte Ricarda. «Ich wusste gar nicht, dass du so gut singen kannst, Papa. Sonst singst du nur zu Weihnachten ein bisschen.»

«Es wird sich bestimmt noch einmal eine Möglichkeit ergeben, gemeinsam zu musizieren», sagte Julius.

Pauline starrte ihn verblüfft an. Solche Worte war sie nicht von ihm gewöhnt, schon gar nicht ohne spöttischen Unterton. Er strich beiden Kindern kurz übers Haar, wünschte ihnen eine gute Nacht und verließ den Salon.

Pauline erhob sich. «Kommt, Kinder. Euer Vater hat recht – es ist Zeit für euch, zu Bett zu gehen.» Sie stieg mit den beiden ins Obergeschoss und wartete, bis sie sich bettfein gemacht hatten. Zuerst ging sie zu Peter und deckte ihn ordentlich zu. Er griff nach ihrer Hand, und Pauline setzte sich kurz auf seine Bettkante.

«Gibt es etwas?», fragte sie und strich ihm eine Haarsträhne aus der Stirn.

«Nein.» Peter kuschelte sich in sein Kissen.

«Wirklich nicht?»

Der Junge zögerte. «Darf ich wirklich auf dem Pianoforte spielen lernen?»

«Aber das habe ich dir doch gesagt. Möchtest du das so gerne?»

«Ja.»

Die schlichte Ehrlichkeit hinter diesem Wort rührte Pauline. «Dann sollten wir gleich morgen damit anfangen, meinst du nicht auch?»

Der Junge nickte mit einem seligen Lächeln. «Fräulein Schmitz?»

Sie beugte sich ein wenig zu ihm. «Hm?»

«Ich hab nicht die Wahrheit gesagt.»

Verblüfft musterte sie ihn. «So? Wann denn?»

«Als ich gesagt habe, dass ich Sie hasse.» Peter drückte ihre Hand. «Das war gelogen.»

Pauline lächelte gerührt. «Da bin ich aber erleichtert.»

«Sie sind mir nicht böse?»

«Aber nein, Peter. Natürlich nicht.»

Peter lächelte und schloss die Augen. «Gut.»

Ein kurzes Weilchen blieb Pauline noch neben dem Jungen sitzen, bis sie merkte, dass seine Atemzüge tief und gleichmäßig gingen. Dann stand sie leise auf, löschte das Licht und begab sich hinüber zu Ricardas Zimmer.

Das Mädchen saß noch vor dem Spiegel, in einem langen weißen Nachthemd und mit einem Wolltuch um die Schultern. Eifrig und konzentriert bearbeitete sie ihr Haar mit der Bürste. Als sie Pauline sah, verzogen sich ihre Lippen zu einem Lächeln. «Das war ein schöner Abend, nicht wahr?»

«Ja, sehr schön», stimmte Pauline zu.

«Ich glaube, Papa hat Sie sehr gern.»

«Wie bitte?» Erschrocken starrte Pauline das Mädchen an.

Ricarda legte die Bürste auf die Kommode und ging hinüber zu ihrem Bett. «Mit Mama hat er nie gesungen. Selbst mit Großmama tut er das nur ganz selten. Und dann auch nie solche Lieder.»

«Was meinst du damit?» Besorgt folgte Pauline ihr zum Bett und setzte sich auch hier auf die Kante.

«Na, solche Liebeslieder.» Ricarda schlüpfte unter ihre Decke. «Ob er mit Fräulein Oppenheim auch singen wird, wenn er sie geheiratet hat?»

Entgeistert schüttelte Pauline den Kopf. «Was weißt du denn darüber?»

«Och, in der Schule erzählen die anderen Mädchen viel. Und Änne Stein sagte, dass ihre Mutter gesagt hat, dass Frau Oppenheim erzählt hat, ihre Tochter würde bald den Namen Reuther tragen.» Ricarda spielte mit einem Zipfel ihrer Decke. «Ich will nicht, dass Papa wieder heiratet. Jedenfalls nicht Fräulein Oppenheim.»

Pauline biss sich auf die Unterlippe und bemühte sich um einen unbeteiligten Ton. «Aber warum denn nicht? Fräulein Frieda ist eine ausgesprochen nette junge Dame, die dich und Peter sehr gerne mag.»

«Ja, sie ist ganz nett. Aber ...»

«Aber?» Fragend blickte Pauline das Mädchen an.

«Sie ist nicht so nett wie Sie, Fräulein Schmitz.» Ganz undamenhaft rieb sich Ricarda über die Nase. «Können Sie nicht meinen Papa heiraten?»

«Aber Ricarda ...» Pauline wusste nicht, was sie darauf antworten sollte, doch das Mädchen schien ihren Einwand gar nicht gehört zu haben.

«Weil ... dann könnten wir wieder eine *richtige* Familie sein.

Ich glaube bestimmt, dass Papa Sie gern hat. Er guckt Sie nämlich immer so an. Und Sie sind auch die Einzige, von der er sich was sagen lässt. Ich weiß, dass ich mal gesagt habe, dass ich nicht will, dass Sie Papa heiraten. Aber das war vorher.»

«Vorher?»

Ricarda nickte unbestimmt. «Ja, vorher. Bevor ich ...» Sie stockte sichtlich verlegen. Dann hob sie den Kopf. «Würden Sie meinen Papa heiraten? Ich meine, haben Sie ihn denn auch gern?»

Pauline blickte auf ihre Hände hinab. «Weißt du, Ricarda ... Bei einer Ehe geht es nicht nur darum, ob einer den anderen gern hat.»

«Nicht?» Ricarda klang vollkommen verblüfft. «Aber worum denn dann?»

«Ja, das würde mich auch interessieren», kam unvermittelt Julius' Stimme von der Tür her.

Pauline fuhr erschrocken zu ihm herum. «Herr Reuther!»

«Entschuldigen Sie die Störung, Fräulein Schmitz. Ich wollte Sie nicht unterbrechen, sondern nur daran erinnern, dass ich Sie später noch sprechen möchte.»

«Ja, natürlich, gnädiger Herr.» Sie nickte hastig.

«Bis später dann. Gute Nacht, Ricarda.» Er lächelte seiner Tochter zu und verschwand.

Nervös wandte Pauline sich wieder dem Mädchen zu. «Ich denke, es ist jetzt wirklich Zeit für dich zu schlafen.»

«Ja, Fräulein Schmitz.» Ricarda kuschelte sich unter die Decke. Dann drehte sie sich auf die Seite und schob sich eine Hand unter die Wange und gähnte. «Gute Nacht.»

«Gute Nacht, mein Schatz.» Pauline gab ihr einen Kuss auf die Stirn und löschte auch hier das Licht. Sie ging nicht sofort nach unten. Bevor sie Julius gegenübertreten konnte, musste sie sich erst sammeln.

Kapitel 23

Nervös ging Julius in der Bibliothek auf und ab. Er wusste, was er vorhatte, war unvernünftig. Schlimmer noch, er würde vielleicht alles verlieren. Und mit alles war nicht sein Vermögen gemeint. Aber er konnte auch alles gewinnen. Gleich, wie dieser Abend ausgehen würde, eine Entscheidung würde gefällt werden. Aufschieben konnte er sie nicht, denn er hatte Friedrich Oppenheim eine Zusage gemacht, die er würde einhalten müssen – auf die eine oder andere Weise. Dummerweise hatte er keine Ahnung, wie er das Gespräch, zu dem er Pauline aufgefordert hatte, beginnen sollte. Hundert Möglichkeiten wirbelten durch seinen Kopf, aber nicht eine davon erschien ihm passend zu sein.

Er blieb am Fenster stehen und blickte in die Dunkelheit hinaus. Bei Paulines Einstellung hatte er sich einen ach so guten Plan zurechtgelegt. Doch jetzt war die Situation derart verfahren, dass er nicht mehr ein noch aus wusste. Er war ein Mann, der stets erwartete, dass sich alles nach seinen Wünschen richtete. Wenn dies nicht sofort geschah, fand er Mittel und Wege, dem Schicksal nachzuhelfen. Manchmal schoss er dabei übers Ziel hinaus. Er kannte sich selbst nur zu gut und wusste, dass er eine Frau an seiner Seite brauchte, die ihn verstand und ihn, falls nötig, auf seine Fehler hinwies. Eine Frau, die stark genug war, es mit ihm auszuhalten. Nach Valentinas Tod hatte er sich aus der Gesellschaft zurückgezogen, sich den Anschein eines vergrämten und unfreundlichen Mannes gegeben. Auf diese Weise hielt er sich die Frauen vom Hals – nicht, weil er etwas gegen Frauen hatte, sondern weil er entschlossen war, sich niemals mehr wegen eines geschäftlichen Vorteils an eine Frau zu binden, an der ihm nichts lag. Damals schien es ihm, als sei die Ehe mit Valentina genau das, was er brauchte. Heute wusste er, dass er einen großen Fehler begangen hatte.

Schon immer war Julius ein Mensch gewesen, der sich mehr von seinem Herzen leiten ließ als von Materiellem. Natürlich war dies keine passende Eigenschaft für einen Geschäftsmann, deshalb unterdrückte er sie zumeist. Doch er war überzeugt, dass manche Entscheidungen nicht allein vom Verstand abhängig gemacht werden durften, wenn man sich nicht zeit seines Lebens selbst betrügen und unglücklich machen wollte.

Genau dies drohte ihm nun. Er musste Klarheit schaffen, um diese Gefahr entweder abzuwenden oder sich ganz bewusst gegen sein Herz zu entscheiden.

Er zuckte zusammen, als er das leise Klopfen an der Tür vernahm, und atmete noch einmal tief durch. «Kommen Sie herein.»

Als Pauline die Bibliothek betrat, verschlug es ihm – wie so oft, wenn er sie sah – für einen Moment die Sprache. Sie sah trotz der späten Stunde in ihrem hübschen, dunkelbraunen Kleid aus wie der junge Frühlingsmorgen. Sie wirkte ein wenig blass, vielleicht weil sie eine Konfrontation fürchtete. Ihre Miene war gefasst und ernst, ihr Blick herausfordernd auf ihn gerichtet.

«Sie haben uns belauscht!», begann sie, noch bevor er das Wort an sie richten konnte. «Das ist sehr unhöflich, wie ich Ihnen schon einmal gesagt habe.»

Froh, dass sie gleich auf das richtige Thema gekommen war, lächelte er und trat auf sie zu. «Und Sie haben die Frage meiner Tochter nicht beantwortet, Fräulein Schmitz. Das ist ebenfalls nicht die feine Art, oder?» Als er sah, wie sie errötete, ging er noch zwei Schritte in ihre Richtung, blieb dann aber stehen, um ihr zu zeigen, dass er nicht vorhatte, sie zu bedrängen. «Vielleicht möchten Sie stattdessen mir erklären, welche Eigenschaften Ihrer Meinung nach zu einer Ehe gehören. Soweit ich mich erinnere, haben Sie nämlich einmal gesagt, dass es sich dabei um eine Herzensfrage handelt.»

Pauline wich seinem Blick aus. «Ich habe gesagt, dass gegenseitige Zuneigung wünschenswert ist, wenn es um die Entscheidung für einen Ehepartner geht», antwortete sie. Er hatte den Eindruck, dass ihre Stimme leicht schwankte, konnte sich aber auch irren. «Doch es ist auch eine unumstrittene Tatsache, dass man nicht immer die Möglichkeit hat, sich ausschließlich danach zu richten. Abgesehen davon hat sich schon so manche arrangierte Ehe am Ende als Glücksfall in jeglicher Hinsicht für beide Partner herausgestellt.»

«Das mag sein.» Er deutete auf die Sitzgruppe und wartete, bis sie sich gesetzt hatte. Dann wählte er den Sessel ihr gegenüber und ließ sich darauf nieder. «Aber was würden Sie einem Mann raten, der zwischen einer guten Partie und einer des Herzens zu wählen hat? Insbesondere wenn letztere für ihn keinerlei materiellen Zugewinn bedeuten würde, erstere jedoch sehr wohl?»

Paulines Wangen röteten sich noch mehr. Der Anblick der heftig pochenden Ader an ihrem Hals ließ sein eigenes Blut schneller durch seinen Körper kreisen. Er war sich sicher, dass sie verstanden hatte, was er von ihr wissen wollte, und bewunderte sie für ihre Selbstbeherrschung, als sie den Kopf hob und ihn direkt ansah.

«Das ...» Sie musste nun doch sichtlich mit ihrer Fassung kämpfen. «Das hängt immer von den äußeren Umständen ab, würde ich sagen. Wenn diese den ... Mann in Ihrem Beispiel dazu zwingen würden, sich für die gute Partie zu entscheiden, muss das nicht bedeuten, dass er deshalb unglücklich würde. Insbesondere dann nicht, wenn er weiß, dass er sich und seiner Familie, vielleicht auch seinem Geschäft, einen guten Dienst erweist.»

«Aber was», Julius musterte sie eingehend, «würde das für die Dame seines Herzens bedeuten?»

Paulines Hände verkrampften sich in ihrem Schoß. «Ich weiß nicht ... Das hängt wohl davon ab, ob sie seine Zuneigung überhaupt erwidert.»

Julius beugte sich ein wenig vor. «Tut sie es?»

Ruckartig drehte Pauline den Kopf zu ihm. Der Schreck, der sich auf ihrem Gesicht abzeichnete, reizte ihn zum Lächeln. Bevor sie etwas sagen konnte, hob er beschwichtigend die Hand. «Lassen Sie mich die Frage anders formulieren: Angenommen, die betreffende Dame wäre ebenfalls nicht vollkommen abgeneigt – wie sollte der Mann in diesem Falle verfahren?»

Pauline schluckte einmal, dann ein zweites Mal. Sie atmete tief ein und antwortete: «Das hängt wiederum von den äußeren Umständen ab, würde ich sagen. Eine allgemeingültige Antwort kann es darauf nicht geben.»

«Vielleicht nicht.» Julius nickte ihr zu. «Deshalb möchte ich das Beispiel gerne noch ein wenig mehr eingrenzen. Nehmen wir an, jener Mann steht vor der bereits genannten Entscheidung. Die Dame mit der großen Mitgift würde all seine Probleme auf einen Schlag lösen. Die Dame seines Herzens hingegen würde ihm keinerlei finanzielle Vorteile verschaffen. Jedoch wäre sie, was ihre Veranlagung und Herzensbildung angeht, die bei weitem passendere Partnerin für ihn. Auch ist anzunehmen, dass sie, wie gesagt, nicht ganz abgeneigt wäre. Es gibt jedoch ein nicht zu unterschätzendes Problem, das wir in dieser Sache ebenfalls nicht außer Acht lassen können.»

Pauline blickte erstaunt auf. «Und das wäre?»

Julius lehnte sich wieder in seinem Sessel zurück und verschränkte die Arme vor der Brust. «Die Dame in unserem Beispiel hat in der Vergangenheit einige, sagen wir mal sehr unschöne Dinge erlebt, die den Mann daran zweifeln lassen, ob sie ihn nehmen würde, selbst wenn es keine widrigen äußeren Umstände gäbe.» Gespannt sah er sie an.

Paulines Augen weiteten sich. «Wie kommen Sie denn darauf?», rief sie so sichtlich verblüfft, dass sein Herz einen erfreuten Satz machte. Dann schien sie jedoch zu erkennen, dass sie zu viel von sich preisgegeben hatte, denn die Röte auf ihren Wangen vertiefte sich, und sie stand auf, ging zu einem der Bücherregale und heftete ihren Blick auf die Buchrücken.

Julius ließ ihr Zeit, sich wieder zu sammeln. Er brauchte selbst einen Augenblick, um die Botschaft, die ungewollt in Paulines Reaktion mitgeschwungen hatte, zu verarbeiten. Als sie sich schließlich wieder zu ihm umdrehte, wartete er ungeduldig auf ihre nächsten Worte.

Sie blickte in seine Richtung, mied aber Augenkontakt, sondern fixierte einen Punkt irgendwo hinter ihm. «Ich finde, wir sollten diese fruchtlose Unterhaltung nun beenden, Herr Reuther. Sie ändert nichts an der Lage der Dinge. Also sollten wir selbige nicht für alle Beteiligten noch schlimmer machen, indem wir sinnlose Hypothesen aufstellen.»

Julius erhob sich ebenfalls. «Für so sinnlos halte ich diese Hypothesen nicht, Fräulein Schmitz, wenn sie dazu verhelfen, die gegebene Situation richtig einzuschätzen.»

«Das tun sie aber nicht.»

«Nein?» Er lächelte. «Ich glaube doch.»

Pauline verschränkte die Arme vor dem Körper. «Glauben Sie meinetwegen, was Sie wollen, Herr Reuther. Ich werde mich zu diesem Thema nicht weiter äußern.»

«Doch, das werden Sie.»

Überrascht runzelte sie die Stirn und ließ die Arme wieder sinken. «Ach ja?»

Er nickte. «Ja, denn Sie sind zu gut erzogen, um eine direkte Frage Ihres Arbeitgebers unbeantwortet zu lassen.»

Wieder bemerkte er das heftige Pochen der Ader an ihrem Hals – das einzige sichtbare Zeichen dafür, dass sie innerlich aufgewühlt war.

«Was für eine Frage?»

Er ging zu ihr und blickte ihr fest in die Augen. «Soll ich Frieda Oppenheim heiraten?»

Pauline rang hörbar nach Luft. Ihr Blick irrte durch den Raum, richtete sich dann wieder auf ihn. «Natürlich.» Ihre Stimme brach, und sie räusperte sich. «Ja, das sollten Sie, Herr Reuther. Es wäre das Beste für Sie.»

Julius schüttelte leicht den Kopf. «Ich habe nicht gefragt, was das Beste für mich wäre, Pauline. Sag mir, was ich tun soll.»

«Das ... habe ich doch gerade.» Ihre Stimme brach erneut, und diesmal tat sie nichts dagegen. Ihre Augen weiteten sich, als er noch näher an sie herantrat.

«Nein. Du hast mir geantwortet, was du für deine Pflicht hältst. Ich will wissen, was du wirklich denkst, was dein Herz dazu sagt.»

Pauline rang sichtlich mit sich. «Ich ...»

«Ja?» Erwartungsvoll hing er an ihren Lippen.

Abrupt wandte sie sich ab. «Es tut nichts zur Sache, was ich will oder fühle. Sie müssen tun, was für Ihre Firma und vor allem für Ihre Familie das Beste ist. Außerdem ...» Sie stockte.

«Was?»

Ihr Atem ging deutlich schneller. «Außerdem irren Sie sich, wenn Sie glauben, ich sei in irgendeiner Form emotional involviert.» Schon wollte sie fluchtartig den Raum verlassen, doch Julius war schneller. Er hielt sie fest und drehte sie zu sich herum.

«Hiergeblieben», sagte er mit rauer Stimme. Es fiel ihm schwer, sich zu beherrschen. Zu heftig pochte inzwischen sein eigenes Herz. Jede Faser seines Körpers sehnte sich nach ihr. «Du behauptest also, vollkommen unbeteiligt zu sein, ja?»

Pauline starrte ihn mit großen Augen an. «Ich ... sagte doch, dass ich nicht ...»

«Und wenn ich dir den Gegenbeweis lieferte?» Julius zog sie in seine Arme. Ehe sie ein Wort erwidern konnte, versiegelte er ihre Lippen mit einem Kuss.

Mehr spürte er den überraschten Laut, der sich ihrer Kehle entrang, als er ihn hörte. Sie presste die Hände gegen seine Brust, wie um ihn fortzuschieben, doch er hielt sie fest und ließ seine Lippen sachte über die ihren wandern.

Ihr Mund war weich, und je mehr er von ihr kostete, desto heftiger rauschte das Blut durch seine Adern. Der Widerstand, den sie im ersten Impuls geleistet hatte, verflüchtigte sich schneller, als er gedacht hatte. Als er den Druck seiner Lippen leicht verstärkte, erwiderte sie ihn beinahe sofort. Während er sie weiterhin mit der linken Hand fest an sich gepresst hielt, ließ er seine Rechte hinauf in ihren Nacken wandern, spürte ihr seidiges Haar unter seinen Fingern. Erneut drang ein Ton aus ihrer Kehle, der wie das Schnurren einer Katze klang. Ehe er wusste, was er tat, vertiefte er bereits den Kuss.

Er spürte, dass sie nicht weiterwusste. Einen so innigen Kuss hatte sie offensichtlich noch niemals erhalten. Er selbst hatte in dieser Hinsicht ebenso wenig Erfahrung wie sie. Doch sein Hunger nach mehr wies ihm den Weg, ließ ihm keine Möglichkeit, einen klaren Gedanken zu fassen. Neugierig drang er mit der Zunge vor, erforschte die Textur ihrer Zähne, ihres Gaumens, ihrer Zunge. Er spürte, wie sich ihr Atem beschleunigte, ihre Finger sich in seine Schultern krallten, als fürchte sie, das Gleichgewicht zu verlieren.

Er wollte sie. Einen anderen Gedanken gab es in seinem Kopf nicht mehr. Alle Bedenken, alle Vorbehalte, jegliche Vernunft traten in den Hintergrund. Dies war die Frau, mit der er zusammen sein wollte – koste es, was es wolle. Doch wie sollte er sie davon überzeugen?

Äußerst widerstrebend löste er seine Lippen von ihren und beobachtete, wie sich ihre Augen langsam öffneten. Verwirrt und etwas erschrocken sah sie ihn an.

Julius lächelte und strich ihr eine blonde Haarsträhne hinters Ohr. «Ich schätze, das wäre geklärt. Jetzt antworte mir noch einmal auf meine Frage: Was soll ich tun, Pauline?»

«Ich ... weiß es nicht», gab sie zu.

Er berührte ihr Gesicht sanft mit seinen Fingerspitzen.

«Weißt du, vor dieser Frage würde ich nicht stehen», sagte er bedächtig, «wenn mir nicht seinerzeit diese entzückende Magd in Steins Laden begegnet wäre.» Als er ihre Überraschung bemerkte, lächelte er. «Dein Gesicht war ganz schmutzig. Hier.» Mit dem Daumen fuhr er die Stelle von ihrem Kinn über ihre linke Wange entlang, wo sich damals der ölige Fleck befunden hatte.

Sie starrte ihn an. «Soll das heißen ...?»

«Dass ich dich damals schon wollte?» Er nickte freimütig. «Es war mir vielleicht nicht gleich bewusst, aber spätestens als du Peter die Strafpredigt gehalten hast, wusste ich, dass ich dich liebe.»

Pauline stieß einen erstickten Laut aus. «Liebe.» Sie schluckte.

«Nachdem ich Erkundigungen über dich eingezogen hatte, war mir klar, dass es nicht einfach sein würde, dich für mich zu gewinnen. Was du in deiner früheren Stellung in Bonn erlebt hast ...» Er schüttelte den Kopf. «Ich weiß nicht, ob ich es wirklich wissen will. Doch», korrigierte er sich. «Ich würde es begrüßen, wenn du mir eines Tages davon erzählst. Aber ich war mir nicht sicher, wie tief verletzt du warst ... bist. Deshalb habe ich dir versichert, dass dir Ähnliches in meinem Hause niemals widerfahren wird. Und das verspreche ich dir auch jetzt noch. Niemals ...» Er umfasste ihr Gesicht mit beiden Händen. «Niemals werde ich dich zu irgendetwas zwingen, was du nicht willst, Pauline.»

Er sah, wie sie zitternd einatmete. Liebend gerne hätte er sie erneut geküsst, doch er hatte noch nicht alles gesagt, was es zu sagen gab. «In einem Punkt habe ich jedoch gelogen», fuhr er schließlich fort und spürte, wie sie sich leicht anspannte. «Ich habe gesagt, dass ich keine wie auch immer geartete persönliche Beziehung zu dir aufnehmen will.» Wieder lächelte er. «Das war natürlich nicht die Wahrheit. Aber wie hättest du wohl reagiert, wenn ich dir gesagt hätte, dass du meine Frau werden sollst?»

Pauline hatte noch keinen Ton gesagt. Jetzt wich sie sichtlich erschrocken einen Schritt zurück und löste sich aus seiner Umarmung. «Das ist verrückt», stieß sie hervor. «Ich kann nicht ... Wir können nicht ...»

«Warum nicht?» Julius zog sie einfach wieder zu sich heran.

«Es geht nicht», sagte sie. «Es wäre gegen jede Vernunft. Die Fabrik ... Friedas Mitgift würde ...»

«Nun lass doch einmal die verdammte Vernunft beiseite!»,

fuhr Julius sie verärgert an. Ungestüm presste er seine Lippen auf die ihren. Sofort loderte die Flamme zwischen ihnen wieder auf. Pauline rang nach Atem; sogleich vertiefte er den Kuss und umfasste erneut ihr Gesicht mit beiden Händen. Alle Gefühle, deren er fähig war und von denen er nicht wusste, wie er sie in Worte fassen sollte, brachen sich Bahn. Er fühlte, wie ihr Körper nachgab, sich ihre Hände an den Aufschlägen seiner Jacke festklammerten.

Als er sich erneut von ihr löste, waren ihre Wangen gerötet, und ihr Atem ging wie der seine in heftigen Stößen.

«Pauline», sagte er rau. «Sag mir, soll ich unter diesen Umständen wirklich Frieda um ihre Hand bitten?»

Einen Moment lang sahen sie einander tief in die Augen, dann machte sich Pauline unvermittelt von ihm los, wich zwei Schritte zurück. «Ich ... kann ... nicht ...» Sie schüttelte den Kopf, und er glaubte, Tränen darin aufblitzen gesehen zu haben. «Ich kann das nicht», stieß sie erstickt hervor. «Ich kann nicht sagen, was du tun sollst. Wie ... wie stünde ich da ... Wenn wir ... Wenn du Frieda nicht heiratest, könntest du deine Fabrik verlieren, nicht wahr?»

«Die Möglichkeit besteht», gab er zu.

Sie nickte und machte noch einen weiteren Schritt rückwärts. «Ich könnte mir niemals verzeihen, wenn du wegen mir ... wegen einer sinnlosen Liebelei alles aufs Spiel setzen würdest, was dir je wichtig war.»

«Sinnlose Liebelei?», echote er. Zorn regte sich in ihm. «So nennst du das also? Mehr ist es für dich nicht? Sieh mich an!», forderte er.

Pauline blickte ihm wieder in die Augen. Jetzt sah er die Tränen ganz deutlich. Er entspannte sich ein wenig. «Du lügst nicht sehr überzeugend, Pauline», befand er.

«Vielleicht nicht», antwortete sie spröde.

Er spürte geradezu körperlich, wie sie sich verschloss, ihm entglitt. Er ballte die Hände zu Fäusten.

«Aber», fuhr sie störrisch fort, «das ändert nichts daran, dass ich es mir niemals verzeihen könnte, wenn du wegen mir alles verlierst. Und du würdest es mir auch nicht verzeihen können. Die Kinder ...» Sie schüttelte den Kopf. «Es geht nicht. Heirate Frieda.» Hastig wandte sie sich um und rannte aus der Bibliothek. Er hörte ihre Schritte auf der Treppe und schloss für einen Moment die Augen.

Sie liebte ihn. Er hatte es in ihrem Blick gesehen, hatte es mit jeder Faser seines Körpers gespürt. Die Gefühle, die ihn in diesem Moment zu überwältigen drohten, konnte er nur mit Mühe im Zaum halten. Er wusste jetzt, was er hatte in Erfahrung bringen wollen. Mehr brauchte es für ihn nicht.

Kapitel 24

Schwer atmend und mit rasendem Herzschlag schloss Pauline die Tür ihres Schlafzimmers hinter sich und schob den Riegel vor. Sie ließ sich auf ihr Bett sinken und legte beide Hände an ihre glühenden Wangen. Julius Reuther liebte sie! Er hatte es ihr so geradeheraus ins Gesicht gesagt, dass sie an der Wahrheit seiner Worte nicht eine Sekunde zweifelte. Doch was für sie ein Moment des Glücks hätte sein sollen, hatte sich zu einem Albtraum entwickelt. Wie gerne hätte sie ihm gesagt, er solle Frieda vergessen und vor deren Eltern von der Verlobung Abstand nehmen. Natürlich wollte Pauline ihn ebenso sehr, wie er sie zu wollen schien. Noch immer spürte sie seine Lippen, noch immer war ihr Verlangen groß, ihm nahe zu sein. Aber das war und blieb unmöglich. Er durfte seine Fabrik, die Lebensgrundlage seiner Familie, nicht für eine Liebe opfern, die womöglich für immer vom Verlust seines Vermögens überschattet werden würde.

Selbstredend würde Pauline ihn auch dann lieben, wenn er kein reicher Fabrikbesitzer wäre. Doch würde er es verkraften, alles zu verlieren? Sein Vater und er hatten hart für die Firma gearbeitet. Sie wusste nicht mit Sicherheit, wie schlimm es um die Fabrik stand. Doch da er ihr bestätigt hatte, dass er möglicherweise alles verlieren würde, wenn er Frieda nicht heiratete, rechnete sie mit dem Schlimmsten.

Die kleine Mitgift von zwölfhundert Mark, die bei einem Notar in Bad Bertrich für sie hinterlegt war, erschien Pauline geradezu lachhaft in dieser Situation. Damit könnte sie vielleicht einen kleinen Handwerker oder möglicherweise einen städtischen Beamten beeindrucken. Für Julius bedeutete dieser Betrag sicherlich nur den Tropfen auf den heißen Stein. Sie war einfach keine geeignete Ehefrau für ihn. Frieda hingegen – ihre liebe Freundin Frieda – würde vermutlich weit mehr als das Zehnfache dieser Summe als Mitgift erhalten. Ganz zu schweigen von den Investitionen, die Friedrich Oppenheim Julius bestimmt in Aussicht gestellt hatte. Im Moment war Friedas Vater der Einzige, der noch gewillt war, in Julius' Firma zu investieren.

Pauline wusste, dass man Frieda nichts von der prekären Lage erzählt hatte, in der sich Julius befand. Auch Pauline hatte geschwiegen, obwohl sie unsicher war, ob das gegenüber der Freundin rechtens war. Auch wenn Frieda Bescheid gewusst hätte – vielleicht hatte sie längst die Gerüchte aufgeschnappt, die über Julius kursierten –, würde das nichts am Wunsch ihres Vaters ändern. Frieda war zu wohlerzogen und gehorsam, um sich diesem Wunsch zu widersetzen. Weshalb sollte sie auch? Sobald die beiden Firmen vereint wären, würde sich die Lage für Julius wieder entspannen, und sein guter Ruf wäre wiederhergestellt. Kein Hahn würde dann mehr nach den Gerüchten krähen. In solchen Fällen waren die Menschen erstaunlich vergesslich.

Angestrengt versuchte Pauline, ihre widerstreitenden Gefühle zur Räson zu bringen. Schließlich stand sie auf und begab sich in ihr kleines Badezimmer. Sie zog ihr Kleid aus, hängte es ordentlich auf und wusch sich ausgiebig. Gerne hätte sie dazu heißes Wasser verwendet, aber sie traute sich nicht, hinunter in die Küche zu gehen. Nicht, solange Julius noch auf war. Sie wollte ihm heute Abend nicht mehr begegnen.

Zusammen mit der nach Rosen duftenden Seife, die sie sich kürzlich auf dem Markt gekauft hatte, tat auch das kalte Wasser seinen Dienst. Sie wusch sich nicht wie sonst nur Gesicht und Hände, sondern weitete die Reinigung auf ihren ganzen Körper aus, in der Hoffnung, die unbekannten und beängstigend intensiven Gefühle auf diese Weise einfach abzuwaschen.

Sie schlüpfte in ihr knöchellanges, mit hübschen Stickereien verziertes Nachthemd und schlang sich ein wollenes Tuch um die Schultern. Sorgfältig bürstete sie ihr Haar, flocht es zu einem lockeren Zopf, der bis zur Mitte ihres Rückens fiel, und kroch unter ihre Decke. Das Licht ließ sie an, denn an Schlaf war erst einmal nicht zu denken. Sie griff nach dem Gedichtband mit den Sonetten von Shakespeare, der ihr das Einschlafen schon so manchen Abend versüßt hatte. Doch heute las sie in jedem Wort des Dichters ihre eigene Sehnsucht.

Irgendwann legte sie das Buch beiseite. Wie hatte sich ihr Leben in so kurzer Zeit nur so unglücklich entwickeln können? Erst der viel zu frühe Tod ihres Onkels, dann die Stellung bei Buschners, von der sie sich so viel erhofft hatte. Die Annäherungsversuche des Hausherrn, auf die sie – völlig unerfahren damals – hereingefallen war.

Sie schämte sich zutiefst für das, was zwischen ihnen vorgefallen war. Zwar ahnte sie inzwischen, dass sie dieses Schicksal mit vielen Gouvernanten und Dienstmädchen teilte, aber das machte es für sie nicht besser. Irgendwann war Buschner ihr derart zuwider gewesen, dass sie allein von seiner Berührung oder seinen Blicken Albträume bekommen hatte.

Jetzt hatte sie es geschafft, sich von den schlimmsten Erinnerungen zu lösen. Julius war an dieser Entwicklung nicht unbeteiligt. Er hatte ihr Sicherheit gegeben. Obgleich sie nun wusste, dass er aus eigennützigen Motiven gehandelt hatte, konnte sie ihm nicht böse sein. Er war trotz allem ein Mann von Ehre. Sie wusste, dass er sie respektierte und sie niemals zwingen würde. Das musste er auch gar nicht. Die Ereignisse dieses Abends hatten ihr deutlich gezeigt, dass es wenig mehr als einer sanften Berührung bedurfte, um sie all die Dinge tun lassen zu wollen, von denen sie eigentlich gar keine Ahnung hätte haben dürfen.

Pauline drehte sich auf die Seite und zog die Decke bis zur Nasenspitze hinauf. Morgen würde sie noch einmal mit Julius reden und ihm klarmachen, dass er um seiner Kinder willen verpflichtet war, Frieda zu heiraten. Vielleicht war es besser, wenn sie sich so bald wie möglich eine andere Stellung suchen würde. Am besten in einer anderen Stadt. Wenn sie erst einmal räumlich voneinander getrennt wären, würden die heftigen Gefühle bestimmt nachlassen und die Sehnsucht, die Paulines Herz umfasst hielt, verblassen.

Mit einem Ruck setzte sie sich auf. Sie würde heute Nacht kein Auge zutun, so viel war sicher. Da sie vor einiger Zeit Schritte und leise Stimmen vernommen hatte, ging sie davon aus, dass Julius sich bereits in sein Zimmer zurückgezogen hatte. Sie nahm die kleine Lampe von ihrem Nachttisch, schlang sich das Tuch wieder um die Schultern und schlich auf ihren dicken Wollstrümpfen hinab in die Küche. Weil sie keinen unnötigen Lärm verursachen wollte, goss sie sich nur ein Glas von dem Apfelmost ein, den der Koch auf dem Tisch hatte stehen lassen. Im Haus war es still; lediglich das Ticken der Pendeluhr aus der Bibliothek war deutlich zu hören.

Sie würde es vermissen, das Haus in der Löwengasse. Pauline sah sich in der ordentlich aufgeräumten Küche um. Anfangs hatte das Anwesen nicht sehr heimelig auf sie gewirkt. Und auch jetzt war es hier alles andere als gemütlich, da noch immer jeden Tag Handwerker zugange waren. Aber es war ihr trotzdem zur Heimat geworden, obgleich sie noch gar nicht lange hier lebte. Sie hatte das Haus und noch viel mehr seine Bewohner in ihr Herz geschlossen. Die Kinder begannen endlich, ihr Vertrauen entgegenzubringen. Wie schrecklich würde es für die beiden sein, wenn sie sie verlassen musste. Sie hatte ihnen versprochen, immer für sie da zu sein. Doch blieb ihr eine Wahl?

Sie trank einen Schluck Most, dann einen zweiten. Verärgert über ihr eigensinniges Herz, stellte sie das Glas ab und verließ die Küche. Obwohl es noch immer recht winterlich war, ging sie zur Haustür und trat einige Schritte nach draußen.

Es war windstill und der Himmel wolkenlos. Unzählige Sterne blinkten fern und kalt am Firmament. Der Mond warf ein fahles Licht auf die Zufahrt und das zur Nacht verschlossene Tor. Pauline zog das Schultertuch fester um sich und sog tief die eisige Luft in ihre Lungen.

Sie zuckte nur ein wenig zusammen, als sie hinter sich Schritte vernahm und im nächsten Moment zwei Arme spürte, die sie von hinten umfingen. Sanft ließ Julius sein Kinn auf ihrer rechten Schulter ruhen. Sie fühlte seinen warmen Atem über ihre Wange streichen.

«Es hat auf dich gewartet», raunte er. «Das Haus hat nur auf dich gewartet, Pauline, genau wie ich.»

Sie antwortete ihm nicht darauf, sondern blickte angestrengt geradeaus. Seine Nähe verursachte ihr Herzklopfen, seine Stimme hinterließ einen warmen Schauer, der sich von ihrer Wange über den Hals und schließlich ihren ganzen Körper ausbreitete.

Ein wenig wandte sie den Kopf in seine Richtung. «Wir dürfen das nicht tun.»

«Ich weiß.» Seine Hand tastete nach der ihren; ihre Finger verhakten sich ineinander. «Ich weiß, Pauline.»

Sie drehte sich langsam zu ihm um, blickte in seine blauen Augen, die in der Dunkelheit tiefen, gefährlichen Seen glichen und ihr bis ins Herz zu blicken schienen. Sie stellte sich auf die Zehenspitzen und küsste sachte seine Lippen.

Seine Arme umfingen sie erneut und hielten sie fest.

Einen langen Moment verharrten sie in der Umarmung. «Komm wieder herein, es ist kalt», sagte Julius sanft.

In stillem Einverständnis stiegen sie die Stufen ins Obergeschoss hinauf. «Was nun?», fragte er mit rauer Stimme. «Du weißt, dass du nein sagen kannst. Ich habe es dir selbst einmal nahegelegt, das zu tun.»

Pauline schüttelte den Kopf. «Dazu ist es längst zu spät», flüsterte sie und senkte verlegen den Blick.

Mit dem Zeigefinger hob Julius ihr Kinn wieder so weit an, dass sie sich direkt in die Augen sahen. «Komm», sagte er nur und führte sie bis zur Tür seines Schlafzimmers. Sie hatte diesen Raum noch nie betreten. Er war erstaunlich groß, besaß zwei Fenster, hohe Wandschränke und ein breites Bett, das mit diversen Kissen und Decken bestückt war. Teppiche und Vorhänge waren in einem satten Weinrot gehalten, das Julius' Charakter in eigenartiger Weise widerzuspiegeln schien. Auf der Kommode zwischen den Fenstern brannten Kerzen in einem Leuchter, und in dem offenen Kamin knisterte ein heimeliges Feuer. Offenbar war Julius früher am Abend bereits hier gewesen. Oder vielleicht hatte auch Jakob Feuer und Licht für seinen Herrn entzündet.

Julius nahm ihr Gesicht in seine Hände und küsste sie. Diesmal blieb es nicht bei der zarten Berührung.

Leidenschaftlich erwiderte Pauline den Kuss. Julius zog sie an sich und ließ seine Fingerspitzen über ihren Rücken wandern. Sie öffnete den Mund, um seiner forschenden Zunge Einlass zu gewähren. Julius stöhnte leise auf, sodass Pauline eine Gänsehaut bekam. Sie fühlte seine Hände, die nun fest über ihre Seiten bis hinunter zu ihren Hüften glitten.

Ihr Herz pochte so heftig, dass sie fürchtete, es könne ihr aus der Brust springen. Als sie ihre Hände auf die Aufschläge seiner Jacke legte, konnte sie fühlen, dass sein Herz ebenso sehr raste. Sie nestelte an den Knöpfen seiner Jacke, die er ungeduldig zu Boden gleiten ließ.

Sein Hemd war schwieriger. Sie hatte noch niemals einem Mann geholfen, sich zu entkleiden. Ihre Finger zitterten, als sie sie endlich auf die bloße Haut seines Brustkorbs legte. Er fühlte sich warm und fest an und erschauerte spürbar unter ihrer Berührung.

«Pauline», raunte er und küsste sie. Seine rechte Hand legte sich in ihren Nacken, strich durch ihr Haar. Ihr lose geflochtener Zopf löste sich rasch unter seinen Liebkosungen, das Haarband fiel unbemerkt zu Boden und gesellte sich dort zu Julius' Jacke und Hemd.

Während ihr Kuss immer tiefer und leidenschaftlicher wurde, traten seine Hände erneut eine Reise über ihren Körper an und legten sich schließlich zögernd auf ihre Brüste. Er hielt inne, blickte sie fragend an, bis sie ihm mit einem fast unmerklichen Nicken zu verstehen gab, dass sie mit dem, was er tat, einverstanden war.

Er streichelte sie sachte, bis sich ihre Brustwarzen unter dem Leinenstoff ihres Nachthemdes aufrichteten. Süße, unbekannte Gefühle durchströmten Pauline. Ihr Atem beschleunigte sich. Sie half ihm, das Kleidungsstück auszuziehen. Sogleich spürte sie seine Hände wieder auf ihrem Rücken, ihren Seiten, ihren Hüften. Sein Mund legte sich auf einen empfindlichen Punkt in ihrer Halsbeuge. Die Berührung ließ sie erschauern.

Küsse bedeckten ihren Hals, ihre Schulter, ihre Brüste. Er umfing sie vorsichtig mit der Hand und küsste die Spitze. Pauline wurde heiß und kalt. Halt suchend legte sie ihre Hände wieder auf seine Brust, fühlte den harten, schnellen Herzschlag, der mit dem ihren im Gleichklang zu sein schien.

Ihre Lippen fanden sich zu einem weiteren, gierigen Kuss. Sie taumelten. Julius schob sie sanft zu seinem Bett und ließ sich mit ihr daraufgleiten.

Pauline wurde ein wenig mutiger und erforschte nun ihrerseits die Form seiner Brust, Schultern, Arme, spürte die Muskeln und die glatte Textur seiner Haut unter den Fingerspitzen. Neugierig wanderten ihre Hände tiefer, doch am Bund seiner Hose hielt sie zögernd inne. Er lag seitlich neben ihr; an der Hüfte spürte sie sehr deutlich seine erregte Männlichkeit. Doch es war anders als alles, was sie bisher erlebt hatte. Weder wollte sie zurückzucken, noch ergriff sie jenes Gefühl der Abscheu, das sie in der Vergangenheit so oft befallen hatte. Wie sollte sie ihm klarmachen, dass sie gerne mehr von ihm spüren wollte? Sie konnte es ihm nicht einfach sagen, oder doch?

Er schien ihr Zögern zu bemerken, denn er nahm ihre Hand in die seine, küsste sie und begann seinerseits, sie vollständig zu entkleiden. Es machte ihr nichts aus. Bisher hatte sie immer ein Gefühl der Scham empfunden, wenn Friedhelm Buschner darauf bestanden hatte, dass sie sich vor ihm vollkommen entblößte. Aber hier, in der Stille und behaglichen Wärme von Julius' Schlafzimmer, empfand sie es weder als peinlich noch als unangenehm. Sie erschauerte zwar ein wenig unter seinem Blick, las darin aber nichts als Zuneigung und etwas wie Bewunderung. Er strich mit einer Hand über ihren Leib und ließ seine Lippen der Spur folgen. An ihrer Hüfte hielt er inne, richtete sich ein wenig auf und blickte sie fragend an. Als sie begriff, was er von ihr wissen wollte, protestierte sie nicht. Seine Hand wanderte noch ein wenig tiefer, zwischen ihre Schenkel. Scharf sog sie die Luft ein, als er sie an ihrer intimsten Stelle berührte. Keinen Schmerz spürte Pauline, nichts von den schlimmen Erinnerungen, sondern nur ehrliche Hingabe und Lust.

Sein leises Keuchen vermischte sich mit ihrem. Überrascht sah sie in seine Augen und fand sie fast schwarz vor Verlangen. Ihr Herzschlag beschleunigte sich noch mehr. Unsicher streckte sie eine Hand nach ihm aus, berührte ihn an der Seite. Rasch umfasste er ihre Finger und schob sie von sich. Mit einer knappen Bewegung richtete er sich auf und entledigte sich seiner verbliebenen Kleider. Nur Augenblicke später war er wieder neben ihr und küsste sie leidenschaftlich. Seine Hände waren plötzlich überall – auf ihren Brüsten, ihrem Bauch, ihrer Hüfte. Als seine Finger wieder in sie eintauchten, stöhnte sie lustvoll.

Er hob den Kopf und sah ihr so intensiv in die Augen, dass ihr Herz für einen Schlag auszusetzen schien. «Pauline ...» Er schluckte, da seine Stimme ihm nicht recht gehorchte. «Hab keine Angst.»

Atemlos versank sie für einen Moment in seinem Blick, dann schüttelte sie leicht den Kopf. «Ich habe keine Angst, Julius.» Sie zögerte. «Ich bin keine ...»

«Ich weiß.» Er beugte sich zu ihr herab und küsste sie liebevoll. «Ich werde dir nicht weh tun», raunte er.

Wortlos griff sie mit der einen Hand nach seiner Schulter, mit der anderen umfasste sie seinen Nacken und zog ihn näher zu sich heran. Ihre Lippen trafen aufeinander, seine Zunge eroberte gierig ihren Mund. Gleichzeitig veränderte er seine Lage so, dass sie sich ein wenig an das Gewicht seines Körpers gewöhnen konnte.

Doch Pauline reichte dies nicht. Sie ließ ihre linke Hand von seinem Nacken über den Rücken bis hinunter zu seiner Hüfte wandern und drehte sich leicht, zog ihn mit sich, bis er schließlich ganz auf ihr lag.

Er atmete hörbar ein, als sie die Beine spreizte und sich ihm verlangend entgegenschob. Während ihre Zungen heftig miteinander rangen, drängte er in sie, unfähig, sich zurückzuhalten.

Pauline spürte, wie er erstarrte und sichtlich mit seiner Selbstbeherrschung kämpfte. Er löste seine Lippen von ihren und schluckte hart. Gerne hätte sie ihm gesagt, dass er sich nicht zurückhalten solle, sie nicht zu schonen brauche. Doch sie traute sich nicht. Eine Frau durfte doch keine Forderungen stellen! Aber weshalb eigentlich nicht? Sie blickte in seine beinahe schwarzen Augen, die unverwandt auf ihr Gesicht gerichtet waren. Da ihr noch immer die rechten Worte fehlten, ließ sie stattdessen ihre Hände fest über seinen Rücken gleiten, bis sie bei seinen Hüften ankamen. Gleichzeitig bewegte sie sich unter ihm in einer Weise, die ihn zu einer Reaktion zwang.

Seine Augen weiteten sich überrascht, aber auch erregt. Instinktiv begegnete er ihrer Aufforderung mit einem noch verhaltenen Stoß. Pauline zog seinen Kopf wieder zu sich herab, schmeckte die unterdrückte Lust auf seinen Lippen und wand sich ein wenig heftiger unter ihm, bis er begriff und sich ihrem Rhythmus mühelos anpasste.

Sie fühlte seinen rasenden Herzschlag, spürte die Hitze, die sich zwischen ihnen aufbaute. Sein raues Stöhnen mischte sich mit dem ihren; Pauline spürte nichts anderes mehr als ihn, alle übrigen Gefühle, jegliche Gedanken verloschen. Es gab nur noch sie beide.

Kapitel 25

Länger als eine Stunde konnte Pauline nicht geschlafen haben. Als sie die Augen aufschlug, war es dunkel. Eine letzte Kerze im Leuchter flackerte noch, die restlichen waren bereits vollkommen heruntergebrannt. Im Kamin glomm noch ein wenig Glut.

Sie spürte Julius neben sich. Er lag dicht an sie geschmiegt, sein rechter Arm hielt sie fest umfangen, sein rechtes Bein lag quer über den ihren. Die Geborgenheit, die ihr diese innige Nähe vermittelte, ließ heiße Tränen in ihre Augen steigen. Die Erinnerung an die Ereignisse der vergangenen Stunden wühlte sie auf. Niemals hätte sie gedacht, dass sie etwas Ähnliches würde erleben – und empfinden – können. Doch wie sollte es jetzt weitergehen?

Sanft strich Pauline mit den Fingerspitzen über die glatte Haut an den Schultern dieses erstaunlichen Mannes. Ihr Herz schmerzte bei der Erkenntnis, dass sie beide einen großen Fehler begangen hatten. Einen Fehler, den sie nicht mehr rückgängig machen konnten.

Sie starrte zur Zimmerdecke hinauf. Es gab nur eine Sache, die ihr jetzt zu tun blieb. Wenn Julius schon nicht vernünftig sein wollte, dann musste sie es sein.

Vorsichtig wand sie sich unter ihm und schob sein Bein von sich. Er grummelte etwas Unverständliches und hob leicht den Kopf an. «Was tust du? Wo willst du hin?»

Pauline setzte sich vorsichtig auf und flüsterte: «Zurück in mein Bett, was sonst? Ich kann nicht hierbleiben, stell dir vor, jemand entdeckt uns!»

Sie hörte ihn einen frustrierten Laut ausstoßen, doch er gab sie frei, sodass sie sich erheben und eilig nach ihrer Wäsche und dem Nachthemd suchen konnte. Sie streifte sich die Kleidungsstücke über und schlich zur Tür. Er schien bereits wieder eingeschlafen zu sein – vermutlich war er gar nicht richtig wach gewesen. Auf Zehenspitzen verließ sie sein Schlafzimmer und schlich den Gang entlang. Als sie die Treppe passierte, vernahm sie unvermittelt Schritte.

«Guten Morgen, Fräulein Schmitz», sagte Jakob leise.

Sie erstarrte vor Schreck und blickte den Hausdiener entsetzt an, der bereits angekleidet war und Holzscheite für die Kamine hereintrug.

Jakob lächelte freundlich, aber ließ sich nicht anmerken, ob er überrascht war, sie zu sehen. «Gehen Sie rasch wieder zu Bett», empfahl er. «Nicht dass Sie sich verkühlen.»

Pauline nickte nur hastig und rannte beinahe zu ihrem Zimmer. Was musste Jakob jetzt bloß von ihr denken? Würde er den anderen Dienstboten erzählen, dass er sie am frühen Morgen aus Julius' Zimmer hatte kommen sehen?

Nein. Als sie die Tür fest hinter sich schloss, schüttelte sie über sich selbst den Kopf. Das würde Jakob bestimmt nicht tun. Er war zu diskret und loyal. Aber trotzdem – die Situation hätte peinlicher nicht sein können und bestärkte sie in ihrem Entschluss, sofort zu handeln.

* * *

«Fräulein Schmitz, so eine Überraschung!», rief Annette Reuther, als sie die Diele ihres Hauses betrat, nachdem ihr Dienstmädchen ihr eine Besucherin gemeldet hatte. «Was verschafft mir denn die ...» Sie brach ab, als sie die Reisetasche neben Pauline erblickte, und runzelte die Stirn. «Sie wollen verreisen?»

Pauline nickte mit ernstem Gesicht. «Ich muss ... werde für eine Weile zurück nach Bad Bertrich gehen. Leider fährt das nächste Schiff Richtung Koblenz erst heute Mittag. Wäre es wohl möglich, dass ich so lange hier warte?»

Annette musterte die junge Frau eingehend. «Natürlich dürfen Sie das, aber weshalb um alles in der Welt warten Sie nicht in Julius' Haus?» Sie legte den Kopf schräg, als sie das leichte Zittern von Paulines Händen wahrnahm, und deutete nun auch ihre starr aufrechte Haltung und den verkniffenen Zug um ihren Mund richtig.

«So», sagte sie. «Sie treten also die Flucht an?»

Pauline errötete und wich Annettes Blick aus. «Er wird Frieda nicht heiraten, wenn ich bleibe.»

«Und Sie glauben, er wird es tun, wenn Sie gehen?», fragte

Annette Reuther skeptisch. «Weiß er, dass Sie auf und davon sind?»

Pauline verschränkte ihre Hände ineinander. «Er wird es wissen, sobald er nach Hause kommt. Heute Morgen wurde er sehr früh von seinem Anwalt aufgesucht, wohl wegen der Grenzstreitigkeiten auf dem Areal in Nippes.»

«Was wissen Sie darüber?», hakte Annette interessiert nach.

«Nichts. Nicht viel», verbesserte Pauline sich verlegen. «Es geht mich auch nichts an. Ich habe ihm und den Kindern eine Nachricht hinterlassen.»

Annette zog nachdenklich die Augenbrauen zusammen. «Und Sie glauben, er wird das so einfach hinnehmen und Ihnen nicht nachfahren?»

«Er wird meinen Entschluss respektieren», antwortete Pauline. «Ich gehe davon aus, dass Sie das ebenfalls tun.»

«Sie lieben ihn.» Annette berührte Pauline leicht am Arm. «Sind Sie sicher, dass Sie das Richtige tun?»

Pauline senkte den Blick. «Es ist das Beste für alle Beteiligten. Julius darf wegen mir nicht alles aufs Spiel setzen. Er muss auch an seine Kinder denken und ...» Sie stockte. «Es ist das Vernünftigste, was ich tun kann.»

«Sie würden sich also nicht umstimmen lassen?»

«Nein.» Pauline schüttelte den Kopf. «Nicht in dieser Situation.»

«Also gut.» Annette zog ihre Hand zurück und bedeutete Pauline, ihr ins Wohnzimmer zu folgen. «Ich weiß es zu schätzen, dass Sie offenbar eine Frau mit Verstand sind.»

«Danke.»

Annette warf der jungen Frau einen kurzen Blick zu. «Ich sage nicht, dass mir die ganze Sache gefällt.»

«Natürlich nicht.»

«Aber», fuhr sie fort, «ich respektiere Ihre Entscheidung und rechne sie Ihnen hoch an.» Sie deutete auf einen Sessel. «Setzen Sie sich. Ich lasse Tee für uns machen.»

* * *

Es war bereits früher Nachmittag, als Julius sich endlich von seinen Verpflichtungen in der Fabrik loseisen konnte. Erst hatte sein Anwalt ihm den neuesten Stand bezüglich der Grenzstreitigkeiten mit Lungenberg mitgeteilt. Wenigstens in dieser Hinsicht schien sich ein Erfolg für ihn abzuzeichnen. Die Besitzurkunden waren echt und die Angaben darin korrekt. Weshalb der Ziegeleibesitzer ihm eine Manipulation der Grenzsteine vorwarf, war allerdings nicht geklärt. Da sich Lungenberg nicht in der Stadt aufhielt, musste diese Sache noch eine Weile warten.

In Nippes hatten hingegen weniger angenehme Nachrichten auf Julius gewartet. Mit der Morgenpost waren zwei schriftliche Forderungen von Woll- und Flachs-Lieferanten eingegangen, die nun ebenfalls auf sofortige Zahlung der Außenstände drängten. Die Gerüchte über seine Krise zogen also bereits breite Kreise. Julius wunderte sich, dass er noch nicht öffentlich darauf angesprochen worden war. Hinter seinem Rücken gärte es. Da sich sein Verdacht, dass jemand hinter der ganzen Misere steckte und die Fäden zog, erhärtete, hatte Julius versucht, einen Termin bei dem Bankier Schnitzler zu erhalten. Leider hielt sich dieser momentan nicht in der Stadt auf, und auch sein Sohn, so teilte man Julius mit, sei auf dem Weg in einen Kurort, um mit seiner frisch Angetrauten ein paar Tage Urlaub zu machen.

Ganz ungelegen kam Julius die Verzögerung nicht, denn nach

der vergangenen Nacht verspürte er das dringende Bedürfnis, mit Pauline über die neuen Umstände zu sprechen. Wie er sie kannte, würde sie sich gegen die von ihm erwogenen Konsequenzen sträuben, doch in diesem Fall würde er keine Einwände gelten lassen.

Als er das Haus in der Löwengasse betrat, schallten ihm die Stimmen seiner Kinder entgegen. Die beiden stritten sich heftig.

«Du blöde Ziege», schrie Peter. «Ich kann doch nichts dafür! Ich hab überhaupt nichts gemacht.»

«Hast du wohl!», keifte Ricarda. «Du hast immer so blöde Sachen zu ihr gesagt. Jetzt kann sie uns nicht mehr leiden.»

«Ist ja nicht wahr.»

«Ist es doch!»

«Nein!»

Julius ging auf die beiden Streithähne zu. «Was ist denn hier los? Warum streitet ihr schon wieder? Wo ist Fräulein Schmitz?»

Beide Kinder fuhren zu ihm herum. Ricarda starrte ihn zornig an. «Weg!»

Julius sah sie verwirrt an. «Was soll das heißen? Ist sie ausgegangen?»

«Nein, sie ist weg.» Peter blickte nun auch wütend zu ihm hoch.

«Sie ist heute Morgen gegangen», fügte Ricarda mit zitternder Stimme hinzu. Tränen stiegen ihr in die Augen. «Was hast du mit ihr gemacht, Papa? Warum ist sie einfach gegangen? Sie hat versprochen, für immer bei uns zu bleiben!»

Julius fuhr sich perplex mit den Fingern durchs Haar. «Ich habe gar nichts mit ihr ...» Er brach ab, da er genau wusste, dass das, was er hatte sagen wollen, nicht stimmte. «Wann hat sie das Haus verlassen?»

«Heute Morgen um kurz nach acht», erklärte Jakob, der in die Diele gekommen war und Julius den Mantel abnehmen wollte.

Dieser wimmelte ihn mit einer ungehaltenen Handbewegung ab. «Und du hast sie einfach so gehen lassen, Köbes? Bist du von allen guten Geistern verlassen?»

Jakob zog den Kopf ein wenig ein. «Sie hat darauf bestanden, gnädiger Herr. Ich konnte sie doch nicht zwingen, hierzubleiben. Sie hat Ihnen eine Nachricht hinterlassen.»

«Wo?»

«In Ihrem Arbeitszimmer.»

Ohne ein weiteres Wort ging Julius mit großen Schritten in sein Büro und griff nach dem gefalteten Blatt Papier, das in der Mitte des Schreibtischs lag. Während er den kurzen Brief las, ließ er sich auf seinen Stuhl sinken.

Er musste die Worte zweimal lesen, bis er deren Bedeutung erfasste. Für einen Moment schloss er die Augen. Er ballte die Hand, die den Brief hielt, zur Faust. Mit einem frustrierten Laut warf er ihn von sich. Jakob gab den Kindern ein Zeichen, sich zurückzuziehen, und trat vorsichtig in den Raum.

«Herr Reuther, es tut ...»

«Verfluchtes Weib!» Mit einer zornigen Bewegung fegte Julius die Papiere von seinem Schreibtisch.

Jakob blieb vorsichtshalber in einiger Entfernung stehen.

«Dieses sture Frauenzimmer! Ich glaube es einfach nicht!» Julius sprang auf und lief erregt im Zimmer auf und ab. Unvermittelt fuhr er zu Jakob herum. «Was hat sie den Kindern gesagt?»

«Sie hat gar nichts gesagt», piepste Ricarda. Sie hatte den Wutausbruch ihres Vaters mit großen Augen beobachtet und trat nun mit verzweifeltem Mut näher. «Als wir aus der Schule gekommen sind, war sie schon fort. Ohne sich zu verabschieden. Sind wir schuld daran, dass sie weg ist?»

Julius starrte seine Tochter irritiert an. «Ihr? Weshalb solltet ihr ...? Natürlich ist es nicht eure Schuld, dass sie gegangen ist, Ricarda. Wie kommst du bloß darauf?»

Ricarda verschränkte die Arme vor dem Körper. «Dann ist es deine Schuld. Oder die von Fräulein Frieda.»

«Aber Kind, so redet man doch nicht ...», mischte Jakob sich erschrocken ein, doch Ricarda hörte gar nicht hin.

«Wir wollen, dass Fräulein Schmitz zurückkommt!», forderte das Mädchen wütend. «Sie soll bei uns bleiben!»

Julius fuhr sich erneut durch die Haare und setzte sich wieder. «Glaub mir, Ricarda, das will ich auch.»

«Dann hol sie zurück!»

«Das kann ich nicht.»

«Warum nicht?»

Resignierend griff Julius nach dem Brief, der bei seinem Wutausbruch neben den Stuhl gefallen war. Sorgsam strich er das Papier glatt. «Weil ich ihr ein Versprechen gegeben habe.»

Ricarda ging auf ihn zu. «Was denn für ein Versprechen?»

Julius seufzte. «Ich habe ihr versprochen, ihre Wünsche stets zu respektieren und nichts gegen ihren Willen zu tun.» Er hob den Brief leicht an. «Das habe ich nun davon. Sie will nicht, dass ich Kontakt zu ihr aufnehme. Und ...»

«Was denn noch?» Ricardas Stimme klang nun verzagt und ein wenig ängstlich.

Ratlos blickte Julius seine Tochter an. «Sie will, dass ich vernünftig bin. Um euretwillen.»

* * *

Annette Reuther war kein streitsüchtiger Mensch, doch wenn ihr Zorn einmal geweckt war, kam man ihr besser nicht in den Weg. Nachdem sie Pauline höchstpersönlich zum Hafen begleitet und dafür gesorgt hatte, dass die junge Frau sicher auf dem Weg nach Koblenz war, ging sie zu einem alten Freund ihres verstorbenen Gatten, um einige Erkundigungen einzuziehen. Danach begab sie sich unverzüglich zum Haus in der Löwengasse. Dort angekommen, schickte sie das Mädchen, das sie begleitet hatte, nach Hause und betätigte kurz den Türklopfer.

Die wenigen Augenblicke, die es dauerte, bis Jakob die Tür öffnete, reichten nicht aus, ihren Zorn auch nur im Geringsten zu zügeln. Sie drückte dem Diener ihren Mantel in den Arm. «Wo ist er?»

Jakob verbeugte sich höflich. «Der gnädige Herr ist in seinem Arbeitszimmer. Soll ich Sie melden?»

Annette warf ihm einen scharfen Blick zu. «Keine Sorge, das erledige ich schon selbst.»

«Großmama!» Peter und Ricarda kamen die Treppe herabgelaufen. «Wie geht es dir? Hast du schon gehört ...»

«Nicht jetzt!» Gebieterisch hob Annette die Hände. «Lasst mich erst mit eurem Vater reden.»

Die beiden sahen einander etwas erschrocken an und ließen sofort von ihr ab. Annette ging zum Arbeitszimmer und trat, ohne anzuklopfen, ein. «Guten Tag, Julius», sagte sie kühl.

Julius saß nach wie vor an seinem Schreibtisch, den Kopf in die Hände gestützt. Der Anblick tat Annette in der Seele weh, doch für Mitleid hatte sie jetzt keine Zeit. «Was ist, willst du deine Mutter nicht begrüßen?», herrschte sie ihn an.

Julius hob den Kopf. «Guten Tag, Mutter. Du kommst zu einem denkbar schlechten Zeitpunkt. Ich bin nicht in der Stimmung für Besuch.»

«Es interessiert mich nicht, wozu du in der Stimmung bist», antwortete sie ungerührt. «Ich würde vielmehr gerne wissen, weshalb Pauline Schmitz in aller Frühe bei mir vor der Tür stand und bis zur Abfahrt ihres Schiffs um Asyl bat.»

Julius sprang auf und kam um den Tisch herum. «Sie war bei dir? Was hat sie gesagt?»

«Nicht viel. Nur dass du Frieda nicht heiraten wirst, solange sie hier im Hause lebt.» Sie hielt kurz inne. «Also hast du in dieser Sache noch immer nicht für klare Fronten gesorgt.»

Julius wandte sich ab und ging ein paar Mal auf und ab. «Ich ... Wir haben gestern ...» Er blieb stehen. «Sie hat mir, verdammt noch mal, keine Gelegenheit gegeben, für klare Fronten zu sorgen, wie du es ausdrückst.»

«Hat sie nicht?»

«Sie ist fort, oder nicht?»

Annette schüttelte leicht den Kopf. «Julius, was ist hier vorgefallen? Sie reist doch nicht ohne Grund so plötzlich ab.»

Mit einer zornigen Geste ließ sich Julius auf den Rand seines Schreibtischs sinken. «Es ist meine Schuld. Ich hätte zuerst mit ihr reden sollen, bevor wir ...»

«Bevor ihr was?» Argwöhnisch kniff Annette Reuther die Augen zusammen. «Julius?»

Er trat an eines der Fenster. «Ich weiß, dass ich es falsch angefangen habe, aber ... Himmel, ich bin auch nur ein Mensch! Wie hätte ich denn ahnen sollen, dass sie mir gleich auf und davon rennt?»

Annette betrachtete seinen Rücken, die hochgezogenen Schultern. Nun regte sich doch ihr Mitleid. Vorsichtig trat sie neben ihren Sohn und legte ihm eine Hand auf den Arm. «Du kennst sie besser als ich, Julius. Aber selbst ich weiß, dass diese Frau nicht dumm ist und den Lauf der Welt recht genau einzuschätzen vermag. Die Argumente, die sie mir gegenüber für ihr Fortgehen anführte, sind allesamt schlüssig und vernünftig. Das heißt nicht, dass ich ihr in allen Punkten zustimme, aber ...»

«Ihre ach so vernünftigen Gründe interessieren mich nicht, Mutter!», erwiderte Julius aufgebracht.

«Und weshalb bist du dann nicht längst auf dem Weg nach Bad Bertrich, um sie zurückzuholen?»

«Weil sie mich mit meinen eigenen Waffen geschlagen hat», schnaubte Julius frustriert. Er ging zum Schreibtisch und gab den Brief seiner Mutter. «Lies selbst.»

Annette überflog die wenigen Zeilen und seufzte. «Ein kluger Schachzug ihrerseits. Wirst du ihre Wünsche respektieren?»

Julius ging erneut zum Fenster und stützte sich auf dem Sims ab. «Ich habe ihr mein Wort gegeben.»

Annette runzelte die Stirn. «Aber?»

«Wie soll ich es halten?» Er lehnte für einen Moment den Kopf gegen die kühle Fensterscheibe. «Ich ... Wir haben ...» Er stockte verlegen. «Es sind gewisse Ereignisse eingetreten, die es mir zur Pflicht machen müssten, Pauline zur Frau zu nehmen.» Er schlug mit der Faust auf den Fenstersims. «Sie ist so unerträglich stur! Was, wenn sie ein Kind von mir erwartet? Soll ich sie einfach vergessen? Sie ist verrückt, wenn sie denkt, ich würde meine Pflicht ihr gegenüber nicht kennen.»

Obwohl sie bereits einen Verdacht gehabt hatte, atmete Annette tief durch, bevor sie antwortete. «Julius, hier geht es nicht um deine Pflicht ihr gegenüber. Ich glaube nicht, dass sie in dieser Hinsicht Erwartungen an dich stellt.»

«Das weiß ich!», fuhr Julius sie an. «Aber sie müsste es tun, wenn *sie* vernünftig wäre.»

Annette legte ihm erneut eine Hand auf den Arm. «Das ist sie – aus ihrer Sicht. Du bist ein Mann von Ehre. Du musst dein Wort halten und ihre Wünsche respektieren. Überleg dir also genau, was du jetzt tust.»

Er wandte sich ihr mit grimmiger Miene zu. «Ich werde dabei wahrscheinlich alles verlieren, Mutter, ganz gleich, wie ich mich entscheide.»

Sie nickte ernst. «Das Leben spielt nicht immer so, wie man es gern hätte, Julius.»

Kapitel 26

Pauline erreichte Bad Bertrich erst am späten Vormittag des folgenden Tages. Da es keine direkte Postverbindung gab, hatte sie nach Verlassen des Rheinschiffes mehrmals die Kutsche wechseln müssen. Als sie nun am Fenster des winzigen Pensionszimmers stand und auf die trotz des kalten Wetters belebte Straße blickte, spürte sie eine schmerzhafte Leere in sich. Die Pensionswirtin, Regine Breitenbach, eine herzliche Frau mittleren Alters, hatte sie sofort erkannt und sich gefreut, sie wiederzusehen. Falls sie sich darüber wunderte, dass Pauline ganz allein angereist war, zeigte sie es nicht. Sie hatte ihr ein Zimmer auf unbestimmte Zeit vermietet und sie bei der Gelegenheit gleich mit dem neuesten Klatsch versorgt.

Viel verändert hatte sich seit Paulines Weggang vor einem Dreivierteljahr in dem hübschen Kurort nicht. Offenbar gaben dieselben Familien den Ton an, und die ewig gleichen Geschichten machten die Runde. Auch äußerlich war in dem kleinen Ort noch alles beim Alten. Zwar war jetzt keine Saison, und nur vergleichsweise wenige Kurgäste hielten sich in den Pensionen und Hotels auf. Dennoch gab es zu dieser Jahreszeit hin und wieder Belustigungen und gesellschaftliche Veranstaltungen, Konzerte oder gesellige Abende.

Pauline hatte nicht viel Interesse am gesellschaftlichen Leben, obgleich sie sich bewusst war, dass sie einige Veranstaltungen würde besuchen müssen, um alte Bekanntschaften aufzufrischen und zu pflegen. In der ersten Zeit in Bonn hatte sie Bad Bertrich sehr vermisst. Wenn sie heute die vorbeiflanierenden Kurgäste beobachtete, wurde ihr klar, dass sie sich zurück nach Köln sehnte. Zurück in das Haus in der Löwengasse.

Abrupt wandte sie sich vom Fenster ab und ging zum Bett, auf dem ihre Reisetasche darauf wartete, ausgepackt zu werden. Mehr als zwei Kleider und die nötigste Unterwäsche hatte sie freilich nicht mitgebracht. Außerdem natürlich das Porträt ihres Onkels, von dem sie sich niemals würde trennen können. Zudem hatte sie zwei Kinderzeichnungen – eine von Ricarda und eine von Peter – eingepackt, obwohl sie wusste, dass es nicht wirklich klug war. Rasch verstaute sie sie in einer Kommodenschublade.

Streng genommen gehörten ihr die Kleider nicht, und sie hatte ein schlechtes Gewissen, dass sie sie einfach mitgenommen hatte. Vielleicht würde sie Julius das Geld dafür eines Tages postalisch schicken.

Der Gedanke an ihn ließ ihr Herz schmerzhaft gegen ihre Rippen pochen. Sie ließ sich auf das schmale Bett sinken und bemühte sich, an etwas anderes zu denken. Doch die Erinnerung an die gemeinsamen Stunden war noch zu frisch; fast konnte sie den Druck seiner Lippen auf den ihren, seine forschenden, streichelnden Hände noch spüren.

Sie hatte einen Kloß im Hals, der ihr die Luft abschnürte. Ablenken, dachte sie. Sie musste etwas Sinnvolles tun. Vielleicht könnte sie einen Spaziergang machen und sich eine Zeitung kaufen, um nach Stellenanzeigen Ausschau zu halten. Stattdessen rollte sie sich auf dem Bett zusammen und weinte.

* * *

Julius hatte in der Nacht kein Auge zugetan. Nicht nur, weil ihn eine schmerzhafte Sehnsucht nach Pauline plagte, sondern auch, weil er sich den Kopf nach einer Lösung für seine Probleme zermarterte. Das Gesicht, das ihn am Morgen beim Blick in den Spiegel begrüßte, war bleich und verkniffen. Aber er war zu einem Entschluss gekommen.

Pauline hatte in ihrem Brief verlangt, dass er um Friedas Hand anhielt, also würde er genau das tun. Mit grimmiger Miene wusch und rasierte er sich, ließ sich von Jakob seinen besten Mantel herauslegen. Das Frühstück fand in gedrückter Stimmung statt. Ricarda und Peter hielten mit ihrer Trauer um den Verlust der geliebten Gouvernante nicht hinterm Berg, das machte es Julius nicht gerade leichter. Er beschloss, seinen Kindern nichts von seinem Entschluss und den daraus resultierenden Konsequenzen zu erzählen, um die Stimmung nicht noch mehr aufzuwühlen.

Akkurat gekleidet, jedoch in der denkbar finstersten Verfassung, machte Julius sich schließlich gegen halb elf auf den Weg zum Anwesen der Oppenheims. Selbstverständlich ging er heute nicht zu Fuß, sondern ließ sich mit dem Zweispänner fahren. Es ging schließlich nichts über den schönen Schein. Erst vor der Haustür der Oppenheims bemühte er sich, ein etwas freundlicheres Gesicht aufzusetzen.

Friedas Mutter, Hedwig Oppenheim, empfing ihn in ihrem kleinen Salon. «Wie schön, Sie endlich wiederzusehen, mein lieber Julius», rief sie herzlich. «Wir dachten schon, Sie hätten uns gänzlich vergessen seit dem Maskenball am Rosenmontag. Aber nein, habe ich zu Frieda gesagt, die sich natürlich ganz besonders große Sorgen gemacht hat. Er wird uns bald wieder besuchen. Und hatte ich nicht recht? Hier sind Sie.» Sie strahlte ihn mit ehrlicher Freude an.

Julius räusperte sich. «Ich hatte einige wichtige Angelegenheiten zu ... klären.»

«O ja, aber natürlich!», rief Hedwig verständnisvoll. «Sie sind ein vielbeschäftigter Mann. Aber ich hoffe doch, Sie haben heute ein wenig Zeit mitgebracht, um uns Gesellschaft zu leisten. Mein Mann ist leider gerade in Geschäften unterwegs, aber er würde sich freuen, wenn Sie bis zum Mittagessen blieben, damit er Sie ebenfalls begrüßen kann.»

Julius machte eine unbestimmte Geste. «Frau Oppenheim», begann er. «Ich würde gerne mit Ihrer Tochter Frieda ein Gespräch unter vier Augen führen, wenn Sie erlauben.»

Hatte Hedwig bisher bereits gestrahlt, so ging bei diesen seinen Worten geradezu eine Sonne in ihrem Gesicht auf. «Aber ja, natürlich! Selbstverständlich dürfen Sie das! Sie ist im Musikzimmer, wenn Sie sich dorthin bemühen möchten. Oder soll ich Frieda rufen lassen? Ganz, wie Sie wünschen, lieber Julius.»

«Machen Sie sich keine Umstände», wehrte er ab. «Ich finde sie schon. Vielen Dank.» Rasch verließ er den Salon und ging hinüber zum Musikzimmer, aus dem die Klänge des Pianoforte zu hören waren. Er klopfte kurz an und trat ein.

Frieda erhob sich überrascht, als sie ihn sah. In ihrem cremefarbenen Kleid sah sie sehr ansprechend aus. Ihr rotes Haar war wie immer modisch frisiert, an ihren Schläfen ringelten sich akkurat geformte Löckchen.

Rasch verdrängte Julius den Gedanken an weniger akkurate, dafür aber umso bezauberndere blonde Haarlocken.

«Guten Morgen», begrüßte er Frieda und verbeugte sich höflich.

«Julius, guten Morgen!» Erfreut trat Frieda näher. «Ich freue mich, dass Sie uns heute besuchen. Kann ich Ihnen etwas zu trinken bringen lassen? Möchten Sie sich setzen?» Sie wies auf die kleine Sitzgruppe vor dem Flügel.

Julius schüttelte den Kopf. «Danke nein, und ... ich stehe lieber.»

«Oh.» Offensichtlich ratlos, was sie darauf sagen sollte, ließ sich Frieda auf dem Rand eines Sessels nieder.

Julius trat einen Schritt auf sie zu, hielt aber einen gemessenen Abstand zu ihr, der ihm das Reden erleichtern sollte. «Soeben habe ich Ihre Mutter gebeten, mit Ihnen ein Gespräch unter vier Augen führen zu dürfen», begann er. An ihrer Miene und der leichten Röte, die in ihre Wangen stieg, erkannte er, dass sie wusste, worauf er hinauswollte. Er atmete tief durch und ordnete seine Gedanken. Dann fuhr er fort: «Ich muss Ihnen eine Frage stellen, von deren Antwort es abhängt, ob Sie in absehbarer Zeit meine Frau werden.»

Frieda öffnete überrascht den Mund, schloss ihn jedoch gleich wieder. Irritiert blickte sie ihn an.

Julius ging weiter auf sie zu, bis er direkt vor ihr stand. Zögernd erhob sie sich.

Er blickte ihr gerade in die Augen. «Frieda, ich weiß, dass Sie sich von diesem Augenblick etwas anderes erhofft haben. Aber ich kann mich weder verstellen, noch werde ich Ihnen die Informationen vorenthalten, die Sie in Ihre Entscheidung miteinbeziehen sollten.»

Die Verwirrung war Frieda nun deutlich ins Gesicht geschrieben. «Informationen?», brachte sie schließlich unsicher hervor. «Was meinen Sie damit?»

Er verschränkte die Arme vor der Brust. «Meine Firma steht kurz vor dem Ruin.»

Sie riss die Augen auf, erholte sich jedoch schnell von ihrem Schreck. Verlegen räusperte sie sich. «Ich ... habe so etwas gehört. Die Leute reden ja viel und ... Aber mein Vater hält große Stücke auf Sie, denn sonst würde er ja nicht ... Er würde es sehr begrüßen, wenn ich ...» Sie verstummte und wurde rot. «Wenn unsere Familien miteinander ... verbunden wären, könnte Vater ... Er würde ...»

«Mir helfen, ich weiß.» Julius nickte ihr zu. «Aber da gibt es noch etwas, das Sie unbedingt wissen sollten.»

Sichtlich erregt hob sie den Kopf. «Und was ist das?»

«Ich liebe Sie nicht, Frieda.»

«Oh.» Sie senkte verschämt den Blick. «Das ...»

«Mag ebenfalls kein Hindernis sein», sagte er. «Aber ich möchte hinzufügen, dass nicht die Aussicht besteht, dass sich an meiner derzeitigen Gefühlslage bald etwas ändern wird.» Er hielt kurz inne. «Sie sind ein liebenswertes Mädchen, Frieda, und sehr hübsch. Suchen Sie also bitte den Fehler nicht bei sich.»

Sie hob den Kopf wieder.

Entschlossen, die Sache nun so rasch wie möglich hinter sich zu bringen, erklärte er: «Ich kann in dieser Angelegenheit nicht anders als vollkommen ehrlich Ihnen gegenüber sein. Es gibt eine andere Frau, der mein Herz ebenso unverbrüchlich gehört wie meine Loyalität. Daran wird sich nichts ändern, wenngleich die betreffende Dame sich inzwischen von mir losgesagt und mein Haus verlassen hat.»

Frieda stieß einen erstickten Laut aus und starrte ihn mit großen Augen an. «Du liebe Zeit!», rief sie erschüttert. «Pauline?»

«Ich weiß nicht, inwiefern es Sie verletzt, Frieda. Glauben Sie mir, dass ich dies nicht beabsichtige. Ich liebe Pauline und werde, falls sich Konsequenzen aus dieser Liebe ergeben, meine Pflicht ihr gegenüber in keiner Weise vernachlässigen.»

«Konsequenzen?» Frieda wurde blass.

«Ich weiß, dass Sie und Pauline gute Freundinnen geworden sind und dass sie Ihnen nahegelegt hat, mich als zukünftigen Ehemann in Betracht zu ziehen. Mir gegenüber hat sie den Wunsch geäußert, ich möge Vernunft walten lassen und eine Verbindung mit der Familie Oppenheim nicht in den Wind schlagen.»

«Großer Gott!» Frieda schlug die Hände vor den Mund. «Das hat sie gesagt? Und jetzt ist sie fort?»

«Sie hat mein Haus gestern verlassen. Ich gehe davon aus, dass sie nicht vorhat, noch einmal zurückzukehren, wenn ... Nun ja. Falls Sie, Frieda, unter den gegebenen Umständen gewillt sind, die Ehe mit mir einzugehen, werde ich bei Ihrem Vater diesbezüglich vorsprechen.» Bevor sie etwas antworten konnte, hob er rasch die rechte Hand. «Ich bitte Sie, das Für und Wider ganz genau zu bedenken und mir Ihre Entscheidung erst mitzuteilen, wenn Sie sich ganz sicher sind.» Er wandte sich zum Gehen. «Ich verlasse Sie jetzt, Frieda. Es wäre mir sehr lieb, wenn Sie über das, was ich Ihnen offenbart habe, um Paulines willen Stillschweigen bewahren würden.»

«Natürlich», sagte sie, doch da war er bereits zur Tür hinaus.

* * *

«Na, also das ist ja vielleicht eine Überraschung!», rief Christine Schnitzler und eilte auf Pauline zu. «Ich habe erst gedacht, ich sehe nicht richtig, aber Sie sind es wirklich! Ich wusste gar nicht, dass Herr Reuther mit seiner Familie gerade Urlaub macht.»

Pauline, die sich am frühen Nachmittag schließlich dazu durchgerungen hatte, einen Spaziergang zu machen, war erschrocken stehengeblieben, als ihr auf der Höhe eines großen Kurhotels die frischgebackene Ehefrau Elmar Schnitzlers begegnete. «Fräulein Christine, Verzeihung, Frau Schnitzler ... guten Tag», stammelte sie. «Das ist tatsächlich eine Überraschung.»

«Ja, nicht wahr? Das muss ich meinem Elmar unbedingt erzählen! Oh, er wird so überrascht sein, Sie hier zu sehen. Wissen Sie, er wollte unbedingt ein paar Tage Urlaub machen, auch wenn eigentlich nicht die rechte Jahreszeit ist. Unsere richtige Hochzeitsreise holen wir im Sommer natürlich nach. Allein, ein paar Tage hier im Hotel täten uns gut, meinte er, und hier sind wir. Hatte Herr Reuther womöglich die gleiche Idee?»

Pauline biss sich verlegen auf die Unterlippe. «Ich bin nicht mit Herrn Reuther und seiner Familie hier. Es ist ... Ich habe hier etwas Persönliches zu ... erledigen.»

«Oh.» Christine sah aus, als würde sie gerne mehr erfahren, aber sie war zu wohlerzogen, um einfach nachzufragen. «Nun, es freut mich jedenfalls, ein bekanntes Gesicht zu sehen. Morgen Abend findet im Hotel eine große Soiree statt. Sie kommen doch auch, nicht wahr?»

Pauline hob die Schultern. «Eigentlich ...»

«Sie müssen kommen», unterbrach Christine sie. «Es ist viel angenehmer, auf so einer Veranstaltung bereits jemanden zu kennen. Ich bitte Sie, lassen Sie mich nicht im Stich! Morgen Abend um sieben Uhr?»

Pauline verspürte wenig Lust, wusste aber, dass es nicht schaden konnte, sich in Gesellschaft zu zeigen. Vielleicht traf sie ein paar liebe alte Bekannte. «Also gut, ich werde da sein.»

«Wunderbar!» Christine strahlte.

Pauline hatte den Eindruck, dass die junge Frau nur deshalb auf ihrer Gesellschaft bestand, weil sie sich in ihrer Rolle als Gattin eines reichen Erben noch nicht sicher fühlte. Das konnte Pauline letztlich gleich sein. Sie musste nach vorne sehen und durfte sich nicht verstecken, wenn sie bald wieder eine Anstellung finden wollte.

Nachdem sie sich von Christine verabschiedet hatte, setzte sie ihren Spaziergang fort. Sie kam am Haus ihres Onkels vorbei, das inzwischen längst verkauft worden war. Eine ganze Weile blieb sie vor dem niedrigen Gartentor stehen und betrachtete das kleine Anwesen. Sie hatte viele schöne Jahre hier verbracht. Eine glückliche, unbeschwerte Zeit. Es kam ihr vor, als wäre seither ein ganzes Leben vergangen und nicht nur einige Monate. Seltsamerweise ergriff sie wieder nicht die erwartete Sehnsucht nach den alten Tagen, sondern das überwältigende Verlangen nach Julius und seinem Haus, das noch vor kurzem so wenig einladend auf sie gewirkt hatte. Es stimmte also, dass die Heimat immer dort war, wo das Herz wohnte.

Bevor sie erneut trüben Gedanken nachhängen konnte, machte Pauline kehrt und begab sich zurück in die Pension. Wenn sie tatsächlich an der Soiree teilnehmen wollte, musste sie ihr hübsches braunes Kleid heraushängen und die Wirtin bitten, es aufbügeln zu lassen.

* * *

Nach seinem Gespräch mit Frieda hatte Julius das Anwesen der Oppenheims gleich wieder verlassen und war zu seiner Fabrik gefahren. Heute wurden neue Stoffe zur Auslieferung vorbereitet, die er immer persönlich überwachte. Glücklicherweise konnte er weiterhin ausgezeichnete Qualität garantieren und in Kürze mit den Zahlungen seiner Kunden rechnen. Diese waren stets zuverlässig – ein Glücksfall, wie er wusste. Dadurch entspannte sich die Lage zwar nur so weit, dass die Löhne für seine Arbeiter einen weiteren Monat oder zwei gesichert waren, aber selbst eine winzige gute Nachricht war besser als nichts. Der Detektiv, den er auf die Angelegenheit mit Lungenberg angesetzt hatte, würde ihm am kommenden Montag Bericht erstatten. Wie er das bevorstehende Wochenende überstehen sollte, wusste Julius nicht. Er hatte alles auf eine Karte gesetzt; jetzt hing alles von Frieda ab.

Pünktlich um vier Uhr verließ er das Fabrikgelände wieder und machte sich auf den Heimweg. In der Löwengasse wurde er bereits von seiner Mutter erwartet, die mit den Kindern im Wohnzimmer saß und aus einem Buch mit Heldensagen vorlas. Als sie seiner ansichtig wurde, schickte sie Ricarda und Peter sogleich aus dem Raum. Die beiden gehorchten erstaunlich schnell und ohne zu protestieren. Julius fragte sich, was das wohl zu bedeuten haben mochte.

Er ahnte, dass seine Mutter noch immer verärgert war, und schloss sorgsam die Tür, bevor er das Gespräch mit ihr suchte. Mit einer Handbewegung forderte sie ihn auf, sich zu setzen.

«Ich nehme an, du hast heute die Familie Oppenheim aufgesucht», begann sie ohne weitere Einleitung.

«Das habe ich», bestätigte er.

Sie beugte sich ungeduldig vor. «Und wie ist dieses Treffen ausgegangen?»

«Ich habe getan, was Pauline von mir verlangt hat», sagte er, ohne eine Miene zu verziehen.

Annette erhob sich und ging erregt auf und ab. «Frieda Oppenheim wird also deine Frau?»

Julius hob die Schultern. «Falls sie sich damit abfinden kann, dass ich eine andere liebe, und sie sich nicht an der Gewissheit stört, dass sie immer nur zweite Wahl sein wird.»

«Du hast es ihr erzählt?»

«Hätte ich schweigen und sie damit belügen sollen?»

Annette schüttelte milde den Kopf. «Das würde dir nicht ähnlich sehen. Und was hat sie dazu gesagt?»

«Sie war ziemlich erschüttert. Eine Antwort habe ich nicht von ihr verlangt. Sie soll erst einmal über die Angelegenheit nachdenken.»

«Und wenn ihr Vater sie zwingt, deinen Antrag anzunehmen?»

«Ich glaube nicht, dass er das tun wird», antwortete Julius. «Falls er es doch versuchen sollte, wird er feststellen, dass es seinem Ruf nicht guttun wird.»

Annette betrachtete ihren Sohn nachdenklich. «Du gräbst dir dein eigenes Grab.»

Julius fuhr sich durch die Haare. «Ich habe klein angefangen und eine Firma aufgebaut. Wahrscheinlich würde mir das auch ein zweites Mal gelingen. Aber ich kann und werde mich nicht meiner Pflicht entziehen, Mutter.»

«Natürlich nicht.» Annette lächelte verhalten. «Alles andere hätte mich sehr überrascht. Aber um eines bitte ich dich, mein lieber Sohn.»

«So. Um was denn?»

«Sprich in meiner Gegenwart nicht von Pflicht, wenn du Liebe meinst. Ich bin nicht von gestern, und ich kenne das Gefühl nur zu gut, denn ich habe es deinem Vater von ganzem Herzen entgegengebracht. Du ähnelst ihm sehr, Julius, und ich bin sicher, er wäre stolz auf dich.»

«Stolz, dass ich die Fabrik, die wir gemeinsam aufgebaut haben, vermutlich bald verlieren werde? Wegen einer Frau?»

«Nein, dass du dich für den rechten Weg entschieden hast. Obwohl es nicht der einfachere sein wird.» Sie wollte noch etwas hinzufügen, doch in diesem Moment hörten sie ein lautes Klopfen an der Haustür. Augenblicke später erschien der Hausdiener im Wohnzimmer.

«Entschuldigen Sie die Störung, gnädiger Herr. Fräulein Oppenheim wünscht Sie zu sprechen.»

«Oha.» Annette sah ihren Sohn mit hochgezogenen Augenbrauen an. «Dann will ich euch nicht stören und werde ...»

«Bleiben Sie ruhig», sagte Frieda, die hinter Jakob den Raum betreten hatte. «Ich gehe davon aus, dass Sie über die Ereignisse der letzten Tage im Bilde sind, Frau Reuther. Also können Sie ruhig mit anhören, was ich Julius zu sagen habe.» Sie wandte sich ihm zu, und ihre Miene wechselte unversehens von freundlich zu wütend. «Was denken Sie sich eigentlich?», fuhr sie ihn so heftig an, dass er überrascht einen Schritt rückwärts machte. «Wie können Sie es wagen, mir einen Antrag zu machen – falls man das überhaupt so nennen kann –, wenn Sie ganz genau wissen, dass Sie eine andere Frau lieben? Noch dazu meine Freundin Pauline! Wenn sie mir nicht etliche Male gesagt hätte, dass Sie ein Mann von Ehre sind, würde ich Sie für einen charakterlosen Schurken halten, Julius! Und wie in aller Welt kommen Sie darauf, dass ich auch nur eine Minute in Erwägung ziehen könnte, diesen Antrag anzunehmen, wenn ich damit das Glück meiner Freundin – und das meines Ehemannes in spe – zerstören müsste? Wofür halten Sie mich eigentlich?»

Sie stemmte die Hände in die Hüften. «Pauline ist ein ganz wunderbarer Mensch mit hohen Ansprüchen an sich selbst. Wenn sie Sie genug liebt, um sogar ihre Tugend über Bord zu werfen und ...» Sie errötete bis an die Haarwurzeln. «Um Himmels willen, warum haben Sie sie nicht längst geheiratet?»

Julius atmete innerlich auf. Er bedeutete Frieda, sich zu setzen. «Weil ich befürchtete, dass sie das nicht tun wird», erklärte er.

«Warum in aller Welt sollte Pauline Sie ablehnen, wenn doch alles darauf hinweist, dass sie Sie liebt?» Frieda ließ sich verblüfft auf der Kante eines Sessels nieder. «Das ergibt doch keinen Sinn!»

Julius warf seiner Mutter einen kurzen Blick zu, dann setzte er sich Frieda gegenüber. «Das tut es sehr wohl, sobald Sie alle Details dieser Angelegenheit kennen. Aber ich bitte Sie erneut eindringlich, absolutes Stillschweigen darüber zu bewahren. Ich will nicht, dass Paulines Ruf in irgendeiner Form beschädigt wird.»

«Nun reden Sie schon, Julius!», rief Frieda aufgebracht. «Ich will endlich wissen, was hier vorgeht.»

Kapitel 27

Mit großer Betroffenheit hatte Frieda Julius gelauscht, der ihr – ohne zu sehr ins Detail zu gehen – von Paulines Vergangenheit und seinem Plan erzählt hatte, sie zunächst als Gouvernante bei sich aufzunehmen, um ihr Zeit zu geben, das Erlebte zu verarbeiten.

«Ich bin erschüttert», sagte sie, als Julius geendet hatte, und tupfte sich mit einem Tüchlein über die Augen. «Erschüttert, wie wenig ich von meiner lieben Freundin weiß. Ich kenne sie zwar noch nicht lange, aber ich dachte, wir wären immer ganz offen miteinander gewesen. Selbstverständlich hat sie diese furchtbaren Dinge vor mir verschwiegen. Wie muss sie sich geschämt haben! Ich wünschte, ich könnte irgendetwas ...»

Sie blieb stehen und sah Julius an. «Was haben Sie jetzt vor? Ich meine, ohne das Geld meines Vaters dürfte es für Ihre Firma schlecht aussehen, oder nicht? Ich verstehe nicht viel davon ... oh, ich weiß so erschreckend wenig von der Welt! Aber eines ist sicher: Auf gar keinen Fall werde ich Sie heiraten. Und Sie werden natürlich das einzig Richtige tun und Pauline beistehen, ob sie nun will oder nicht. Ich frage mich nur, wie es weitergehen soll! Wenn Sie die Fabrik verlieren würden ...»

«Ich danke Ihnen für Ihre Besorgnis», unterbrach Julius sie. «Aber noch ist nicht aller Tage Abend. Ich habe die Firma mit meinem Vater gemeinsam aufgebaut. Sollte ich sie verlieren, muss ich es einfach noch einmal versuchen. In einem anderen Punkt sehe ich ein viel größeres Problem.»

«Und was wäre das?»

«Ich habe Pauline versprochen, ihre Wünsche zu respektieren. Und sie hat von mir verlangt, keinerlei Kontakt mehr zu ihr aufzunehmen.»

«Damit will sie sich schützen.» Noch einmal tupfte Frieda sich über die Augenwinkel. «Sie muss Sie wirklich sehr lieben, Julius.»

Er hob resignierend die Schultern. «Eine Lösung für dieses Problem ist mir noch nicht eingefallen, und ich werde vorerst auch keine suchen können, denn zunächst muss ich herausfinden, wer für meine Misere verantwortlich ist.»

«Verantwortlich?», fragte Frieda erstaunt. «Was meinen Sie

damit? Glauben Sie, jemand hat Ihnen absichtlich diese ganzen Schwierigkeiten bereitet? Wie sollte das wohl möglich sein?»

«Das versuche ich herauszufinden», erklärte Julius. «Fest steht, dass alles mit den Grenzschwierigkeiten in Nippes angefangen hat. Und dann hat jemand Gerüchte über meine angebliche Zahlungsunfähigkeit gestreut und begonnen, mich aus verschiedenen Geschäften zu drängen.»

«Das ist ja ungeheuerlich!», rief Frieda. «Und Sie wissen nicht, wer dahinterstecken könnte?»

«Bisher gibt es nur wenige Anhaltspunkte», bestätigte Julius. «Deshalb ...» Er hielt inne, als Jakob in der Wohnzimmertür erschien. «Ja, Köbes, was gibt's?»

Der Hausdiener trat näher. «Da ist ein Herr an der Tür, der Sie zu sprechen wünscht. Sein Name ist Leyndecker, und er sagt, er sei Detektiv.»

Julius erhob sich eilig. «Entschuldigt mich, das hier ist sehr wichtig. Ich bin gleich zurück.» Er verließ den Raum, ohne die Tür hinter sich zu schließen.

Julius durchquerte die Diele und winkte den vierschrötigen Mann, dessen graues Haupthaar sich bereits stark lichtete, näher zu sich heran. «Gibt es Neuigkeiten, Herr Leyndecker?», fragte er ohne Gruß. «Ich dachte, wir wären erst für Montag verabredet.»

«Guten Tag, Herr Reuther», antwortete der Detektiv. «Sie haben recht, aber was ich inzwischen erfahren habe, dürfte Sie interessieren.»

«Und das wäre?»

Leyndecker machte eine ausholende Bewegung. «Ich konnte herausfinden, wer hinter den Unstimmigkeiten bezüglich Ihres Grundstücks in Nippes steckt. Es ist gar nicht Alfred Lungenberg, oder vielmehr nicht er allein, denn er hat den Grund mitsamt seiner Ziegelei vor einiger Zeit verkauft. Für die Schwierigkeiten mit den Grenzsteinen dürfen Sie sich bei dem neuen Besitzer bedanken.»

Julius runzelte die Stirn. «Und der wäre?»

Leyndecker blickte ihn bedeutungsvoll an. «Friedrich Oppenheim.»

* * *

Pauline versuchte schon seit einer Stunde, sich auf die Handarbeit in ihrem Schoß zu konzentrieren. Sie hatte sich ein paar braune Taftbänder gekauft, mit denen sie ihre Schute aufzuhübschen gedachte. Jetzt, da sie wieder ohne ein festes Einkommen dastand, musste sie sparsam mit ihrem Geld umgehen und die Kleidung, die sie besaß, mit Sorgfalt behandeln.

Die Schute wollte sie am Abend auf dem Weg zur Soiree tragen, doch damit sie zum Kleid passte, das die Wirtin ihr freundlicherweise hatte bügeln lassen, wollte sie das geblümte Schmuckband durch ein braunes ersetzen.

Das Wetter war trist, und die Wolken hingen tief, sodass nur wenig Licht in das Zimmer fiel. Pauline hatte sich dicht an das kleine Fenster gesetzt, um etwas sehen zu können. Ihre Augen tränten ob der Anstrengung, im Zwielicht zu arbeiten, und des fehlenden Schlafs. Sie hatte in der vergangenen Nacht nicht zur Ruhe gefunden, obwohl sie sich wieder und wieder vorgebetet hatte, dass sie das Vernünftigste getan hatte, was in ihrer Situation möglich gewesen war. Viel lieber hätte sie alle Vernunft beiseitegeschoben, so wie Julius es von ihr verlangt hatte. Hätte sie ihm wirklich sagen sollen, dass er Frieda nicht heiraten sollte? Aber was wäre gewesen, wenn er deshalb tatsächlich seine Fabrik verloren hätte? Nein, so wie es jetzt war, war es für alle Beteiligten besser. Dummerweise gesellte sich inzwischen zu ihrer Sehnsucht nach Julius ein unerträglich schlechtes Gewissen den Kindern gegenüber. Sie hatte den beiden versprochen, immer für sie da zu sein. In ihrem ganzen Leben hatte sie noch nie ein Versprechen gebrochen. Und so anstrengend die beiden auch sein konnten, Pauline vermisste Ricarda und Peter ebenso sehr wie deren Vater. Sie hatte in Köln eine Familie gefunden, das war ihr schmerzlich bewusst geworden. Eine Familie, die sie ebenso sehr brauchte wie umgekehrt. Nun würde Frieda ihren Platz einnehmen. Nein, nicht ganz. Sie würde Herrin im Haus in der Löwengasse werden.

Pauline ließ die Handarbeit sinken und blickte nach draußen, ohne wirklich etwas wahrzunehmen. Warum fühlte sich dieser Gedanke nur so falsch an? Sie hatte so viel Zeit damit verbracht, Frieda davon zu überzeugen, dass Julius der perfekte Schwiegersohn der Familie Oppenheim wäre. Frieda, der sie in inniger Freundschaft verbunden war, der sie alles Glück der Welt gönnte. Ausgerechnet sie konnte und wollte Pauline sich nicht an Julius' Seite vorstellen.

Ein leises Klopfen riss sie aus ihren Gedanken. Rasch stand sie auf, legte die Bänder beiseite und öffnete die Tür. Regine Breitenbach stand vor ihr. «Entschuldigen Sie die Störung, Fräulein Schmitz, aber da ist ein junger Herr unten, der Sie gerne sprechen möchte. Soll ich ihn zu Ihnen heraufschicken?» Ihr Blick besagte deutlich, dass sie diese Möglichkeit als äußerst unschicklich betrachtete.

Pauline schüttelte sofort den Kopf. «Nein, ich komme nach unten. Wer ist es denn?»

Die Pensionswirtin lächelte erleichtert. «Sein Name ist Elmar Schnitzler. Er sagte, Sie wären alte Bekannte aus Köln.»

«Herr Schnitzler?» Pauline fragte sich, warum sie nicht überraschter war. «Aber ja, ich kenne ihn. Sagen Sie ihm bitte, dass ich gleich unten bin.»

«Natürlich.» Mit einem Nicken zog sich die Wirtin zurück.

Pauline schloss die Tür und blickte prüfend an sich herab. Sie trug ein schmales, blaues Kleid mit bestickten Ärmeln und einem nicht zu tiefen Ausschnitt. Obgleich daran nichts auszusetzen war, schlang sie rasch noch den blauen Wollschal um die Schultern. Damit fühlte sie sich sicherer. Ein Blick in den kleinen Spiegel an der Wand sagte ihr, dass sie ordentlich frisiert war. Sie hatte ihre Haare zu einem einfachen Knoten geschlungen und auf Schläfenlöckchen völlig verzichtet. Das wirkte zwar etwas strenger, war aber für den Besucher, der sie unten erwartete, angebracht. Was Elmar Schnitzler wohl von ihr wollte?

Der Bankierssohn erwartete Pauline in dem kleinen Empfangssalon der Pension. Als sie eintrat, erhob er sich rasch von seinem Stuhl und trat ihr lächelnd entgegen. «Fräulein Schmitz, wie schön, dass Sie sich Zeit für mich nehmen!» Er verbeugte sich artig.

Pauline nickte ihm freundlich zu. «Was verschafft mir die Ehre Ihres Besuchs, Herr Schnitzler?»

Elmar trat noch einen Schritt näher. «Ich komme im Auftrag meiner lieben Gattin. Christine erzählte mir, dass sie Sie gebeten hat, heute Abend auf der Soiree im Hotel anwesend zu sein. Leider kann sie selbst nicht daran teilnehmen. Sie hat sich heute Morgen bei einem Spaziergang den Knöchel verletzt und muss ruhen.»

«Oh, das tut mir aber leid!», rief Pauline mit ehrlicher Anteilnahme. «Ich hoffe, sie hat sich nicht schwer verletzt?»

«Nein, keine Sorge, nur ein wenig den Fuß verstaucht», beruhigte er sie. «Sie ist auf einer vereisten Wasserlache ausgerutscht und umgeknickt.»

«Richten Sie ihr bitte meine besten Wünsche für eine schnelle Genesung aus», bat Pauline.

Elmar nickte. «Das werde ich gerne tun. Nun ist es so, dass Christine Sie dennoch gerne treffen würde, deshalb lässt sie fragen, ob Sie sie morgen im Laufe des Vormittags besuchen würden.»

Pauline nickte spontan. «Natürlich, gerne.»

«Ich hoffe doch, dass Sie heute Abend trotzdem zur Soiree kommen», fuhr Schnitzler leutselig fort. «Es wird ganz sicher ein netter Abend. Christine hat darauf bestanden, dass ich hingehe und mich amüsiere. Sie meinte, es wäre mir bestimmt zu langweilig, den ganzen Abend neben ihr auf dem Kanapee auszuharren.»

«Nun ...» Pauline hob zögernd die Schultern. «Sicher werde ich dort sein. Ich hoffe, ein paar alte Bekannte und Freunde meines verstorbenen Onkels zu treffen.»

«Sehr schön!» Elmar strahlte sie an. «Dann sehen wir uns also heute Abend. Bis dahin wünsche ich Ihnen noch einen angenehmen Nachmittag.» Er verbeugte sich erneut und verließ dann rasch den Salon.

Pauline blieb mit gemischten Gefühlen zurück.

* * *

Die Freude über Paulines Anwesenheit bei der Soiree war groß. Überall wurde sie herzlich, hier und da sogar mit einer Umarmung, begrüßt. Wieder und wieder musste sie erzählen, wie es ihr im letzten Jahr ergangen war. Sie hatte sich am Nachmittag eine plausibel klingende Version der Ereignisse zurechtgelegt, die überall akzeptiert wurde. Demnach hatten sie familiäre Veränderungen in dem Haus, in dem sie angestellt war, gezwungen, sich eine neue Stellung zu suchen. Niemand hinterfragte dies – und gelogen war es letztlich auch nicht.

Pauline war über zwei Stunden derart in Gespräche vertieft, dass sie Elmar Schnitzler vollkommen vergaß. Erst als sie sich mit einigen anderen Leuten zum Buffet begab, sah sie ihn am anderen Ende des Raumes mit einer Gruppe Männer stehen und plaudern. Rasch wandte sie ihm den Rücken zu und hoffte, er würde nicht auf sie aufmerksam werden. Sie legte keinen Wert auf seine Gesellschaft, schon gar nicht, wenn seine Frau nicht anwesend war.

Nach dem Essen beschloss Pauline, nur noch eine kurze Runde durch den Saal zu machen, um sich bei ihren Freunden zu verabschieden. Danach ließ sie sich ihren Mantel bringen und fragte nach einem Bediensteten, der sie zur Pension begleiten konnte.

«Aber nicht doch», mischte sich in diesem Moment Elmar Schnitzler ein. Er wandte sich an den Hoteldiener, der Pauline in den Mantel half. «Machen Sie sich keine Umstände. Ich werde das gnädige Fräulein nach Hause begleiten. Sie wohnen gar nicht weit von hier, nicht wahr, Fräulein Schmitz? Es wäre mir eine Ehre.»

Der Hoteldiener schien sich nichts weiter dabei zu denken und brachte Elmar Mantel und Hut. Pauline ärgerte sich maßlos. Sie hatte gehofft, den Avancen dieses Mannes entgehen zu können. Aber sein überaus zuvorkommendes Angebot abzulehnen wäre nicht nur unhöflich gewesen, sondern hätte darüber hinaus einen sonderbaren Eindruck gemacht. Wie sollte sie dem Hoteldiener erklären, dass sie mit Elmar nicht allein sein wollte?

Also fügte sie sich ergeben in ihr Schicksal und ging an der Seite des Bankierssohnes in Richtung ihrer Pension. Er bot ihr seinen Arm an, doch sie tat, als bemerke sie die Geste nicht, sondern schritt forsch voran. Er schloss sogleich zu ihr auf.

«Wir waren sehr überrascht, Sie allein hier in Bad Bertrich anzutreffen», sprach er sie an. «Ich hoffe, die Angelegenheiten, die Sie hierhergeführt haben, entwickeln sich zu Ihrer Zufriedenheit?»

«Ja, danke», antwortete Pauline und wünschte sich, es wären mehr Leute unterwegs. Doch um diese Zeit waren die Straßen von Bad Bertrich wie leergefegt.

«Wir haben uns schon gefragt, ob Sie nicht etwa hergekommen sind, weil die Veränderungen in Reuthers Haushalt Sie dazu zwingen, sich eine neue Stellung zu suchen», sprach er unbeirrt weiter. «Zumindest konnte ich vorhin ein paar Gesprächsfetzen aufschnappen, die darauf hindeuten.» Er berührte sie am Arm und brachte sie sanft dazu stehenzubleiben. «Hat Frieda Oppenheim am Ende beschlossen, dass zwei Frauen in einem Haus zu viel des Guten sind? Verstehen könnte man es. Sie sind beide jung und hübsch. Einer zukünftigen Ehefrau wird eine solche Konkurrenz direkt vor ihrer Nase sicher nicht gefallen.»

Pauline schluckte. «Sie irren sich, Herr Schnitzler. Ich bin nicht ...»

«Wie man hört, soll die Hochzeit der beiden ja kurz bevorstehen. Ein nettes Paar, das muss man schon sagen. Obwohl Reuther sie vermutlich hauptsächlich wegen ihrer Mitgift nimmt. Aber warum nicht?» Er lachte selbstgefällig. «Bei seiner ersten Frau war es ebenso, wenn ich recht informiert bin. Sie hat ihm damals zum nötigen Kleingeld verholfen, um seine Fabrik aufzubauen. Und jetzt, wo er in Schwierigkeiten steckt, angelt er sich flugs eine neue, reiche Erbin.»

Er ging weiter, und Pauline war gezwungen, ihm zu folgen,

wenn sie nicht allein zurückbleiben wollte. Nach wenigen Minuten, die sie schweigend zurücklegten, hatten sie die Pension erreicht. Elmar blieb stehen und wandte sich ihr wieder zu. «Sie wissen, liebe Pauline – ich darf Sie doch so nennen? –, dass mein Angebot immer noch steht. Wenn uns das Glück hold ist, werden wir schon bald Christines Niederkunft feiern dürfen. Und ganz gleich, ob es ein Sohn oder eine Tochter wird, wären Sie, liebe Pauline, unsere erste Wahl als Erzieherin. Gewiss, es ist viel zu früh, um Sie als Gouvernante einzustellen, aber Sie könnten, bis das Kind alt genug ist, als Gesellschafterin fungieren und der Hauswirtschafterin zur Hand gehen.»

Er beugte sich ein wenig in ihre Richtung und senkte die Stimme. «Christine würde Ihre Gesellschaft bestimmt genießen, und auch ich wäre sehr froh, Sie in meiner Nähe zu wissen.» Obgleich Pauline etwas zurückwich, ergriff er unvermittelt ihre Hände. «Bestimmt werden Sie bemerkt haben, dass ich Ihnen ... nun, sagen wir, sehr zugetan bin. Vom ersten Augenblick an, als Sie mir damals ... Als wir einander zum ersten Mal begegneten, fand ich Sie außerordentlich reizend und anziehend.»

«Herr Schnitzler.» Verlegen versuchte Pauline, sich von ihm loszumachen. «So dürfen Sie nicht reden. Sie haben gerade erst geheiratet und ...»

«Und was?», unterbrach er sie abrupt. «Was hat das damit zu tun? Sicher, Christine ist eine liebenswerte Person und eine gute Ehefrau. Aber ein Mann braucht hin und wieder etwas mehr ... etwas ...», er trat noch näher an Pauline heran, «fürs Herz», raunte er ihr zu.

Sie schauderte leicht, als sein warmer Atem sie streifte. Mit einem Ruck entzog sie ihm ihre Hände. «Sie müssen mich jetzt entschuldigen», sagte sie hastig. «Es wird Zeit für mich ...»

«Ach was, es ist noch früh», widersprach er. «Ich würde gerne noch ein bisschen mehr Zeit mit Ihnen verbringen, liebe Pauline.»

«Hören Sie ...» Pauline atmete tief durch, um die aufsteigende Panik zu bekämpfen. «Das schickt sich wirklich nicht. Ich möchte jetzt gerne mein Zimmer aufsuchen – allein.»

Elmar musterte sie mit einem gönnerhaften Lächeln. «Sie finden also, das schickt sich nicht? Seltsam, und ich dachte, dass ausgerechnet Sie in dieser Hinsicht nicht so empfindlich sind.»

«Wie meinen Sie das?» Erschrocken starrte sie ihn an.

Das Lächeln auf seinem Gesicht bekam etwas Triumphierendes. «Ein Kunde meines Vaters, Friedhelm Buschner, erzählte mir vor einiger Zeit interessante Dinge von einer gewissen jungen Dame, die vergangenes Jahr eine Weile bei ihm als Gouvernante eingestellt war.» Er hielt inne, musterte sie vielsagend.

Pauline wurde blass, ihr Herz schien für einen Moment auszusetzen. «Friedhelm ... Buschner?», stammelte sie. «Wie ...?»

«Er legt sein Geld schon seit Jahren in unserem Bankhaus an», erklärte Elmar. «Deshalb treffen wir uns recht häufig bei gesellschaftlichen Ereignissen. Er war, nun ja, ein wenig enttäuscht, wie sich die Dinge zwischen Ihnen damals entwickelt haben. Natürlich konnten Sie nach der Entdeckung durch seine Frau nicht mehr dort bleiben. Aber seien Sie versichert: In meinem Hause wird es nicht dazu kommen. Ich schätze Diskretion ebenso wie Sie, liebe Pauline. Und ganz sicher werden Sie mir zustimmen, dass eine Anstellung bei uns für alle Beteiligten nur von Vorteil sein kann. Schließlich ...», er blickte sie eindringlich an, «... könnte ich andernfalls versucht sein, in der hiesigen wie auch der Kölner Gesellschaft die eine oder andere Bemerkung über Ihren zweifelhaften Lebenswandel fallenzulassen.»

«Das würden Sie nicht wagen!», rief Pauline erstickt. «Wie können Sie mir nur mit so etwas drohen?»

«Ich will dich, Pauline», antwortete er mit gesenkter Stimme. «Und ich werde dich bekommen. Das weißt du genauso gut wie ich. Dir bleibt keine andere Wahl. Ich erwarte dich morgen Vormittag als Besucherin meiner Frau. Danach möchte ich gerne ein kleines, privates Gespräch mit dir führen. Es wird nicht zu deinem Nachteil sein, das verspreche ich dir.» Er verbeugte sich artig, da in diesem Moment eine Kutsche in der Nähe anhielt, aus der die Bewohner eines Nachbarhauses ausstiegen. «Liebes Fräulein Pauline, es war mir eine Ehre, Sie nach Hause begleiten zu dürfen. Ich wünsche Ihnen eine angenehme Nachtruhe und – auf bald!» Mit siegessicherem Grinsen ging er davon.

Pauline stand wie versteinert da und blickte ihm hinterher.

Kapitel 28

«Papa, wie konntest du nur», rief Frieda aufgebracht. Am frühen Vormittag war Julius zu ihr gekommen, der nach der überraschenden Nachricht vom Vortag umgehend mit Friedrich Oppenheim sprechen wollte. Gemeinsam hatten sie Friedas Vater aufgesucht.

Julius stellte ihn ohne Umschweife zur Rede. Doch ehe Oppenheim sich äußern konnte, hatte Frieda das Wort ergriffen. «Ich kann gar nicht begreifen, wie du etwas so Scheußliches tun konntest. Warum wolltest du Julius Schaden zufügen?»

Oppenheim saß hinter seinem Schreibpult, die Hände vor sich gefaltet, und wirkte betroffen. Er blickte von Frieda zu Julius und sagte schließlich: «Es tut mir leid, Reuther. Es war eine dumme Idee, und Sie müssen mir glauben, dass ich zu keiner Zeit vorhatte, Ihnen zu schaden.»

«Das hast du aber, Papa. Ich kann nicht glauben ...»

«Frieda, bitte sei für einen Moment still», unterbrach Oppenheim seine entrüstete Tochter. «Ich möchte deinem ... Ich schulde Herrn Reuther eine Erklärung, und die soll er auch bekommen.» Er schüttelte den Kopf. «Wie gesagt, die Idee war wohl nicht die beste. Ich verstehe Ihre Wut, möchte Sie dennoch bitten, mir zuzuhören.»

Finster musterte Julius den älteren Mann. Er musste sehr an sich halten, um seinen Zorn über Oppenheims Tun im Zaum zu halten. Schließlich nickte er knapp. «Reden Sie.»

Oppenheim atmete auf. «Sehen Sie, Reuther, ich bin kein sentimentaler Mann. Aber es gibt einige Ereignisse in meiner Vergangenheit, die ich immer bedauern werde. Eines davon ist, dass ich es nie gewagt habe, um die Hand Ihrer Frau Mutter anzuhalten.»

«Meiner Mutter?» Julius war verblüfft.

«Sie hätte mich vermutlich gar nicht genommen, denn sie war Ihrem Vater, Julius, mehr als zugetan. Aber ich habe es seinerzeit nicht einmal versucht. Sie war nur die Tochter eines einfachen Webers, der für uns gearbeitet hat, aber jung, hübsch, offen und heiter. Sie wusste nicht, was ich für sie empfand, weiß es heute nicht und braucht es auch nicht zu erfahren. Ich war zu feige, um mich meinem Vater gegenüber zu behaupten. Er hätte eine Verbindung mit einer fast mittellosen jungen Frau nicht gutgeheißen.»

Kurz hielt er inne. «Verstehen Sie mich nicht falsch. Mit meiner Hedwig habe ich keine schlechte Wahl getroffen. Sie ist eine warmherzige, liebenswerte Frau, und ich habe sie sehr gern.» Er warf Frieda ein kurzes Lächeln zu, das diese jedoch nicht erwiderte.

«Dennoch habe ich es lange bereut, dass ich nicht einmal den Versuch gewagt habe, meinem Herzen zu folgen. Wenn ich heute darauf zurückblicke, weiß ich natürlich, welches Glück mir dennoch beschieden war und ist. Ich habe eine wunderbare Frau, fünf wohlgeratene Kinder – was kann man sich mehr wünschen? Gleichwohl fühle ich mich Ihrer Frau Mutter nach wie vor sehr verbunden. Ihr Schicksal liegt mir am Herzen, ebenso wie das ihrer Familie und damit auch Ihres, Julius. Ich habe Ihren Vater stets für seine Zielstrebigkeit und Charakterstärke bewundert. Sie wissen es vielleicht nicht, er hätte eine wesentlich bessere Partie machen können, wenn er gewollt hätte. Die Mitgift jener Dame hätte es ihm sehr leicht gemacht, seinen Traum von einer eigenen Fabrik zu verwirklichen. Aber er hat sich für die Frau seines Herzens entschieden und dafür in Kauf genommen, dass sein Weg wesentlich steiniger wurde, als er es hätte sein müssen. Sie, Julius, sind aus dem gleichen Holz geschnitzt. Sie haben meine Hochachtung für Ihre Diskretion während des Skandals um Ihre verstorbene Gattin. Ich hoffte daher, Sie in meiner Familie willkommen heißen zu können. Da Sie sich aber so beharrlich gesträubt haben, erneut zu heiraten, kam mir der Gedanke, dem Glück ein wenig nachzuhelfen, indem ich Ihren Plänen ein paar Steine in den Weg legte und das eine oder andere Gerücht streute, Sie seien in Schwierigkeiten. Ich weiß, dass es absurd war, überhaupt an so etwas zu denken. Natürlich hatte ich vor, Ihnen die Wahrheit zu sagen, sobald ...»

«Sobald ich mit Frieda verheiratet gewesen wäre», ergänzte Julius bitter.

Oppenheim nickte. «Ja. Wissen Sie, ich hatte schon lange vor, Lungenbergs Grund zu kaufen, denn ich wusste, dass er die Ziegelei abstoßen wollte. Sie und ich könnten zusammen einen großen, modernen Fabrikkomplex bauen. Aber Sie waren, genau wie Ihr Vater, so verflucht entschlossen, Ihren Weg allein zu gehen.» Er seufzte und ließ die Schultern hängen. «Ich hoffe, Sie können mir meine Dummheit eines Tages verzeihen.»

Ehe Julius etwas darauf antworten konnte, mischte sich Frieda erneut ein. «Das ist ja alles schön und gut, Papa. Aber weshalb in aller Welt hast du dann Julius' Geschäft noch mehr geschadet? Er ist fast ruiniert! Hast du wirklich geglaubt, er würde ...»

«Einen Moment!» Oppenheim hob beide Hände. «Damit wir uns recht verstehen: Mit dem finanziellen Desaster, das darauf folgte, habe ich nichts zu tun. Im Gegenteil, als ich merkte, dass jemand offensichtlich versucht, Julius in den Ruin zu treiben, habe ich alles getan, um ihm zu helfen.» Er wandte sich erneut Julius zu. «Sie müssen mir glauben, dass ich an den geplatzten Spekulationen nicht im Geringsten beteiligt war oder bin. Da war ein anderer am Werk, und ich stehe Ihnen nach wie vor in jedweder Hinsicht zur Seite.»

Julius ging nachdenklich im Zimmer auf und ab. Es fiel ihm nicht leicht, die Neuigkeiten zu verdauen. Er fragte sich, ob Oppenheim die Wahrheit sagte. Allein, es war sehr unwahrscheinlich, dass sich ein nüchterner Geschäftsmann eine derartige Geschichte ausgedacht hatte.

Nach einigen Augenblicken blieb Julius stehen und fixierte Oppenheim. «Wenn nicht Sie es sind – wer dann? Schnitzler behauptet, die Aktienverkäufe seien über Mittelsmänner gelaufen, und der wahre Besitzer sei anonym. Sämtliche Spuren, die mein Detektiv verfolgt hat, enden im Nichts oder wurden sorgfältig verwischt. Es kann sich aber nur um jemanden handeln, der mich und meine geschäftlichen Transaktionen gut genug kennt, um sie so gezielt zu sabotieren.»

«Glauben Sie, Schnitzler selbst hat seine Hand im Spiel?» Besorgt rieb sich Oppenheim übers Kinn.

«Nein.» Julius schüttelte den Kopf. «Auf so dünnes Eis würde er sich nicht begeben. Abgesehen davon ist ihm ebenfalls daran gelegen, die Sache aufzuklären, denn wenn meine Fabrik bankrottgeht, würde er einen guten Kunden verlieren – und eine Menge Geld.»

Ein wenig schwerfällig erhob sich Oppenheim. «Sie wissen, dass Sie nach wie vor auf mich zählen können, Julius. Wenn Sie und Frieda erst verheiratet ...»

«Nein, Papa.» Frieda schüttelte den Kopf. «Ich werde Julius nicht heiraten.»

Verblüfft wandte sich Oppenheim seiner Tochter zu. «Wie bitte? Ich dachte, nachdem ihr beide gemeinsam hier erschienen seid, ihr hättet ...» Resigniert senkte er den Kopf. «Das ist meine Schuld. Ich hätte Sie nicht hintergehen dürfen, Julius. Aber glauben Sie mir – es geschah in bester Absicht.»

«Sie haben recht.» Julius nickte Friedas Vater mit ernster Miene zu. «Sie hätten dieses Lügenspiel nicht beginnen dürfen. Aber das ist nicht der Grund, weshalb ich Ihre Tochter nicht heiraten kann.»

«Nicht?» Erstaunt hob Oppenheim den Kopf. «Warum denn dann?»

Julius richtete sich auf und straffte die Schultern. «Es gibt eine andere Frau, der meine Liebe gehört und der ich überdies verpflichtet bin, sodass eine Ehe mit einer anderen Frau nicht in Frage kommt.»

«Ach.»

«Es ist Pauline Schmitz, Papa», fügte Frieda hinzu. «Meine liebe Freundin. Schon allein deshalb kann ich nicht ... Ich würde ihr doch nicht den Mann wegnehmen wollen!»

«Dann sind Sie mit Fräulein Schmitz also bereits verlobt?», fragte Oppenheim sichtlich verwirrt.

«Das nicht», antwortete Julius. «Die Sache gestaltet sich etwas komplizierter.»

Oppenheim trat ans Fenster und blickte hinaus. Nach einer Weile drehte er sich wieder um. «Dann schlagen Sie Ihrem Vater in allem nach, nicht wahr?»

Julius hob die Schultern. «Wenn Sie so wollen. Nennen Sie es unvernünftig, aber ich kann nicht anders.»

Oppenheim schüttelte milde den Kopf. «Ich nenne es nicht unvernünftig, Julius, sondern mutig und ehrenhaft.»

* * *

Am liebsten wäre Pauline geflohen, wenn sie nur gewusst hätte, wohin. Der Besuch bei Christine Schnitzler war zwar recht nett gewesen. Die junge Frau hatte sie über die Soiree ausgefragt und über Belanglosigkeiten geplaudert. Allerdings hatte sie auch noch einmal nachgefragt, ob Pauline gewillt sei, sich zunächst als Gesellschafterin und später dann als Erzieherin im Hause Schnitzler anstellen zu lassen. Pauline war der Frage ausgewichen. Ihr war klar, dass Elmar die junge Frau beeinflusst hatte und diese ahnungslos war, was seine Absichten betraf.

Pauline war entsetzt über die Dreistigkeit, mit der dieser Mann versuchte, seiner frisch angetrauten Gattin eine Mätresse vor die Nase zu setzen. Schlimmer jedoch war, dass es schien, als bliebe Pauline keine andere Wahl, als seinem Ansinnen zuzustimmen.

Nachdem sie Christine verlassen hatte, war sie von einer Hotelbediensteten in ein separates Zimmer geführt worden, in einen kleinen Salon, den die Schnitzlers zusätzlich zu ihren Schlaf- und Wohnräumen als Empfangsraum für Besucher angemietet hatten. Hier wartete sie auf Elmars Eintreffen. Offenbar ließ er sie absichtlich ein wenig warten.

Paulines Gedanken kreisten unablässig um die Drohung, die er am Vorabend ausgesprochen und die ihr eine weitere Nacht lang den Schlaf geraubt hatte. Würde er sie tatsächlich gegenüber der guten Gesellschaft in Bad Bertrich und Köln in Misskredit bringen? Sie wusste nur zu gut, dass Gerüchte schnell gestreut waren. Eine alleinstehende Frau wie sie ohne Familie wäre ihnen schutzlos ausgesetzt. Natürlich könnte sie fortgehen, in eine andere Stadt, weit weg von Köln und Bad Bertrich. Aber dort müsste sie noch einmal ganz von vorne anfangen und hätte noch weniger Möglichkeiten. Die Wahrscheinlichkeit, dass sie dann bis ans Ende ihres Lebens eine einfache Magd sein müsste, wäre groß. Verzagt rieb sie sich über die Augen. Lieber eine Magd als Schnitzlers Mätresse!

Als Elmar Schnitzler in diesem Moment die Tür öffnete, erstarrte sie und wich bis zu einem der Fenster zurück. Er schloss bedächtig die Tür hinter sich und trat lächelnd auf sie zu. «Guten Morgen, Pauline. Ich freue mich, dass du meiner Einladung gefolgt bist.»

Sie verschränkte ihre Finger ineinander und sagte beherzt: «Hatte ich eine andere Wahl?»

«Nein.» Er kam auf sie zu, blieb dicht vor ihr stehen. «Aber du wirst deine Entscheidung nicht bereuen, das versichere ich dir.» Bevor sie es verhindern konnte, hatte er ihre Hände ergriffen. «Ich will dir nichts Böses, Pauline, das musst du mir glauben. Vom ersten Moment an, als ich dich sah, wollte ich dir nahe sein. Als ich erfuhr, dass du bereits ...» Er machte eine bedeutsame Pause. «Nun, weißt du, es war wie ein Wink des Himmels. Aber du bist mir ausgewichen, hattest vielleicht Angst? Ich war sehr enttäuscht, dass du die Stellung bei Reuther angenommen hast. Dieser Emporkömmling verdient eine Frau wie dich nicht. Soll er doch selbst sehen, wie er seine Bälger erzieht. Ich habe nie verstanden, weshalb mein Vater, der sonst auf so einwandfreiem Umgang besteht, sich noch immer mit ihm abgibt. Es war doch vorauszusehen, dass Reuther früher oder später mit seiner Fabrik auf die Nase fallen würde. Ein einfacher Webersohn wie er! Unbegreiflich, dass er es überhaupt so weit gebracht hat! Aber das hätte mich ja nicht weiter interessieren müssen – abgesehen davon, dass ich, sobald ich das Bankhaus einmal erbe, sehen muss, wie ich ihn wieder loswerde. Aber dann hat er dich mir vor der Nase weggeschnappt!»

«Weggeschnappt?» Bestürzt blickte Pauline ihn an. «Was soll das heißen? Er hat mir lediglich eine sehr gute Stellung als Erzieherin für seine Kinder angeboten.»

«Das hat er.» Gereizt drückte Elmar ihre Hände. «Aber du glaubst doch nicht im Ernst, dass ich einen Moment lang gezweifelt habe, was er wirklich vorhatte?»

«Aber er hatte nichts ...»

«Er wollte dich für sich haben, nicht wahr? Hatte keine Lust auf eine langweilige Ehefrau und sich gedacht, dass ein hübsches Ding wie du den gleichen Dienst tun würde, nur billiger und noch dazu mit einem Nutzen für seine Kinder.»

Unvermittelt ließ er ihre Hände los und ging erregt auf und ab. «Sieh dich doch an, Pauline! Wie er dich herausgeputzt hat!

Teure Kleider und Tand – natürlich weiß jeder, dass er dir das alles bezahlt hat.»

Pauline verschränkte die Arme fest vor ihrem Körper. «Herr Reuther ist ein Ehrenmann und hat sich mir gegenüber auch immer so benommen.»

«Ach ja?» Elmars Gesicht hellte sich auf. «Dann war er nicht einmal Manns genug, dich in sein Bett zu holen? Nun, dafür sollte ich ihm wohl dankbar sein.»

«Ich werde nicht Ihre Mätresse sein, Herr Schnitzler», sagte Pauline mit so viel Entschlossenheit, wie sie aufbringen konnte. «Was bringt Sie auf den Gedanken, ich würde nicht geradewegs zu Ihrer Frau gehen und ihr erzählen, wozu Sie mich zwingen wollen?»

Lachend winkte Elmar ab. «Die Tatsache, dass man einem gefallenen Mädchen wie dir, das sogar schon mal im Gefängnis saß, keinen Glauben schenken wird!» Er zwinkerte ihr zu. «Ich hingegen bin ein angesehener Bankier. Jeder wird mir glauben, wenn ich behaupte, du hättest versucht, mich zu verführen.»

«Sie sind abscheulich!», rief Pauline erschüttert.

«Nein, meine liebe Pauline, das bin ich ganz und gar nicht.» Er ging wieder zu ihr und ergriff erneut ihre Hände. «Es tut mir wirklich leid, dass ich gezwungen bin, dich mit derartigen Mitteln zu überreden. Wenn du vernünftig wärest, würdest du erkennen, dass dir im Leben wohl kaum eine bessere Gelegenheit auf ein sicheres Auskommen und ein behagliches Heim gegeben werden wird. Nicht mit deiner Vorgeschichte. Abgesehen davon liebe ich dich wirklich, Pauline! Du wirst es bei mir immer gut haben. Ich würde dir niemals Schaden zufügen.» Er zuckte die Achseln. «Was Reuther angeht ... Sein Verlust wird für unser Bankhaus zu verschmerzen sein.»

Pauline runzelte irritiert die Stirn und vergaß ganz, ihm ihre Hände wieder zu entziehen. «Was meinen Sie damit, Herr Schnitzler?»

Verwirrt über ihren veränderten Tonfall, hob er den Kopf. «Wie?» Dann begriff er. «Ach so, Reuther. Vergiss ihn einfach. Er ist nicht wichtig. Was zählt, ist, dass ich dich gerne schon nach unserem Urlaub bei uns in Köln begrüßen würde. Einen Vertrag lasse ich umgehend aufsetzen, damit du ...»

«Herr Schnitzler.» Pauline bemühte sich um Ruhe und eine möglichst gleichmütige Miene. «Haben Sie vielleicht etwas mit Herrn Reuthers finanziellen Problemen zu tun?»

Elmar hob erneut die Schultern und grinste. «Das ist nichts, was dir Kopfzerbrechen bereiten müsste. Wie ich schon sagte, er ist unwichtig.»

Heftige Erregung stieg in Pauline auf, und sie konnte sich nur mit Mühe zusammenreißen. In ihrem Kopf wirbelten die Gedanken durcheinander. Spontan änderte sie ihre Taktik. «Bitte, Herr Schnitzler, ich möchte es aber wissen», brachte sie in einigermaßen freundlichem, fast schon schmeichlerischem Ton heraus und hoffte, dass er das leichte Schwanken in ihrer Stimme nicht wahrnehmen würde. «Wenn ...» Sie räusperte sich verhalten. «Wenn Sie schon andeuten, dass Sie meinetwegen solche Unannehmlichkeiten auf sich genommen haben, dann möchte ich doch gerne mehr darüber erfahren. Zumal ich Herrn Reuther nicht gerade hinterhertrauere. Ich denke, ich habe ein Recht darauf, oder nicht?»

«Ach was, das waren doch keine Unannehmlichkeiten!», rief Elmar und winkte gönnerhaft ab. «Ich habe lediglich dafür gesorgt, dass ein paar seiner geschäftlichen Transaktionen nicht in seinem Sinne ausgingen. Das mag nicht die feine Art sein, doch nachdem er mich damals so verächtlich abgefertigt und dich in sein Haus geholt hat, dachte ich, dass ein kleiner Denkzettel ihm nicht schaden wird. Er soll ruhig sehen, dass ein Schnitzler immer mächtiger und einflussreicher ist als ein Emporkömmling wie er. Nun ja, erfahren wird er mein kleines Geheimnis wohl kaum.» Er zwinkerte erneut. «Unser Geheimnis, nicht wahr?» Er zog sie mit einem heftigen Ruck an sich und streifte mit den Lippen ihren Mund.

Pauline musste sehr an sich halten, um ihn nicht angeekelt von sich zu stoßen. Ihre Gedanken überschlugen sich. Sie musste hier fort, durfte ihn aber nicht merken lassen, was sie vorhatte. Wer wusste schon, wozu er dann imstande wäre!

Schon spürte sie seine Hände begehrlich über ihren Leib wandern. Ungeduldig nestelte er an den Verschlüssen ihres Kleides. Ihr Herz begann zu rasen. Energisch presste sie die Hände gegen seine Brust und schob ihn von sich. «Bitte, Herr Schnitzler», presste sie hervor. «Nicht jetzt und hier! Stellen Sie sich vor, jemand ertappt uns!»

Elmars Atem ging in heftigen Stößen, aber er ließ sie los. «Du hast recht, Pauline. Jetzt ist nicht der richtige Zeitpunkt. Vielleicht heute Abend? Ich werde dich in deiner Pension besuchen.»

«Nein, das geht nicht!» Erschrocken schüttelte Pauline den Kopf. «Wie sollte ich das der Wirtin erklären? Ganz zu schweigen von Ihrer Frau! Nein, nicht hier in Bad Bertrich. Das ist ausgeschlossen.»

Elmar lächelte und tätschelte ihre Wange. «Die liebe, praktische Pauline. Natürlich müssen wir warten, bis wir wieder in Köln sind. Ich kann es kaum erwarten! Nachher werde ich Christine sagen, dass du die Stellung bei uns annehmen wirst, und morgen erhältst du deinen Vertrag. In zehn Tagen reisen wir zurück nach Köln, und ich möchte, dass du dann mit uns kommst.»

Pauline nickte. «Ich muss jetzt gehen, Herr Schnitzler. Ich bin schon ungehörig lange mit Ihnen allein in diesem Zimmer.»

«Stimmt, natürlich. Du musst ja auf deinen Ruf achten, nicht wahr?» Elmar zog sie noch einmal an sich und gab ihr einen sanften Kuss. «Auf bald, liebe Pauline! Ich freue mich auf dich.»

Ohne einen weiteren Gruß verließ Pauline eilig den Salon und Augenblicke später das Hotel. Es regnete, die Luft war eisig, und ein scharfer Wind wehte ihr entgegen. Unschlüssig blickte sie die Straße hinauf und hinab. Was sollte sie jetzt tun? Eines war sicher: Julius musste erfahren, was Elmar Schnitzler getan hatte. Das würde wahrscheinlich nichts an seiner prekären Lage ändern, aber vielleicht konnte er gegen den Bankierssohn rechtlich vorgehen.

Das Problem war nur, dass sie sich geschworen hatte, keinen Kontakt mehr zu Julius aufzunehmen, um ihn nicht in irgendeiner Form zu ermutigen, nach Bad Bertrich zu kommen. Ratlos stand sie im eisig kalten Regen und dachte nach. Es musste einen anderen Weg geben, ihm die Nachricht zukommen zu lassen.

Kapitel 29

Eine Woche später saß Pauline wieder einmal dicht bei ihrem Fenster und bemühte sich, ihre Gedanken voll und ganz auf die hübsche Stickerei zu richten, mit der sie das frischgesäumte Tischtuch zu versehen gedachte. Irgendwie musste sie sich beschäftigen. Zwar war draußen wunderbar einladendes Vorfrühlingswetter mit gleißendem Sonnenschein und einer angenehmen

Wärme, die die ersten Krokusse und Gänseblümchen aus dem Winterschlaf geweckt hatte, doch sie ging nur selten hinaus. Zu sehr fürchtete sie sich davor, möglicherweise Elmar Schnitzler zu begegnen. Christine hatte sie noch einige Male zu sich eingeladen, und Pauline hatte sich notgedrungen in ihr Schicksal gefügt.

Sie wunderte sich, weshalb Julius bislang nichts gegen Schnitzler unternommen hatte. Zumindest schien es nicht, als würden den Bankierssohn irgendwelche Sorgen plagen. Hatte die Eilpost, die sie an den Vorarbeiter Thomas Herold geschickt hatte, vielleicht ihr Ziel nicht erreicht? Hatte er sie nicht weitergeleitet? Julius würde doch sicherlich nicht so viel Zeit verstreichen lassen, um gegen seinen Widersacher vorzugehen. Oder war er gar zu sehr mit den Vorbereitungen für seine Hochzeit beschäftigt? Kümmerte es ihn nicht mehr, wer für seine Misere verantwortlich war, weil seine Verbindung mit Oppenheim alle Probleme auf einen Schlag lösen würde? Pauline wurde das Herz schwer. Hatte er ihren Rat befolgt und sie bereits vergessen? Obgleich sie es nicht anders gewollt hatte, breitete sich bei dem Gedanken Traurigkeit in ihr aus.

Natürlich würde sie nicht mit den Schnitzlers zurück nach Köln gehen. Sie ließ die beiden derzeit in diesem Glauben, hatte aber bereits einen anderen Plan geschmiedet. Mit der nächsten Postkutsche am Dienstag, also in zwei Tagen, würde sie Richtung Koblenz aufbrechen, sich zunächst auf dem Rhein nach Düsseldorf begeben und von dort aus eine Anstellung in einer der Städte des Ruhrgebietes suchen. Das war weit genug fort. Wenn sie alle Brücken hinter sich abbrach, würde auch Elmar Schnitzler ihr nichts mehr anhaben können. Dann musste sie einen ganz neuen Anfang wagen.

Ein Klopfen an ihrer Tür ließ sie aus ihren trüben Gedanken

hochschrecken. «Ja, bitte?», rief sie und legte die Stickerei in ihren Schoß.

Regine Breitenbach streckte den Kopf herein. «Entschuldigen Sie die Störung, Fräulein Schmitz. Ich habe hier einen Brief, der gerade für Sie abgegeben wurde. Er kommt aus Köln.»

«Aus Köln?» Pauline stand so rasch auf, dass die Handarbeit zu Boden fiel. Hastig hob sie sie auf und legte sie aufs Bett. Ihr Herz hämmerte in ihrer Brust, und ihre Hand zitterte leicht, als sie den Brief entgegennahm. «Vielen Dank», sagte sie etwas verspätet in Regines Richtung.

Die Pensionswirtin lächelte. «Ich hoffe, es sind gute Neuigkeiten.»

«Ja, bestimmt», presste Pauline gerade so heraus und war froh, als die Wirtin sich diskret zurückzog. Mehrmals musste sie tief ein- und ausatmen, bevor sie sich traute, einen Blick auf den Absender zu werfen. Überrascht starrte sie auf den Namen: Ferdinand Burka.

Ihr Herz beruhigte sich schlagartig, doch ihre Gedanken überschlugen sich. Was wollte der Sohn des Apothekers vom Alter Markt von ihr? Sie hatte ihn nur ein paarmal bei Besorgungen getroffen und kaum mehr als einige höfliche Belanglosigkeiten mit ihm besprochen. Neugierig öffnete sie das Siegel und entfaltete den Briefbogen. Ihre Augen wurden groß, als sie die Schrift erkannte.

Liebste Freundin,
verzeihen Sie mir, dass ich Sie mit der falschen Absenderadresse in die Irre geführt habe, aber ich befürchtete tatsächlich, Sie könnten einen Brief mit meinem Namen darauf möglicherweise ungelesen vernichten. Deshalb habe ich

meinen lieben Freund Ferdinand gebeten, seinen Namen und seine Adresse benutzen zu dürfen, was er mir freundlicherweise sofort zugestanden hat.

Schämen Sie sich, liebe Pauline, dass Sie so ohne ein Abschiedswort einfach auf und davon gefahren sind! Wie sehr ich Ihre Gesellschaft vermisse, können Sie sich gar nicht vorstellen. Und da Sie dem lieben Julius das Versprechen abgenommen haben, sich nicht mit Ihnen in Verbindung zu setzen, wussten wir uns keinen anderen Rat, als Sie über diesen Umweg zu erreichen. Ich habe schließlich kein solches Versprechen gegeben, obgleich ich mich dennoch etwas unwohl fühle, weil ich weiß, dass ich mit meiner Einmischung Ihre Wünsche umgehe.

Wir sind Ihnen außerordentlich dankbar für Ihre Nachricht bezüglich Elmar Schnitzler, die Sie an Herrn Herold geschickt haben. Seien Sie versichert, dass der Schurke mit den härtesten Konsequenzen zu rechnen hat, sobald er Köln betritt. Da wir davon ausgehen, dass Sie die Informationen nicht zufällig und wahrscheinlich auch nicht ganz freiwillig von ihm erhalten haben, sind wir übereingekommen, ihn über den Stand der Dinge im Unklaren zu lassen, bis er hier ist. Sein Vater teilt diese Ansicht und ist im Übrigen ausgesprochen zornig auf seinen Sohn und hat bereits gedroht, ihn zu enterben.

Allerdings gibt es da ein kleines Problem, und dies ist auch der Grund, weshalb ich Ihnen schreiben muss: Julius wird selbstverständlich rechtliche Schritte gegen Elmar Schnitzler einleiten, doch da Sie, liebe Pauline, die einzige Zeugin in dieser Sache sind, die für die Wahrheit der Anklagepunkte bürgen kann, muss ich Sie bitten, nach Köln zu kommen

und vor Gericht Ihre Aussage zu machen. Zwar haben wir inzwischen viele Beweise gegen ihn gesammelt, doch Ihr Wort, liebe Pauline, wäre von unschätzbarem Wert, um den Richter vom genauen Hergang der Ereignisse zu überzeugen.
Bitte kommen Sie so bald wie möglich zurück in die Löwengasse – wir erwarten Sie dringend.

Herzlichst
Ihre Frieda Oppenheim

Ratlos und aufgewühlt blickte Pauline auf den Brief nieder. Sie hatte nicht die leiseste Ahnung, was sie davon halten sollte. Waren Frieda und Julius nun verlobt? Das vertrauliche *uns* und *wir*, das Frieda verwendete, deutete darauf hin. Doch wie viel wusste sie über die Ereignisse, die zu Paulines Weggang geführt hatten? Und falls sie davon wusste, nahm sie ihnen nichts übel?

Natürlich stand es außer Frage, dass Pauline vor Gericht in Julius' Sinne aussagen würde. Das war sie ihm schuldig. Aber sie würde ihn dazu nicht aufsuchen. Sie würde sich für die kurze Zeit, die sie in Köln weilen musste, eine Pension suchen und nach dem Ende der Verhandlungen sofort weiterreisen. Nicht auszudenken, was geschehen würde, wenn Elmar Schnitzler von ihrem Verrat erfuhr und sich dafür an ihr rächen wollte, indem er ihren Ruf in den Schmutz zog. Mittlerweile traute sie diesem Mann alles zu, obwohl sie nicht begreifen konnte, dass er sich wegen ihr und eines unverständlichen Hasses auf Julius zu solch irrationalen Handlungen hatte hinreißen lassen und ihn bei Spekulationen übervorteilt oder ausgebootet hatte. Er hatte ihm lukrative Anlagen vor der Nase weggeschnappt oder Julius' Anteile daran einfach aufgekauft. Hatte Elmar damit wirklich erreichen wollen, dass Julius ruiniert wurde und sie – Pauline – nunmehr seinem und nicht mehr Julius' Haushalt angehörte?

Die Gedanken verknäuelten sich in Paulines Kopf und machten sie schwindelig. Deshalb bemühte sie sich um Ruhe und begann systematisch, ihre Sachen zusammenzupacken. Danach würde sie zur Poststation gehen und herausfinden, wann die nächste Kutsche Richtung Koblenz ging.

* * *

Julius musste sich sehr beherrschen, um dem Mann, der vor ihm das Gerichtsgebäude verließ, nicht nachzulaufen und ihm seine Faust ins Gesicht zu rammen. Elmar Schnitzler hatte sich wegen Betrugs zu verantworten, doch leider nur in wesentlich geringerem Umfang, als es Julius lieb gewesen wäre. Zwar hatte der alte Schnitzler seinem Sohn Konsequenzen angedroht, ihm jedoch gleichzeitig einen guten Anwalt zur Seite gestellt. Natürlich sollte ein allzu großer Skandal verhindert werden.

Dem Bankhaus Schnitzler hatte Julius das Vertrauen gekündigt und veranlasst, dass die laufenden Geschäfte und Kredite von einer anderen Bank übernommen wurden. Schnitzler war ihm sehr entgegengekommen, dennoch bedeutete diese Umschuldung weitere Verluste und Schwierigkeiten für Julius. Mittlerweile zog er den Vorschlag Oppenheims, mit fünfundzwanzig Prozent stiller Teilhaber an der Reuther'schen Fabrik zu werden, ernsthaft in Erwägung. Vermutlich war es der einzig sinnvolle Weg, den er jetzt noch beschreiten konnte. Zwar war eine Pleite durch einen Schachzug seiner Mutter abgewendet worden, den Julius aber nicht gutheißen konnte. Sie hatte ein Opfer gebracht, das er niemals von ihr verlangt hätte. Doch seine Sturheit und Durchsetzungskraft hatte er anscheinend von ihr geerbt. Sie war es auch, die auf dem Vertrag mit Oppenheim bestand. Julius könne ja, so hatte sie argumentiert, Oppenheims Anteile zurückkaufen, sobald sich die Firma wieder auf festen Füßen befand.

Auf dem Heimweg, den er wegen seiner schlechten Laune und der Hoffnung auf die beruhigende Wirkung des Spaziergangs zu Fuß zurücklegte, wanderten seine Gedanken rasch weiter zu Pauline. Er hatte sie am Vortag kurz im Gericht gesehen, als sie gekommen war, um vor dem Richter auszusagen. Leider war sie danach gleich wieder verschwunden, sodass er keine Gelegenheit gehabt hatte, mit ihr zu sprechen. Er war inzwischen so weit, sich über ihren Wunsch, sie in Ruhe zu lassen, hinwegsetzen zu wollen. Wie sonst sollte er ihr klarmachen, dass sie die einzige Frau war, die er heiraten wollte?

Der gute Leyndecker hatte rasch in Erfahrung gebracht, wo sie untergekommen war. Die Pension lag etwas außerhalb in der Nähe der Stadtmauer und mitnichten in einem anständigen Viertel. Er musste einen Weg finden, sie dazu zu bringen, ihn in seinem Haus aufzusuchen.

* * *

Pauline hatte der Versuchung nicht widerstehen können und war zum Haus in der Löwengasse gegangen. Sprachlos stand sie vor dem geöffneten Tor und blickte auf die frischgepflanzten Büsche ringsum und die ordentlich geharkten und für den Frühling vorbereiteten Beete. Sie sah sogar schon ein paar Farbkleckse; Primeln und Krokusse streckten ihre bunten Köpfchen der Sonne entgegen. Bei dem Anblick traten Tränen in Paulines Augen. Vor dem Hauseingang erkannte sie auf den Stufen zwei graue Steinkübel, die noch auf ihre Bepflanzung warteten. Die Hausfassade war fertig renoviert und weiß gestrichen, die Zufahrt mit frischem Kies versehen worden.

Als sie in der Nähe Schritte vernahm, erschrak sie.

«Gefällt es Ihnen?» Annette Reuther kam auf sie zu. Sie war mit Gärtnern beschäftigt gewesen und trug noch Handschuhe und hielt eine kleine Schaufel in der Hand. «Man könnte meinen, es habe auf Sie gewartet.»

Pauline hatte einen Kloß im Hals. «Was meinen Sie?», krächzte sie.

Annette legte die Schaufel sorgsam neben einem Busch ab. Als sie sich wieder aufrichtete, antwortete sie: «Das Haus. Es könnte Ihres sein.»

«Nein.» Pauline wich einen Schritt zurück. «Das ist es nicht. Wird es nie ... Warum sagen Sie das?»

Mit einer ausholenden Geste wies Annette auf Haus und Zufahrt. «Weil es offensichtlich so ist, meine Liebe. Warum sind Sie zurückgekommen?»

Erschrocken wehrte Pauline ab. «Ich bin nicht zurückgekommen, sondern lediglich ...»

«Ja?»

«Zufällig ...»

«Aha.»

«Hier vorbeigekommen.»

«Dann möchten Sie vermutlich auch nicht sehen, was die Handwerker in den letzten Tagen geschafft haben? Gottlob sind sie endlich fort! Der ständige Lärm war allmählich unerträglich.»

Erstaunt blickte Pauline die ältere Frau an. «Wie konnte Sie der Lärm denn stören? Haben Sie sich zuletzt länger hier im Haus aufgehalten?»

Annette lächelte. «Das habe ich. Um genau zu sein, wohne ich jetzt hier.»

«Wie bitte?» Pauline war sprachlos. «Sie wohnen hier?»

«Ich habe mein Haus verkauft», sagte Annette ernst. «Dieses hier ist so viel größer, schöner und wichtiger. Ich wollte nicht, dass Julius es verliert. Mit dem Geld, das wir für mein Haus bekommen konnten, haben wir seine größten Außenstände bezahlt und zudem ein wenig in sicheren Wertpapieren anlegen können. Es kommt zwar dennoch eine schwierige Zeit auf uns zu, aber wenn Julius auf Oppenheims Vorschlag eingeht, wird die Firma bald wieder die alte sein. Nein, bestimmt noch besser, da Oppenheim die Vergrößerung und den Ausbau in Nippes befürwortet. Und dann kann ich darüber nachdenken, mir wieder eine eigene kleine Wohnung zu nehmen. Auf Dauer will ich meinem Sohn und seiner zukünftigen Gattin schließlich nicht auf die Nerven gehen.»

Pauline schluckte erneut bei dieser Nachricht und dachte an Frieda. Hastig wandte sie sich ab. «Ich muss gehen», presste sie erstickt hervor. «Bitte entschuldigen Sie mich ...» Sie lief blindlings los, wurde aber unversehens von einer breiten Männerbrust gestoppt.

Julius umfasste ihre Arme, um zu verhindern, dass sie strauchelte und stürzte. «Hoppla», sagte er in dem Ton, den er damals in Steins Laden angeschlagen hatte. «Nicht so hastig!»

Mit großen Augen und unfähig, auch nur ein Wort zu sagen, blickte Pauline in seine blauen Augen, die sich mit jeder Sekunde zu verdunkeln schienen. Seine Miene war finster, doch dann erschien ein kleines Lächeln auf seinen Lippen. «Da haben wir ja die Ausreißerin.»

Annette lachte leise. «Sie behauptete, zufällig hier vorbeigekommen zu sein.»

«Ah ja?» Prüfend musterte Julius Pauline, die ihn noch immer erschrocken ansah. «Nun, das trifft sich ja sehr gut.» Sein Ton wurde wieder dunkel und eine Spur gereizt. «Die junge Dame führt nämlich – rein zufällig – etwas mit sich, das mir gehört.»

Paulines Herz trommelte wieder einmal wild in ihrer Brust. In Julius' Gegenwart fühlte sie sich plötzlich vollkommen hilflos. Gleichwohl regten seine Worte ihren Widerstand. «Ich habe nichts ... Wenn du die Kleider meinst, die bezahle ich dir.»

Julius zog die Augenbrauen zusammen, was seiner Miene erneut etwas Düsteres gab. «Ich spreche nicht von den Kleidern, Pauline.» Kurz wandte er sich Annette zu. «Entschuldige uns bitte, Mutter, ich habe ein ernstes Wörtchen mit Fräulein Schmitz zu reden.»

«Selbstverständlich, nur zu.» Annette nickte und winkte kurz, dann wandte sie sich wieder ihrer Schaufel und der Gartenarbeit zu.

Julius legte Pauline eine Hand fest auf den Rücken und dirigierte sie in Richtung Haus. Sie fühlte sich nicht fähig, sich von ihm loszumachen. Hinter sich vermeinte sie aus Annettes Mund leise das Wort «endlich» zu vernehmen, doch sie konnte sich auch getäuscht haben.

Als sie das Haus betraten, blickte Pauline sich unwillkürlich bewundernd um. Die Handwerker hatten tatsächlich ganze Arbeit geleistet. Die Diele erstrahlte in neuem Glanz; helle Tapeten kontrastierten die dunklen Möbel und das abgeschliffene und frisch gestrichene Geländer der Treppe. Ein ovaler Teppich mit Blumenmuster zierte den Boden. Es roch noch ein wenig nach Farbe.

«Guten Tag, gnädiger Herr, Fräulein Schmitz.» Jakob kam auf sie zu und nahm ihr den Mantel ab, den sie ihm widerstandslos übergab. Sie vermeinte, auf seinen Lippen ein erfreutes und zustimmendes Lächeln zu sehen, doch auch hier war sie nicht sicher, denn Julius führte sie bereits hinüber in die Bibliothek. Die Tür schloss er hinter sich.

Pauline starrte auf die Sitzgruppe, die mit neuen, hellgelben Polstern bezogen war, deren freundlicher Farbton sich in den Vorhängen wiederholte. Auch hier waren die Wände mit neuen Tapeten versehen, auf denen die Gemälde nun noch besser zur Geltung kamen.

«Gefallen dir die Veränderungen?», fragte Julius in unverbindlichem Ton.

«Es ist alles sehr hübsch geworden», brachte sie mit Mühe heraus.

Er nickte leicht. «Das ist es. Denkst du, es wird meiner zukünftigen Frau gefallen?»

Mit Mühe kontrollierte Pauline ihre Atmung. «Ich ... denke schon.»

«Das freut mich zu hören», befand er, noch immer ohne eine sichtbare Regung.

Pauline durchquerte den Raum und trat ans Fenster, in der Hoffnung, er würde verstehen, dass sie etwas Abstand brauchte. Doch er folgte ihr auf dem Fuße, blieb dicht bei ihr stehen und räusperte sich. «Nun, weshalb ich mit dir sprechen muss ...»

Sie hob rasch eine Hand. «Ich habe schon gesagt, dass ich dir alles zurückzahlen werde. Die Kleider und alles ... sobald ich ...»

«Himmelherrgott, Pauline!» Ungehalten umfasste er ihre Schultern und schüttelte sie leicht. «Ich habe dir doch schon gesagt, dass es mir nicht um die Kleider geht!»

«Aber ich habe doch nichts anderes ...» Pauline versuchte zurückzuweichen, weil seine Berührung sie zu sehr aufwühlte, doch er hielt sie weiter fest. «Ich habe nichts mitgenommen, was dir gehört», verteidigte sie sich.

Der intensive Blick, mit dem er sie bedachte, ging ihr durch und durch. «Doch, das hast du, Pauline.»

«Aber was ...?»

«Mein Herz, Pauline!» Ungeduldig zog er sie in seine Arme. «Mein Herz gehört dir, ebenso wie das deine mir gehört. Hör endlich auf, es zu leugnen!»

«Das tue ich gar nicht.» In seinen Armen fühlte sie sich geradezu lächerlich geborgen.

«Ach nein?» Plötzlich war sein Ton sanft und liebevoll. «Und warum bist du dann fortgelaufen?»

«Du weißt, warum ich nicht bleiben konnte ... kann. Du wirst Frieda heiraten und ...»

«Himmel, was bist du verbohrt!» Julius drückte sie an sich, und sie spürte, wie er lachte.

Empört hob sie den Kopf. «Das ist nicht lustig!»

Zärtlich legte er eine Hand an ihre Wange. «Nein, das ist es nicht. Pauline, glaubst du im Ernst, ich könnte Frieda noch heiraten? Nach allem, was zwischen uns geschehen ist? Nein, sag jetzt nichts! Du musst mich ja für einen ausgesprochen charakterlosen Kerl halten.»

«Aber nein, das ist nicht wahr!», protestierte sie. «Ich habe dich immer für einen Ehrenmann gehalten.»

«Ach ja?» Er hob die Augenbrauen ein wenig an. «Würde ein Ehrenmann die Frau, mit der er eine Nacht verbracht hat, einfach so sitzenlassen? Sie womöglich mit einem Kind allein lassen?»

Pauline stieß einen erstickten Laut aus. «Einem Kind?» Sie schüttelte den Kopf. «Ich bin nicht schwanger.»

«Bist du sicher?»

«Ja.» Sie wurde rot.

Er schüttelte nachsichtig den Kopf. «Du hättest es aber sein können. Und schon allein deshalb hättest du mir, anstatt davonzulaufen, die Pistole auf die Brust setzen müssen. Was hättest du denn getan, mit einem unehelichen Kind? Wo war da bloß deine von dir so geschätzte Vernunft?» Er lächelte wieder. «Pauline, ich habe dir gesagt, dass ich dich liebe, und das beinhaltet auch, dass ich mir aller Pflichten und Konsequenzen bewusst bin, die sich daraus ergeben könnten oder werden.»

«Aber ...»

Er legte ihr einen Finger auf die Lippen. «Wirst du wohl endlich mit deinem ständigen Aber aufhören? Ich heirate Frieda nicht, das ist längst geklärt. Im Übrigen hätte sie mich auch gar nicht genommen.»

«Hätte sie nicht?»

«Nein, denn sobald sie von uns erfahren hat, war dieses Thema für sie vom Tisch.»

«Du hast ihr alles erzählt?»

Er nickte. «Alles, was sie wissen musste. Sie mag dich sehr, Pauline. Eine bessere Freundin kannst du dir nicht wünschen.»

«Ich weiß.» Verlegen senkte Pauline den Kopf, hob ihn aber sogleich wieder. «Ich muss wieder fort. Weit fort. Elmar Schnitzler hat ... Er hat ...» Sie stockte und biss sich auf die Lippen.

Sogleich spürte sie, wie Julius' Körper sich anspannte. Seine Miene wurde ernst. «Was hat er getan?»

Unfähig, seinen bohrenden Blick zu erwidern, antwortete sie: «Er weiß alles über mich. Von Bonn und dem Gefängnis und ... Er hat gedroht, dass er alles ausplaudern und meinen Ruf ruinieren wird, wenn ich nicht in sein Haus komme, als seine ...» Sie brach ab, weil sie das Wort nicht aussprechen mochte.

Julius blickte sie einen langen Moment an. «Also wolltest du vor ihm davonlaufen?»

«Ich gehe so weit fort, dass er mir nichts anhaben kann», bestätigte sie.

Entschieden schüttelte Julius den Kopf. «Er wird dich in Ruhe lassen und deinen Ruf nicht schädigen, Pauline. Nicht, solange ich da bin, um es zu verhindern. Wenn ich mit ihm fertig bin, wird er nicht wagen, auch nur an Derartiges zu denken.»

«Aber er hat mächtige Freunde», wandte Pauline gequält ein.

«Die habe ich auch», knurrte Julius.

Etwas wie Erleichterung wollte sich in Pauline breitmachen, doch noch immer weigerte sich ihr Verstand, ihrem Herzen nachzufolgen. Verzagt starrte sie weiterhin zu Boden. «Und wie geht es jetzt weiter?»

«Sag du es mir.» Sanft hob er ihr Kinn an, bis sie ihm wieder in die Augen blickte. «Was möchtest du, Pauline?»

«Ich ...» Ihr Herz raste derart, dass ihr ganz schwindlig wurde.

«Ja?» Ganz langsam näherte sich Julius' Gesicht dem ihren.

Ihr stockte der Atem. «Ich will ...»

«Was, Pauline?» Seine Lippen waren nur noch wenige Fingerbreit von den ihren entfernt.

«Hierbleiben», brachte sie mit letzter Kraft hervor und rang nach Atem, als er sie küsste.

Als sich ihre Lippen wieder voneinander lösten, atmeten sie beide schwer. Lächelnd blickte er auf sie herab. «Sie möchten also hierbleiben, Fräulein Schmitz? Nun, da gibt es aber ein Problem.»

Atemlos sah sie zu ihm auf. «Und das wäre?»

Zärtlich strich er ihr eine Haarsträhne hinters Ohr. «Die Stelle der Gouvernante ist leider nicht mehr vakant.»

Verwirrt runzelte sie die Stirn. «Warum ...?»

«Weil ich beschlossen habe, dass diese Stellung überflüssig wird, sobald ich eine andere besetzt habe.»

«Eine andere?»

«Jawohl. Jedoch eine, die große Willens- und Charakterstärke voraussetzt, denn wie du weißt, bin ich nicht der einfachste und sanftmütigste Mensch. Es bedarf schon besonderer Fähigkeiten, auf Dauer mit mir auszukommen.» Er küsste sie noch einmal. «Die Stellung, die ich dir anzubieten habe, ist die als meine Ehefrau. Heirate mich, Pauline Schmitz – ohne Wenn und Aber.»

Pauline glaubte erst, sich verhört zu haben. Dann aber hatte sie das Gefühl, ihre Brust müsse vor Freude zerspringen. Endlich schien sich auch ihr Kopf mit ihrem Herzen einig geworden zu sein. Sie lehnte sich an ihn. «Ich liebe dich», sagte sie und spürte gleichzeitig dem wunderbaren Gefühl des Friedens nach, das sich in ihr ausbreitete.

Seine Augen begannen zu strahlen, als er sie noch fester an sich zog. «Heißt das ja?»

Sie atmete tief ein. «Ja.»

«Kein Aber?»

Sie schüttelte den Kopf. «Nein, kein Aber.»

Ihre Lippen trafen sich erneut zu einem innigen Kuss, der schon bald dazu führte, dass Leidenschaft zwischen ihnen aufflackerte. Pauline spürte, wie sich Julius' Hände auf Wanderschaft über ihren Körper begaben und bis hinunter zu ihrer Hüfte strichen. Er zog sie fester an sich und vertiefte den Kuss.

Unvermittelt wurden sie von einem verhaltenen Hüsteln unterbrochen. Pauline zuckte heftig zusammen und wollte sich von Julius losmachen, doch das ließ dieser nicht zu. Gleichzeitig wandten sie die Köpfe und sahen sich Ricarda und Peter gegenüber, die sich leise in die Bibliothek geschlichen hatten.

Ricarda spielte sichtlich verlegen mit dem struppigen Ende ihres Zopfes, doch in ihren Augen glitzerte es freudig. «Fräulein Schmitz? Bleiben Sie jetzt doch hier?»

«Für immer?», setzte Peter hoffnungsvoll hinzu.

Pauline blickte zu Julius, und noch ehe sie eine Antwort geben konnte, spürte sie erneut seine Lippen auf ihrem Mund, doch nur für einen Moment, dann sagte er lächelnd zu seinen Kindern: «Das wird sie. Diesmal lasse ich sie nicht mehr fort.»

Kapitel 30
15 Monate später

Liebste Freundin,

zu Ihrer Niederkunft gratuliere ich Ihnen ganz herzlich! Sie glauben gar nicht, wie ich mich ärgere, nicht bei der Tauffeier Ihrer kleinen Amalie dabei sein zu können! Aber wie Sie wissen, sind wir auf Reisen. Ich habe meinem lieben Ferdinand gleich gesagt, dass wir die Hochzeitsreise später machen sollten, aber hat er auf mich gehört? Nun ja, ich gebe zu, dass mir die See jetzt im Frühsommer unglaublich gut gefällt. Wussten Sie, dass ich schon immer gerne das Meer sehen wollte? Es ist einfach wundervoll. Vielleicht schaffen Sie es auch einmal, Julius von seiner Fabrik loszueisen und ihn zu einem Urlaub an der Küste zu überreden. Wie ich hörte, laufen die Geschäfte ausgesprochen gut. Papa fürchtet schon, Julius könne auf den Gedanken kommen, ihm seine Teilhaberschaft wieder abzukaufen.

Dabei arbeiten die beiden so harmonisch und erfolgreich zusammen.

Ach, meine Liebe, wie freue ich mich, dass sich für Sie alles so wunderbar gefügt hat! Für mich freue ich mich selbstverständlich auch. Wer hätte gedacht, dass ich so kurz nach Ihnen ebenfalls unter die Haube kommen würde? Und mit einem Mann, den ich mir selbst ausgesucht habe? Ich kann es immer noch nicht fassen, dass Ferdinand mich all die Jahre geliebt hat und dachte, ich interessiere mich nicht für ihn. Ich hingegen habe mir jahrelang eingeredet, dass er mir gar nicht so wichtig sei, weil ich wusste, dass meine Eltern andere Pläne für mich hatten. Manchmal stellen wir uns wirklich ausgesprochen dumm an, nicht wahr?

Aber nun, da ich den altehrwürdigen Namen Burka trage, ist unser Glück perfekt. Selbst Papa ist inzwischen zufrieden, dass seine jüngste Tochter am Ende einen Apotheker geheiratet hat. Wir werden in drei Wochen nach Köln zurückkehren. Ich hoffe, Sie dann ganz bald in meinem neuen Zuhause am Alter Markt begrüßen zu dürfen.

Bis dahin wünsche ich Ihnen und Ihrer Familie alles erdenklich Gute.

Herzlichst
Ihre Frieda Burka